艾米/著

Love remains for life

人民文学出版社

图书在版编目(CIP)数据

爱有余生/艾米著.—北京：人民文学出版社,2019
ISBN 978-7-02-015219-3

Ⅰ.①爱… Ⅱ.①艾… Ⅲ.①长篇小说—中国—当代 Ⅳ.①I247.5

中国版本图书馆CIP数据核字(2019)第086776号

责任编辑　刘　伟
装帧设计　李思安
责任印制　任　祎

出版发行　人民文学出版社
社　　址　北京市朝内大街166号
邮政编码　100705
网　　址　http://www.rw-cn.com

印　　刷　三河市宏盛印务有限公司
经　　销　全国新华书店等

字　　数　312千字
开　　本　880毫米×1230毫米　1/32
印　　张　14.5　插页1
印　　数　1—10000
版　　次　2019年9月北京第1版
印　　次　2019年9月第1次印刷

书　　号　978-7-02-015219-3
定　　价　55.00元

如有印装质量问题,请与本社图书销售中心调换。电话:010-65233595

自　序

《爱有余生》是我写的第二十个故事。我把我写的东西称为"故事",而不是"小说",是因为它们不符合"小说"最基本的特征:虚构性。

也就是说,它们不是我创作出来的作品,而是我自己或者别人的亲身经历,我把它们记录下来而已,所以我也不认为我是"作家",我只是个"码字的"。

我会开始码字,完全是因为偶然。

十多年前,我的初恋在美国读完博士,回国任教,而我的博士学位还没读完,只能留在美国继续深造。我跟初恋虽然已经分手,但从来没有停止过爱他,哪怕两人在美国只是一般同学,但只要能跟他待在同一个地方,心里也是快乐的。

与他分隔在大洋两岸的日子非常无聊,于是,我开始在博客里写我和他的那点故事,用以打发时间,也算是给我的初恋画个句号。因为我跟他分分合合长达十年,所以故事就叫《十年忽悠》。

没想到,我写的自己的故事吸引了大批读者,她们都像我一样,到了二十一世纪还在相信爱情,还能被真挚的爱情而吸引而感动。

于是,我"傻乎乎"地写,她们"傻乎乎"地看,几乎每天都来我的博客,等着我更新,还热烈地讨论我跟初恋是否有破镜重圆的可能,甚至分裂成"主分"和"主和"两大派,各抒己见,唇枪舌剑,好不热闹。

我自己的故事写完了,我跟初恋也破镜重圆,《十年忽悠》放下了帷幕。但读者不干了,天天来我博客跟帖,让我接着写我和初恋的故事。

但众所周知,两个恋人一旦消除误会,走到一起,就没有故事可写了,只剩下干巴巴的一句"他们从此过着幸福的生活"。

正是在那个时候,静秋找到我,交给我一个日记本,说她年轻时也有点故事,都记在那个日记本里,如果我没东西可写了,可以从那里挑点内容来写,因为她的故事跟《十年忽悠》的故事有些相像的地方,估计我的读者会喜欢看。而且那一年是故事男主人公逝世三十周年,她想让我把他的故事写出来作为纪念。于是我把她年轻时的"故事"写了出来,用了她几十年前投稿时的名称:《山楂树之恋》。

从那以后,愿意把自己的故事给我写的人多了起来,我也就一直写到了现在。

当然,我并不是只要得到一个故事就有兴趣写出来的,我只写那些多少能感动我的故事,所以我故事里的主人公,并不是那些富可敌国的大款,也不是穷愁潦倒的乞丐,因为发家致富的故事不能感动我,自暴自弃的故事也不能感动我。

能令我感动的故事,往往是带有"命运悲剧"色彩的故事。

我所说的"命运悲剧",是指那些人物无法预见也无法逃避、不是人物自己的过错、纯粹是由外力造成的悲剧。比如《山楂树之恋》里的男主人公老三,罹患白血病早逝,这不是他的过失造成的,而是他无法预见也无法逃避的悲剧。

"命运悲剧"之所以能感动我,并不是因为它们凄凄惨惨,值得同情,而是因为人物在命运的打击面前,不妥协不屈服,不怨天尤人,不自暴自弃,他们勇敢顽强地与命运做斗争,把悲伤留给自己,把幸福赠予他人,用尽最后的力量,谱写出动人的爱情之歌。

正是这种在命运铁拳打击下迸发出的人性火花,令我深深感动,所以我把他们的故事写下来,与那些同样欣赏这类人物的读者分享。

《爱有余生》像我写过的其他故事一样,也是一个带有"命运悲剧"色彩的故事,也有被命运铁拳击中的人物,也有面对命运打击迸发出的人性火花和真挚的爱情。

写这样的故事,我不怕重复我自己,也不会厌倦,我希望能让我重复的故事越多越好,因为它们是这个物欲横流的世界里不可多得的美和希望。

1

新房东定的入住时间真的算得上变态:下午五点到六点,就一个小时,早了不行,晚了也不行。

没办法,夏璿只好叫了辆出租车来搬家。

八月的Ａ市,天气热到淑女都想爆粗口的地步,从车窗望出去,貌似遍地都有透明火苗冒出来,袅袅的,像蒸汽,又像湖面的波光,让她想起电影里的热带沙漠,就是这个样子的,不知道那粼粼的波光是不是叫作海市蜃楼。

出租车司机一路上都绷着脸,不停地抱怨,说她东西太多,说她事先没讲明有这么多东西,说出租车不是用来搬家的,说搬家应该找搬家公司好吗?

她也委屈得很,我东西多怎么了?你是计程,又不是计件,东西多少有区别吗?再说我往车上搬东西的时候,你一直都打着表在计时,还想怎样?你要是嫌我东西多耽搁你宝贵的时间,你下来帮我搬啊!

不过她一声没吭,怕得罪了司机,把她撂在半路,让她上不沾天,下不着地,在灼热的街边站五分钟,保证烙得外焦里嫩。

说实话,她也没想到搬家有这么痛苦。她在 A 市待了四年,总共就搬过一次家,而那次完全没轮到她动手,一切都是男友华强在操办,房子是他看的,合同是他签的,家具是他买的,清洁阿姨是他找的,一切都安排停当,才开车过来接她。

而她也就是把自己的东西捆扎了一下,然后华强和他那帮哥们就到了,一人提几件,一次就把她的东西全拿到楼下,装进车里。她只背了自己的小包,坐进副驾,一溜烟就到了新住处。

现在华强回 B 市了,他那帮哥们也早就各回各家,各见各妈。

只剩她一人在 A 市单打独斗。

一个人搬家虽然辛苦,但她知道这不过是异地恋诸多痛苦中微不足道的一丁点委屈,如果连这都吃不消,还怎么在 A 市发展?

自己选择的路,含着泪也要走下去。

半小时后,出租车在她即将入住的楼房前停下。司机仍然绷着脸,仍然打着表,仍然坐在车里,看她一个人吭哧吭哧地卸货,一点没有怜香惜玉献殷勤的表示。

这让她郁闷至极。

出租车司机不是应该像神一般的存在吗?他们上知天文,下知地理,国际国内,政治经济,无所不知,无所不晓。你一上车他们就侃起,侃得你捧腹大笑,侃得你心服口服,一路上不停嘴,段子一个接着一个,绝对比郭德纲们有过之而无不及。

至于帮乘客装货卸货,难道不应该是出租车司机职业道德的一部分吗?

看来今天这个司机绝对非主流。

要么就是欺负她这个外地人。

虽然她在 A 市已经待了四年,自认能说一口流利的 A 市话,但在 A 市本地户眼里,她永远都是外地人。而 A 市人说的外地人,就等于乡下人,或者城乡接合部的半乡下人。这些人能留在 A 市,绝对是靠的不正当手段,占去 A 市人的位置,都该滚出 A 市,哪儿来哪儿去。

当她班上的几个 A 市同学得知她在天惠公司找到工作的时候,都是这么个推断,说她肯定是傍上天惠的大佬了,被人潜规则了,被人包养了,不然她一个外地人,凭什么在 A 市赫赫有名的天惠找到工作?

她也不想申明。

清者自清,人正不怕影子斜。

此刻,她望着脚边这一堆行李,十分惶惑,不知道怎样才能把它们弄到自己租住的房间去。

她是在找房网上找到的这间房,一直用微信跟房东联系,但没来这里看过房,因为房东没时间。

她只看过房东提供的照片,知道有两个卧室,她住小的那个,厨房厕所两人共用,楼房比较陈旧,共有七层,她租的房间在六楼,没有电梯,楼道很窄,光线也不大好。居住条件很不尽人意,但她权衡了租金、距离、室友、交通、入住时间、租约长度等各方面因素,还是觉得这里是首选。

可惜她只有两只手,一次顶多拖一个大件上去,或者提四个小件,要把这一堆家当全部搬上去,至少得五六趟。

累不是问题,问题是当她提着行李爬楼时,谁帮她看着剩下的家当呢?

异地恋的痛,终于开始啮咬她了!

她当然不会承认自己独自留在A市是个错误的决定,对她这个学设计的人来说,留在A市的发展前途比去B市好百倍,而天惠公司这个职位,是她过五关斩六将,跟几百个应聘者浴血奋战才拿到的,她当然舍不得放弃。

她踌躇了一会,给房东打了个电话:"祁——祁小姐,我到了,在楼下——"

房东热情地说:"来了?快上来!我在呢。还有,别叫我小姐了,叫我祁乐或者乐乐吧!"

"好的。可是——我东西有点多——"

"有几多?"

"呃——两个箱子,还有一个旅行袋——和一些——包啊什么——"

"那没问题,你的房间绝对放得下。上来吧!"

"我的意思是——我一次搬不完,剩下的东西没人看着,怕——丢了。"

她没听到回答,但看到六楼的一扇窗子打开了,有人探头往下望,然后是祁乐有点惊讶的声音:"就你一个人?你男朋友呢?"

"他——不在A市。"

"异地恋啊?"

"嗯。"

"那我下来帮你吧。"窗口的人影消失了,但电话上的声音仍在继续,"不是说小学爱情死于棒糖,初中爱情死于换座,高中爱情死于分班,大学爱情死于分校,毕业后的爱情死于异地吗？你胆子可真大，竟敢异地？"

"我——没有死于这些。"

"哪些？"

"你说的这些。"

"所有这些？那你从小学就开始——爱情了？"

"小学除外。"

"你从初中就开始谈恋爱了？"

"也算是吧。"

"这么多年就谈了这一个？"

"嗯。"

"哇，奇迹啊！"

她心里很自豪，真的，在她认识的人当中，还没有谁能破她的纪录呢，初中一年，高中三年，大学四年，总共八年的感情了，其间换座N多次，分班好几回，大学里妥妥的是分校，一个在市东头，一个在市西头，毕业后已经异地了两个多月，但他们的爱情仍然坚挺。

这要不是奇迹，啥是？

不过，她谦虚地说："哪是什么奇迹啊，就是运气呗。"

"你们90后也太——彪悍了！初中就开始谈恋爱！"

"你不是90后？"

"我是80后，老前辈了！"

话音未落，门洞里走出一个女生，比较骨感的那种，只穿一条牛仔短裤和一件小背心，头发理得短短的，脚下是一双拖鞋，一边向她走来一边打招呼："嗨，你就是那个夏瑞吧？"

"不是夏瑞，是夏璿。"

"哦,那个字读xuán啊?我还以为是ruì呢!哈哈,你爸妈给你起这么个名字,这不是存心跟你老师过不去吗?"

她不太喜欢人家用调笑的口吻谈论她的爸妈,但她没吭声。

祁乐完全没察觉她的小小不快,继续问:"你这名字没少给你老师添麻烦吧?"

"还好吧。"

"第一次见面就能把你名字读对的人不多吧?"

"呃——我小时候嫌这个字笔画多,一直都是写成——'玄'的。"

祁乐拉起一个行李箱,问:"你男朋友不在A市,那他在哪儿?"

"在B市。"

"B市也不远啊,开车几个小时就到,怎么也不过来帮你搬家?"

"呃——他也刚毕业,还没买车。"

"那可以坐高铁啊,更快,一两个小时就到了吧?"

她无话可说,心里明白华强肯定不会坐高铁跑过来帮她搬家,他就是要用这个机会让她亲身体验一下在A市单打独斗的艰辛,好让她知难而退,乖乖地回B市去。

祁乐没再追问,提议说:"走,我们往上搬吧。"

"还是我来搬吧,你帮我看着东西就行了。"

"没事,我们两人都搬,快一些。这些东西放这儿没人会偷。"

她想了想,也是,都是一些破铜烂铁,谁稀罕啊?就算偷走了也不值几个钱。她提起自己的笔记本电脑和一个装着她作品的箱子,跟着祁乐往楼上爬。

两人跑了三趟,才把所有的东西都搬上楼。

祁乐把她的房间和厨房厕所什么的指给她看了,给了她一把门钥匙,然后说:"你慢慢收拾慢慢熟悉,我去冲个凉,得上班去了。"

她诧异地问:"你——现在去上班?"

"是啊,我上夜班。"

"那明天再跟你聊。"

"明天白天我要睡觉,晚上继续上夜班。"

"那后天再聊。"

"呵呵,后天也没得聊,我天天都上夜班。"

"怎么会天天都上夜班?"

"因为我是包夜班,以后得空再聊吧。你还没吃晚饭吧?冰箱里有我熬的粥,你可以吃,吃完再帮我熬点,我明天吃——"

祁乐冲完凉,打扮得漂漂亮亮地出门去了。

2

夏璿是真的饿了,虽然午饭时因为不想浪费,把剩下的饭菜都吃了,足有平时午餐的两倍,而现在也不算晚,刚六点,离中饭不过几个小时,但搬了这趟家,那边是三楼爬上爬下,这边是六楼爬上爬下,体力消耗得贼快,肚子已经在咕咕叫了。

她打开冰箱看了看，真的有粥，但也只有粥，再就是半袋榨菜，粥只有一碗半的样子，她就着榨菜把粥全喝掉了，然后找出祁乐的米袋，从里面舀出一些米，洗净煮上，决定明天下班路上就去买菜买米，做好了请祁乐吃，不能欠人家恩情。

她边煮粥边收拾房间。

她的房间以前有人住过，前房客刚搬走不久，床啊柜子啊什么的，都是现成的。她把自己的东西从箱子里包里袋子里取出来，铺好床，把衣服挂在柜子里，电脑文具之类放在写字桌上，两个箱子竖在写字桌和柜子之间的墙边。

粥煮好的同时，房间也收拾得差不多了。

她拿出手机，给自己的新窝拍了几张照片，传给华强，不无炫耀地说："看，我的新居！"

但那边没有回音。

他一向都是这样，很少秒回，她也习惯了，知道不回即平安。

一直到她冲完凉，吹干头发，在床上躺下，快睡着了的时候，华强才给她打电话过来："搬家了？"

"嗯。"

"谁帮你搬的？"

"我自己搬的。嗯，室友也帮我了，她还请我吃她煮的粥，是个挺不错的人。"

"你不是说她很变态吗？"

"那是因为我不了解她。她每天上夜班，白天要补觉，所以定那么个入住时间。"

"什么职业会每天上夜班？"

"我也不知道,她说她是包夜班——"

"包夜班?呵呵,我明白了。"

"明白什么?"

"明白她是干吗的了。"

她猜出华强的意思,但她不太相信。在她心目中,干那个的都是住在那个什么里头的,以前叫青楼,现在是叫夜店吧?她们留着大波浪卷发,画着浓妆,陪吃陪唱陪睡,过着灯红酒绿的生活。如果是二奶小三什么的,那肯定是住在二奶村,或者其他高档小区,家里金碧辉煌,开豪车,穿名牌,打扮得珠光宝气,平时逛街扫货打麻将,去高级美容店美容,跟着帅哥教练健身。很难想象她们像普通人一样,住在旧楼房里,自己煮粥吃,还找室友分担房租。

华强提醒说:"你还是赶快从那里搬出来吧,别惹出麻烦!"

"惹出什么麻烦?"

"什么麻烦都有可能,如果她每晚带些不三不四的男人回来,你怎么办?"

"应该不会,当初我们谈条件的时候,她专门问过我有没有男朋友,我说有,她还跟我约法三章,说不能把男朋友带回来过夜,不然就不把房子租给我。"

"那是对你而言,租约上说了她不能带男人回来过夜吗?"

"呃——那倒没说。"

"呵呵,我没说错吧?"

"她应该不会带不三不四的男人回来吧?"

"就算她不带不三不四的男人回来,但不三不四的男人还可以上门来找她呀!干她这行的,接触的都不是什么好人,万一得罪了黑道上的人物，人家追杀她的时候，分分钟把你牵连进去。"

"我觉得她——不像是干那行的。"

"就算她不是干那行的，她至少可以把自己的男朋友带回家过夜吧？你住那里怎么方便？"

"我房间的门可以锁住，再说跟谁合租不都有这种可能吗？"

"你不信就待那里吧，到时候别怪我没提醒你。"

她不想跟他吵架，急忙转移话题："刚才你——干吗去了？怎么半天不回复我？"

"没干吗，打游戏。"

这个她相信，因为她知道他是个游戏迷。

从她认识他的那天起，她就知道他爱打游戏，不过他初中高中时还不算入迷，也没耽搁学习，连老师都没管他打游戏的事，她也不觉得有什么不好的。

大学的前三年，两人在一起的时间不多，她知道他仍然爱打游戏，但不知道他爱到什么程度，只觉得他不像别人的男朋友那样成天粘着女朋友，如影随形，如胶似漆。他们平时一个星期顶多见一面，忙考试的时候几个星期才见一面，每天微信也只一两条。

她一直以为那是因为他跟她一样，在忙着学习。

大学最后一年，他在外面租了房子，催着她也搬过去，她犹豫了半学期，终于经不起他三催四催，又发现身边大学生情侣在外租房同居是常态，不在外租房同居才是奇葩，如果不是因为穷，租不起房，那就是单身狗，根本没情侣。

于是她搬了过去,跟他过起同居生活。

直到那时她才发现他对游戏已经到了痴迷的地步,从早到晚都迷在游戏上,工作也不找,论文也不写,过着废柴的生活。

但他在游戏里可不是废柴,而是个大拿级人物,顶尖高手,还是某个游戏公会的会长,手下有很多会员,经常是集团作战,跟别的工会或者帮派在游戏里杀得天昏地暗。

虽说游戏公会是线上组织,但会员们在线下也有很多联系。他和Ａ市本地的会员经常聚会,唱Ｋ聊天,吃饭喝酒,切磋技艺,增进交流。有时外地会员也会来Ａ市,而他作为会长,自然要组织本地会员为外地会员接风洗尘,送往迎来。

她不打游戏,也不明白他为什么这么沉迷游戏,但他振振有词:"在现实中,你只能过一种生活,你的生活早就被设定了,无论你怎么努力,你也不可能改变你的人生,前二十年上学,后四十年上班,朝九晚五,日复一日,年复一年,无聊不无聊啊?但在游戏世界里,你的生活有无限的可能,你可以是帝王,可以是侠士,可以是奸商,可以是大款,每天都是新的生活,每天都是新的你!"

她也知道现实生活很单调很无聊,但她的避难所不是游戏世界,而是艺术世界,她可以走进那里,让自己的想象力肆意奔腾,发现美,感受美,重现美,创造美。

当他拉她去打游戏的时候,她的注意力不是在如何打怪、如何做任务、如何升级上,而是在那些画面的细节上,比如人物的首饰,衣裙的花色,剑柄的纹路,屋梁的雕刻等等。

如果说她此生一定要与游戏不可分割,那么她一定是那个设计游戏画面的人,而不是那个玩游戏的人。

大四下学期了,她催他找工作,他淡定地说:"已经找好了。"

"在哪儿?"

"在B市。"

"这段时间你都没去过B市——"

"还要亲自去才能找到工作?"

"那要怎么找?"

他逗她说:"小璕啊,你落伍了!现在整个世界都网络化了,找工作根本不用亲自出马,都是一键定乾坤!"

她不相信,因为她找工作时人家都是要求亲自出马的,或者说只有到了亲自出马的地步,找工作才算有了点希望。

最后,他坦白说是他爸妈帮他找的,就在他爸和一个朋友合开的公司里,他一去就给了个部门主管当。

在此之前,他还从来没说过毕业后的意向。他知道她在Ａ市找工作,所以她以为他也一定会在Ａ市找工作,哪知道他居然不声不响地在Ｂ市找好了工作!

她不快地问:"你真的要回Ｂ市去?"

"不回Ｂ市还能去哪里?难道我们外地人还能在Ａ市找到工作?"

"你试都没试,怎么就说在Ａ市找不到工作呢?"

"还用试?我同学中没一个外地人在Ａ市找到工作的。你也可以看看你们班那些外地人,有谁在Ａ市找到工作了?"

她的确没听说班上的外地人有谁在Ａ市找到了工作,但她仍然反驳说:"但我那个天惠的职位——应该有希望。"

"别做梦了!天惠是中外合资企业,设计部门至少有一半员工是海龟,你一介土本,想都不用想!"

她对这个职位还是有一点信心的,因为她大三暑假就是在天惠做的实习,设计的项目受到设计总监的好评,临走的时候,设计总监特意告诉她:"这个位置给你留着,你毕业后就回来。"

听听,是"回来"!这两个字听着多么亲切,感觉就像回家一样!

但华强不相信:"人家那是说个客套话,他们对谁都是那么说的,你还真做上指望了?理智点,还是让你爸在B市帮你找个工作吧。"

"我爸又没开公司,怎么给我找工作?"

"他没开公司,他的熟人朋友肯定有开公司的嘛。"

她倔倔地说:"我就算回B市,也不会请我爸帮我找工作。"

"那你自己在B市找啰。"

"我先在A市找。"

他宽容地一笑,不再纠缠这个话题。

但她还不想放过他:"你论文还是要写完的吧?"

"工作都找好了,还写什么论文?"

"但是花钱读了四年,总要拿个学位吧?"

"拿学位是为了找工作,我工作都找好了,还要学位干吗?"

"但你不拿学位,你爸妈多——遗憾。"

"只要我不说,他们哪里知道我拿没拿学位?"

"我总觉得读了这么多年书,不拿个学位——挺可惜的。"

"可惜啥呀!"

然后他列举了更多的例子,中国的外国的都有,说他们都是没毕业就辍学,最后都成了伟人名人富人。

她无话可说了。

但她自己的学业和求职是不敢放弃的,因为她没人脉没开公司的爸爸,只能靠自己。而且她也不想当伟人名人富人,断没有辍学的必要。

3

华强六月份就去老爸的公司走马上任了,那时她还没拿到天惠的正式通知,心里惴惴不安,尤其是听说那个很赏识她的设计总监已经离开了天惠时,她更是急得抓耳挠腮,因为她知道自己没人脉没背景,又没海外学历,要想进天惠,只能凭本事。

但本事这玩意,也不是她自己说了就能算数的,即便她是千里马,也得有伯乐赏识她才行啊!而像她这样搞设计的,比千里马还麻烦,因为没有一个客观尺度来衡量她的本事,只能凭慧眼,或者就是凭个人好恶,就像作文一样,各花入各眼,同一篇作文,张老师判你满分,李老师可能判你零分。

从她找实习找工作的经历来看,越是不咋的的公司,越没人赏识她的才华,很可能这些公司就是因为缺乏伯乐,找不到千里马,所以才会不咋地。她也不是没在B市找工作,但那些不咋的的公司都没理睬她,反而是天惠这样相当咋的的公司,向她投出过橄榄枝。

但无论是咋的还是不咋的的公司,都不是从上到下人人都能赏识她的,只有干她那行的人才有可能赏识她,其他的人,哪怕是人事部门主管,哪怕是公司老总,也未必看得出她设计方案的高明之处,人家干吗要录用她而不录用那些有洋学历高学历的人呢?

如果那时华强让他爸在自己公司里为她安排一个工作,哪怕专业不对口,她都会接受,因为生存要紧,没工作就没工资,没工资就无法生存。

但华强从来没提过让老爸在公司为她安排工作,她不知道是华强的父母不愿意她进他们家的公司,还是华强根本没对父母提过这事。

没办法,她只能靠自己,投更多的简历,跑更多的招聘会,打更多的电话,发更多的微信。

当她终于拿到天惠的录用通知书时,她第一时间把这个喜讯报告给华强。

他不喜不忧,淡淡地说:"找到了?那就先干着呗。什么时候干腻了,或者走进死胡同,升不上去了,就回家来。"

"回家?回哪个家?"

"当然是回我这个家。你自己说过的,我就是你的家,我在哪儿,你的家就在哪儿。"

是的,她的确这样说过,不是夸张,不是矫情,而是实实在在发自内心的感受。

在他之前,她也曾有过一个家,一个幸福美满的家,她有美丽温柔的妈妈,高大英俊的爸爸,父母相亲相爱,视她为掌上明珠。

那时,她家是人们羡慕的对象,未婚的女生希望自己能嫁一个她爸爸那样的男人,未婚的男人想娶一个她妈妈那样的女子,已婚的男女希望自己能有一个像她那样的孩子,聪明漂亮又听话,书读得好,画画得好,琴弹得好,从来不调皮捣蛋惹家长老师生气。

那时,她爸爸最爱对人吹嘘:"想我夏兴凯一个山里娃,何德何能,居然能娶到书璿这么秀外慧中温柔贤惠的女子,真是祖坟冒烟啊!"

那时,爸爸最爱向人家讲述自己浪漫而坎坷的爱情史,说当年岳父岳母全家都反对女儿跟他成婚,他自己也体谅地提出分手,但书璿情比金坚,不惜跟父母闹翻,离开从小生活的省城,跟他来到C市这个破地方。

人家打趣说:"难怪你这么怕老婆!"

爸爸严肃地声明说:"我不是怕老婆,而是爱老婆。我要对得起老婆对我的厚爱,绝不让她对自己的选择有一丁点后悔,我也要用实际行动让我岳父岳母明白他们当初看错了我!"

但好景不长,幸福的生活在她读初二那年戛然而止。

妈妈病了。

刚开始,她不知道妈妈究竟是得了什么病,可能连她父母也不知道,或者是知道了但不愿意相信,总想找个更高的权威来推翻本地医院的诊断。

爸爸对她说:"你妈妈病了,我要陪她出门去看医生,你自己在学校食堂买饭吃,或者上餐馆吃,我托了对门的吴奶奶帮忙照看你。"

然后,爸妈就出门去了,有时是去省城,有时是去外省,有时是去首都,甚至提到过去美国,但不知道什么原因,终究没去成,最远只去了北京。

每次父母一走,她就陷入恐慌之中,好像他们此一去就再也不会回来了一样,她饭也吃不下,觉也睡不好,眼泪动不动就自己流下来。

吴奶奶经常过来看她,总是叹气说:"唉,好好的一家人,怎么摊上这么个事——"

她问吴奶奶:"我妈到底得了什么病?"

"这不还在到处求诊吗?我觉得没啥大事,肯定是乳腺增生,但是谁知道呢?我也不是医生——"

"乳腺增生——要紧吗?"

"不要紧,我就有乳腺增生,很多人都有,啥事没有。楼下的望阿姨,她还是乳癌呢,全切,这都好几年了,还是活鲜鲜的。"

她安心了。

爸妈在外面求诊了一段时间,终于消停了,不再往外跑。

晚上,妈妈来到她的房间,让她把上衣脱了,说要看看她的乳房有没有问题。

她害羞地脱了,但妈妈不光是看,还用手来摸她的乳房。她想躲开,妈妈拉住她,颤颤地说:"让妈看看,有问题早发现就没事了——"

妈妈摸了一会,慌张地说:"怎么有个硬结呢?这边也有,两边都有——"

妈妈慌张地从她房间跑了出去。

她吓坏了,急忙用手摸自己的乳房,的确有硬结,一碰就疼。

她听见妈妈在对爸爸说:"怎么璿儿的那里也有硬结呢?"

"哪里?"

大概妈妈指了自己的乳房,爸爸明白了,安慰说:"她那不是正在发育吗? 你忘了,你说过你自己刚发育时就是这样的。"

妈妈恍然大悟:"哦,是的,我——这段时间真是——急糊涂了,草木皆兵——"

于是妈妈给她讲乳房的保健知识,连婚后让丈夫也帮着摸帮着注意都提到了,把她的脸都听红了。

她悄悄问爸爸:"我妈到底得的什么病? 是乳腺增生吗?"

"不是。"

"那是——癌症?"

爸爸默认了。

"妈妈她自己知道吗?"

"知道。跑了这么多地方,还能不知道?"

"那妈妈会——死吗?"

爸爸低着头,不说话。良久,才仰头望天,哽咽着说:"我夏兴凯上辈子到底作了什么孽,今生要受这种惩罚?"

她那时还不能完全领会这句话的含义。

很快,妈妈就住院了,开刀,化疗,放疗,头发大把掉,人一天比一天瘦,经常痛得睡不着,哭着对她说:"璿儿,如果不是为了你,妈妈真的愿意现在就死掉,这疼痛,真不是人受的啊!"

她安慰说:"妈妈,你忍一忍,很快就会好起来的。"

妈妈悲哀地摇摇头:"璿儿,妈妈好不起来了,现在只是在数日子——"

"你会好起来的! 我们楼下的望阿姨就是跟你一样的病,她就好起来了!"

"妈妈的命没有她好啊!"

外婆第一次来到C市女儿家,一进门就跟女儿抱头痛哭,哭了好久好久。

外婆对妈妈说:"让璿儿跟我回省城去吧——"

妈妈来征求她的意见:"璿儿,妈妈活不了多久了,你这次跟外婆回省城去,以后就跟外婆过吧。你爸他——还年轻,肯定要再结婚的,那时他就没心思照顾你了——"

但她舍不得妈妈。

爸爸也舍不得她:"璿儿哪儿都不去,就跟我过。"

外婆说:"跟你过!你以后给她找个后妈,还不是该她受苦!"

"我不会给璿儿找后妈的!"

"哼,我一时半会还不会死,我看得到的。"

"您就看着吧!我夏兴凯说话算数!"

妈妈病倒后,就逼她学做饭:"你要学会做饭,你爸有你做饭,兴许不会给你找后妈。即便他给你找了后妈,你什么都会做,你后妈也可以少打你。"

而她爸总是说:"我根本不会给璿儿找后妈,你担什么心?好好养病,争取快点好起来。"

她无心向学,只想守在妈妈身边。但妈妈不让她请假,逼着她坚持上学:"请假多了会考不好的,你考不好,妈妈就会觉得是自己耽搁了你学习,会难过死的,反正你陪着妈妈也没用,又不能帮妈妈疼——"

妈妈也不让爸爸多请假:"你去上班吧,假请多了,奖金都扣没了,搞不好公司还会解雇你。"

爸爸白天去上班,晚上就到医院来陪妈妈。每次妈妈疼得厉害,爸爸就到护士值班室去要止疼药,每次都能要到几粒白色的药片回来。妈妈吃了,感觉好很多。

同病房的阿姨很羡慕,也支使自己的丈夫说:"老宋,我也疼得受不了,你去问护士要点止疼药吧。"

但宋叔叔每次都空手而归,跑来向爸爸请教:"老夏,你是问谁要的止疼药?"

"尤护士啊。"

"就是胖胖的那个?"

"胖胖的?这里几个护士都不胖吧?"

"反正就是几个护士里最胖的那个。"

"脸上有酒窝的那个?"

"她戴着口罩,我不知道她脸上有没有酒窝,只知道她一笑连眼睛都没了——"

"你太夸张了,人家那不是眼睛没了,而是弯成月牙了。是的,那就是尤护士。"

"那我也是问她要的,怎么她就不肯给我呢?"

"也许——你爱人情况不同?"

4

自从妈妈病倒之后,C市肿瘤医院就成了她家的后院,忽而就住进去了,忽而又出来了,进去往往是因为爸爸的坚持,出来往往是因为妈妈的固执。

越往后,妈妈就越固执,到最后那段时间,简直固执到不可理喻的地步,整个人变得面目全非,那个温柔宽厚善解人意的妈妈一去不复返,代之而起的,是一个脾气暴躁疑神疑鬼喜怒无常的女人。

每次她去医院,妈妈总是支使她:"去值班室找尤护士要几颗止疼片来,我疼得受不了啦!"

她急忙跑到护士值班室去。

有时尤护士正好在那里,听她说是来要止疼片的,就从一个瓶子里倒出几粒白色的药片,用个无盖的小塑料盒子装好,递给她:"拿去给你妈,说这是强力止疼药,吃了就不疼了,叫她服药之后多喝水多休息。"

她觉得自己比那个宋叔叔强多了,跟爸爸一样有能耐,能要到止疼药,很得意,颠颠地跑回去,把药片交给妈妈,也把尤阿姨的嘱咐传达给妈妈。

妈妈紧锁的眉头舒展开,把药服了,喝些水,闭上眼睛说:"我睡会儿。"

有时,尤阿姨不在护士值班室,她就问其他护士要止疼药。

但那些护士没尤护士那么好说话,都不肯给,说她们没有多余的止疼药可以给她妈,因为止疼药是需要医嘱的,医生开给谁,她们就发给谁,不能乱发。

她问:"那尤阿姨怎么能拿到止疼药呢?"

几个护士就意味深长地笑,挤眉弄眼地说:"哦,那个止疼药啊?我们给你也没用,你妈只要尤三姐——的药。"

她听不懂她们的话,只继续恳求。

但她们说什么都不肯给药,她只能悻悻地跑回妈妈的病房,遗憾地报告本次行动的失利。

妈妈立马变得烦躁不安:"去,你给我挨个病房地找,还有厕所餐厅什么的,每个角落都给我找遍,看她到底躲在哪里!我知道她现在当班,如果她不在值班室不在病房,那就有鬼了!"

她胆怯地问:"找谁呀?"

"找那个姓尤的胖女人,还能是找谁?"

她觉得在别处找到尤护士也没用,因为止疼药是放在护士值班室里的,如果尤护士不在值班室,怎么能拿到药呢?她恳求说:"妈妈,她现在不在值班室,我过会儿再去一趟——"

妈妈大发脾气:"你也帮着他们合伙整你妈是吧?你也巴不得你妈现在就死是吧?如果不是为了你,我会这么死撑在这里?我早就放手去了,随他们怎么去乱搞!既然你也帮着他们,那我现在就死给你看!"

她吓得拔脚就去找尤护士,一个病房一个病房地去找,厕所餐厅也不放过。

有时真的在某个病房找到了尤护士,她气喘吁吁地说:"尤阿姨,我妈疼得厉害——"

尤护士有点不耐烦地说:"我现在不得空,你对你妈说,我在402给病人挂水——"

"但是她疼得受不了!"

"我知道,我知道,你先回去把我的话告诉你妈,我待会得空了再给她送药过去。"

她无奈地回到妈妈病房,汇报尤护士的行踪,生怕妈妈又发火。

但妈妈并没发火,只疲惫地点点头,闭上眼:"嗯,我现在睡会儿。"

有时她找遍整个住院部也找不到尤护士的踪影,妈妈就会狂打爸爸的电话,打通了第一句话就是:"你现在在哪里?"

估计爸爸汇报了方位。

妈妈继续盘查:"在开会?跟谁开会?"

可能爸爸汇报了与会人员。

妈妈说:"老刘也在开会?那你叫老刘听电话。"

大概爸爸不想服从,于是妈妈炸了:"既然你说老刘也在开会,那你怎么不敢让他听电话呢?你当我是傻子?瞎子?我告诉你,人在做,天在看,你不要太猖狂,我还没闭眼呢,你就敢乱搞?你对我妈发的誓是放屁啊?"

但眨个眼的工夫,妈妈的语气又变得温和礼貌了:"老刘啊,我没事,就是想请你帮忙提醒一下我们家老夏,叫他下班时别忘了把饭盒带回来——"

再往后,爸爸的电话就没么好打通了。

妈妈打几遍没人接,马上全身颤抖,脸色发白,命令说:"璨儿,用你的手机打!打给你爸!"

她畏缩地看着妈妈:"打通了我——说什么?"

"你就说我快死了,叫他马上给我到医院来。马上!十五分钟内不到,叫他来给我收尸!"

她知道爸爸上班的地方离医院绝对不止十五分钟的路程,她怕爸爸紧赶慢赶,还是无法在规定期限内赶到,妈妈真的会去死,于是恳求说:"妈妈,爸爸他又没翅膀,十五分钟怎么可能从公司赶到这里来呢?"

妈妈更烦躁了:"你以为他真的在公司加班?别傻了,我知道他就在这儿,在医院里!"

"他在医院里？那他怎么不到病房里来？"

"你问我,我问谁去？"

"他在医院哪里？我去找他。"

"连你都找得到他了,那他还算本事？"

"这个医院的每个角落我都去过,我都知道——"

"你知道有什么用？他把门关着,你叫他他不应,你敲门他不开,你有炸药？能把门炸开？"妈妈不耐烦地说,"叫你打电话你就打,废那么多话干什么？再磨蹭几下,他都提起裤子走人了！"

她心急火燎地拨爸爸的号码,祈祷爸爸快接快接。

有时候还算幸运,爸爸接了电话,不等她把妈妈的最后通牒说出来,爸爸就说:"璕儿,爸爸是真的在加班,老刘也在。你对妈妈说,我加完班就来医院,如果她不相信我在加班,叫她给老刘打电话核实。"

"你自己对妈妈说,我让她来听电话。"

"不用了,我不想跟她吵架。"

她对妈妈转达了爸爸的话,妈妈平静了许多:"哼,他以为我不敢找老刘核实,我这就给老刘打电话,看他能把我怎么样！"

妈妈这样说着,却并没有给老刘打电话。

如果她给爸爸打电话也打不通的话,妈妈就直接打老刘的手机,开始还以"提醒老夏把饭盒带回家"之类的借口开头,后来就把饭盒们扔到爪哇国去了,上来就查问老夏在哪里。

等老刘汇报一通之后,妈妈严厉地说:"你不要给他打掩护,他要是心里没鬼,干吗不接我的电话？你别挂,直接把手机给他,我让他亲自来给我说清楚!"

有时,老刘直接把手机给了爸爸。

不知道爸爸说了什么,就听妈妈突然哭起来:"兴凯,我也不愿意这样啊!但你跟她走那么近,医院里的人都在说,我没法不往那方面想啊!你就看在我人之将死的分上,别搞得那么明目张胆,照顾照顾我的脸面吧!"

后来,老刘的电话也打不通了。

就是在那段时间,她第一次看见爸爸对妈妈发火:"邹书璿,你搞得太过分了!"

妈妈讥讽说:"我搞什么太过分了?给你打了几个电话就过分了?你忘了你追我的时候,哪天不给我打几个电话?那还是传呼电话呢!我不接电话,你就满世界找我堵我,冰天雪地站在我宿舍楼下,一冻一夜,冻到感冒进医院,我说没说过你过分?"

"这跟那是两回事嘛!唉,你那时多——温柔可爱,为什么现在变成了这样?"

"我为什么变成这样你不知道?你摸着良心问问自己,你对不对得起我?"

"我没什么对不起你的,都是你自己在疑神疑鬼,搞得人家看笑话。"

"看笑话?你是不是觉得我丢了你的人?那我告诉你,等我过几天眼一闭,脚一蹬,你想丢这种人都没得丢了!"

"丢我什么人?你作天作地,人家都把你当神经病,丢的是你自己的人!"

"我找自己的丈夫,丢什么人?我活都没几天活了,还管人家把我当神经病？难道不把我当神经病，我就不会死了？我还巴不得是个神经病呢！我要是个神经病，就什么都不懂，也就什么都不烦了，随你跟那个姓尤的女人怎么乱搞，肚子搞大了我都不烦，我在旁边看大戏！"

爸爸警告说："邹书璿，你别无中生有乱造谣！你这么说我没什么，但人家尤护士还是个大姑娘，你这么说人家，当心——人家告你造谣诽谤！"

妈妈尖酸地一笑："哟，这么护着她呀？我说她一句你就这么心疼？你怎么知道她是大姑娘？你试过了？"

爸爸站起身就往病房外走。

妈妈在身后大声喊："你跑！你跑！你有本事直接跑她那里去，再也别回来！我到你们公司去告你，让大家都知道你是个什么货色！你老婆还没死呢，你就等不及了？你连一年都熬不住？你不是人！你是发情的畜生！"

每当爸妈这样闹的时候，其他病房的病人和家属就会跑来看热闹，有劝妈妈看开些的，有劝爸爸注意点的，都在发言，各说各的，闹闹嚷嚷，有时把医生和科室主任都惊动了，赶快跑来劝解，有的唱红脸，有的唱白脸，各打五十板，然后把看客都驱散。

每闹一次，妈妈的病情就加重一次，而爸爸的人影就更难看到，于是形成了一个恶性循环：妈妈越闹，爸爸就越难找到；越找不到爸爸的踪影，妈妈就越发要闹。

遇到这样的场合，她就感到羞愧万分，无地自容，恨不得跑到天外，再也不回来。

5

妈妈去世后,遗体火化了,装在一个棕色的骨灰盒里,由她捧回了家。

她把妈妈的骨灰盒放在客厅的柜子上,上面放了个小相框,里面是她以前给妈妈画的像,柜子后面的墙上,挂着一个大相框,里面是爸爸妈妈和她三个人的合影。

她那时的心情,相比较妈妈住院的时候,反而轻松了很多,可能是因为目睹妈妈被疼痛和猜疑折磨的可怕情景,感觉去世变成了一种解脱,至少妈妈再不会疼痛了,她也再不用去找尤护士要止疼药了,妈妈也不会因为找不到尤护士或者打不通爸爸的电话而气得浑身颤抖了。

回想妈妈生病以来的种种表现,她有种感悟,其实妈妈是故意变得那么不可爱的,因为那样的话,身边人就会烦妈妈,讨厌妈妈。那么,当妈妈走后,她和爸爸就不会那么痛苦,反而有一种解脱的舒爽。

这样想着,她感觉自己理解了妈妈,妈妈变得更可爱了。

她常常独自一人走到一个僻静的地方,仰望天空,看天上飘浮的白云,感觉那是妈妈穿着白色的衣裙,在空中飘行,她走到哪里,妈妈就飘到哪里。

她向空中的妈妈伸开双臂,在心里默默念叨:妈妈,我知道你在看着我,守护着我,我一定不会辜负你的期望,我要好好学习,长大做个像你一样的设计师,把世间的美,传达给你,把你的美,展现给世界。

她的日子过得很平静,上学,放学,做饭,洗衣,写作业,画画,弹琴,像从前一样。

唯一不同的是,爸爸不像妈妈病倒前那样闲散,每天晚上都待在家里了,而是像妈妈病倒后那么忙碌,总在加班,总在开会,总在应酬,有时还出差,几天不回来。

每天晚上,她都眼巴巴地等着爸爸回家,爸爸没回来,她就睡不着觉,一颗心总是悬在那里,爸爸现在在哪里?会不会是出了车祸?会不会是喝醉了摔倒在路边?怎么到现在还没回来呢?

她担心得睡不着,就给爸爸打电话发短信,问爸爸在哪里。

有时爸爸会立即回复,报告自己的行踪,基本都是"在加班""在开会""在应酬"之类。

有时爸爸老半天都不回,她担心得不得了,感觉爸爸就像前几天电视上报道的那个醉汉一样,喝酒后骑着摩托车回家,在路上被一辆出租车刮蹭,倒在路边,人事不省,汽车一辆辆从他身边绕过,但没有谁下车扶他一把。最后,有个司机也喝醉了酒,没看见躺在路边的爸爸,径直开过去,爸爸被辗得血肉横飞。

她心急如焚,不停地给爸爸打电话,想叫醒醉倒在路边的爸爸。

爸爸没回音,她就一直打,一直打,一直打到爸爸接电话。

爸爸的声音里并没有醉汉的梦呓,也没有被汽车辗过后的奄奄一息,而是一种愠怒:"你打这么多电话干吗?天要塌了吗?"

她听到爸爸的声音,悬在嗓子眼的心放回肚子里:"没什么,就是怕你——就是问你什么时候回来。"

爸爸从来不说个具体时间:"加班加完了自然就回来了。你自己先睡吧,不用等我。"

她试着自己先睡,但怎么也睡不着,担忧地想,爸爸怎么那么多的班要加?刘叔叔怎么就不用加班?是不是爸爸为了给妈妈治病,欠了账,现在要拼命工作挣钱还债?爸爸加这么多班,会不会把自己累死?

她试图劝爸爸别那么拼命挣钱:"爸爸,干脆把我的绘画课和钢琴课停了吧,我自己多练习,是一样的。"

爸爸恨铁不成钢:"你妈不在了,没人逼你,你就不想学了?"

但妈妈从来没逼过她,只叫她先从老师那里学东西,回来就教给妈妈。

她小时候天真不懂事,以为妈妈真的需要她来教,所以学得特别认真,回来就一点一滴教妈妈。这样,等于她学了两遍,所以学得特别懂,记忆特别深。

现在她当然知道那是妈妈为了提高她的学习兴趣使的一个计,如果妈妈只是自己想学东西,完全可以自己也找个老师去学,哪里用得着她一个小毛孩来教?再说,妈妈的水平,比她的绘画老师和钢琴老师高得多,妈妈不过是在"易子而教"罢了。

但她不想对爸爸说这些,她的直觉告诉她,爸爸关心的不是这些,而是她学钢琴学画带给他的荣耀。他只喜欢叫她在外人面前露一手,然后听别人夸奖他女儿,夸奖他老婆,夸奖他自己,于是他就有机会说"想我夏兴凯何德何能"那段话。

她坦白说:"我不是不想学琴学画,只是怕家里钱不够用——"

"谁说钱不够用了?"

"那你为什么老是加班?"

爸爸愣了一会,问:"是不是人家对你说了什么?"

"哪个人家?"

爸爸没正面回答,只解释说:"不是钱的问题,而是老板要我加班,我不能不加。"

"那老板怎么不叫刘叔叔加班呢?"

"你怎么知道老板没叫刘叔叔加班?你去问刘叔叔了?"

"嗯。"

爸爸皱着眉头说:"你怎么变得跟你妈一样,成天查我的岗?"

她听出爸爸话音里的厌恶和反感,急忙声明:"我不是查你的岗,我是怕你加班加多了会——累死!"

爸爸沉默了一会,放缓口气说:"璹儿,你一个小孩子,把自己的学习搞好就行了。大人的事,你不懂,也别管。"

后来那段时间,爸爸就没天天加班了。

她很开心,但爸爸并不开心,也不跟她交谈,只关在卧室里上网玩手机。

有一天,爸爸突然告诉她:"我在B市找到工作了,下个月就去那里上班。"

她懵了:"B市在哪里?"

"在D省。"

"为什么你要跑那么远去工作?"

"因为我想离开C市——这个伤心之地。"

她不明白爸爸为什么要把C市称为伤心之地,这里明明是他们一家三口生活了十几年的幸福家园,虽然现在妈妈不住在家里了,但妈妈并没离开啊,一直都在身边,有时幻化成一朵花,有时变形为一条河,有时是天空飘浮的云,有时是林间轻拂的风。

难道爸爸感觉不到吗?

爸爸说:"如果你不想跟我去B市,我可以送你去你姑姑家。"

她有若干个姑姑,因为爸爸有若干个姐姐,还有一个妹妹,其中有几个她见都没见过,都是听爸爸说的。

她问:"哪个姑姑?"

"就是在镇上做裁缝的那个,就她条件好点,其他几个都在乡下,我不放心把你送她们那里去——"

镇上做裁缝的那个姑姑她见过,不过没什么好印象,因为那个姑姑每次评价她的时候,都会带上一个尾巴"只可惜是个女娃",好像是个女娃就是一个生理缺陷似的。

如果爸爸说她成绩好,姑姑就说:"聪明倒是聪明,只可惜是个女娃。"

如果妈妈把她的画作秀给大家看,姑姑就说:"能干倒是能干,只可惜是个女娃。"

还有姑姑那个儿子,巨调皮,像个多动症一样,成天蹦来跳去,脚不停手不住,不是把饭菜打翻了,就是把桌椅推倒了。她一去就变成了他的攻击对象,扯她的头发,抹鼻涕在她身上,还把她的画笔踩断了好几支。

她厌恶地说:"我不去姑姑家!"

"那你还能去哪里?"

"我去外婆家,她早就叫我跟她过的。"

爸爸断然拒绝:"不行,我不让你跟你外婆过!"

"为什么?"

"她会把你毁掉的!"

"怎么毁掉?"

"你跟她在一起,她成天在你耳边说我坏话,到时候你就不认我这个爸爸了。"

"不会的!"

"不会也不行!她现在自己都中风半身不遂了,怎么照顾你?"

"正好我可以照顾她呀,我会做饭,还会用洗衣机,我还可以给她按摩,喂她吃饭——"

但无论她怎么恳求,爸爸就是不同意。

她只好跟爸爸去了千里之外的B市。

到了B市之后,她发现其实B市跟C市没什么两样,衣食住行都差不多的,而她的生活,只有很少一部分是外部世界的衣食住行,绝大部分都在内心。

当她走到一个僻静处,仰望天空,她仍能看见妈妈化作白云向她飘来,化作微风轻拂她的脸颊,化作太阳照耀在她身上,化作细雨滋润她的心房。

她又过起跟在C市时一模一样的生活,只是没有钢琴弹了,原来的钢琴卖了,现在租的是个两室一厅,没地方放钢琴。

没多久,爸爸提出送她去学校住读:"爸爸刚到一个新地方,要努力工作,没时间照料你,你住学校里,有食堂,还有生活老师照看,比在家里还好。"

她想了想,同意去学校住读,因为那是个重点初中,学生是来自B市各校的尖子生,很多都是住校。

更重要的是,如果她不住校,就等于是一个人住在那个租来的房子里,因为爸爸经常加班,晚上总是很晚才回来,有时还要去外地出差,好几天不在家,还不如住在学校里,至少不用每晚等候爸爸回家。

于是,她搬到学校去住读,周末才回家。

6

住校真的很好,不用乘公车上学放学,节约了路上的一个多小时,也不用自己做饭,又节约了一个多小时,使她有更多的时间写作业和画画。

但她很惦记爸爸,怕爸爸一日三餐在外面吃会把身体吃垮,所以总是趁周末回家的时候,给爸爸做很多饭菜,放在冰箱里让爸爸慢慢吃。

爸爸很爱吃她做的饭菜,她每次回家打开冰箱,都发现自己上周末做的饭菜全吃光了,使她很有成就感。

有个星期五下午,她乘公车回家的时候,在一个车站看见了尤护士。

当时,车停在那个车站等客上下,那些人都在拼命挤,搞得上的上不了,下的下不了,全都堆在两个车门那里,耽搁很多时间。

她的座位在靠车站的那边,她正无聊地看着那些疯挤的乘客,突然眼角的余光瞥见候车亭有个女人,很像尤护士。她伸长脖子仔细看了几眼,的确是尤护士。

这是她第一次看见不穿白大褂的尤护士,发现尤护士真的不算胖,就是脸大骨架大。尤护士脸上的确有两只酒窝,但不是像别人那样长在两边的脸颊上,而是长在脸的正面,在离嘴角不远的地方,也不是椭圆形的,而是圆形的,很小,只比绿豆大一点。

估计尤护士等的不是她这路车,因为没往车上挤,而是站在候车亭里,转过来,转过去,像在找人。

她正想敲敲车窗让尤护士看过来时,车开动了,只好作罢,但心里止不住好奇,尤护士怎么会在B市?难道是来旅游的?

但尤护士的打扮一点也不像个旅游的样子,没戴太阳帽,没挎旅行包,没穿旅游鞋,也没跟团,肯定不是来旅游的。

晚上,爸爸照例加班,很晚才回来。

她一直等着爸爸,听到爸爸进门的声音,就跑出去迎接,向爸爸播报当天的重大新闻:"爸爸,我下午回家的时候,在广场路的公车站看到尤护士了!"

爸爸愣了一下,说:"不会吧?肯定是你看错人了。"

"没看错,肯定是她!车停在那里好半天,我从窗子里看得清清楚楚。"

爸爸没吭声。

她猜测道:"她是不是知道你来了B市,就跟着跑过来了?"

爸爸虎躯一震:"你瞎说些什么呀!"

她以为爸爸在谦虚,忙证明说:"不是瞎说,是真的有可能！你忘了,宋叔叔就说过尤护士喜欢你,所以你每次问她要止疼药她都给,但是宋叔叔去要她就不给。"

"哪有那回事?"

"怎么没有呢,我记得清清楚楚。"

"你肯定是记错了。"

"我肯定没有记错,这才过了几天啊?半年都不到。"

爸爸批评说:"小孩子家,怎么思想这么——复杂?多把心思用在学习上,别这么八卦!"

爸爸说完就进自己房间去了。

她也只好回房睡觉。

从那之后,她就开始寻找尤护士,因为她心里有个疑问,只有尤护士才能解答。

她像名侦探柯南一样进行推理:尤护士在C市时是肿瘤医院的护士,调到B市应该还是干老本行,而B市只有一个肿瘤医院,还有几个医院有肿瘤科,尤护士肯定是在其中之一工作。

于是她就到这些地方去找尤护士。

放学后去找了几次,没找到,可能尤护士上白班,已经下班回家了。

她星期三请了半天假,中午就出发去这几个地方找尤护士,终于在B市肿瘤医院找到了。

尤护士看见她,像看见了鬼一样,愣了足有十秒钟,才瞪着眼睛问:"你到这里来干什么?"

"我来问你止疼药的事。"

"你妈都死了,你还来问我拿止疼药?拿了给谁吃?"

"我不是来问你拿止疼药,而是想问问你给我妈吃的那些白色药片到底是什么药。"

尤护士舒口气:"怎么突然想起问这个?"

"因为别的护士都说止疼药没医嘱拿不到,所以我觉得你给我妈吃的肯定不是止疼药,到底是什么药呢?会不会是什么——不好的药,把我妈吃坏了——"

"别瞎说了,我给你妈的是维C,怎么可能吃坏?"

"是维C?那怎么我妈吃了会觉得止住疼了呢?"

尤护士打鼻孔里哼了一声,说:"你妈那个人,你还不知道?心理作用最强了,说起风就是雨,什么都能想象出来。我说是止疼药,她就觉得能止住疼,如果我说是抗癌的灵丹妙药,她肯定觉得自己癌症都给治好了!"

"那你怎么不说是抗癌的灵丹妙药呢?"

"我干吗要那样说?"

"你那样说了,我妈的癌症就能治好啊,那不是救人一命吗?"

"我那样说了你妈的癌症就能治好?别开玩笑了!"

"不是你自己刚才这样说的吗?"

尤护士一愣,辩解说:"我没说能治好,我只说你妈自己觉得自己的癌症治好了。是觉得,懂不懂?"

"那不是一样吗?如果她自己觉得治好了,那她就会很开心,体内就会充满正能量,身体就会变强壮,正常细胞就会变勇敢,全都起来歼灭癌细胞,不是就能治好吗?"

尤护士嗤之以鼻:"喊,你以为癌症治疗像你想的那么简单?我在肿瘤医院干了这么多年,还从来没有见过谁是靠心理作用治好癌症的。"

"那是因为你们没对病人说医生开的是灵丹妙药！"

尤护士愣住了，好一会才说："你怎么知道我们没对病人那样说？"

"那就是因为你们医院的病人都没我妈的心理作用强！"

尤护士又嗤之以鼻："我说你妈心理作用强，是在拣好听的说，意思就是说她爱捕风捉影，疑神疑鬼，自己吓自己，自己哄自己，你还当成是个优点了？"

"当然是优点啊，我每次钢琴比赛前，我妈就对我说：'这些参赛选手练琴的时候，我都听他们弹过，都没你弹得好，你别紧张，别害怕，轻轻松松打败他们，稳拿第一名。'其实我妈并没有听他们弹琴，但我那时不知道，所以信以为真，上场就一点不慌张，每次都能尽情发挥，拿到第一名。"

"哼，那说明你们两母女都一样，神神道道的。"

"这不是神神道道，而是科学！这个叫心理暗示，懂不懂？如果你那时对我妈说，那些维C片是治癌症的灵丹妙药，我妈肯定能被治好！"

"你妈是乳癌晚期，根本不可能治好。"

"肯定能治好，我们楼下的望阿姨也是乳癌晚期，她就治好了——"

"那肯定是因为她跟你妈是不同的乳癌——"

"她跟我妈是一样的乳癌，但是她丈夫每天给她吃'善存'，说是美国研制出的抗癌新药，已经治好了成千上万的乳癌患者，望阿姨就信了，她的乳癌就治好了，到现在都活鲜鲜的。"

"那你怎么不给你妈吃'善存'呢？"

"我是个小孩子，我说那是灵丹妙药我妈也不会信，但你是护士,你说了她肯定信——"

"你还怪到我头上来了?"尤护士不耐烦了,威胁说,"你不好好读书,旷课到处跑,当心你爸知道了揍你!"

"我爸从来不揍我!"

"那我去叫保安来抓你!"

她见尤护士真的拿起电话,开始拨号,有点害怕保安来了会抓她,只好离开医院,回学校去。

她刚到学校门口,爸爸就打电话来兴师问罪:"你今天怎么旷课了?"

"谁说我旷课了?"

"你——班主任说的。"

"我明明跟她请了假的,她怎么对你说我旷课?我现在就去问她!"

"你问她干什么?自己知道错了就好,下次别再旷课,不然我扣你下个月生活费!"

她觉得很奇怪,今天下午没上课的事,只有她和班主任知道,再就是尤护士知道,但班主任明明知道她不是旷课,怎么会对爸爸说她旷课了呢?只有一种可能:是尤护士对爸爸说的,因为她没对尤护士说下午请了假,所以尤护士理所当然地认为她是旷课。

仿佛灵光一闪,她开了天眼!

原来妈妈那时并不是无中生有疑神疑鬼啊!那两人的确是在妈妈的眼皮子底下有来往,才会搞得满院风雨,传到妈妈耳朵里。妈妈死后,他们还在继续来往,所以爸爸晚上总是不在家,对她撒谎说是在加班。再然后,就都跑到B市来了,他们还嫌她碍眼,把她送到学校去住读。

她想到妈妈那时病重躺在床上,不能像她这样上天入地到处追踪,只能叫她去找尤护士,只能靠打电话,但又经常打不通,那得是多么的折磨人!

她一颗心为妈妈痛成了碎片,不顾一切地说:"我知道了,妈妈是被你们气死的!"

"瞎说!你妈是得乳癌死的,你又不是不知道。"

"得乳癌怎么了?得乳癌也不是非死不可!望阿姨得的也是乳癌,她的丈夫天天陪着她,她就活那么久都没死,而你把我妈丢在病房里不管,我妈就只活了一年还不到!"

"乳癌也分种类分早期晚期的,望阿姨她——"

"你别糊弄我了,我问了望叔叔的,望阿姨跟我妈的乳癌是同一个类型,都是晚期!是你和尤护士害死了我妈!"

爸爸申明说:"我那时跟你尤阿姨真的没什么,她是个心肠很好的人,看我可怜,同情我,花了些时间安慰我——"

"她心肠那么好,怎么不去安慰我妈?"

"你妈是病人,安慰没用,主要靠治疗。但病人的家属处在那种情况下——压力是很大的,心情是很糟糕的,所以需要别人的——安慰。"

"我也是病人家属,她怎么不来安慰我?"

"你一个小孩子——"

"小孩子怎么了?小孩子的心就是木头做的?"

"你别横扯了!"爸爸再次申明,"我们那时真的是——清白的,我可以对天发誓!"

"我不管你们清白不清白,我只知道我妈是被你们气死的!"

"你怎么变得跟你妈一样不可理喻?"

"你总说我变得跟我妈一样,是不是指望我跟我妈一样死掉,免得碍你们的眼?"

"你——你怎么变得——你这是想气死我啊?"

她没敢往下说,不想把爸爸气死。爸爸死了,她就成了孤儿,要被送到孤儿院去。

7

浑浑噩噩地过了一个星期,又到了周末。虽然特别不想回去面对爸爸,但学校食堂周末不开伙,她只好回家去。

她发现家里发生了很大变化,家里唯一的一个洗手间里多了一些陌生的洗漱用品,而她的洗漱用品都被挤到了角落里。

她跑到两个卧室去查看,发现她的那个卧室没什么变化,但爸爸的那个,床单枕头全都换成了陌生的东西,衣柜里挂了很多女人的衣裙,柜子上一堆护肤品化妆品。

她给爸爸打电话:"爸爸,我怎么看见家里很多——别人的东西?"

爸爸淡定地说:"那是尤阿姨的,她搬过来了。"

"为什么她——要搬过来?"

"因为我跟她在——处对象。好了,现在我们把这事公开了,就不用再偷偷摸摸,也免得你不好好学习,旷了课到处打听——"

她气结:"但是妈妈去世才——几个月啊?"

爸爸语重心长地说:"璕儿,人不能老是陷在过去的痛苦里不能自拔，那样对谁都没好处。如果你妈在天有灵，她一定会希望我们都忘记从前，踏入新的生活。我这样做，正是为了告慰她。你也要向前看，别老是抱住沉痛的过去不放，那样不利于你的健康成长！"

她被这罐心灵鸡汤泼了个满头满脸，一句话也说不出来。

爸爸交代说："待会我去接尤阿姨下班，然后一起回家。你懂事些，别跟她闹别扭。有时间的话，把饭做了。没时间做，或者不愿意做，就提前给我打个电话，我先带她去餐馆吃，回来时给你带些回来——"

"你们是不是在C市的时候就——好上了？"

"现在说这些有意义吗？"

"为什么没意义？"

"有什么意义？"

"至少能弄清妈妈那时候是不是——无理取闹。"

"怎么不是呢？我已经对你说过了，我那时跟尤阿姨是清白的，是你妈妈疑神疑鬼，闹得满城风雨，搞得我们在C市待不下去，只好上这里来，现在房子这么贵，还不知哪年哪月才买得起。"爸爸越说越生气，"我已经给你把道理都说清楚了，如果你一定要无理取闹，我会——停掉你的学费生活费！"

她感觉一双有力的铁腕，紧紧锁住她的咽喉，让她喘不过气来。

她想起妈妈和外婆的嘱咐：你爸终究是要给你找后妈的，到那时，一定别跟爸爸和后妈闹，越闹你吃的苦越多。记住：人在矮檐下，不得不低头。

她哭了一会，抹干眼泪，去厨房做饭。

刚做好,爸爸和尤护士就回来了。

爸爸满脸是笑,但尤护士非常高冷,眼角都没扫她一下。

她也木着一张脸,没理尤护士。

爸爸想搞活气氛,显摆地对尤护士说:"我没说错吧?璿儿没给我打电话,我就知道她已经把饭做好了。璿儿就是这么懂事——"

尤护士充耳不闻,自顾自地走进主卧去了。

爸爸破天荒地帮着摆桌子端饭菜拿碗筷,然后巴巴地到主卧去叫尤护士来吃饭:"美贤,都弄好了,快出来吃饭吧!"

两人在房间里咕咕哝哝了一阵,才双双走出卧室,来到客厅,在饭桌边坐下。

席间,爸爸精心伺候着尤护士,又是夹菜,又是舀汤,忙得不亦乐乎。

但尤护士只高冷地吃着,有时还对爸爸发脾气:"好了好了,别给我夹那么多青椒肉丝了,我这几天牙疼——"

"那我只给你夹肉丝,不夹青椒。"

"肉丝是用青椒炒的,不也是辣的?"

"哦,那我给你夹番茄炒蛋吧。"

"别夹了,别夹了,不知道给人夹菜不卫生吗?"

爸爸讪讪地说:"那我不夹了,你自己一定要放开吃,别拘束。"然后转过头,叮嘱她说,"璿儿,你尤阿姨这几天牙疼,做菜别放辣椒。"

整个周末,尤护士都没理过她,开饭以外的时间,都跟爸爸关在卧室里,或者出去逛街散步。饭桌上只跟爸爸说话,而且只说那些她完全插不上嘴的话题。如果爸爸问她学习上的事,尤护士就马上拉着爸爸的胳膊问问题,让爸爸不得不放下跟她的对话,转而去应答尤护士。

于是,她连周末也不回家了,就住在学校,到外面餐馆去解决一日三餐。

这样的生活,倒也平静。

有个周末,爸爸找到学校来了,说要带她去餐馆吃饭。

她见尤护士没出现,就爸爸一个人,心中窃喜,以为两人闹翻了,或者爸爸幡然悔悟,不再跟尤护士来往了,今天是来接她回家的。

她兴高采烈地跟爸爸去吃饭,结果爸爸在饭桌上说:"璿儿,爸爸跟尤阿姨要结婚了——"

她很生气:"你忘记你对我外婆许下的诺言了?"

"什么诺言?"

"你说你绝不会给我找后妈的!"

爸爸叹口气,说:"璿儿,你还小,还不懂人生。我是个正常男人,才刚四十出头,怎么可能打几十年的光棍呢?"

"那你为什么要对我外婆许那个诺?"

"她那时要把你带走——"

"那你就撒谎?"

"我也不是撒谎,我那时的确是不准备再婚的,但是现在——你尤阿姨怀孕了,我不忍心让她把孩子打掉,因为那是一条性命啊!"

"那她自己生就是,为什么非要跟你结婚不可?"

"不跟我结婚,她生下的就是私生子,我怎么能让我的儿子连个名分都没有呢?"

爸爸见她不吭声，试探着说："婚礼是下个星期六上午11点，在风华路上的'风光酒店'，你到时自己去，我那天肯定很忙，没空来接你。"

她还是不吭声。

爸爸说："这里有两百块钱，你拿去买件喜庆点的衣服，小孩子，不用买太贵的，我们也不准备搞得太铺排，钱要留着买房子——"

她仍然不吭声。

爸爸把钱放在桌上，犹豫着说："我就是想事先给你打个招呼，你尤阿姨是土生土长的B市人，在这块亲戚朋友很多，她——爱面子，不想让亲戚朋友知道她一个大姑娘找了个——二婚男人，所以她对她的亲戚朋友都是说我——从来没结过婚——"

她忍不住了："你从来没结过婚？那我是咋回事？"

"什么你是咋回事？"

"她对她的亲戚朋友怎么说我的？"

"呃——没说那么具体，只说你是——我乡下亲戚的女儿，到城里来读书，我帮忙照顾——"

她欲哭无泪，这待遇，真是连灰姑娘都不如啊！

她讥讽地问："那我在婚礼上叫你什么？"

"叫我夏叔叔就行了。"

"我叫尤护士什么？"

"就叫尤阿姨。"

"你们说我是哪个乡下的人？我不还得说一口乡下话才行？不然不是露了你们马脚？"

"嗯——这个到不必,现在的学生在学校里都是说普通话吧?你到时说普通话就行了。"

爸爸看她没哭没闹,还打听各种细节,很配合的样子,不禁松了口气:"你是个懂事的孩子,我不担心你,就是C市那边的一些亲戚,很多都是乡下的,对他们讲不清楚,怕他们在婚礼上说漏嘴,你到时躲着他们点,他们不看见你,应该不会提到你——"

"他们也要来参加你的婚礼?"

爸爸按捺不住得意之情:"我是叫他们别来,这么远,人又这么多,我没钱给他们出路费,但他们说自费也要来参加婚礼,因为你尤阿姨怀的是夏家的长孙!按现在这个独生子女政策,那就是夏家唯一的一个孙子,他们都很重视。"

她立即想起外婆上次来看妈妈时,私下里对她说过的话:"你爸爸肯定给你灌输的都是我如何如何封建势利,门第观念,阻碍他和你妈的自由恋爱——"

"难道不是这样吗?"

"当然不是这样!我刚开始是不同意你妈跟你爸结婚,但那不是因为嫌他穷,其实他也算不上穷,那个年代,他和你妈都是大学生,出来工资都差不多。"

"那你为什么不同意呢?"

"因为你爸和你妈——根本不是同样的人,你妈是个——心思细腻多愁善感的女孩子,而你爸不是,他们俩很难有真正的心灵沟通。但你爸妈那代人,都是在'文革'里长大的,你妈没见过什么浪漫多情的人,刚好你爸追得紧,你妈就被打动了。"

"我妈自己都被打动了,你为什么要反对呢?"

"因为你爸不仅是不浪漫多情的问题,他还是夏家的独子,而他们那边的风俗文化,是很重男轻女的。你妈嫁入那样的家庭,除非是一生就生个儿子,不然他们夏家肯定会下作你妈,会撺掇你爸离婚再娶。"

她那时哪里会相信这个!

外婆接着说:"但你妈执意要嫁给他,我们也没再反对,只希望你妈留在我们身边,不要放弃已经分到手的省城的工作。当时你爸被分到了C市,但可以调动啊,我们肯定会在省城帮他找工作。但你爸不同意,说那样就是倒插门,他硬生生地带着你妈去了C市。这些年来,虽然你妈要面子,对我们一向是报喜不报忧,但她气急了也会说漏嘴,所以我知道你妈怀你的时候,你爸那些亲戚就撺掇他找路子给你妈做B超,看看你是男是女,如果是女孩就——处理掉。"

"那我爸肯定没给我妈做B超,不然就没我了。"

"可能没找到后门,没做成。也可能做了,但你妈拼命保住了你。具体情况你妈没说,但她说过,你出生之后,他们夏家没一个人到C市来看过你和你妈,还一直都在你爸面前说你妈的坏话,让你爸离婚再娶。"

"但我爸没离婚再娶。"

"到现在为止是没有,但我把话说了放这里,等你妈一走,你爸就会续弦,你还是趁早跟我去省城。"

她那时一点都不相信外婆的话,反而觉得外婆很变态,挑拨他家的关系。

但现在铁的事实摆在面前,她不得不承认姜还是老的辣。

她立即打电话给外婆,通报爸爸再婚的消息。

她的原意是想告诉外婆她以前不懂事,错怪了外婆,现在爸爸要娶后妈了,而后妈理都不理她,她希望外婆能收留她。但没想到弄巧成拙,她刚汇报完事实部分,其他什么都没来得及说,外婆就泣不成声,悲怆地说:"可怜我的璿儿——"

然后,电话哐当掉地上了。

她连声叫:"外婆!外婆!你怎么了?"

但外婆没回答。

片刻之后,电话上响起别人的声音:"老人家又中风了,我要打120,你这边我挂了!"

8

爸爸和尤护士的婚礼,她没有去参加。

当她通告爸爸不参加婚礼的时候,爸爸没反对:"这样也好,你可以好好休息,也免得你尤阿姨——尴尬。"

"你怎么这么怕尤阿姨尴尬?"

"也不是怕,就是觉得——她一个从没结过婚的大姑娘,跟我这样的二婚男人成亲,还是很委屈的。我没办法改变我结过婚这个事实,但只要是我能——弥补的,我会尽力弥补。"

"那我的委屈谁来弥补?"

"你的委屈?什么委屈?"

"你连我是你的女儿都不敢承认,我不委屈吗?"

爸爸辩解说:"我哪有不承认你是我的女儿?户口本上不是明明白白写着吗?我又没去改掉。再说我哪个月不给你生活费?如果不承认你是我女儿,我还会养着你?"

"你都对别人说我是你乡下亲戚的女儿了,那还叫承认我是你女儿?"

"我哪有对别人说你是我乡下亲戚的女儿?我刚来这边不久,没认识几个人,我对谁说这些?就是尤阿姨对她的那些亲戚朋友说了下,反正你以后也不会跟她那边的亲戚朋友来往,她说你是谁,有什么关系?"

爸爸安慰了她几句,就匆匆挂掉了电话。

她心情郁闷,看不进书,写不了作业,只好提着画夹到学校后面去写生。

但写生也没法进行,眼前挥之不去的,是一个凄厉的画面:瘦骨嶙峋的妈妈,披头散发,破衣烂衫,颤颤巍巍地来到爸爸的婚礼现场,指着西服革履胸戴新郎红花的爸爸,厉声说:夏兴凯,你说了不为璔儿找后妈的!你言而无信,不得好死!

爸爸像没听见一样,继续满面春风地行着婚礼。

突然,一道闪电划过,爸爸和尤阿姨被劈倒在地。

但她觉得那个场面一点也不解恨,她不知道怎样才解恨,或者说,她心里其实也没有恨,只有痛,挥之不去的痛,无法排遣的痛。

她想起妈妈临死前的那段时间,总是指着胸口说:"我这里痛——"

她以为妈妈是胸前的刀口痛,马上说:"我去问尤护士要止疼药。"

"没用的,那个药止不住这里的痛。"

现在,她体会到妈妈心里的痛,那是被所爱的人冷落欺骗背叛的痛,世界上没有药可以止住。

她埋下头,无声地啜泣。

不知道哭了多久,突然听见身边有人说话:"我到处找你,你怎么跑这里来躲着哭?"

她不敢抬头,但凭声音就知道是班上的同学华强,全班除她之外唯一一个周末待在学校的人。自从发现她周末也待在学校之后,他就跑来约她一起去餐馆吃饭。

她用手里的纸巾擦擦鼻子,低着头说:"谁说我在哭?是感冒了。"

"感冒了还坐在外面吹风?走,我们去吃早饭!"

"我今天没胃口,不想吃,你快去吃吧!"

他不但没走,还伸出手,抬起她的下巴,鉴定说:"你这不是感冒,是在哭!"

还从来没有男生用手碰过她的下巴,她脸一红,打掉他的手。

他一点也不生气,关心地问:"谁欺负你了?说了我去揍他!"

"没谁欺负我。"

"我不相信!"

"是真的,这个学校从来没人欺负我。"

这是个实话,她转到这个学校后,从来没被谁欺负过,因为这是个重点中学,学生都是B市各校考来的尖子生,脑子里只有"分数""中考""重点高中"之类的字眼,没心思也没时间欺负人。

顶多就是有几个人嫉妒她而已。因为她成绩好,考试总是全班第一,那些本来就十名二十名的人,倒也并不嫉妒她,只有那几个从前排名一二三的,才有点忌恨她名列前茅。

但学霸的嫉妒,也就表现在不跟她做朋友上,还不至于闹到大打出手欺负人的地步。

他不依不饶,一定要她说:"快告诉我,是不是王疤子欺负你了?还是李歪嘴?肯定是这两个家伙,我听他们背后叫你'外来妹'——"

她怕他误会是王文轩或李大林欺负了她,跑去找人家麻烦,只好坦白说:"没谁欺负我,是我爸——他今天结婚。"

"你爸结婚?跟他的小三吗?"

她想了想,觉得尤护士算得上小三,便点了点头。

他很仗义地说:"那你告诉我他们在哪儿办婚礼,我找几个人去把他们婚礼给搅了。"

"为什么搅和?"

"给你和你妈出气,让你爸结不成婚啊!"

"没用的,顶多也就是搅和一场婚礼,但他们儿子都有了,还有什么结得成结不成?肯定是要在一起过了。"

"你妈就这么让位了?那也太好欺负了吧?我妈就没这么好说话,死不离婚,拖也要把我爸和小三拖黄。"

"你爸也有小三?"

"现在的男人,谁没有小三?"他猜测说,"是不是你妈自己也找了个三,懒得跟你爸计较了?"

"不是,我妈已经——过世了。"

"哦,过世了? 那你爸再婚合情合理啊,你难过啥呀? 走,我们俩去你爸婚礼上喝喜酒。"

"我不去。"

"干吗不去呀?"

"如果你妈——过世了,你爸再婚,你会去喝喜酒?"

他理所当然地说:"怎么不喝呢? 平时不让我喝酒,婚礼不是正好喝几口吗?"

"你爸再婚你不难过?"

"又不是拿我的生活费办喜酒,我有什么要难过的?"

"你不怕后妈虐待你?"

"嘻嘻,谁虐待谁还不一定呢! 再说,我根本就不会跟后妈在一个屋顶下住,她上哪儿去虐待我?"

"那你在哪儿住?"

"在学校住啊。"

"这就是你周末也住学校的原因?"

"不是,我妈又没死,我爸哪敢给我找后妈? 顶多偷偷摸摸找小三。"

"那你怎么周末也不回去?"

"回去干吗? 听他们唠叨? 别把我烦死了!"

"但是他们怎么会允许你周末不回家呢?"

"他们巴不得我周末不回家,因为他们忙得很。"

"那你每天都见不到你爸妈,不想他们吗?"

"我想他们干吗?"

"他们是你的爸妈呀!"

"是我爸妈我就得想他们? 谁规定的? 爸妈不过就是生我

的人而已,我又没请他们生我,是他们自己要生,怪我?"

"那你一生下来就不跟着你爸妈?"

"小的时候,我不会吃饭穿衣,那我没办法,只能跟着他们。现在我早就能自己搞定自己了,还跟着他们干吗?只要他们按时把钱打给我就行了。"

她感觉他活得太潇洒了,天马行空,无牵无挂,她要是也能这样就好了。

他问:"你这么难过,是因为你很想你爸?"

似乎也说不上想。

他又问:"你需要你爸给你做饭洗衣?"

她摇摇头:"我给他做饭洗衣还差不多。"

"那你需要他给你洗脸梳头?"

"也不需要。"

"你需要他哄你睡觉?"

她忍不住笑了一下:"我都这么大了,睡觉还要人哄?"

"那你想他干吗?想他唠叨你?"

"他也不唠叨我,只是——不管我。"

"不管你正好啊!你喜欢有人管着你?"

"我说的不管,就是说他不关心我,一心都在——他的后老婆身上。"

"只要他给钱你花就行了,管他心在哪里,你要他的心来当饭吃吗?"

经他这么一说,她也觉得是这么回事。

他问:"是不是他再婚了就不给你生活费了?"

这个她还没想过:"我也不知道。"

他很内行地说:"别怕,你还不到十八岁,你爸必须养你。如果他不养你,你可以把他告上法庭,说不定赔出多的来,因为还要加上利息呀、精神损失费之类的。"

她有点紧张:"过了十八岁就可以不养了?"

"过了十八岁当然可以不养了,法律就是这么说的。"

"可是我十八岁的时候,肯定还在读大学,如果我爸不养我了,我——怎么办呢?"

"只是说可以不养,没说绝对不养嘛。"

"但是他现在有了儿子,他那个——后老婆肯定会逼着他不养我,把钱给她儿子花。"

"你可以告他呀。"

"我是说十八岁以后。谁养我呢?"

"我养你呀。"

"但是你自己都要别人养,怎么养得起我?"

"怎么养不起你呢?你又不难养,我看你从来不买零食,不买化妆品,不买衣服,就吃个饭,好养得很。"

"但是我——画画要买很多东西,很费钱的。"

"你爸一个月给你多少钱画画?"

她爸就是每月给她几百块钱,没说多少是用来吃饭的,多少是用来画画的。她根据自己的用度,估摸着说:"两三百块吧。"

他扑哧一笑:"我还以为是什么天文数字呢!就是两三百块?那我提高一个名次就把你一学期画画的钱赚回来了!"

"提高一个名次?什么名次?"

"就是在班上考试的名次啊。"他解释说,"我爸妈给我规定了,考试不能低于全班前十名,低了就扣我的生活费,高了就发奖。如果我期末考到前十名以上,每提前一个名次就奖给我三千块钱。"

她惊呆了!

三千块啊!她爸一学期都给不了她三千块!

他坦白说:"我本来是不费吹灰之力就能保持第十名的,但你来了,我就得努把力才能不掉到十名以下,所以刚开始我挺恨你的,都不怎么跟你说话。"

"是吗?那后来呢?"

"后来?后来我看你周末也待在学校,很孤独的样子,我就不恨你了,就想陪着你。"

她心里一热:"但我从今以后一直都会这么孤独,因为我没有了妈妈,没有了外婆,爸爸也再婚了,我在这个世界上——谁都没有了。"

"谁说你谁都没有了?你有我呀!"

"你会陪我一辈子?"

"肯定会。我陪你一辈子,养你一辈子,我说到做到!"

9

她不知道怎么形容当时的感觉,那种感觉对她来说,绝对是全新的、独特的。但她所知道的词汇都是前人用了千百年的,所以如果要用语言来形容她当时的感受,就变成了陈词滥调,无非就是:华强就像一缕阳光,给她灰暗的世界带来一线光明;华强又像和煦的春风,吹走了她心头的那片乌云。

从那以后,她就和华强走得很近,但也不过就是初中生的那种近而已,可能连早恋都称不上,因为他们两个人从来没对彼此说过"我爱你",华强也没提出要她做他的女朋友,他们连吻都没接过,平时也不是从早到晚腻在一起,还是各忙各的。

他们之间唯一像恋人的地方就是周末会一起度过,主要是一起出去吃饭,一起写作业,其他时间,有时一起出去玩,有时各玩各的,她画画,他去网吧。

小日子过得挺开心。

但节假日就不行了,不仅食堂不开伙,连学校都要关闭,学生一律离校,他俩只好各回各家。

那年的元旦放三天假,学校关闭两天半,要到第三天下午才开门。

她不得不回家去面对那两人。

要说尤护士是个《灰姑娘》里面描写的那种后妈,那还说不上,但她就是不愿意跟尤护士待在一起,觉得膈应得很,因为尤护士虽然不打她不骂她,但也不睬她,当她透明。

当然,最令她伤心的还不是尤护士的不理不睬,因为尤护士在她生活中,一直都是个外人,以前从来没关心过她,现在还是不关心她,她也没指望过尤护士会关心她,所以,没有希望,没有失望,没有心理落差,就不会觉得有多痛苦。

令她伤心的,是爸爸!

爸爸从前是很关心她的,她是爸妈的掌上明珠,爸妈的一举一动都是围绕她在转,有她在场的时候,爸妈谈的都是与她有关的话题,都会让她加入,让她觉得是三个人在讨论,而不是两个大人在聊天。

但现在爸爸全变了,真的拿她当乡下亲戚的女儿看待了,除了吩咐她干活,基本不跟她说话,更不会对她推心置腹。

爸爸眼里只有尤护士,不仅接送尤护士上下班,还给尤护士洗脸洗脚剪指甲,清早跑出去给尤护士买早点,半夜跑出去给尤护士买宵夜,从来不顺带问她是否也想吃一点。

她在家里待着,像待在冰窟窿里一样,彻骨的冷,只好借口说去逛街,跑到外面躲了大半天。

但她也不能连着三天都逛街啊,逛一次爸爸都不大高兴,说耽误学习,如果逛三天,爸爸肯定要大发脾气。

她只好给华强发短信聊天:"你在哪儿?"

"在网吧。你呢?"

"我在家,一点都不好玩。"

"到网吧来玩吧!"

"我爸从来不许我去网吧。"

"那你上电脑打网游,我教你。"

"我没电脑,我们家电脑放在我爸房间里,他们在家时我用不成。"

"他们俩怎么不出去玩玩,老待在家里发霉呀?"

"尤护士肚子大了,懒得走动。"

"那怎么办呢?"

"你就短信陪我吧。"

"好。"

两人就在短信上聊,聊得很开心。

但欢喜必有愁来到,她和华强短信聊天的事,很快就被爸爸发现了,说她用了几百块钱的短信费,全部从她生活费里扣除。这次念她初犯,只按原价扣,以后如果再犯,就加倍扣。

她吓得再也不敢跟华强短信聊天了。

元旦过了,很快就是寒假,她愁得不行,元旦在家待两天半见不到华强就让她那么难熬,那寒假几十天,又不能短信聊天,怎么熬得过去?

她找华强商量寒假的事。

华强说:"寒假好安排,你爸他们肯定要上班,你可以跑出来跟我玩,我也可以去你家陪你玩,等你爸妈快下班了,我们再分开。"

"但是春节怎么办?"

"春节我要去三亚。"

她一惊:"你要去三亚过春节?为什么?"

"因为牛姐姐马上要去澳洲留学,所以我们两家人约好去三亚过年,过完年就送牛姐姐去机场。"

"牛姐姐是谁?"

"是牛叔叔的女儿。"

"牛叔叔是谁?"

"是我爸生意上的合伙人。"

"你一定得去吗?"

"一定得去,不去就拿不到下学期的生活费。"

"去几天?"

"十天。"

"怎么过个春节要十天?"

"顺便度假嘛。"

她快哭了:"你说了你会——永远陪着我的呢?"

"我是永远陪着你呀。"

"但是你要去三亚——"

"你也可以去三亚啊。"

"我能去吗?"

"三亚又不是我一个人的,你怎么不能去呢?"

"我怎么去?"

"等我打听一下,回头告诉你。"

放寒假的那一天,他跑来告诉她:"我都弄好了,你也去三亚度假。"

她不敢相信自己的耳朵:"你爸妈同意了?"

"你又不是跟他们一起去,干吗要他们同意?"

"那我跟谁去?"

"你跟旅游团去。"

"我跟旅游团去?那你呢?"

"我可以跟你一起飞过去,因为我爸妈他们要先去海南办事,但到了三亚,我得跟我爸妈住在他们订的酒店里,你住旅游团订的酒店。"

她像泄了气的皮球:"那有什么用?我们两人还是不能在一起。"

"怎么不能在一起呢?我可以来找你玩呀。"

她估计也只能这样了。

但她又想起另一个困难:"去三亚旅游肯定要很多钱,但我没攒下什么钱,寒假又不用上学,就在家里吃,我爸肯定连生活费都不会给我。"

"怎么会要你出钱呢?我说了我会养你的,你忘记了?"

"但是那是指——画画的钱呀,还包括旅游?"

"什么都包括,那才叫养!只包画画的钱,那个不叫养,叫——打发叫花子。"

她笑成了一朵花:"那太好了!我长大工作了挣钱还给你。"

"要还的就不叫养了,只能叫——借。"他细述他的计划,"我请旅行社给你订酒店,因为我不到十八岁,订不到酒店,就算订到了,你自己一个人也不能入住,因为你也不到十八岁。但你跟着旅游团一起入住,就没问题了。我会给你订单人间,你就不用跟别人合住,我们不想在外面玩的时候,就可以在你房间里打游戏。"

她觉得他好伟大,像诸葛亮一样,运筹帷幄,决胜千里。

她问:"这次得花多少钱啊?"

"很多钱。"

"你哪来那么多钱?"

"挣呀!"

"你期末考试只考了第十名,拿不到奖金吧?"

"拿不到,但是我有别的门路。"

"什么门路?"

"抓小三。"

她很好奇:"抓小三可以挣钱?"

"当然啦。"

"你抓——谁的小三?"

"当然是我爸的,别人的小三我抓了也讹不到钱,搞不好还把我揍一顿。"

"为什么抓你爸的小三就能讹到钱呢?"

"封口费嘛,如果我爸不给我钱,我就去告诉我妈,那他损失的就不是一万两万了。"

"要损失多少?"

"呵呵,那就不是多少的问题,而是他整个身家。"

"为什么是整个身家?你妈会要他净身出户?"

"不是我妈要他净身出户,我妈没那个本事。但是我爸的生意是跟牛叔叔合伙的,牛叔叔有百分之四十的股份,我爸有百分之六十,所以一直都是我爸在主事。但如果我爸妈离婚的话,我妈就要分走一半股份,那就该牛叔叔主事了。我爸说牛叔叔不懂经营,一下就会把企业搞垮,大家都会完蛋。"

"你懂得的真多!"

"都是听我爸妈吵架时说的。"

"那你是怎么抓小三的?"

他嘻嘻一笑:"是不是想抓你爸的小三讹他的钱?"

她顿时心酸起来:"我抓了我爸的小三也讹不到钱,还把我外婆——害死了。"

他听她讲了外婆的事,安慰说:"你外婆不是你害死的,是她自己血压高,又爱生气,才把自己气死的。我妈要是像你外婆那么爱生气,早就气死八百回了。"

她不爱听他这样说她家里人:"不是我外婆爱生气,而是我爸做得——太让人生气了!是我爸把我妈和外婆气死的,他应该负责!"

"要像你这么说,诸葛亮三气周瑜,周瑜死了还要判诸葛亮的刑?"

她不想跟他争论,知道自己争不赢,还知道他认定的事情,不会来迁就她。

寒假里,她特别勤快,每天都把饭做得好好的,衣服洗得干干净净的,屋子收拾得整整齐齐的。然后,某天,在爸爸的午饭时间,打电话给爸爸报备去三亚的事。

爸爸很不放心:"你一个人去三亚?"

她按照华强的授意说:"不是一个人,是跟旅游团一起去,还有我同学一家。"

"哪个同学?"

"华强。"

"叫华强的多了,姓什么?"

"就姓华,他爸叫华龙飞。"

"华龙飞?是'华威'的那个老板吗?"

她爸爸供职的公司是"华威"的子公司,她爸肯定不会打电话给华龙飞核实她去三亚的事,如果她说是别的同学,说不定她爸就要去找家长核实了。

爸爸问:"你跟华龙飞和他儿子去三亚?"

"还有他妈。"

爸爸为难地说:"但是我现在手头很紧——"

"不要你出钱,我自己有钱。"

"你哪来的钱?"

"表舅给的。"

她选中表舅来撒这个谎,也是因为怕爸爸会去查证落实。爸爸最不喜欢表舅,每次表舅去医院看妈妈,爸爸都会绷着个脸,走了还要嘀咕半天,所以爸爸应该没有表舅的手机号码,没法核实。

但她说了钱是表舅给的,又怕弄巧成拙,怕爸爸叫她把钱退回去。

还好爸爸没叫她退钱,只问:"你跟华龙飞一家子出去,人家不嫌你夹在中间麻烦?"

"不嫌,他们家没女儿,拿我当亲女儿看待,这次是他们邀请我去的。"她见爸爸还在犹豫,只好拿出杀手锏,"爸爸,尤阿姨那么多亲戚朋友,如果看见我春节还在 B 市,肯定会觉得奇怪,为什么你们乡下亲戚的女儿过年都不回家?"

爸爸大概刚意识到这一点,终于同意她去三亚,交代说:"你去了三亚,跟我保持联系——"

10

那是她第一次坐飞机,兴奋极了,在候机厅又蹦又跳,完全坐不住。上了飞机,就趴在窗子边望外面,开始时觉得地上的一切变得越来越小,后来就完全看不到地面了,飞机穿行在云层里,再后来,飞机好像停在了空中,一动不动。

她惊叹不已,不停地叫华强"快看!快看!"

华强正在玩手机,被她叫起来看窗外,就勉为其难地看一下,然后老成持重地说:"你呀,真的很好养,坐个飞机就开心成这样!"

到了三亚,她跟随旅行团顺利入住酒店,然后跟华强两个人在酒店里到处逛,到处照相。

她完全被金碧辉煌的大厅和优雅舒适的房间震撼了,连洗手间都那么富丽堂皇,整个酒店就像皇宫一样,她恨不得在这里住一辈子!

春节前的那几天,华强每天都跑来找她玩。

她担心地问:"你不陪你爸妈,他们会不会扣你下学期的生活费?"

"不会,我爸还在忙生意,我妈忙着购物打麻将,哪里顾得上我?"

"那他们没问你每天跟谁玩?"

"我说和我同学一家跟着旅游团玩。"

其实他们两人到了三亚就脱团了,不跟大部队行动,而是两人自己玩,去沙滩晒太阳,到海里游泳,玩腻了就去景点挨个逛,逛腻了就回到酒店里,她画画看电视,他就玩游戏。

白天他们可以尽情腻在一起,但到了晚上,华强就得回到爸妈住的酒店去了,不然没法交代。

他每次离开之前,都会逗逗她:"你成了我的小三了!"

"我才不当小三呢,我最恨小三!"

"你不当也当了。"

"谁说的?"

"我说的,我把你养在外面,你就是我的小三!"

"那谁是你的——大奶?"

"你呀。"

"我怎么又是你的大奶,又是你的小三?"

"不行吗?"

"一个人要么是大奶,要么是小三,不能两个都是,你连这都不懂?"

"谁说不能两个都是？你就两个都是。"

"为什么说我两个都是？"

他笑着说："我没有别的女人，只有你一个，所以你是我的大奶。但是我又把你养在外面，不敢带回家去，所以你又是我的小三。"

她觉得"女人"二字很刺耳，不满地问："我是你的女人？"

"你不是吗？"

"我婚都没结，怎么是女人？"

"那你是什么？"

"我是女孩！"

"哦，对了，你是女孩，那我应该说我只有你一个女孩——哇，怎么这么怪呢？听上去好像说你是我的独生子女一样！不行不行，我还是说女人吧，顺口，你知道我的意思就行了。"

她每天跟他争，但没什么用，今天争赢了，明天他照样说。

但她真的有做了小三的感觉，一到晚上，他就得离开她，虽然不是回大奶身边去，而是回父母身边去，但效果都一样，都是他丢下她走了。她一个人待在酒店，觉得很无聊，很孤独，又不敢独自跑到海边去，连楼下大厅都不敢去，怕被人看出她未满十八岁，把她从酒店赶出去，只好待在房间里，看电视，画画，打发时光。

马上就是春节了，她忧虑地问华强："春节那几天，你得跟你爸妈待在一起？"

"那几天肯定是得待在一起了。"

"几天？"

"三天。"

"怎么要这么多天?"

他扳着指头数给她听:"年三十,我爸妈请牛叔叔一家过来吃饭;初一,牛叔叔回请;初二,去机场送牛姐姐。"

"那你这三天都不能来陪我玩?"

"应该是不能了。"

她感觉好凄凉:"那我怎么办?一个人在酒店过春节?"

他半开玩笑地说:"小三就是这样的呀!你看我爸那些小三,过年过节哪能跟我爸在一起?只有我妈这个大奶才行。"

"你不是说我也是你的大奶吗?"

"呃——等我去问问我爸妈,看我能不能把你带去吃年夜饭。他们知道我同学来了三亚,但我对他们说的是同学全家一起来的,不知道我突然提出带你一个人去家里吃年夜饭,他们会不会起疑心。"

结果事情完全没有他想象的那么复杂,他父母没提任何问题,直接就说:"让你同学穿正装,酒店要求的。"

两个人开心死了,赶快去给她置办正装。她不想让他破费太多,再说置了正装平时也没机会穿,她又还在长个儿,过两年就穿不进了。

千挑万选,买了一条白色的长裙,一双白色的高跟鞋,一点化妆品,花了三百多块钱。

她决定给聚餐的每个人都送个小礼物。

华强说:"他们都不见得会给你压岁钱,你干吗送他们礼物?"

"万一他们给我压岁钱呢?"

"那你也不用送他们礼物,因为你还是小孩子,还没挣钱,不用给大人回礼,我从来都不给他们送礼物。"

她坚持要送:"我又不买太贵的东西,都是小礼物,一点心意而已。"

"好吧,那就去买礼物吧。到时候我爸妈肯定要说你懂事,我不懂事。"

"那就说是我们两人共同送的礼物,好不好?"

"那得看是什么礼物了,如果是你们女生挑的那些玩意,他们一看就知道不是我送的。"

"我会注意的。"

他想了一下,改变了主意:"还是别说是我们共同送的吧,不然的话,开了这个坏头,以后他们年年指望我送礼。"

"好吧。"

他陪她去买礼物,但她没买任何成品,只买了一些材料和工具,然后回到酒店房间里,精心制作起来。

她外婆家以前是开珠宝行的,家里人人都会珠宝设计制作和加工。解放后珠宝行被政府收归国有了,但祖传的手艺没人能收走,一代一代往下传。

她从小见妈妈做首饰,也跟着学,很小就会用珠子穿项链,用红丝带编花,用相思豆做手链,用珊瑚珠做发卡,稍大一点妈妈还教她用人造宝石和成色较低的金银做首饰,所以给华叔叔他们做几个小礼物对她来说易如反掌。

她花了很多心思在设计上,给两位夫人做的是胸针,因为她买不起贵重的材料,如果做项链耳环的话,那两个贵妇戴了会掉身份。但做个胸针,就不妨碍她们戴自己的贵重耳环项链,再把漂亮的胸针别在外衣上,穿开衫的时候还可以当成扣子,在腰节的高度把开衫的两边扣在一起,既保暖,又收身。

她给两位先生做的是领带夹,同样的材质,但华先生的领带夹上有条腾飞的白龙,牛先生的领带夹上有只奋进的金牛。

她给牛姐姐做的礼物最温馨浪漫,因为她听华强说,牛姐姐的父母突然送女儿出国,是因为牛姐姐爱上了一个有妇之夫。牛姐姐才二十二岁,那个男人已经四十二岁了,大牛姐姐整整二十岁,所以牛爸牛妈坚决不同意。

但牛姐姐爱得要死要活的,牛爸牛妈只好把女儿送到外国去,让距离断掉那两人的念想。

她想象自己被人将她跟华强硬生生地分开,送到一个陌生的国度去,想见华强也见不到,那该是多么悲伤啊!所以她很替牛姐姐伤心,衷心希望牛姐姐爱情顺利,于是给牛姐姐做了一对礼物,是两个半球,可以挂在钥匙链上,两个半球是一模一样的,合在一起就是一个圆球。

这个创意来自"半球理论",她忘了理论是谁发明的了,只记得大意是:每个人都是一个半球,只有找到那个跟自己吻合的另一半,才能组成幸福的家庭。

她做的这两个半球还多一层寓意:牛姐姐和所爱的人将要生活在南北两个不同的半球上,但他们属于彼此,终究会结合在一起,构成一个整体。

华强不要她送礼物,说她就是最好的礼物。

春节那晚,华强的父母在下榻的酒店设宴招待牛叔叔一家,华强把她带去了。

她穿着新买的白长裙和白皮鞋,还化了淡妆,浓密的黑发用个带细齿的发箍往后拢得高高的,露出光洁的额头,发箍的细齿都埋在头发里,从外面看不见,她从两边耳朵后面各梳理出一缕黑发,拉到前面,从耳根一直垂到腰际,其他的头发都像黑瀑布一般披在背上。

她手里拎着一个漂亮的纸袋,里面装着送给在座每位的小礼物,每个礼物都用小纸盒分别装好,再根据受礼人身份和性别特点选择不同彩纸包装,系上彩带,贴朵小花,从外观看,真的像是从奢侈品商店买来的贵重礼物。

那晚她喧宾夺主,成了晚宴上最受瞩目的人,连酒店侍应生都惊呼:"哇,小龙女!"

牛叔叔被她迷倒了,现场邀请她参加明天的晚宴,还要她后天一起去送机。

华叔叔私下对儿子说:"小子,你有种啊,找的女人比你老爸找的女人还漂亮!"

华强趁机敲诈:"多给我一个大红包,不然我去告诉老妈!"

她送的礼物,每个人都很喜欢,都不相信那是她自己做的,说比买的还好看,还有意义。

只有牛姐姐的反应不是那么热烈,打开礼物看了一下,对她淡淡地说了句"谢谢!借你吉言",就放回小纸盒里去了。

她有点失落,但想到牛姐姐马上要被送出国去"流放",此刻一定心痛至极,她就不怪牛姐姐没心思欣赏她送的礼物了。

但从三亚回来后,她看见华强的钥匙链上挂着一个半球,是她送给牛姐姐的两个半球中的一个。

她吃惊地问:"这不是我送给牛姐姐的半球吗?怎么在你这里?"

"她叫我转交给那个老男人。"

"她怎么不自己亲手交,而要你转交?"

"她爸妈像盯贼一样盯着她,她哪有机会?"

"那你怎么不转交呢?"

"我都不知道那个老男人在哪里,怎么转交?"

"她没告诉你那个人的姓名和住址?"

"没有,只给了一个电话号码。"

"那你打那个号码呀!"

"我打了,打了很多次,都没人接,后来干脆销号了。"

肯定是那个老男人变心了!

她难过地说:"那怎么办?你把它寄给牛姐姐吧,让她保存好,有朝一日亲手交给她喜欢的人。"

"我问她了,她说不用寄,扔了算了。"

"那你怎么没扔?"

"这是你亲手做的,我怎么会扔呢?"

11

在三亚度过的那个春节,是她跟华强一起度过的第一个也是唯一一个春节。从那之后,她就没机会跟华强一起过春节了。

主要是华强的父母对春节非常重视,认为全家人必须聚在一起,不然不成其为家,所以无论他们平时多么忙,对儿子多么放任自流,到了春节都会用生活费逼着儿子回家过春节。大多数情况下,一家三口还要回老家去给爷爷奶奶拜年。

接下来的那个春节,她是跟爸爸回老家过的,那时尤护士已经生下了儿子,她爸急于带回去光宗耀祖。

她没别的地方去,只好跟着爸爸去乡下。

去之前爸爸就私下对她说:"你尤阿姨别的都好,就是性子太强了点,什么都要依她的。你弟弟明明是夏家的孙子,她偏要你弟弟跟她姓,说我已经有了一个姓夏的后代,她家得有个姓尤的后代才行。她是独生子女,所以你弟弟必须姓尤。"

她很鄙视地说:"你怎么那么怕她?"

"也不是怕,本来这个孩子就是她——挣来的名额,因为我是二婚,已经生过一胎,按说就不能再生。但她是头婚,从来没生过,所以才拿到生育指标。"

她觉得爸爸好像在抱怨她用掉了他的生育指标似的,不快地说:"你现在跟我说这些干什么?"

"就是先跟你交代一下,免得你到时说漏嘴。"

"我说什么说漏嘴?"

"我没把你弟弟跟尤阿姨姓的事告诉你爷爷奶奶他们,怕把他们气死了,我对他们都是说你弟弟叫夏旺贤。"

她想到那么个小不点,却顶着这么一个老气横秋的名字,觉得很滑稽:"怎么选这么——老土的名字?"

"不土啊,旺是祖宗传下来的,到你们这一辈,名字里都要带上旺,贤是你尤阿姨名字当中的一个字。你弟弟的名字跟你的一样,把爹妈的名字都带上了。"

"那他的真名是什么?"

"谁?你弟弟?他的户口名是尤小凯,你尤阿姨起的。"

"你别担心我说漏嘴了,我理都不理他和他妈,怎么会叫他名字?你还是担心你的——美贤吧。"

"我跟她说好了的,她在C市那边只叫你弟弟'小凯',不叫他尤小凯,爷爷奶奶他们会以为是小名。"

她真替她爸累得慌!这边有真相要隐瞒,那边有真相要隐瞒,时时刻刻担心说漏嘴,连带她都活得这么累,不光自己多重身份,连尤小凯也是多重姓名,想不说漏嘴,得时时刻刻提醒自己这是什么地方,自己是谁,别人又是谁。

有这份才能,真的应该去搞地下工作!

她是有过在乡下过年的经历的,所以早有思想准备,但尤护士肯定没有想到在离C市不到一百公里的夏家岗,生活条件和文化习俗跟C市竟可以有这么大的差别。

从坐上长途班车的那一刻起,尤护士的眉头就没展开过,越靠近夏家岗,尤护士的情绪就越低落,等踏进夏家老屋的时候,尤护士已经要哭出来了。

她第一次在尤护士面前有了占上风的感觉,一是尤护士现在孤家寡人了,二是尤护士不能对人说她是乡下亲戚的孩子了。

乡下亲戚虽然对夏家唯一的孙子敬若神明,但对为他们带来这个唯一孙子的特大功臣尤护士并没有什么特别的待遇,跟对她差不多,都是女的,都是下等公民。

虽然同属于下等公民,但她好歹姓夏,没出嫁之前还是夏家人。而尤护士是个外姓人,嫁入夏家来的,还是填房,地位甚至连她都不如。尤护士作为夏家的长媳,必须承担烧火做饭侍候一大家人的任务。

爸爸只好从中斡旋,希望双方都能让点步。爷爷奶奶还指望儿子养老的,所以对儿子的要求还有所听从,但尤护士哪里受过这种待遇,到那里的第二天就发毛了。

那天爸爸很早就起来代替尤护士履行长媳的职责,给一家子做早饭,爸爸先烧了一大锅水,用个脸盆装了一些,叫尤护士端到爷爷奶奶房里,请他们洗脸。

尤护士怒了:"我在医院侍候病人还没侍候够?过年放几天假还要我侍候人?我上班侍候人那是没办法,我不侍候挣不到钱;下了班我才不侍候人呢!我这一路上又是火车,又是汽车,还走了那么远的路,累得骨头都散架了,恨不得有谁侍候我才好!"

爸爸解释说:"这不是侍候人,是这里的规矩,媳妇进门头一天,是要给公公婆婆端洗脸水的。你就端这一次,以后保证不要你端了。"

"我一次都不端!怎么着?大不了不做夏家的媳妇!"

尤护士说完就不理爸爸了,自顾自地给儿子穿好衣服,挎上自己的包,抱起儿子就出了门。

爸爸起初还要面子,不肯去追,把她叫来吩咐说:"璿儿,快去追你尤阿姨!"

她莫名其妙:"为什么要追她?"

"不追她就带小凯回B市去了!"

她心说回B市就回B市,关我什么事?但她见爸爸急成那样,还是有点担心的,毕竟她也不想当孤儿,便问:"到哪儿去追呀?"

"外面!唉,还是我去吧,再说几句,她都跑到长途车站了。"

她知道长途车站离这里远得很,尤护士要能抱着孩子走到长途车站,她都不姓夏了。

但爸爸着急得很,可能主要是怕外人看见,所以飞快跑去追尤护士。

家里的孩子看到后,都吆喝着跟在爸爸后面跑,路上的孩子不问青红皂白也跟着跑。

她开始还不好意思凑热闹,只站在门边望,但见那么多孩子都跟在她爸后面跑,越跑越远快看不见了,她也忍不住了,快步追上去。

跑了一会,她看见了那群人,不跑了,都站在路边。她几步冲过去,拨开那帮孩子,挤到中心,看见尤护士坐在路边哭,她爸抱着孩子,站在旁边劝。

她很是幸灾乐祸,呵呵,谁叫你挖墙脚的?活该!

爸爸赔尽了笑脸,发遍了毒誓,才把尤护士劝得允许爸爸牵着往回走了。

回到家,爸爸进屋把尤护士安顿好,走出来重新烧水,边烧边把大致经过告诉了她。等水烧好了,爸爸用脸盆装上,递给她:"你把这盆洗脸水端到你爷爷奶奶房间去吧。"

如果这是在以前,她肯定不会端这盆水,凭什么呀,我又不是夏家的媳妇!

但她跟华强在一起一年多,早已学会用"能当饭吃吗"和"又不是花我的生活费"来衡量问题了。凡是跟感情有关的,特别是得不到的感情,一律用"能当饭吃吗"来对付。凡是人家做了她不喜欢的事,一律用"又不是花我的生活费"来对付。

所以她二话没说,端起水盆就到爷爷奶奶房间去。

爷爷奶奶大概还不知道外面发生了动乱,还在那里端着公婆架子,等儿媳来侍候呢。看见端水来的是她,很不高兴地问:"怎么是你端来的?你妈呢?"

她没好气地说:"我妈过世了,你们不知道?"

"我说的是你——后妈。"

"我没后妈,我只是我爸乡下亲戚的女儿。"

那两人完全摸不着风:"什么乡下亲戚的女儿?"

她懒得跟他们多讲,只警告说:"你们就别逼着小凯的妈妈给你们端洗脸水了,她说了她不侍候你们的,你们再逼,她肯定抱着小凯回B市去了。"

"她敢!"

"她怎么不敢?刚才就跑得快到车站了,是我爸低三下四把她劝回来的。"

她爸也到爷爷奶奶房间来了,已经听见了刚才的对话,没生她的气,还接着说:"爸,妈,你们都听到了,再别逼美贤了,她是城里人,不兴你们这一套的,你们逼狠了,她跟我离婚,我肯定得不到小凯,因为小孩子都是判给妈妈的,到时搞得夏家绝后,可别怪我——"

爷爷奶奶害怕了,不敢再要求尤阿姨侍候他们。

爸爸只好叫她做饭:"璿儿,你尤阿姨不会做饭,你会做,就辛苦你几天吧。"

"那你呢?你怎么不帮着做?"

"我是男人,他们不会让我做的。"

"你早上不就做了吗?"

"我早上是偷偷做的,那时他们还在屋里等洗脸水,没出来看见,看见了肯定又是一场大闹。"

她不想天天看他们吵闹,只好去做饭。

她虽然会做饭,但没做过乡下的饭,别的倒不难,一学就会,就是那个切菜的刀,太大太重了,一只手拿着,提都提不起来,咬着牙提起来,也只能切两下,就得放下歇一会,还切得大块大块的,难看死了。

但总算能把饭菜做熟,而且越做越顺手。

天下太平。

爸爸很感激她,私下给她一个大红包,还推心置腹地说:"璿儿,这几天谢谢你了,不然这个春节都过不安生。唉,还是你妈好!从来没闹过,每次都是给足我面子。"

"谁叫你不珍惜的!"

"我还不珍惜你妈吗?我不珍惜她,她会跟我这么多年?只怪我命不好,中年丧妻——"

"中年丧妻不是你自己造成的吗?"

"怎么是我造成的呢?"

"你不跟尤护士一起气我妈妈,她会那么早——过世吗?"

"你怎么还这么横扯呢?都说了多少遍了,你妈是得乳癌过世的!"

"望阿姨也是乳癌,怎么到现在还活着?"

"你知道她到现在还活着?"

"当然啦,我还打电话给她拜年来着。"

爸爸无奈地说:"我看你算是把这个罪名坐实到我头上了,怎么说你都不相信。你长大了当医生吧,当了医生就知道了。"

"我才不当医生呢,我要当法官,把你们这些气死老婆的挖人墙脚的都拉来判刑!"

12

从那以后,尤护士就再也不跟爸爸去乡下过年了,无论爸爸说得多么天花乱坠,尤护士就是不去,还特意在春节期间安排一两天值班,搞得爸爸无可奈何,只好留在B市过春节,其实就是跟着尤护士走亲戚。

尤护士家的亲戚特别多,礼数又大,每家都要走到,每家都要回请,所以早八百年就在做安排,初一去哪家,初二去哪家,初三请谁来,初四请谁来,几乎天天爆满。

她知道自己在这种场合就只能是一个"乡下亲戚的女儿"了,根本不应该出现,如果硬要不识相地出现,只会给所有人都带来麻烦和尴尬。

爸爸大概也考虑到了这一点,所以终于允许她去表舅家过年。

表舅是外婆姐姐的儿子,她妈妈的表哥,也住在E市,就是C市那个省的省会。

她告诉华强寒假要去表舅家,以为他会挽留她,至少会很伤心,因为这是他们第一次分别这么久。

但他没挽留,也不伤心,只问:"你去了那里有没有人陪你啊?"

"我表哥肯定会陪我玩,他在上大学,也会放寒假。"

"谁给你掏钱买车票?"

"我爸。"

"谁送你去火车站?"

"我爸。"

"都安排好了,我就放心了。"

她问:"你呢?"

"我?我还是老样子,寒假在B市过,春节跟我爸妈回老家给我爷爷奶奶拜年。"

"那谁陪你呢?"

他一笑:"我又不像你一样怕孤独,还要人陪?我自己一个人就行。"

她问来问去问不出自己想听的话,只好直说:"那你不想我?"

"想你有什么用?难道我说想你,你就不去你表舅家了?"

"我本来不想去,但是如果我不去,春节又得一个人过,尤护士家的人到我们家吃饭,我还得躲出去。"

"就是啰,那还说什么想不想呢?说了也没用。"

她有点生气:"我知道没用,但心里还是会想的嘛!难道你知道没用,心里就不想了?"

他慢悠悠地说:"这就是我跟你不同的地方,你明知没用的事,还要做;我知道是没用的事,就不做了,省了很多无用功。"

她落寞地说:"那我们一个寒假都不联系?"

"你想不想联系啰?"

"当然想联系!"

"那就联系啰。"

"怎么联系?"

"那还不容易吗?可以打电话呀,你又不是在家里,难道还怕你爸听见?你表舅家的电脑你也可以用吧?那我们就可以聊QQ,如果你喜欢发短信,我给你充话费——"

她见他想得这么周到,开心了不少:"那你去不去车站送我?"

"你不是说你爸送你吗?我怎么送?你不怕他看见?"

"我只要他送我到候车室,等他走了,你就可以到候车室来找我。"

"好。"

说到这个地步,她完全满意了。

到了E市,表舅和表哥都到车站来接她。她最近一次见表舅和表哥,是在妈妈住院时,两年多过去了,表舅和表哥没变太多,她一下子就认出来了。

她可能长大了不少,那两人差点认不出她来。

她叫了"表舅,表哥",他们才敢相信是她。

表舅很激动,搓着手说:"璿儿,你出落成大姑娘了,跟你妈年轻时一个样!"

表哥接过她的旅行袋,揶揄说:"我觉得璿儿越长越像小龙女了。"

路上,表舅问起她这几年的生活,她知道爸爸跟表舅不来往,就毫不隐瞒地把什么都告诉了表舅,但没提华强,怕表舅批评她早恋。

表舅听得唏嘘不已,连声说:"璿儿你受苦了,你爸对你关心不够啊。"

表哥就直接多了:"你爸就是个猥琐的凤凰男,重男轻女,爱面子,做什么都把自己摆在第一。我表姑还没咽气,他就跟别人好上了,真不是个人!"

表舅连忙制止表哥:"怎么能这么说你表姑父呢?好歹是你长辈。"

表哥撇撇嘴,表示不服,但也没再说什么。

表舅对她说:"你外婆一直都惦记着你,对你爸说了好多次,要把你接到E市来。但你爸不同意,说外婆身体不好,没办法照顾你。我也提议把你接来跟我们一起过,你爸也不同意,说他生得起就养得起,不需要外人插手。"

"但你不是外人啊!"

表哥说:"你爸把邹家人都当外人。"

"为什么?我妈也姓邹,也是邹家人。"

表舅说:"可能你爸一直对我们存在着误会,觉得我们邹家人当时都阻拦你妈跟他结婚,其实我们没阻拦你妈跟她结婚,只是希望他们都能待在省城。"

"我听外婆说过。"

"但是他家乡的风俗习惯认为你妈嫁给你爸了,就是夏家的人了,生下的孩子也是夏家的,如果把孩子送到邹家养,那你爸就等于倒插门,就辱没祖宗了。"

"都是因为我爷爷奶奶他们这样想。"

"你爸可以不告诉你爷爷奶奶啊!"表哥说,"风俗习惯只是其次,主要是你爸特别恨我爸。"

这个她已经察觉到了,但不明白为什么:"我爸为什么要恨你爸?"

表舅不让表哥说,但表哥还是说了:"他觉得我爸和你妈——是情人。"

她嚷起来:"怎么会?他们是表兄妹!"

表哥说："就是啊！连你这么小的孩子都知道不会，但你爸就是不相信。他说我爸和你妈从小一起长大，是青梅竹马，只不过因为是表兄妹才没结成婚，但心里都是爱着对方的，所以他不许你妈跟我们家来往。你妈病倒后，外婆和我爸提出送你妈去美国治疗，他不同意。我们提议到省城来治疗，他也不肯，说没钱。我们说不用他掏钱，他还是不肯，说永远不会用邹家的钱，沾邹家的光。"

她这才明白为什么妈妈很久都不带她到省城过年了，也明白妈妈为什么只能待在C市那个破医院里等死。

表舅说："你外婆只你妈妈一个女儿，本来遗产全都是给你妈的，但是你妈这么早就走了，你又未成年，所以你外婆写了遗嘱，把她所有的财产都留给了你，在你十八岁之前，让我替你保管，你过了十八岁，就交给你自己支配。"

她只在影视剧里看到过什么遗产遗产的，往往都是一家人之间争来斗去的原因，但那都是豪门里才会发生的事，想不到她一个穷人家的女孩，居然也跟遗产挂上了钩！

她知道外婆也不是什么富婆，唯一的收入来源就是工资，又退休这么多年了，肯定没多少钱留给她。

她担心地问："那我外婆——有多少遗产？够不够我上大学？"

表舅不解："怎么这么问？"

"因为——我怕我十八岁之后，我爸就不养我了，那我就没钱读大学了。如果外婆留给我的遗产够我读大学，那就好了。等我读完大学，自己找到工作，我就可以自己养自己。"

表舅的眼泪都快出来了："傻孩子，就算外婆没给你留钱，表舅也不会让你连大学都没钱上啊！你妈走前嘱咐过我，叫我一定要照顾好你——"

表哥说："我爸早就把遗产的事告诉你爸了，还怕他钱不够用，让你受苦，当时就要给他一笔钱，做你的学费和生活费专款。但你爸爸不要，还不许我爸把遗产的事告诉你，怕你知道了就会觉得自己翅膀硬了，不服他管了。"

她豁然开朗！

难怪上次她说表舅给她钱去三亚，爸爸就相信了！

原来爸爸早就知道遗产的事了，居然一点口风都没对她露，还时不时地用"扣你生活费"来吓唬她，完全是对她精神上的折磨！

表舅嘱咐说："现在我把遗产的事告诉你，只是想让你安心，免得你为钱操心，想让你知道外婆有多爱你，我们每个人都有多爱你。你不要因此真的觉得自己翅膀硬了，跟你爸闹别扭，毕竟你还不到十八岁，他还是你的法定监护人，很多事情还得他同意才行。"

"我知道。"

表舅和表哥把她接到外婆以前住的地方，告诉她："这就是外婆留给你的房子，我们现在住在这儿，因为外婆不让卖房子，也不让出租。她说你妈就是在这个房子里长大的，她一直保留着你妈以前住的那个房间，怕她跟你爸过不下去了，可以回家住。后来你妈过世了，外婆就更要保留你妈的房间了，因为除了你，那个房间就是你妈来过这个世界的唯一证据。"

表哥说："你妈妈的房间跟她以前住的时候一模一样，我妈经常打扫,房间里的花瓶永远插着鲜花,你来了就住那个房间。"

表舅解释说:"我们把自己的房子租出去了,收到的租金都给你存起来,以后你出国留学用。"

她想起华强没有出国的打算,便说:"我以后不出国的,就在国内读大学。"

"你外婆也是这个意思,怕你太小出国不安全,大学就在国内读,硕士博士再到国外去读。"

"去外国读硕士博士?外婆哪有那么多钱留给我?"

"外婆有工资,还教人画画,替人设计珠宝首饰,给你留了不少钱,房屋出租也可以收入一笔钱,外婆还给你留下一些珠宝首饰,都是'文革'抄家时因为外婆藏得好没被抄走的,到时都可以变钱,你留学就不愁没钱了。"

她太开心了!这一下,她再也不用为十八岁后谁养她操心了。虽然华强说了会养她,但他哪来的钱养呢?他爸的小三也不是天天都能抓到的,进高中之后,他连保前十都很困难,更别说提高名次了,总不能逼得他去杀人放火抢银行吧?

但她决定不把遗产的事告诉华强,因为华强对她这么好,是因为觉得她孤独无靠,现在她有了表舅表哥,那就不孤独了,如果还有了钱,那就不无靠了,他就会觉得她不需要他了,说不定他就去陪别的孤独无靠的女生去了。

表舅妈已经做好了饭,正在等他们,看见她就迎上来,拉着她的手问长问短,然后笑着说:"好啦,我们珺儿的'复习儿'来了,开饭!"

13

她知道表舅妈说的"珺儿哥哥"就是表哥邹珺，但她不知道"福鞋儿"是谁，便四下张望。

表哥笑着揉揉她的头："别找了！'复习儿'就是你！"

"是我？为什么我是'福鞋儿'？是说我穿的鞋——"

"不是'福鞋儿'，是'复习儿'！复习，懂不懂？"

她还是不解："复习？什么意思？"

"你完全不记得了？"表舅妈笑着说，"是你小时候，你妈带你来E市过年，你像个小尾巴一样，跟在你珺儿哥哥后面，他走哪儿，你跟哪儿，睡觉也要跟他一个床，连他上厕所你都要跟着。"

她看着眼前这个比她高出一大截的"珺儿哥哥"，想到自己曾经赖皮地要跟着他上厕所，忍不住龇牙咧嘴："我小时候怎么那么变态啊？"

表舅说："不变态。小孩儿嘛，还没开知识，没有性别意识，很正常。"

表舅妈接着讲："我们看你那么喜欢珺儿哥哥，就跟你开玩笑说：'璕儿，你这么喜欢珺儿哥哥，那你长大了给他做媳妇儿好不好？'你总是猛点头，大声说：'好！'"

她看了表哥一眼，发现表哥正看着她，得意地笑。

她问："那怎么说是'复习儿'呢？"

表舅妈说："是你那样说的呀！后来我们一问你长大了做什么，你就说：我长大了给珺儿哥哥做复习儿。"

表哥又揉揉她的头:"你小时候啊,说话就是这么颠颠倒倒的!"

她窘死了,不光是因为小时候说话颠倒,还因为答应给自己的表哥做媳妇,快把人蠢哭了。

四个人说笑着在饭桌边坐下,饭桌是方形的,刚好一人一边。

表舅喜滋滋地环视一圈,感叹说:"平时都是三个人吃饭,总缺个边,这下一儿一女,四边占全,多完美啊!"

晚上,她就住在妈妈住过的房间里,翻看妈妈留下的东西,感觉格外亲切,好像妈妈就在身边陪着她一样。

从第二天开始,表哥就带她到E市的各个景点去玩,还带她去了表哥读书的E大,拍了不少照片。

刚开始几天,她还不时地给华强打电话,发短信,但越往后,她越把这事忘在了脑后,经常是疯玩了一整天都没跟华强联系,快睡觉了才想起今天一整天都没理他呢,赶快发个短信道歉:"对不起,今天玩疯了,到现在才有时间给你发短信。"

他也不抱怨:"玩得开心吗?"

"开心!"

"开心就好。"

"你不怪我?"

"怪你什么?"

"没理你呀。"

"你这不是理了吗?"

"你呢?"

"我?老样子,看电视,打游戏。"

她又内疚又感动,决定明天一定要记得多跟他联系,但到了第二天,她又玩忘形了。

她在表舅家过寒假,最开心的就是有表哥陪她,从早到晚,形影不离,比跟华强在一起还开心,因为华强陪着她的时候,两人经常是各玩各的,她画画,看书,看电视,华强就玩游戏。

但表哥就不同了,陪她就是全心全意地陪。

她最喜欢的,就是和表哥一起坐在妈妈从前的闺房里,翻看那些影集,都是外婆多年来的收藏,病重时唯一的消遣和慰藉。

表哥比她大三四岁,记得的东西比她多,会指着一张张照片,给她讲背后的故事:

"这一张,你在滑滑梯,我怕你滑太急,会摔倒,就抢着跑到滑梯终点,张开两臂等着你。你果然滑得很急,直冲下来,我接不住,两个人都倒在地上。你妈妈抓拍了这张照片,笑着说'珺儿,我早就告诉你接不住的,你不信'。"

她打断表哥的话:"我想起来了,我妈给我讲过。她说你从小就疼我,事事让着我,处处保护我,她那天说你接不住我的时候,你回答说:'可是我可以给她当肉垫子啊。'我妈说她感动得眼泪都出来了。"

他指着另一张:"还有这张,你那时最喜欢扮小龙女,冬天不能穿白色的连衣裙,你妈就把白床单裹在你身上,你没有长头发,你外婆就给你买了假发辫套在头上。"

她看见自己浑身裹得胀鼓鼓的,一点不像小龙女,倒像个棉花包,但那表情还很入戏呢,两条胳膊在胸前交叉,两只胖手比画成剪刀状,像要发功似的。

她指着旁边那个裹着浅黄床单、满脸不情愿的男孩问:"这是你吗?"

表哥幽怨地说:"不是我还能是谁?你点着名要我扮过儿——"

"那你可以不答应啊!"

"你叫我扮,我会不答应?你叫我死我都会答应!"

14

她抬眼看看表哥,发现他很严肃,不像是在开玩笑,而且眼神也有点异样,她心里一震,赶紧指着另一张照片:"这张呢?快讲,是什么故事?"

表哥看了一眼照片说:"哦,这张是我们一家三口的合影,全家福。"

她看见照片上是她和表哥还有一只毛绒玩具泰迪熊,不相信地问:"这是我们一家三口?"

"是啊,你在玩过家家嘛,你当妈妈,你要我当爸爸,那个泰迪熊是我们的儿子。"

"为什么是儿子?难道我小时候也重男轻女?"

"不是的,你说泰迪熊比较丑,是儿子,你那个小白兔才是女儿。"

"哈哈,那我是重女轻男了!"

表哥促狭地看着她说,"你还生过娃娃呢,小白兔就是你生出来的。"

她吓坏了,生怕小时候不懂事做了什么很不好的动作。

表哥看见她的窘样,开心了:"哈哈,别想多了,就是塞在衣服里,然后拖出来,那就是生。"

她越发窘了,因为这说明表哥也想到别的"生产"方式了。

表哥安慰说:"真的,别不好意思了,你那时什么都不懂,还叫我也生娃娃来着。泰迪熊就是我生的,因为泰迪熊太大了,塞不进你衣服里去,你就把泰迪熊塞在我衣服里,然后你剖开我的肚子——就是解开扣子啦,把儿子生出来。"

她稍稍放了心。

表哥又说:"不过你那时把小白兔塞在衣服里,手撑着腰走来走去,还真像个小孕妇呢,把几个大人的眼泪都笑出来了。"

她脸红了,哗啦几下把过家家的照片都翻过去了,指着一张照片说:"这张呢?"

表哥揉揉她的头,问:"你妈妈没对你讲过?"

"没有,也可能讲过但我忘记了。"

他看了她一会,说:"这张是你要回C市的那天,我把你抱进卧室藏起来,还把门闩上。"

"为什么要把我藏起来?"

"因为我舍不得你走啊。"

"那怎么照片上门是开着的呢?"

"因为你妈妈在门外说你们不走了,要再住几天,叫我们快出来吃冰激凌。"

"你打开门了?"

"我知道她是骗人的,所以不肯开门。但你是个小馋虫,听到冰激凌就待不住了,一定要我开门让你出去吃冰激凌,我不开门你就哭。我最怕你哭了,只好开门。"

"我妈真的是叫我们出去吃冰激凌吗?"

"当然不是,是哄我们开门的。但你是为了冰激凌才开门的嘛,你妈妈当然会让你吃冰激凌。你端着一盒冰激凌就笑了,脸上的眼泪都还没擦掉。"

她看见照片上的她,的确是个小馋虫,正挖了一勺冰激凌,贪婪地往嘴里喂。而站在门边的表哥,满脸郁闷,像要哭了一样。

她说:"我想起来了,你那次还跟着我们的火车跑——"

他点点头。

"你为什么要跟着火车跑呢?"

他瞪了她一眼,没回答。

她还记起她在火车上哭了,闹着要下火车找哥哥,妈妈劝了好一会,她都不听,妈妈只好吓唬她说乘警来了,看见你哭闹要把你赶下火车的,她才不敢哭了,搞得她直到现在都很怕乘警。

两人沉默了一会,表哥轻声说:"璿儿,你知道不知道,我一直都在等你长大。"

"等我长大干什么?"

"等你长大了做我的'复习儿'呀!"

"你是说真的?"

"当然是说真的呀。"

"我还以为是表舅妈他们开玩笑呢。"

"他们是开玩笑,但我是说真的。"

她不知道说什么好。

表哥柔声说:"璿儿,现在你已经长大了,做我的——女朋友好不好？"

"但你是我的表哥啊！"

"我不是你的表哥，我爸才是你妈的表哥，我和你又隔了一层了，我们是四代血亲，可以结婚的。"

她听到"结婚"二字，有点脸红，但她知道男女朋友的终极目的就是结婚，而表兄妹不能做男女朋友的原因也就是不能结婚，所以她没法避讳："谁说四代血亲可以结婚？"

"婚姻法说的。婚姻法禁止结婚的范围，只到三代血亲，就是我爸爸和你妈妈那代，从我们这一代起，就不在禁止范围内了。而外国很多地方连我爸和你妈那样的表兄妹都不禁止结婚，甚至很提倡，有的国家百分之三十的婚姻都是表亲之间的，连美国都有很多州允许表兄妹结婚。"

她憧憬说："要是我妈和你爸那时去了美国就好了，他们就可以结婚了，一定会相亲相爱一辈子，我妈就不会得癌症了，即便得了，也能活很久很久。"

"他们真是珠联璧合的一对。"

她问："表亲结婚能生孩子吗？"

"当然能。"

"会不会是痴呆儿？"

"得遗传病的几率比不是表亲的可能性要高一点，但也高不了多少，不是表亲的是百分之二，表亲是百分之四。现在科学这么发达，怀孕初期就能查出是不是痴呆儿，有没有遗传病，所以表亲结婚生孩子一点问题都没有的。"

"只怪我妈和你爸生不逢时！"

表哥提醒说："如果他俩结婚，那就没有我们了。"

"没有就没有吧,我只希望我妈妈生活快乐,不得癌症,活很久很久。"

"你真是个好女儿,金子一样的心!"

她好奇地问:"怎么你对表亲结婚的事搞得这么清楚啊?"

"因为我很关心这个问题嘛。"

"为什么这么关心?"

表哥看了她一会,低声说:"我刚才不是说了吗,因为我想让你做我的女朋友。"

"可是——我有男朋友啊。"

表哥不相信:"你这么小就有男朋友了?"

"我初三就有男朋友了。"

"啊?谁呀?"

"是我的同学,叫华强。"她把自己和华强的故事讲给表哥听。

表哥说:"他那不是爱,是同情。你对他也不是爱,是感激。"

"不是同情,也不是感激,是爱!"

"那他对你说过'我爱你'吗?"

"他没有说过,但我知道他是——爱我的,不爱他会说陪我一辈子,养我一辈子?"

"一辈子?长着呢!他就是那么说说而已。"

"不是说说而已,他是真的要陪我一辈子的。他从说了那话起,就一直陪着我。"

表哥说:"那他春节怎么不陪着你?"

"因为他要陪他爸妈呀,他不陪的话,他爸妈就不给他生活费了。"

"那如果他爸妈知道了你们的事,叫他离开你,不离开就不给他生活费呢?"

"他爸妈不会那样的,他们可喜欢我呢。"她把三亚的事讲给表哥听。

表哥问:"那你爱他吗?"

她还不好意思说出"我爱"这样的字眼,委婉地说:"我喜欢他。"

"你喜欢他什么?"

"我喜欢他——长得帅。"

"那我长得不帅吗?"

她如实说:"你也很帅,每次走在外面,总有很多女孩子看你。"

"我和华强谁更帅?"

"都帅。但你们是不同的帅。"

"那你喜欢哪种帅?"

"都喜欢。"

"但你不能两个都要啊!"

她想了想,说:"能都要!他做我的男朋友,你做我的表哥。"

"你好贪啊!"表哥无奈地笑笑,问,"你还喜欢华强什么?"

"我喜欢他——对我好,陪着我。"

表哥叫起来:"那我也可以做到呀!难道我对你不好?"

"你不能天天陪着我,只能寒假陪着我。"

"我也可以天天陪着你呀,我可以去B市上大学。"

"B市的大学没你的专业,你去那里干吗?"

"你可以到E市来念高中啊!你在B市连个家都没有,只能住在学校里,为什么不到E市来念高中呢,我和我爸妈都能照顾你。"

"爸爸肯定不会同意。"

表哥说来说去,都没能说服她,只好说:"那我就等着你。"

"等我什么?"

"等你——不再喜欢华强的那一天。"

"不会的,我会一辈子喜欢他的。"

"那我就等到他不喜欢你的那一天。"

"也不会的,他会喜欢我一辈子。"

表哥做个鬼脸:"那我就等到他死掉的那一天吧。"

"恐怕他还没死,我先死了吧?"

"别瞎说,不会的。"

"但是我妈妈就是很早就过世了啊,他们说乳癌有家族史,我比别人更容易得这个病。"

"谁说有家族史?我姨奶奶,也就是你外婆,并没这个病呀。"

"可能是从我妈开始的?"

表哥神色凝重地说:"如果真的有那一天,华强一定会像你爸一样,去找别人,那时我就到你身边来,陪着你,你有我的爱情,一定会活很久很久。"

"会吗?"

表哥肯定地说:"当然会!爱情是可以创造奇迹的嘛。"

她心里暖暖的,鼻子酸酸的。

妈妈过世之后,她最担心的就是两个问题,一个是怕十八岁之后爸爸就不养她了,另一个就是如果她也得了乳癌,华强会离开她,因为华强是个不做无用功的人,明知治不好了,他肯定就不管她了。

现在,两个问题都解决了,外婆的遗产解决了第一个问题,表哥的诺言解决了第二个问题。

她觉得自己成了世界上最幸福的人!

寒假一下就过完了,她临走的时候,表哥说:"璿儿,我又想跟小时候一样,把你藏在屋子里不让你走。"

"我也不想走。"

"那就不走吧,就在E市读高中。"

"我爸肯定不会同意。"

表哥黯然了。

她安慰表哥:"我马上就十八岁了,那时就可以自己决定去哪里了。"

"希望那天快快到来!"

当她的火车开动的时候,他像小时候一样,跟着她的车跑,风把他的头发吹得站了起来,向后飘,帅呆了。

15

回到B市后,她把自己跟表哥交往的细节全都讲给华强听了,因为她觉得两人之间不应该有任何隐瞒。除此之外,她还有个小小的私心:想让华强吃醋,借以证明他紧张她。

但他一点都不吃醋,等她讲完了,很淡定地说:"他喜欢你也没用,你们是表兄妹,没有可能的。"

"但是他说我们是四代血亲,可以结婚。"

"别听他的,他不懂。"

"他说是婚姻法这么规定的。"

"才不是呢,婚姻法说表亲结婚遵从各地习俗。"

"真的吗?那我们这里的习俗是什么?"

"习俗就是表兄妹一定要出五服才能结婚。"

"什么是出五服?"

"就是从相同的那个祖先算起,到第六代才能结婚。"

"什么是相同的那个祖先?"

"你说你外婆和你表舅的妈是姐妹,那她们两人是同一个妈生的,她们的妈就是相同的祖先,也就是你——太外婆。"

她算了一下,太外婆第一代,外婆第二代,妈妈第三代,她是第四代,她儿女是第五代,她孙子女才是第六代,也就是说,她和表哥的孙子辈才可以结婚。

她问:"你听谁说的?"

"这还用听谁说?都知道的事。"

"谁都知道?"

"我奶奶他们村里很多人都是沾亲带故的,年轻人找对象,都得仔细数一数,看出了五服没有。出了五服就可以,没出五服马上分手。我太奶奶最懂这个了,以前她在世的时候,村里人都是请她算,因为她连村里最老最老的人都认识。后来她有点老糊涂了,算不清楚就叫我帮她算。"

"哇,你会算呀?"

"简单得很,我太奶奶说谁是谁的妈,谁是谁的爸,谁是谁的爷爷,谁是谁的奶奶,我就像画树一样,一层一层往下画,到了同一个祖先那里,就是树根了,然后一层一层数上来,就知道他们出了五服没有。"

"你那时几岁啊,就这么会画家族树?"

"十一二岁吧。"

"你那时在乡下?"

"是啊,我爸妈都在忙着赚钱,哪里有时间管我?生下来就丢在农村让我爷爷奶奶养,我小学毕业才来B市,但我在乡下没读到什么书,我爸妈只好让我留了两级。"

"幸好你留级,不然我就不跟你在一个班了。"

"那倒也是。"

她好奇地问:"你一点都不吃醋?"

"吃什么醋?"

"吃我——表哥的醋啊。"

"他又不能跟你在一起,我有什么醋好吃?"

她以为他是在装镇定,也许等到下次去E市的时候,他就不会让她去了。

但到了下次,他仍然像上次那样周到安排寒假联系方式,送她去车站,祝她玩得开心。

她坐在车上,跟站在车下的他聊天:"每次我从E市回来的时候,我表哥都会追着我的车跑好远。"

"他跑什么?"

"因为他——舍不得我走啊。"

"他舍不得你走,你还是要走的,跟着跑有用吗?"

火车开动之后,她趴在窗口看他追不追着跑。

他不追,只站在原地对她挥手,挥了几下,就低头玩手机去了。

她到了E市,表哥欢快地对她说,"璔儿,明天我和我女朋友在饭店请你吃饭,给你接风洗尘。"

她惊呆了:"你——有女朋友了?"

"嗯。"

"什么时候的事?"

"你去年寒假回去之后的事。"

"那我怎么没听你提起过?"

"你跟华强好也没跟我提起过呢。"

她哑口无言,但心里好难受,欢天喜地跑到E市来,以为又能跟表哥一起过个甜蜜的寒假,天天一起出去玩,回家一起探讨世界著名设计师的作品,还在一起看那些照片,回忆温馨的往事。哪知道,一来就让她去见他的女朋友,后面肯定没时间陪她了。

她夜里没睡好,第二天顶着两个熊猫眼圈去见表哥的女朋友,是个跟表哥年纪相仿的女生,眼睛很大,脸有点方。

表哥介绍说:"这是小薇,这是我表妹。"

小薇说:"你表妹是真的很像小龙女!"

她心说有N个版本的小龙女呢,你到底说我像谁呀?不是像西门大妈那版吧?

回家后,表哥问:"小薇怎么样?"

"就那样。"

"跟我很配吧?"

她没好气地说:"我觉得一点也不相配。"

"为什么?"

"她性格太泼辣,而你——比较温和。"

"哇,那我们是性格互补啊!"

"她一点不懂珠宝设计,而你是这方面的——科班和世家出身。"

"那也好啊,我还怕两个人都搞珠宝设计会——同行生嫉呢。"

"你那么高,她那么矮,可能只一米六吧?"

"那接吻的时候我低下头,她踮起脚,不要太销魂!"

她不耐烦地说:"你觉得她什么都好,还问我干什么?"

表哥笑嘻嘻地问:"你是不是在吃醋?"

她脸一红:"我吃什么醋?我一点都不吃醋。"

"没吃醋?那明天再跟我们一起出去玩吧。"

"我不去了,不当你们的电灯泡。"

"那我明天自己去了。"

"你要去就去呗,未必我还能拉着你袖子不让你走?"

表哥专注地打量着她,然后说:"你小时候还真的拉着我的袖子,不让我走呢。"

"有吗?"

"当然有,不信我把照片找出来你看。"

表哥真的找出一张照片来,不过上面的她,拉的不是表哥的袖子,而是衣服的后摆,都快把衣服从表哥身上扯下来了。

她问:"你这是要去哪里呀?"

"去上厕所。"

"哇,我还真的拉过你,要跟你去厕所啊?我那时好傻呀!"

表哥宠溺地看着她:"什么那时好傻？现在还不是好傻！"
"我现在傻吗?"
"不傻怎么会当真以为小薇是我的女朋友?"
"但是你就是那么说的呀！"
"我是想看看你——紧张不紧张我嘛。"
她不吭声了,刚才心痛的感觉还没完全消散。
表哥问:"你想到华强会有别的女朋友,难受不难受?"
"但是他没有别的女朋友啊。"
"你想象一下嘛。"
"我想象不出来。"
"你这么相信他?"
"嗯。"
"是不是因为没有女生多看他几眼?"
"有。"
"那你吃不吃醋?"
她想了一下:"不吃醋。"
"你心里难过不难过?"
她又想了一下:"不难过。"
"为什么?"
"因为——我知道他不喜欢那些人。"
"你怎么知道他不喜欢那些人?"
"我问他了。"
表哥饶有兴趣地问:"你怎么问他的?"
"我问他你喜欢刚才走过去的那个女生吗？她望了你好几眼。"

"他怎么说呢?"

"他说:'哪个女生?'"

表哥大笑起来:"哈哈哈哈,他真是手段太高明了,装着完全没注意到!"

"不是装的,是真的没注意到,因为他走路都在玩手机。"

"他爱玩游戏? 那他在网络世界里有没有——女朋友或者老婆呢?"

"有游戏老婆。"

"他在网络世界里有老婆,你不吃醋?"

"又不是真正的老婆,吃什么醋?"

表哥叹口气说:"你们这火候,太纯青了,不仅过了七年之痒,还过了不惑之年,都到了金婚老夫妻的地步了,相处已经成为一种习惯,彼此已经成了对方的一部分,都懒得吃醋懒得分手了! 我没戏了!"

"那你是不是要去——找女朋友了?"

"如果我找女朋友,你难受不难受?"

她老老实实地点点头。

他刮了一下她的鼻子说:"还跟小时候一样!"

"我小时候就——吃醋?"

"不是吃醋,是吃冰激凌。你每次吃冰激凌的时候,总是端着自己的一盒,又要我的那盒。"

"我那么馋啊?"

"也不是馋,因为当你妈妈说'只要你不怕肚子疼,我从冰箱再拿一盒给你'时,你总是说,我不要冰箱里的,我就要哥哥的。"

"那你怎么办呢?"

"我就端着我那盒,不吃,等你吃完自己的再吃我的。"

她好感动:"真的啊?你真是太好了!那你想不想吃冰激凌呢?"

"当然想吃啊!小孩子,哪有不想吃冰激凌的?"

"那你怎么不吃呢?"

"你叫我帮你拿着,我怎么会吃呢?只有你叫我吃的时候,我才会吃。"

"我叫你吃了吗?"

"嗯。你说,哥哥,你帮我把边边上那些稀嗒嗒的吃掉。"

"什么稀嗒嗒的?"

"你把融化了的冰激凌称为'稀嗒嗒的'。"

"你吃不吃稀嗒嗒的?"

"你叫我吃,我会不吃吗?我就侧着勺子把四周那些稀嗒嗒的刮起来吃掉。冰激凌融一点,你就叫我吃一点,最后就只剩中间那一坨没融化的了。"

"那我呢?"

"你总是在自己盒子里东一勺子西一勺子地挖着吃,还在里面搅来搅去,所以你那盒都变成稀嗒嗒的了。"

她想象那盒被她整得稀嗒嗒的冰激凌,做了个恶心的表情。

表哥笑着说:"哈哈,跟你小时候的表情一模一样,你那时就是做个恶心的表情,把我那盒抓走,然后把你那盒塞给我,说:'哥哥,稀嗒嗒的给你吃。'"

"那你吃不吃?"

"吃，几口就吃掉了，甘之如饴。"

16

搬家后的第一个清晨，夏璿差点睡过了头，多亏她的手机闹铃不屈不挠地唱，才把她从昏睡中唱醒过来。

真累啊！

浑身酸痛，眼皮肿胀，四肢像灌了铅一样沉。

世界上最幸福的事，就是能再睡几个小时！

但她今天不能睡，连假都不能请，因为十点钟要去见设计总监，这是她入职以来第一次被总监单独召见，万万不能耽搁。

她咬咬牙起了床，梳洗打扮一番，打起精神去坐公车。

车站就在小区门外，她等着车，看见不远处有个早点摊子，想起自己还没吃早饭，昨晚也就喝了一点粥，此刻已是饥肠辘辘。但她见路边尘土飞扬，早点摊的棚子脏乎乎的，而且班车也快到了，只好打消去早点摊的念头，先乘车再说。

还算幸运，上车后只站了一站路，就有了空座位，她急忙坐下，闭目补觉，但又不敢真睡，怕坐过站，只好闭一会眼又睁开，看到了哪里。

她在离公司最近的那一站下了车，发现已经没有时间去吃早点了，遂快步向公司所在的大楼走去。

从下车车站到她上班的那栋大楼，还得走十来分钟。平时真没觉得什么，但今天走得好累，腿痛得像要断掉一样，人也发虚，背上都汗湿了。

一进空调打得很足的大楼，感觉身上的汗毛孔瞬间关闭，浑身都有一种起了鸡皮疙瘩的不爽。

她乘电梯来到五楼,走进511,最靠门的那个格子间就是她的。她把挂在那里的一件开衫披上,这是她对付办公室超低温度的秘密武器,不过今天还是觉得冷飕飕的,主要是汗湿的衣服贴在背上不舒服。

她赶快到洗手间去,抽了几张纸巾,前前后后擦了一把汗,又抽了几张,叠在一起,塞进后背和上衣之间,才稍微好受了点。

511是个大办公室,有六个格子间,坐六个人,分成两个研发组,每组由一个设计师、一个副设计师和一个助理设计师组成,511的两个研发组都是清一色的女生。

隔壁510也是一个大办公室,格局跟511一样,不过那边的两个设计师都是男生,大家戏称那两人是"凤毛"和"麟角"。

511和510的这12个人,都是初级职称,上面还有中级职称和高级职称的设计师,都有自己的办公室。所有的设计人员上面,就是设计总监,有一个很大的办公室,在走廊尽头。

她在511的六人中入职最晚,只拣到了靠门边的格子间。刚好这面墙上没窗子,所以大家要求上班时间不关门,这样一来,进进出出的人和外面走廊路过的人,一眼就能看见她的电脑屏幕。

这是她最讨厌的一点,因为她最不喜欢别人看她未完成的设计,但没办法,谁叫她最晚入职的呢。

她那个设计室的六个人,都是中国人,两个设计师都是海归,其他四个都是土本。两个助理设计师和她一样,是刚入职的新人。另一个副设计师也是土本,不过已经工作一段时间了。

六个人中,就她是个异数,因为刚入职的土本一般都是从助理设计师做起,而她刚入职,就给了个副设计师的职位,搞得那五个人都很不爽,背地里说她是公司高层的亲戚,还有人说她是公司高层的小情人。

这些话都是她那组的助理设计师池涟漪传给她的,她知道池涟漪自己也看她不爽,传的话很可能就是池涟漪自己的意思,但安在别人头上,免得得罪她。

她很烦这种流言蜚语无中生有,但又无法逃避,只能不厌其烦地对池涟漪解释:"我不认识公司高层中的任何人,我也不是公司高层的小情人。至于公司为什么会给我一个副设计师的职位,我也不知道。如果有谁看我不爽,可以让公司给我换成助理设计师职称。我不在乎这些,我只想好好做我的设计。"

她知道池涟漪会把她的话传给那几个人,而那几个人肯定不会相信她的解释。但她也没办法,只要没人当她面说就行。当她面说,那她就不能不解释,不然别人以为她默认了。

她刚在自己座位上坐下,池涟漪就来到她格子间旁,停下脚步。

她条件反射地站起身,背对着电脑,挡住屏幕,跟池涟漪打招呼:"去茶水间啊?"

"嗯,搞点咖啡提精神,你要不要也来点?我们一起去吧?"

"不了,我有点活要干——"

"啥活呀?冬季产品研发计划都还没制定出来,你有什么可干的?走吧,我有点事要告诉你。"

她知道所谓"有点事",无非就是又有人在背后议论她如何如何,她没兴趣也没心情,推托说:"今天真的不行,夏总十点钟要找我谈话——"

池涟漪仿佛突然发现新大陆一样,提高音量说:"哇,刚发现呢,你姓夏,总监也姓夏!你们是亲戚吧?"

这一喊,设计室其他几个人都从自己的格子间跑到她跟前来,七嘴八舌地问:

"夏总是你哥还是叔叔?"

"你是夏总内推的吧?"

"你的职称是夏总帮你争取来的吧?"

"夏总找你干吗?他从来没找我们去他办公室谈话呢。"

她耐着性子又声明了一遍,那几个人才回到自己的格子间去。

虽然她很反感那几个人的问题,但她也承认他们的猜测也不算空穴来风,因为她和夏总之间的一个巧合,的确很容易让人产生联想和误会。

那个巧合,让她跟他的第一次见面就蒙上了一层戏剧色彩。

那是她入职的第一天,她提前二十分钟就赶到了公司,进了大厅,正往电梯走,听到身后有个女声在叫她:"夏璿,hold!小夏,夏璿——hold,hold!"

她转过身,看见一个三十来岁的女士,穿着一套浅色西服套裙,留着波波头,手里提着一个公文包,足蹬裸色高跟鞋,快速而又不失优雅地向她走来。

她使劲在脑海搜索,但仍然想不起这人是谁。她去年实习时只接触过设计部门的人,其他部门的人都不认识。

但这人肯定不是设计部门的,不知怎么会认识她。

女士走到她跟前了,她小声问:"您——在叫我?"

但那位女士并没站下跟她说话,而是一直往前走。

她诧异地转过身,看见那位女士加快步伐,几步走进电梯里去了。

她这才意识到人家不是在叫她,是在叫电梯里的某个人帮忙 hold 住电梯门,因为这栋办公楼楼层很多,大家又都爱用这个正对大门的电梯,所以电梯来一趟很要点时间,经常会有人叫"等等"。

她本来也是去乘电梯的,但发现这一趟比较满,而且为了等那位女士,已经耽搁了一会,估计马上就会关门,她肯定赶不上了。

那就等下一趟好了。

她停在原地,但她看见电梯门一直开着,有个男人伸着胳膊挡在那儿,并微笑地看着她,跟她眼神一碰,就把头向侧后方一扬一扬的,应该是说"过来,过来,到电梯里来"。

她指指自己的鼻子,做个"叫我?"的口型。

他点点头。

她急忙往电梯跑。

他叮嘱说:"别慌,别慌,我们等你。"

她小碎步跑过去,跨进电梯。

他放开手,门关上了。

电梯里很挤,她跟他面对面站着,离得很近。刚才那位波波头站在她右手边,也是跟他面对面站着,惊讶地说:"你也叫夏玄?"

她点点头:"嗯,刚才还以为您在叫我呢。"

"呵呵,这么巧?"波波头用下巴指指对面的男人,"他也叫夏玄。哇,一栋楼里竟然有两个夏玄,一个男夏玄,一个女夏玄,奇迹啊!"

男夏玄微笑着说:"那可不相同,我是故弄玄虚,而她——是一块美玉!"

波波头问:"美玉?哪个字啊?是不是王字右边一个旋转的旋?"

男夏玄回答说:"不是。是王字右边一个睿智的睿。"

"王字右边一个睿智的睿读xuán?"

他低头看着她说:"是读xuán,对吧?"

她点点头:"您怎么知道我的名字?还知道我是王字右边一个睿智的睿?"

他狡黠地对她眨眨左眼,还没来得及回答,就到五楼了。

不过谜底很快就揭开了,因为当天的部门迎新会上他就亮了相,是现任设计总监,她的部门boss。

会议上,新老员工都站起来做了一下自我介绍,她越听越慌,真的像华强说的那样,将近一半是海归,而中高级职称几乎全都是海归。

她知道珠宝设计专业在国内起步比较晚,而国外则历史悠久,国际知名的设计师,大多是国外院校培养出来的,中国在国际比较有名的设计师,也基本是留过洋的。

从自我介绍中,她得知夏总是英国海归,三个月前才应聘到天惠做设计总监。

一听他在英国留学就读的大学名,她就肃然起敬了,因为那里的珠宝设计专业名列世界前茅,她表哥邹珺刚刚去了那所大学,所以她知道能进入那所大学珠宝设计专业是多么不容易,不仅要英语好,平时成绩好,还要有过硬的作品,获奖的经历等。

做完自我介绍,夏总简单分析了一下国际国内珠宝设计的历史、现状和前景,条理清晰,简明扼要,真知灼见,头头是道,把她佩服得五体投地,觉得他就是神一样的存在,自带光环。

散会后,她迫不及待地把这个消息告诉了表哥:"我们的设计总监是你的校友!"

按了"发送"她才意识到现在是英国的凌晨一点左右,刚想撤回,表哥已经秒回了:"是吗?谁呀?"

"夏玄。"

"哇,跟你名字读音一样啊?我嗅到了一股猴子屎的气味!"

17

她不知道夏总今天找她是要谈什么,估计不会是设计方面的话题,因为她刚入职,还没有任何设计作品可谈。

听那五人的口气,夏总也没单独找她们谈过话,所以她是唯一一个被夏总叫去谈话的人。

猜来猜去,她觉得只能是谈她的职称,因为连她自己也觉得这个副设计师职称来得不靠谱,员工手册里写得清清楚楚,本科毕业入职第一年是助理设计师职称,其他职称都要靠工龄和业绩才能往上提。

当初她拿到录用通知书时就犯过嘀咕，感觉是人事部门把哪儿搞错了，要么是把别人的通知书写成了她的名字，要么是把她的职称写成了别人的职称。

但她报到时专门问过人事部门，人家说没搞错。后来看到自己格子间上的名牌，上面一行是"夏璿：副设计师"，下面一行是"Xuan Xia: Associate Designer"，才敢相信人事部门没搞错。

然后就听说511的那几个人对此意见很大，后来还听说连510的人都很有意见。估计是两个设计室的人联名向上层抱怨了，所以现在要把她降回助理设计师，以平民愤。

她对降成助理设计师一点也不在乎，她的要求也就是一份设计工作，不在乎职称。当实习生的时候，她也干得挺欢。现在就是不给她任何职称，只要让她在天惠做珠宝设计，给一份饿不死的工资，她也愿意。

但她挺好奇，这个副设计师职称到底是谁给她搞来的呢？虽然别人都说是夏总给她搞来的，但她一点都不相信，因为夏总以前根本都不认识她，连面试都是前任总监面的。

前任总监是比较赏识她，但也从来没说过要给她一个副设计师职称，只说"这个位置给你留着"，而她当时的那个位置不过就是个实习生位置。

难道真有公司高层在暗中帮她？

但她真的是一个高层也不认识啊！

她突然想到夏总今天找她谈话的另一种可能，那就是夏总为了避嫌而炒她鱿鱼，因为公司是禁止办公室恋情的，尤其是直接上下级之间的恋情，更是禁止，处理方式非常无情：一方辞职,或者双方都辞职,绝无他路。

夏总刚进公司几个月,正想干一番大事业,肯定不希望因为办公室恋情搞到离职的地步,虽然两人之间啥事没有,但一旦谣言流传开来,恐怕也会有口难辩。

如果真的是那样,她愿意自己卷铺盖滚蛋,保住他在天惠的职位。她可以先回B市去,跟华强在一起,然后着手申请留学的事。她一直都计划要出国留学的,只是因为华强暂时没有出国的意思,又听表哥说有工作经验更好录取,才决定先找工作。

但如果失去了天惠的工作,那也只好开始申请留学了。

她想好了退路,感觉心里不慌了。

九点五十八分,她来到设计总监的办公室门外,但一直等到十点整才敲门,因为她听说海归们都全盘西化了,像外国人一样守时,早一分钟不行,晚一分钟也不行。

夏总在里面礼貌地叫道:"请进——"

她推开门,看见他坐在写字桌前,微微仰靠在老板椅的靠背上,她不敢细看,只觉得男神光环一如既往。

夏总又邀请一遍:"请进!"

她走进他的办公室,站在门里,两手把文件夹抱在胸前,有点拘谨地说:"夏总,您好!"

他笑了:"别夏总了,就叫夏玄吧,老夏也可以。"

她试了一下,叫不出来,不由得吐了下舌头。

他指指办公室的门,示意她关上。

她转身把门关上。

他指指他对面的那把扶手椅:"请坐!"

她抱着文件夹走到写字桌跟前,他已经起身绕到她身后,替她把扶手椅从写字桌前拉开了些,她一边说谢谢一边坐在椅子上。

他绕回到自己那边坐下,点着头说:"你好!"

她也回答说:"您好!"

然后就冷场了。

他不说话,也没看着她,只看着自己的手。

只见他把两手的指尖对在一起,从她那边看,像是用两手搭了个棚子。然后他两手向中间一挤,手指从指尖到指根都合在一起,看上去像个狭长的"人"字。然后又松开,又变成棚子。

他就这么挤拢,松开,挤拢,松开,自顾自玩着,嘴抿得紧紧的,像在想什么问题。

她问:"夏总,您今天找我——"

他仿佛如梦初醒:"哦,是的,是的,我今天找你来——呃——我是第一次做设计总监,很多东西都是——大姑娘上轿——头一回——,真的不知道——该怎么开这个头。"

她鼓励说:"您那天在迎新会上不是口若悬河侃侃而谈吗?"

"哦,那是谈业务。如果是让我谈业务,我可以谈几天几夜不歇气,但如果是谈——别的——,哦,现在这个'别的'应该也算我的业务了,但是——"

现在她能肯定今天不是谈设计了,那就只能是谈职称,也不怪他开不了口,毕竟是要降她的职称,甚至是炒她的鱿鱼,谁愿意做恶人呢?

乌鸦也不是那么好当的!

她见他这么局促,反而大胆起来,直截了当地说:"夏总,您找我是不是要谈我职称的事?"

他如释重负,像是有人帮他把坚冰打破了一样,终于自然起来,两手分开了,按在写字桌上,轻拍了一下桌面:"是的,是的,是要谈你的职称问题。"

但他很快又开始寻找词汇。

她索性帮他把坚冰全铲除算了:"也许您听到有人说我拿到这个副设计师的职称,是因为我——认识公司的高层,您甚至可能听人说我是——公司高层的——那个什么——小情人之类——"

他终于找到舌头了,饶有兴味地问:"那你是不是呢?"

"当然不是!我在这个公司认识的最高的高层就是——您了。"

"那你是不是我的小情人呢?"

她懵了:"我是不是——您自己不知道?"

"哦?我的意思是人家是不是说你是我的小情人呢?"

"她们说的时候没点名,只说是——高层。"

他点点头:"嗯,这样说最具杀伤力了,一网打尽。"

"您相信那些流言蜚语吗?"

"我相不相信无所谓嘛。"

她急了:"怎么会无所谓呢?"

"我是设计总监,不是道德总监,也不是风化警察,我手下的员工一个人生活如何,我不介意,我只介意他们的——天分才华和工作能力。我连工作态度都不介意,态度再好,创作不出好东西也等于零。那什么'没功劳也有苦劳'之类的说法,不适合我们这行。我要苦劳干什么?我只要功劳,也就是——

作品,成果!"

她虽然完全同意他这段话的内容,但觉得他说话的方式意味着他还是相信那些流言蜚语的,只是不介意罢了,便决定直接把战火烧到他身上,看他还介意不介意:"她们还说我是您内推的。"

"嗯——也算是吧。"

她反驳说:"我怎么会是您内推的呢?我求职的时候,根本都不认识您!"

"那只能说明你没请我内推,不代表我没主动内推嘛。"

"但是您那时都不认识我,怎么会内推我呢?"

"我怎么不认识你?"

"您认识我?"

"当然认识啊!"

"您那时都没见过我。"

"没见过就不认识?"

"没见过也叫认识?"

"是啊,我看过你的作品嘛——"

她不禁笑起来:"看过我的作品就叫认识?那我也可以说我认识飞利浦·杜荷雷(Philippe Tournaire),帕洛玛·毕加索(Paloma Picasso)——"

她一口气列举了一长串世界著名珠宝设计师的名字。

他不说话,只微笑地看着她。

她急忙声明:"我不是在把我自己跟世界级大师相提并论,我的意思是——"

"你的意思我知道。"

她觉得内推的事已经坐实了,便接着汇报流言蜚语:"她们还说我这个副设计师职称也是您为我——弄来的。"

"基本属实。"

她彻底懵了:"您的意思是——她们说的都是——事实?"

"也不全都是事实。"

"是吗?比如说?"

"他们说我和你是亲戚,就不是事实嘛。虽然我们都姓夏,五百年前可能是一家,但现在——我们并不是亲戚。"

"就这?"

"我们也不是——情人。"

"她们也没指名道姓地说——我们是情人。"

"没指名道姓,但也包括了我嘛。"

她点点头。

他关切地问:"别人说你是我的——小情人,会不会对你造成什么影响?"

"你是说传到公司董事会耳朵里会——让我离开公司?"

他表示不解。

她解释说:"因为公司有规定,禁止办公室恋情。"

"你跟你们办公室的人有恋情?"

"我跟我们办公室的人没恋情,刚才不是在说流言蜚语——说我是你的小情人吗?"

"哦,那个?又不是事实,只是流言蜚语,公司董事会不会那么不讲道理。"

"那就好,来之前我还在想,如果董事会听信了流言蜚语,非得要我们当中的一个离开公司的话,那我会主动离开。"

"为什么?"

"那样可以保住您的职位啊。"

"我的职位这么重要?"

"您这么年轻,做到这个职位——不容易。"

"但我并不喜欢这个职位,再说董事会也不会仅凭流言蜚语就定罪。"

"那您刚才怎么问对我有没有影响?"

"我是怕流言蜚语传到你男朋友耳朵里,会影响你们的关系。"

"哦,不会的。我男朋友在B市。"

"B市也能传去的。"

"我们在一起八年了,他绝对信任我。"

"那就好。"

"那您今天找我是要谈什么?"

"谈你的职称啊。"

她又糊涂了:"是不是您觉得我当副设计师不合适?"

他点点头:"是不合适。"

18

她愣了:"为什么不合适?"

他指指自己:"你问我个人的看法?"

"是啊。为什么您认为我的天分才华和工作能力不够格当副设计师?"

"我有这样说吗?"

"您刚才说我当副设计师不合适。"

"为什么我说不合适就是说你不够格当副设计师呢?不能是认为你当副设计师——屈才了吗?"

她忍不住笑了:"您太会开玩笑了!"

"一点不开玩笑,我是真的认为你的天分和才华当个设计师绰绰有余。"

她见他那么严肃,觉得他可能真不是在开玩笑,好奇地说:"可是——您只见过我一面,今天才是第二面——"

他纠正说:"今天是第三面,那天在电梯里——"

"好,就算电梯里算一面,那也才三面啊,您甚至都没有面试过我,怎么知道我的天分才华和——工作能力?"

"干我们这行的,不像跳芭蕾舞的,得现场表演才能看出天分和功底,我只要看看你的作品就知道了,荣总把你的材料都转给我了。"

"那是我实习时做的几个设计,匆匆忙忙的,也没精雕细琢——"

"还有你为找工作准备的作品集。"

"那个——更早更青涩了。"

"挺不错的,看得出很有灵气,很有天分,有几件可以直接投入生产。"

她被他夸得不好意思了:"您过奖了!"

"不过奖,很实事求是,"他接着说,"我还知道你动手能力非常强,不仅设计精巧雅俗共赏,你还能自己动手把自己的设计变成产品,而这刚好是很多设计师缺乏的。"

"但我交给荣总的都是图纸,没有实物,您怎么知道我动手能力强?"

"因为我有从你网店购买的首饰。"

她在一个专卖手工艺品的网站开了个网店,售卖自己制作的各种首饰,但因为没花钱在网站做广告,也没花时间去微信圈等处推销,所以她的网店没什么流量,销路不好,积分很低,没能上网站首页,不知道他是怎么挖掘出来的。

她不太相信地问:"您确定网购的是我的产品?不是别的什么——"

"肯定是你的,我买了不少,都送人了,还剩两个。"他打开抽屉,拿出两个小纸盒,准备打开。

她连忙说:"不用打开,不用打开,光看盒子我就知道是我的产品,因为盒子上的图案是我手绘的。"

"所以我连盒子都保存着。"

"但是——我怎么不记得顾客里有——您的名字呢?如果有的话,我肯定记得。"

"你记得每一个顾客的名字?"

"也不是每一个顾客,但您的名字——刚好跟我的同音,我应该记得。"

"哦,是一个朋友帮忙订购的。"

"怪不得。"

他们聊了一会网店,他说:"我知道你有珠宝设计的天分,还有制作珠宝饰品的技术,这在当今这些小年轻设计师中,是很少见的,因为很多人都只注重设计,不愿意也没条件锤炼制作能力,所以纸上谈兵的现象比较严重。"

她替那些小年轻开脱说:"毕竟是设计专业,不搞制作也说得过去,会有专门的制作人员搞制作。"

"但是,不懂制作的话,对材质和成品就没有概念,设计出的东西很可能会无法制作,或者制作出来跟设计时的构想完全不同。比如一款胸针,设计时画在纸上美轮美奂,但制作出来沉重不堪,根本不能别在轻柔的衣物上——"

她发自内心地赞同:"是的,您说得太对了!我在制作的过程中,经常要修改我的设计,有时候要反复多次,甚至从头再来——"

"所以我知道你人才难得,从一开始就在为你争取设计师的职称,但是人事部门循规蹈矩,按部就班,上面也有阻力,所以费了很大劲,只争取到一个副设计师职称。本来还想继续争取,但时间来不及了,再不发录用通知,你可能就被别的公司挖走了。"

"哇,原来是这样!我好晚了还没拿到录用通知,以为天惠不要我了,差点就回B市去了。"

"所以我还算及时!"

她太感动了,剖白说:"其实您真的不用为我争取那么高的职称的,我一个应届毕业生,能被天惠录用已经是——喜出望外了,给我个助理设计师我都会欢天喜地。"

"但作为天惠的设计人员,尤其是初级的,职称与创作是直接挂钩的。你知道初级职称的设计人员,都是以小组为单位进行产品研发的,原则上是以设计师为主,其他人为辅。如果你仅仅是一个助理设计师,那你根本不会有自己的作品,因为设计师才是主创,你只是个——跑腿的。"

她去年实习的时候,还根本没资格参与真正的产品设计,只停留在习作的档次上。设计总监给一个方向，实习生就各自为政大画特画，都知道自己的设计不会投入生产，只是纸上谈兵，但那是为今后入职天惠打基础，所以都挺认真。

她那时以为成为天惠的正式设计人员以后，就能为各季产品搞设计了，但方式还是像实习时那样，各自为政，大画特画，哪知道产品研发还有这么严格的等级划分。

对此，她相当不理解："那如果设计师做不出好的设计，而助理设计师做得出呢？"

"一般不会这样，因为大多数人的天分都是差不多的，所以工龄越长，技术应该就越好，熟能生巧嘛。以研发组为单位有它的好处，三人一组，以老带新，可以帮助新人成长。但是，设计这活，不仅仅是个技术问题，更多的是个艺术问题，而艺术造诣的高低，很大程度上是由天分和才华决定的，熟不一定能生巧，勤学苦练不一定能开窍。没天分才华的人，可能干一辈子也比不上那些初出道的天才，所以说——就出现了你这种情况。"

她有点沮丧："那我作为副设计师，根本就不够资格主创？"

"原则上是这样的。"他搔搔脑袋，"这就是我为什么竭力为你争取设计师职称的原因。"

"那我只能做什么？"

"作为副设计师，你的职责是辅助设计师，也就是说，大主意是设计师的，大方向是设计师的，主图是设计师的，副设计师只能在细节等方面推敲推敲，斟酌斟酌，提些修改意见。但是——怎么说呢，我看过那三个设计师的作品，知道他们可能都搞不出什么令人眼前一亮的东西来。他们有海外学历，也很刻苦,但是——缺乏天分,对国内市场也不熟悉。"

她有点郁闷,只能辅助别人,那还能搞出什么自己的设计作品来?她那组的设计师梅如雪也不像会听她意见的样子。

他内疚地说:"非常抱歉,没把你的职称办好,还让你听了许多的流言蜚语。"

"我知道您已经尽力了。"

"我今天找你来,就是想——事先跟你通个气,希望你不要因为职称的问题,限制了自己的创作热情,今年冬季的新产品,我就指望你了。"

"但是——我也不能做什么呀,只能辅助梅如雪——"

"我正在设法改进这种研发组为单位的创作模式,争取人人都有主创机会,但不知道上面会不会批准,所以你要做好思想准备,如果只能以研发组为单位搞设计,你也要发挥你的主导作用,跟梅如雪好好协商,争取让你那组的设计能入选冬季生产项目。"

"我尽力而为。"

两人聊了几句,他突然指着她胸前问:"那是你设计的吗?"

她顺着他的视线,低头看了看自己胸前的鸡心盒项链,她一般是放在衣服下面的,今天可能是擦汗的时候掏出来,忘了放进去。她说:"不是,是我妈设计的。"

"哪里出品?"

"我妈自己的出品,是她制作的。"

"我可以看看吗?"

"当然可以。"她取下项链,递给他。

他接过去,翻来覆去地看了一会,赞叹道:"太美了!独具匠心,制作精良,她只制作了这一件吧?"

"嗯,就这一件,专门为我设计制作的,我一直戴着。"她指点说,"盒子可以打开的。"

他打开鸡心盒,看见了里面的照片:"这是你和你妈妈?"

"嗯。"

他看了一会,合上盖子,很感兴趣地问:"你妈妈也是搞珠宝设计的?"

"不是,我外婆家以前是开珠宝行的,设计制作售卖修理一条龙服务,但是解放后珠宝行被公私合营,最后收归国有了,只有工艺代代相传。我妈上大学那会,国内还没什么大学开设珠宝设计专业,她学的是工业设计,主攻工艺品设计。但她跟我爸去了C市,那里找不到专业对口的工作,她就改做产品包装设计了。"

"啊?这跨度也太大了点!"

"是很大,但我妈心灵手巧,干哪行专哪行,产品包装设计也做得很好。"

"我绝对相信。那她现在还在搞产品包装设计?"

"没有——"

"终于搞回珠宝设计了?"

"也没有。"她黯然说,"她已经——过世了。"

他连说:"对不起,对不起,我不该问那么多。"

"没关系,已经很多年了——"她讲了妈妈生病去世的大致经过。

"难怪你这么有灵气,原来是祖传!"他安慰说,"别难过,你妈妈知道你继承了你们家的祖业,还加以发扬光大,一定很高兴,很为你骄傲!"

"希望如此。"

既然谈过了她的妈妈,她也开始打听他的家世:"夏总,您家里也是——珠宝世家吧?"

"呵呵,不是。"

"那您怎么会——选中这个专业呢?"

"其实我大学选的并不是这个专业,但我们学校开设了珠宝鉴定课,觉得很新奇,于是就去旁听,结果一听就听进去了,迷上了这个专业——"

"然后您就转专业了?"

"是啊,费了很多周折。所以说,我是半路出家,而你是——世代家传,我得好好向你学习。"

"您太谦虚了!您是海归——"

"海归只是求学的地方在海外而已,不代表有这方面的天分。"

"但您毕业的学校是珠宝设计专业世界有名的大学——我表哥现在是您的校友,所以我知道那所大学很难进。"

他很感兴趣:"你表哥也在F大?"

"嗯,今年刚去的。"

"叫什么名字?"

"邹珺。我已经把您的名字告诉他了。"

"是吗?太好了,等他毕业,聘请他到天惠来做高级设计师。"

两人又聊了一会,他看看表,说:"今天就到这里吧。"

"好的。"她抱着文件夹,起身告辞。

但她屁股刚离座,就感到一阵头晕,站立不稳,冷汗直冒,她用手扶住办公桌,想撑住,但眼前一黑,失去了知觉。

19

当她醒来时,发现自己不是倒在地上,而是侧躺在床上,盖着被子,嘴里有果汁的甜味,前胸后背都隔着毛巾。

她欠起身,到处张望,看见夏总背对着她,站在一个桌子边专心做着什么,他右手边有个微波炉,正在工作,发出嗡嗡的声音。

她竭力回忆刚才发生的一切,又四处打量一番,确定自己是躺在夏总办公室后面的那间房里,因为微波炉右手边有个门,从门里望出去,能看见夏总办公室墙上挂的那张世界地图。她今天推门进来时看见过那张地图,但没看见这间屋里的微波炉等,可能因为那时通向这个房间的门是关着的。

她没想到他办公室后面还有这种暗道机关,脑子里冒出"金屋藏娇"几个字,但马上意识到自己现在正躺在这"金屋"里,不觉有点心旌摇荡。

她脑海里浮现出一连串画面,他叫她的名字"夏璿,夏璿",好像还喂她喝果汁,然后他把她抱起来,是公主抱,她像飘在云端一样,迷迷糊糊,蒙蒙眬眬,一切都如在梦中。他把她放在床上,给她脱了鞋,把枕头拿到一边去,大概是为了让头处于比较低的位置,便于血液流向那里。他让她侧躺,可能是怕呕吐物之类的东西呛进气管里。

她前胸后背的毛巾,肯定是他帮她隔上的,因为她衣服都被冷汗湿透了。但她不记得他给她隔毛巾的情景了,也不知道他有没有给她来个口对口人工呼吸。

叮的一声,微波炉宣告完成了任务。

他放下手里的活,打开微波炉,拿出一个杯子,然后向她的方向转过身,见她已经欠起了身,便欣喜地走到床边,俯下身问:"醒来了?"

"嗯。我刚才昏倒了?"

"是啊。"

"很狼狈吧?"

"不狼狈,你自己可能有预感,所以撑住了,趴在写字桌上,没倒地上去。"

她想到自己趴在他写字桌上的样子,还是觉得很狼狈,尴尬地说:"让你看笑话了。"

"哪有心思看笑话?!"

她生怕他叫了救护车,闹出大动静:"你没打120吧?"

"没有,我问你,你说不用打。我也测了你的脉搏,挺正常,就没打。"

"你喂我喝果汁了?"

"嗯。"

她看看自己胸前橙黄的果汁印:"是不是我不肯配合?"

"不是,是我手抖得厉害,漏了一些到你衣服上,不知道洗不洗得掉。"

"肯定能洗掉。"

"你早上没吃东西吧?"

她尴尬地说:"刚搬过来,家里什么吃的都没有——"

"家门口有没有早餐店?"

"小区门口有个早点摊,我是准备去买的,但是刚好车来了,就没买。"

"公司一楼有餐厅——"

"我知道,但当时来不及了。"

"不用那么准时的,我正在争取取消设计人员的坐班制——"

"真的?"

"当然是真的,不过这事不是我说了算的,还得报上去批。"

他一手端着杯子,一手拿着个盘子走过来,放在床边的茶几上,盘子里是一个三明治:"来,先随便吃点,补充一点血糖,待会午饭再好好吃一顿。"

她知道现在不能讲客气,不然又会晕倒,便两手撑着床想坐起来。

"别乱动,让我来!"他伸出两手,一手放在她后背和腋下,另一手伸进被子,兜在她腿弯下,两手连被子一起轻轻一抱,就把她扶成了坐姿。他右手保持原样,伸出刚才兜腿的那只手,把枕头拿过来放在她背后,让她靠着。

这一切都是一气呵成,她还没搞明白他要做什么,他已经完成了。

她不好意思地说:"坐床上吃?"

"是啊,没试过?"

"小时候肯定坐床上吃过。"

"现在也不大呀。"

他递给她一张纸巾,让她擦手,然后把三明治递给她。

她接过来,说:"那我就不客气了。"

"别客气,保命要紧。"

他试了试牛奶杯的温度,等了一会,把杯子递给她。

她接过来,喝了一口,奶味很浓,很好喝,她又喝了两口,赞叹说:"您的奶真好喝,比我的奶好喝多了!"

他笑起来:"呵呵,为什么我的奶比你的奶好喝呢?"

她意识到自己刚才的话有点歧义,急忙解释说:"我是说您买的牛奶和我买的牛奶。"

"我知道,为什么你买的牛奶没我买的好喝呢?"

"因为我买的牛奶没奶味。"

"那可能是因为你买的是脱脂奶吧?"

"您怎么知道?"

"女生都爱减肥嘛。我买的是全脂的,所以奶味浓。"

"我以后也买全脂的,太好喝了!"

"嗯,其实脂肪也不全都是坏的,人体还是需要脂肪的,不能完全摒弃。欧洲人吃的脂肪比美国人多,但患心血管疾病的反而比美国少,说明脂肪并不是罪魁祸首。你这么瘦,应该多吃点好脂肪。"

"嗯。"

"三明治还行吧?"

她已经吃掉一半了:"很好吃,是您自己做的吗?"

"嗯。刚做的。"

"怎么做的?教教我。"

"就刷了点花生酱,夹了两片火腿,一片西红柿,两片生菜叶。"

她看了看手里剩下的半个三明治:"面包片还烤过了的?"

"是啊。"

"您办公室还有烤面包机?"

他指指微波炉那一片:"我办公室里什么都有。"

她顺着他指的方向看过去,看到了微波炉,小烤箱,烤面包机,咖啡机,冰箱等等,啧啧说:"哇,您这里简直像个家一样,什么都有,您在这里住吗?"

"经常在这里住。"

"为什么? 您家离这里很远吗?"

"也不算远。"

"那您怎么不回家,要在这里住呢?"

"这里环境比较适合工作。"

"是不是家里孩子太吵?"

"不是,我没孩子,是因为很多软件和文件都在公司的network drive(网络驱动器)上,在家里没法用。"

她吃完了三明治,喝完了牛奶,想下床去洗牛奶杯。

他接了过去:"你别忙活,这里什么都有,就是没水池没浴室,杯子得拿到茶水间去洗,洗澡还得回家,不然天天都可以住这里。"

"那我拿到茶水间去洗吧。"

"别别别! 你刚晕倒过,别剧烈运动。你再躺会,等情况稳定了就回家休息。"

她不好意思地说:"那怎么好?"

"没什么呀,干我们这行的,如果身体不舒服,还不如回家休息,不然待在办公室也是出工不出活。"

她觉得再不答应回家休息就有磨洋工白拿工资的嫌疑了，只好同意："好吧，那我今天就请半天假吧。"

"不用请假，你可以在家里上班嘛，当然是休息好了再上。"

她想了想说："嗯，那倒也是，我可以在家画图。"

"也不一定要坐在桌前画图，就躺在床上，酝酿酝酿，构思构思，也是工作，而且是更重要的工作。"

"嗯，您说得对。"她指指自己的衣服，"我等衣服干点就可以回家了，您去忙吧。"

他有点不好意思地解释说："我看你衣服都湿透了，怕你着凉，就给你隔了个——"

"挺好的，挺好的，我早上来也是湿透了，还是用手纸隔的。"

"以后可以放件替换的衣服在你办公室里——"

"是的，是的，不过我平时——没这么爱出汗，今天是——搬家累了，又没吃早饭。"

他检讨说："主要是我太啰嗦了，抓住你讲那么半天，害你饿过了头——"

她急忙替他开脱："不是的，是我自己没吃早饭——"

"要是你一进来我就先问你喝不喝什么就好了。"

"那也没用的，我肯定会讲客气说不喝。"

两人拉锯战一样地做了一番自我检讨，他搓着手说："那我——到前面去，你休息会。"

"好的。"

她等了一会，觉得衣服的干湿度已经可以接受了，便把前胸后背隔着的毛巾从衣服下抽出来，发现前面隔的是条毛巾，但背上隔的是件短袖T恤，长长的一直拖到屁股那里，她把毛巾和T恤卷在一起，放在茶几上。然后下了床，穿上鞋，把床整理了一下，拿着毛巾和T恤来到前面夏总的办公室："夏总，那我回去了。"

"我开车送你。"

"不用不用，已经耽搁您很多时间了。"

"真的不用？"

"真的不用，我刚才也不是什么大事，就是没吃早饭，血糖低了，现在吃也吃了，喝也喝了，身体完全恢复了。"

她扬了扬手里的毛巾T恤说："这个——我带回去洗干净了再还给你。"

他急忙上来抢："不用，不用，你那里不方便，我带回家洗，家里有洗衣机。"

"我家里也有洗衣机。"

他仍然从她手里抢过去了，然后嘱咐她回家好好休息，以后一定记得吃早饭，万一来不及，可以到他办公室来拿吃的，他那里像个小食品仓库，总是备得有的。

她又感谢了一番，告辞出来，从自己格子间过的时候，悄悄拿了自己的小包，就乘电梯来到一楼，走出公司大门去乘公车。

但她还没走到车站，一辆黑色的奔驰就追了上来，在她旁边停下，副驾那边的车窗是开着的，夏总在叫她："上车吧。"

她还想推辞，他催促说："快上车，这里不让停车。"

她只好上了车，说："真的不用送的，已经耽误您很多时间了。"

"还是送送吧，怕万一你在路上昏倒。"

"我已经吃了东西,不会昏倒了。"

"反正我现在这种状态坐办公室里也是出工不出活。"

她转过头,担心地问:"您身体不舒服?"

"没有啊。"

"那你怎么会出工不出活呢?"

"呵呵,干我们这行的,心里有事也会出工不出活的嘛。你不是这样?"

"我也是,比身体不舒服还要出工不出活。您心里有事?"

"是啊。"

她着急地说:"您还是别送了吧,心里有事开车也不好的,容易出事。"

"没事,我现在心里没事了。"

"您别客气了,别为了送我真的出什么事。"

他只好老实坦白:"我说的心里有事,就是担心你在路上昏倒这事。"

"真的?不骗我?"

"不骗你。"

她心里暖暖的,好喜欢他的关照与牵挂,考虑到他是个男神,还是她的上司,那就比一般人的关照与牵挂更难得,真是如沐春风,如沐春风啊!

20

开了一会,她突然看见路边有个超市,急忙说:"夏总,那边好像有个超市,您就在那里把我放下吧,我要去买点米和菜,家里什么都没有,昨天都是吃的室友的。"

"没问题,我送你去超市。"

他把车开到超市门口,说:"你先下,在门口等我,我停了车就来。"

"不用了,我下了您就开回公司吧,我待会搭公车回去。"

"你提着米和菜去搭公车?别争了,快下吧,挡在门口久了人家要骂了。"

她只好下了车,站在门口等他。

过了一会,他满头是汗地小跑着回来了,推了一辆车,跟她一起去采买。

她见今天有车送,特意多买些,以后她自己出来买菜,需要提着大袋小袋坐公车,就不能买这么多了,只能像燕子衔泥一样,每天买一点提回去。

他问:"买这么多,会不会坏掉?"

"不会,放冰箱里。"

"放久了就不新鲜了。今天少买点吧,以后你需要买菜随时告诉我,我可以车你到这里来买。"

"啊,那太麻烦你了。我回去问问我室友,看我们住的那块有没有超市,或者菜市场。"

"如果没有的话,你告诉我。"

"好的。"她感动地说,"您真是个好 boss(老板),对员工照顾这么周到。"

"呵呵,我也不是对每个员工都照顾这么周到。"

她心里甜甜的,但他接着说:"你现在是我的重点保护对象,不把你这个天才设计师照顾好,我拿什么完成今年的冬季生产指标？"

原来只是为了工作！她有点失落地说："您这么说，搞得我都紧张起来了，要是拿不出过硬的作品来，不是辜负了您的期望和——照顾？"

"我对你有绝对的信心，只要你不病倒，一定能拿出过硬的作品来。"

到了她楼下，他停了车，问："你住几楼？"

"六楼，就这个单元，左边。"

"你就坐车里等我，我先把东西提上去，再回来接你。"

"还是我自己来吧，您上去不方便，我室友上夜班，现在肯定正在家里睡觉——"

"我不进去，就放在门边。你昨天刚搬了家，爬上爬下肯定累坏了，还是我来吧。"

她也真是累坏了，到现在还四肢酸痛，望着六层楼就发怵，再说他也是为了工作才这么照顾她，于是不再坚持，让他一个人往上搬，自己享受国宝的待遇。

最后那趟，她跟他一起上楼，什么都没提，还觉得累，两腿沉重，又酸又痛。

他说："你就等在这儿，我把这提上去再来接你。"

"怎么接？"

"有办法的。"他加快步伐，一个人先上去了。

她也竭力快上，怕他真的要来接她。

等她龇牙咧嘴地上到三楼，他已经返回来了，伸出手要抱她。

她羞红了脸，连说："不用不用，真的不用，让人看见——"

他四下望了望,没再坚持,只陪在她身边,百倍警惕地看着她,好像她随时会晕倒似的。

到了家门口,他要帮她把米和面提进去,她连说不用,正在争执,房门打开了,只穿着背心短裤的祁乐出现在门边:"出什么事了?"

她介绍说:"这是我室友,祁乐;这位是我们公司的夏总,他帮我提菜上来。"

祁乐叫道:"哇,也姓夏?怎么这么巧?"

夏总笑着说:"还有更巧的呢,我也叫夏玄。"

祁乐呵呵笑起来:"你也叫夏璿?我还以为那个璿字是女生专用字呢!"

"她那个璿应该算是女生专用字,但我的不是,我是故弄玄虚的玄。"

"哈哈哈哈,故弄玄虚的玄!你爸妈怎么想到给你起这么个名字?"

"他们说想破了头也想不到个好名字,就把字典拿出来,翻到哪页就起哪个名字。"

"那要是翻到'猪'呢?"

"还不就叫'夏猪'了。"

祁乐又开心地大笑起来:"哈哈哈哈,你爸妈也是猴子请来的逗×!"

夏总帮忙把东西搬进屋里,就告辞走了。

她分门别类收拾刚买的东西,祁乐去了趟洗手间,也到厨房来帮忙。

她道歉说:"对不起,把你吵醒了。"

"没事,我刚好起来上洗手间,听见外面好像是你在说话,但又有男人的声音,我还以为有谁欺负你呢,赶快开门拔刀相助,连外衣外裤都来不及穿。哪里知道外面站着个男神,尴尬死我了!"

"可我觉得你一点都不尴尬,应付裕如。"

"那是,我尴尬也不能挂在脸上啊!外形丢了分,还不赶快从谈吐上捞几分回来?"

"其实没什么,他可能没看清你的外形,因为他根本不敢往你那边望。"

"我也注意到了,真是太可爱了!一脸的初恋男表情——"

"什么是初恋男表情?"

"就是他那种啊,见了衣冠不整的女人看都不敢看那种。"

她忍不住笑起来。

祁乐说:"我听你说他是夏总,该不会是个霸道总裁吧?"

"他不是公司的老总,是我们的设计总监。"

"设计总监也是公司高层吧?"

"应该是,公司老总下面,就是他和其他部门的主管了。"

"哇,这么年轻就做到这么高的位置了?"

"你知道他年龄?"

"我不知道啊,是从外表来推断的。他多大年龄?"

"我也不知道,只知道大学里改过专业,在英国读的研究生,还在英国工作过。"

"那应该有三十好几了。"

"我也觉得应该有三十多了。"

"那他还没结婚?"

她想了一会,没想出什么确定答案:"不知道结婚没有,但肯定没孩子。"

"你怎么知道他没孩子?"

"因为他说经常在办公室住,我问是不是因为家里孩子太吵,他说他没孩子。"

"那肯定是结婚了,如果没结,不是应该说'我婚都没结,哪来的孩子?'"

"嗯,我觉得也是。"

祁乐叹口气说:"唉,高富帅全都是早早就结了婚,气死人!"

她对这个没什么体会,她的高富帅还没结婚。

祁乐见她收拾完了没有出门的意思,便问:"你今天就算上完班了?"

她把早下班的原因讲了一下,祁乐说:"你昨晚煮了粥,今天早上干吗不喝一碗再去上班呢?"

"那是给你煮的。"

"给谁煮的不都一样吗?"

"只煮了一个人的份,我吃了你就没有了。"

"其实我昨天中午冰箱里都还有很多饭菜的,都是我叫的外卖没吃完剩下的。但我看你要搬来了,怕你嫌我脏乱差,就全拎出去扔了,不然的话,你也不至于饿到低血糖。真可惜,都是我最爱吃的菜!"

"是吗?你最爱吃什么?告诉我,我做给你吃。"

"你会做饭?"

她有点得意地说:"不会做饭我买这么多东西干吗?"

"哇呀,那太好了,我不会做饭,只会煮粥,天天叫外卖太花钱了,还有损健康。"

"你以后不用叫外卖了,餐馆那些菜,只要有菜谱,我都做得出来。现在网上菜谱多得很,一搜一大堆。"

"哈哈哈哈,我太开心了!天上掉下来个——璿妹妹,还是会做饭的璿妹妹!"

她想起祁乐是起来上洗手间的,赶忙说:"你赶紧去补觉吧,晚上还要上班。我也去睡会,然后起来做晚饭,保证你一起来就有饭吃。"

"好嘞,我这就去补觉。"

她睡到下午四点才起来做饭,轻手轻脚的,怕吵醒祁乐。

五点左右,祁乐也起床了,去洗手间洗漱完毕,就跟她一起吃饭。

祁乐说:"这个周末我没空,还得上班,我争取下个星期抽点时间跟你一起去买菜,这次是你付的钱,下次我付。我有车,就是不知道要买些什么,得有你在旁边指点才行。"

"你周末都要上班?"

"是啊,给别人代班。"

"你——做什么的呀?怎么这么辛苦?"

"我是护士啊,还能是做什么的?"

她听到"护士"二字,马上想到尤护士:"做护士的也不用每晚上夜班吧?"

"嗯,按常规我们是上两个夜班,休息两天,但我加很多班,还给别人代班,所以就几乎是每晚都上夜班了。"

"为什么你要加这么多班?"

祁乐笑嘻嘻地说:"当然是为了钱,难道还能是为了世界和平?"

她看着祁乐瘦瘦的体形,说:"钱是挣不完的,还是身体要紧,把人累垮了,钱再多也没用。"

"嗯,我知道,但是像我这种一没爹妈可以靠,二没傍上土豪的屌丝女,如果不靠自己努力,就没法在Ａ市这种地方弄到一块立足之地。"

"你这不是有立足之地吗?"

"哪儿?"

她指指脚下:"这不是你的房子吗?"

祁乐笑起来:"这哪是我的房子?我也是租的。"

"那你是想在Ａ市买房子?"

"是啊,不买房子,永远都安顿不下来,如果就我一个人,那倒没什么,但总要有家庭有孩子的吧?总不能带着孩子这里租住那里租住,到处漂泊。"

"但是我听说Ａ市房价很高的,而且年年涨——"

"所以说在Ａ市买个房不容易啊!"

"你一个人单打独斗太累了,还是找个人一起拼搏吧。"

祁乐撇撇嘴:"我找了呀,一起拼搏了两年,还没挣够一个玄关的钱。"

"你男朋友在哪儿?也在Ａ市吗?"

"在Ａ市,不过我们已经吹了。"

"吹了?"

"是啊,你搬来前两个星期吹的,他以前是我的室友,就住你那屋,后来被我发展成了男朋友,就白吃白住了,再然后他嫌我总是上夜班,就跟我吹了。"

她很替祁乐不平:"你上夜班是为了挣钱给两个人买房子,他怎么一点也不理解你呢?"

"他说我上一辈子夜班也买不起房子,还不如多陪陪他,及时行乐。算了,不说渣男了,我要去上班了。如果你下班早,就明天见,不然就只能下星期我休息时再见了。"

祁乐打扮了一下,漂漂亮亮上班去了。

21

她把碗筷洗了,把家里收拾了一下,就冲了个澡,躺到床上,拿出手机,给华强发了个微信:"在吗?"

但他没回,估计是在外面应酬或者是在打游戏,一时半会不会有回音。

她又给表哥发了个微信:"在吗?"

表哥秒回:"在。视频吧,输中文好慢。"

两人进入视频聊天模式。

表哥关心地问:"璿儿,今天夏玄找你谈话,不是要降你职称吧?"

"不是。"她把今天谈话的内容大致汇报了一下,但没提晕倒的事。

表哥说:"哇,男神对你发起进攻了!比我预计的要快。"

"进什么攻?"

"打听你有没有男朋友啊。"

"那不算打听吧?"

"不算打听算什么？旁敲侧击的打听,狡猾狡猾的。"

"我觉得他已经结婚了。"

"为什么会这么觉得？"

她把那句"我没孩子"连同上下文说了一下。

表哥不以为然:"那就说明他结婚了?"

"如果他没结婚,不是应该回答'我婚都没结,哪来孩子'吗?"

"哈哈,你这是用女生思维在判断男人,男人都是问一答一,问二答二的,没有那么多弯弯拐拐。"

"是吗?"

"从我已经了解到的信息来看,他应该没结婚。"

"你从哪儿了解到的?"

"从系里的校友录上。"表哥描述了一通,但都是她已经知道的,无非就是学霸级人物,成绩优秀,获奖无数,一毕业就进了巨难进的公司等等。

她失望地说:"这些不能证明他没结婚。"

"当然能证明啦,他成天忙着学习和工作,哪来时间结婚?"

她想让表哥继续打听,就把祁乐的情况对表哥讲了一下,然后说,"我室友对他很感兴趣,你帮忙打听打听,看他到底结婚了没有。"

表哥说:"你把室友扯进来干什么？他是对你感兴趣,又不对你室友感兴趣。"

"他不会对我感兴趣的,我已经告诉他了,我有男朋友,谈了八年了。"

"那有什么？一个男朋友能吓倒谁？我早就知道你有男朋

友,我吓倒了吗?"

两人正聊得欢,华强的电话进来了,她匆忙地说:"表哥,华强打电话来了,我待会再跟你聊。"

表哥很知趣地下了线,她接了华强的电话,寒暄了几句,就把室友是护士的事告诉了他,然后说:"现在不用为我住这儿担心了吧?"

"她说自己是护士就是护士?"

"她干吗要撒谎?"

"也许她没撒谎,不过她说的那个护士,可能不是你理解的那个护士。"

"护士不就是医院的——看护人员吗?还有什么别的理解?"

他呵呵笑着说:"真的不忍心毁掉你的小天真和小清新。算了,不说了,我这个周末到B市来,亲自考查考查你这个室友。如果她真是干那行的,你马上搬走。"

她搬家搬怕了,听到"搬走"两字腿就发软:"我才不搬呢,搬一次都差点把我——累死掉。"

她为了强调搬家的辛苦,就顾此失彼,把晕倒的事说了出来。

华强嗔怪说:"你干吗要自己搬呢?现成的搬家公司不知道请?"

"我干吗要花那些钱?"

"你不花钱,把自己累成这样,合算吗?"

她搬家前哪里知道搬个家会这么累呢?不过,她不想多说这事,过都过去了,卖后悔药没用,做事后诸葛亮也没用。她说:"我室友每晚上夜班,白天要补觉,你来了也见不到她。"

"她周末都不休息?"

"不休息。"

他想了想,说:"那你跟她商量一下,看她星期六那天能不能少睡几个小时,我们请她去'小巴黎'吃法国餐。"

她提醒说:"'小巴黎'的菜很贵的!"

"没事,我现在已经不是靠爹妈给生活费过日子的人了。正好以前也没带你去过那里,这次弥补一下。"

"好吧,等她下班我问问她。"

"她肯定会答应,这么好的机会,谁会放过?"

她把今天跟夏总见面的全过程也告诉了他,他听后呵呵一笑说:"老夏完全不适合干这行啊!"

她听到"老夏"二字,还以为是在说她爸呢,愣了一下才明白他是在说夏总,急忙辩护说:"为什么不适合?他是英国海归,研究生是在世界排名——"

他打断她:"你不用背他的简历给我听了,我不是说他不适合干设计,而是说他不适合当设计总监。"

"为什么?我觉得他很适合当设计总监,他对全世界珠宝设计业的历史现状和前景了如指掌——"

他又打断她:"我知道,这些你都如数家珍地告诉过我了。问题是了解珠宝设计的历史现状和前景,只适合当个教授,天天给学生讲这些。"

"他硕士毕业,应该不能当教授吧?"

"那他可以跟你一样,老老实实当个设计人员,肯定是很出色的。但他自不量力地当了设计总监,当然是焦头烂额!"

"不会吧?"

"怎么不会呢?你看他跟你谈个职称问题,都尴尬到没法开口。"

"那是因为他——觉得自己没把事情办好。"

"不是觉得没办好,是的确没办好。他运作了几个月,也没给你搞到一个设计师职称,还搞得你那十几个同事都跟你反目,到最后你还是没有主创权。你说他这样的工作能力,在公司内部都玩不转,又怎么能玩转外单位呢?"

"他干吗要玩转外单位?"

"不玩转外单位?那你就太外行了!你们设计首饰,难道不需要考虑制作材料?需要,他就得跟材料供应商打交道。产品设计好,难道不需要制造出来?需要,那他就得跟制造商打交道。产品制造出来了,难道不需要拿到市场上去卖?需要,他就得跟营销商打交道。多了去了!"

她觉得他说的也不无道理:"那你呢?你知道怎么跟这些人打交道?"

"我要打交道的人,比他多多了!他作为设计总监,只需要给你们公司管材料管生产管市场营销的人敲敲边鼓,把把技术关,而我直接就是管材料管生产管市场营销的人。"

"你不是市场营销的部门主管吗,怎么要管这么多?"

"呵呵,我已经提成副总裁了!其实我干的根本就是总裁的活,因为我老爹现在只挂个名,实事都是我在干。下面各部门做了决定,都要报到我这里来,不经我批准,就是一张废纸。而我要决定批准不批准,就得什么都懂。"

她肃然起敬:"那你还真有当老总的天分呢。"

"那是当然,论天分,我比我爸都强,比牛叔叔更是不在话下。我爸比我强的,就是经验和人脉,不过这些我很快就能赶上来。"

"那如果你在公司里遇到我这样的情况,你会怎么处理?"

"简单得很,我会把另外十一个人全开了,只留你一个,给你升职称,加工资,让你死心塌地给我干活。"

"你开了人家,人家不——怀恨在心?"

"我管他们怀恨不怀恨在心?美国老板开人可能得比较小心,因为老美人人拥枪,怀恨在心就用枪崩你。我这是中国,老板就是雇员的衣食父母,我开了他们,他们顶多是去跳楼,不关我屁事。"

她觉得这样好像很残酷。

他好像猜出了她的心思:"你要知道,'华威'不是慈善机构,我不能靠仁慈让公司赚钱。如果不开掉那些人浮于事的人,公司就赚不到钱,只能垮台。公司垮了,所有员工都失业了,那不是更残酷?"

"但是夏总——他应该没有开人的权利吧?"

"他不是没有开人的权力,而是他不忍心,所以我说他不适合当设计总监,硬撑下去,会得抑郁症的!"

他把夏总鄙薄了一顿,最后却说:"我觉得老夏不错,跟你绝配。"

"什么意思?"

"意思就是你们俩是同一类人,三观都是上上个世纪的贵族三观,洁身自好,嫉恶如仇,贫贱不能移,威武不能屈。你们也都很有天分,如果你们生在上上个世纪的贵族家庭,都能成为顶级设计师。"

"你还有个'但是'跟在后面吧?"

"呵呵,是啊!但是,你们生在当今这个拜金主义盛行的社会,就会活得很憋屈,你们融不进这个社会,社会也不赏识你们,你们只能惺惺相惜,抱团取暖。"

她怕他以为她跟夏总有什么特殊感情,声明说:"我可是一开始就告诉他我有相处八年的男朋友的。"

他责怪说:"你跟他说这干什么?他这种正人君子,本来对你很有好感的,你这一说,就把他吓跑了。"

她半开玩笑地说:"你是不是——找好下家了?怎么把我跟夏总往一块凑呢?"

"我没有下家,也没有上家,只你这一家,但我是个讲实用的人,如果你跟老夏在一起更幸福,我为什么要拦着你,把你据为己有呢?"

"为什么你觉得我跟他在一起更幸福呢?"

"我不是说了吗,你们是一样的人,而我跟你们不一样,我是暴发户富二代,是这个拜金主义社会的产物,我跟你们的三观是不同的——"

"那你怎么还会——爱我呢?"

"这就像各个阶层的人都爱顶级珠宝一样,买不起的不等于不爱,买得起的不等于佩戴。我能拥有你这颗稀世珍宝,只是一个巧合,因为在你最孤独的时候,只有我在你身边。如果我跟老夏同时出现在你生活里,你肯定会选择他。"

她竟然不知道该怎么回答。

他又说:"小璕,我曾经说过要陪你一辈子,养你一辈子,但我那话是有前提的,就是如果没人陪你,我会一直陪着你,但如果有更好的人陪你一辈子,我就不用陪着你了。"

"那我现在能养活自己了,你是不是就把誓言全部收回了?"

"怎么会呢?我说的养,从来就不是给你一碗饭吃的意思,而是满足你的各种需求。不过你这人很好养,没有太多需求,就是画个画,搞个设计而已,所以我以前就是包你画画的钱,现在我×格高了,希望能赚很多钱,让你拥有自己的设计公司,不用给别人打工,可以一心一意搞设计,搞出世界知名的品牌。"

22

第二天早上,还是手机闹铃把她唱醒的,虽然比昨天还早二十分钟,但感觉不像昨天那么累,恢复了不少。

她洗漱完毕回到卧室,看到手机有一条未读短信,刚到的:"早上好!今天感觉好点吗?"

她正在琢磨发信人是谁,又一条短信进来了:"我是夏玄。"

她回答说:"今天没事了,谢谢关心!"

"记得吃早餐。"

她开玩笑说:"是不是怕我又要吃您的三明治?"

"求求你,别'您'了,把人都叫老了!"

她说话时用"您"不觉得什么,但写在短信里,的确觉得很别扭,便回答说:"好的,不用'您'了。记得别吃早餐!"

"我?"

"嗯,你。"

"我该减肥了吗?"

"不是,我给你带早餐来,还你。"

"口水 ing ……"

她结束通信,去厨房准备早餐,快手快脚地摊了四个葱花饼,她一个,祁乐一个,夏总两个。

她就着昨天刚买的全脂牛奶把自己那个葱花饼吃了,把祁乐的那个放在盘子里,用保鲜膜封好,放在客厅桌子上,再把他的两个分别卷起来,用保鲜膜各自包好,放在一个饭盒里,还拿了一盒牛奶,用塑料袋提着去坐公车。

刚下楼,就看见一辆黑色的奔驰停在楼前,夏总站在车边,笑吟吟地看着她。

她又惊又喜:"哇,你怎么会在这里?"

"我来接你呀。"

"接我?"

"是啊,你搬家累坏了,昨天又晕倒,我不放心。"

她很感动:"我没事了,昨天是因为没吃早饭。"

"反正我顺路。"

她正要上车,一辆帕萨特在她身边停下,祁乐打开车门走出来。

她急忙打招呼:"乐乐,你下班了?我给你留了葱花饼,在桌上。"

"是吗?那太好了,谢谢你!"祁乐走到跟前,"夏总吧?还认得出我吗?"

夏总笑着说:"认得出,认得出,你下班了?"

"嗯,刚下班。哇,你可真是业界良心啊,亲自来接——下属上班!"

"哪里,哪里,顺路而已。"

"你家住哪儿?"

"荣华苑。"

祁乐放肆地笑起来:"哈哈哈哈,荣华苑比你们天惠更东头,你不远万里跑到我们西头来,顺的什么路?"

夏总的脸都红了,自嘲说:"呵呵,我的地理是体育老师教的。"

她急忙出来解围:"乐乐,你可以当市长了,对 A 市了如指掌啊。"

"成天关注房市嘛,哪个小区在哪个方向,每平多少钱,户型什么样,都知道。"

"乐乐,你快回家吃葱花饼吧,放久了就不好吃了。"

"好嘞,那我停车去了,你们走好!"

她在车里坐好,指着手里的饭盒说:"我给你带早餐了,你没吃早餐吧?"

"没有。"

"那你还嘱咐我吃早餐? 你自己都不吃的。"

"我不同,我办公室里吃的东西多得很。"

他把车开动了,问:"给我带什么了?"

"不告诉你。"

"我刚才听见了,是葱花饼。"

"嗯,我今天特地早起二十分钟摊的。"

"你吃了吗?"

"吃了。"

开了一会,他说:"葱花饼的香味太诱人了,可以现在就给我吃吗?"

"那不搞得车里到处都是油?"

"没事,擦擦就掉了。"

她看了一下,他的车是皮座椅,可能真是擦擦就掉,于是打开饭盒,拿出一个卷着的葱花饼,细心揭掉包在外面的保鲜膜。

他说:"你右手边有纸巾。"

她抽出两张纸巾,包在葱花饼的下方,递给他。

他接过去,咬了一口:"嗯,真香!你太能干了,什么都会!"

"你爱吃葱花饼?"

"爱吃。"

"你是爱吃这种摊的软饼,还是那种擀好再油煎的抓饼,或者是炕出来的厚厚的发面葱油饼?"

"哇,你会做这么多种葱油饼啊?我都爱吃!"

她把牛奶盒上的吸管撕下来,用手顶出吸管,插进盒子里,一手拿过他手里的葱花饼,一手把牛奶递给他:"光吃干的吞不下去吧?喝点牛奶润一下喉咙。"

他接过牛奶,喝了一大口,把纸盒放在车上的杯座里,从她手里接过葱花饼,咬了一口:"啊,太好吃了!比餐馆卖的早餐好吃多了!"

"还比餐馆做得卫生。"

"就是,吃得放心。"

一路上吃吃喝喝,讲讲说说,不知不觉就来到了公司门口,她下了车,目送他的车往停车场开去,一眼看见池涟漪正从停车场的方向走过来,她想躲开,但池涟漪叫住了她:"夏——副设计师,等等!"

她只好站住。

池涟漪走上前来,夸张地说:"哇,老总开豪车接送上下班啊,太爽了!"

她估计赖不掉了,只好说:"哪有接送啊?就今天早上在路上碰见了,搭个顺风车。"

"你走路来上班?"

"不是啊,我坐公车。"

"那怎么会在路上碰见夏总?难道你从公车里跳出来坐他的顺风车?"

她一愣,支吾说:"呃——是下公车后碰见的。"

"哈哈,公车站离这里就那么几步路,还需要搭顺风车?"

她被人戳穿谎言,尴尬至极。

池涟漪说:"别这么高调秀恩爱,如果让公司知道,你俩就得开路了。"

"不是你想的那样——"

"你放心,我不会对人说的——"

她忐忑不安地来到自己的格子间,把包一放,就跑到洗手间去,给夏总发短信,先把碰见池涟漪的事说了,然后警告说:"你以后再别去接我了,免得别人说闲话。"

他回复说:"好的,你记得吃早餐。"

"我会的。"

"万一来不及吃早餐,可以上我这儿来吃。"

"还是不了吧,人家看见了不好。"

"那我下午送你回家吧,你在车站那里等我,池是开车的,不会去车站那块。"

"但其他人有可能看见。"

"看见也没什么啊,我们又没做什么。"

"但流言蜚语也很伤人,我们还是不要授人以柄吧。"

他回了一个苦笑的表情:"好的。"

她发完短信,感觉怪怪的,好像她和夏总之间真的有什么一样,急忙把刚才的短信全都删了。

下午四点左右,夏总到她们设计室来了,悄没声地递给她一把伞,然后大声宣布说:"今天天气不好,会有雷阵雨,大家现在下班回家吧!"

一群人开心地跑掉了。

她回到家的时候,祁乐刚起床,见到她便诧异地说:"咦,你今天这么早就下班了?"

"夏总说待会有雷阵雨,让我们提前下班了。"

"哇,你们这夏总真是太体察民情了!"

"反正最近没什么事干,坐那里也是混时间。"

她用微波炉热了饭菜,端到客厅饭桌上,刚好祁乐也洗漱完毕,两人坐下吃晚饭。

她问:"早上葱油饼好吃吗?"

"好吃,太好吃了!"

"那我明天早上再做。"

"明天早上我尽量赶回来送你上班,你让夏总不用绕道来接你了。"

"我已经对他说过了,不用接。你也不用送,我坐公车挺方便的。"

吃了一会,祁乐说:"真羡慕你! 一下就把Ａ市的立足之地搞定了。"

"什么立足之地?"

"房子啊。"

"我怎么把Ａ市房子搞定了?"

"你今早没听见吗? 你们那个夏总的房子买在荣华苑! 那里的房子贵得很,一般工薪阶层小两口干一辈子都买不起的!"

她有点被说糊涂了:"他在荣华苑买房子关我什么事?"

"他肯定在追你,不然大清早的从东头的荣华苑跑到西头的幸福小区来接你?"

"那是因为我昨天在他办公室晕倒了,他有点担心。"

"担心就说明动心了嘛。"

"不是的,他自己都说了,主要是冬季产品设计还指望我的,他是在为天惠着想。"

"你听他的! 如果只是为你们公司着想,可以让他的助理来帮你啊,哪里用得着亲自开着豪车来接你?"

她申明说:"我告诉了他我有男朋友的,他肯定不会追我,只是为了工作。"

"你干吗告诉他你有男朋友? 难道你男朋友比他还强?"

"嗯——看你说哪方面了,如果是说钱,说不定真的比他强。"

祁乐睁圆了眼睛:"真的? 你男朋友是谁呀?"

"哪里呀,他叫华强。"

"干吗的?"

"他是Ｂ市'华威'公司的副总裁,家族企业,他爸是总裁。"

祁乐啧啧说:"哇,难怪你留在了Ａ市都没甩他呢,原来是富二代霸道总裁!"

"我跟他好上的时候,根本不知道他是富二代,那时我们才读初三。"

"那你运气太好了!我读书的时候,班上就没一个富二代,很多连我家都不如,我的同事里面也没有富二代。"祁乐想了想,说,"不过,我的病人里面倒是经常有富一代。"

她一听就觉得不对头:"你这是什么意思?"

"我的意思是——我那些病人当中,还是有一些富翁的,不过富翁本人病重就没什么意思了,还没搞到手就死翘翘了。但有些富翁不是本人病重,而是他们的老婆病重住院,那我不是就有机会了吗?"

她一下就变了脸:"你怎么可以做这么不道德的事?"

祁乐愣了:"怎么了?"

"人家的老婆是你的病人,你不好好照顾病人,却想着怎么去勾搭别人的老公!你——你还有一点良心吗?你自己设身处地想想,如果是你躺在病床上等死,而你的丈夫跟护士勾勾搭搭,你——你的心不痛吗?你的肺不气炸吗?"

祁乐无所谓地说:"既然我自己都要死了,我还管那么多干啥呢?把自己的心痛碎了,肺气炸了,该自己倒霉。再说,我想管也管不了啊!"

"就算你挖过来了,你还得做后妈,人家的孩子恨你一头包,人家的父母也不把你当人,因为你是——填房,你——"

"哇,我是说病人家属,又不是挖你家的华强,你生这么大的气干吗?"

"你要是挖华强,我一点意见都没有,挖得走是你的,挖不走才是我的。但是你挖病人家属,你就太没良心了!"

她把妈妈生病后的遭遇讲了一下,检讨说:"对不起,我主要是太——痛恨我爸和那个尤护士的行为了,你一说我就炸了,其实我有什么权利管你?我只是替病人和他们的孩子感到难过。"

祁乐理解地说:"难怪你生这么大气!你放心吧,我有职业道德的,不会挖病人墙脚。我在Ａ市买得起房就买,买不起就在这里挣几年钱,回老家去买。"

23

星期五下午,她接到华强的微信,说已经到Ａ市了,在酒店开好了房间,叫她下班后直接过去。

她下了班就打车来到希尔顿酒店,到前台凭身份证拿到华强留给她的门卡,找到808号房间,轻轻敲了敲门。

华强在里面大声问:"谁?"

"我。"

"你没门卡?自己进来吧!"

她用门卡打开门,见他正在电脑上打游戏,连头都没向她的方向转一下,不禁有点小失望,但也只是一瞬间,因为从上大学一直到同居前的那几年,他们的约会基本都是这个模式。前段时间她还没搬家,他来了不用住酒店,但每次她兴冲冲地回到租住的房间时,他也多半是在打游戏。

她已经学会不跟他的游戏吃醋较劲,因为那只能是无用功。

她关上门,走到他身边。

他问:"饿不饿?"

"还好。"

他朝地上一个旅行箱努努嘴:"箱子里有你爱吃的零食,先随便吃点打个底,等我搞定这里就出去吃晚饭。"

"好的。"

她从箱子里拿了一些零食和饮料,放在床头柜上,脱了鞋,爬上床去,边吃边刷朋友圈。

刷了一会,她就睡着了。

等他把她叫醒的时候,天已经黑了,她揉揉眼睛问:"你打完了?"

他笑嘻嘻地说:"记住,不是打完了,是打赢了。游戏是打不完的,一辈子都打不完,这个还没打完,那个又出来了,永远的应接不暇。走吧,我们出去吃饭吧。"

她不想动:"今天算了吧,我刚才吃这吃那的,都吃饱了。"

"我还饿着呢,中饭都没吃,走吧,走吧,就当是陪我了。"

她拗不过他,只好跟他一起下楼去吃饭,就在酒店一楼要了个僻静的桌位,点了几个菜,他要了一瓶酒。

她问:"今天又不是在外应酬,还喝酒?"

"喝惯了,不喝就觉得不是在吃饭,而是在——喝早茶。"

"别喝多了,当心搞得像你爸爸一样,喝到胃出血住院。"

"没办法,你要在生意场上混,不喝酒是不可能的。"

吃完饭,回到808,他关上门就开始脱衣服,边脱边催她:"快脱呀,还磨蹭什么? 不知道小别胜新婚?"

"刚吃完饭——"

"哪里是刚吃完饭?吃完又坐着聊了好一会了,只能算刚下饭桌——"

她有点不好意思地开始解扣子。

他脱完了自己的,走上来帮她:"都老夫老妻了,还这么害羞?"

"婚都没结,就老夫老妻了?"

"结婚只是个仪式,上床才是正道。你算算我们上床多少年了?从高三就开始,大学四年,现在是第六个年头了吧?"

"也不是高三一开始就开始的,是高三读完了才——"

"是啊,是啊,那也五年了!如果是一般夫妻,都快到七年之痒了!"

她被他脱光了衣服,抱到浴室去了。

两人泡在浴缸里,她问:"五年了!一般夫妻可能都厌倦了吧?"

"肯定的。"

她恶心至极:"那你也是——这样的?"

"我怎么会呢?"

"为什么你不会?你不是说每个男人吗?"

她还想骂他,但他已经用嘴堵住了她的嘴。

完事后,他睡了,但她躺在那里睡不着,想起他们的第一次。

他读初三的时候,从来都没搂过她亲过她。后来他们有了肌肤之亲后,她问过他,为什么以前没有搂她亲她,他说那时还不太懂,没有那种冲动,只要跟她在一起玩就行了。

他也的确是在进高中后才突然长高长大的,以前都是瘦瘦的,个子也不高,好像只有她那么高。但进了高中,他就比她高出一个头还不止了。他会经常想要抱着她,吻她,有时还想把手伸进她衣服里去。

但她除了拥抱亲吻之外,别的都不许他做,因为妈妈老早就告诫过她:"璕儿,现在这个社会很乱,人心都很浮躁,你生得美,会有很多人对你有不好的想法,你一定要学会保护自己,哪怕是自己喜欢的人,也要把握好,有些事不到结婚之后是不能做的。"

妈妈病倒后,话就说得更明显,直接界定了"有些事"究竟是哪些事。

妈妈还说:"有些男人,会把做不做那个事说成是你爱不爱他的表现,还有的会威胁你,说不做就不再爱你了。你千万不要上他们的当,凡是会这样说的男人,都是不好的男人。真正爱你的人,是不会强迫你威胁你的,也不会因为一时不能达成他们自己的欲望就不爱你。男人是可以控制自己的,他们也能自己解决。"

不过华强从来没有威胁过她,也没说过不肯做就是不爱他。她不肯,他就算了,聚精会神玩会游戏,或者到浴室冲个澡,就没事了。

她之所以会在结婚前就跟他做了"有些事",是因为高三毕业后的那个暑假,发生了一件很大的事。

高考后的那个暑假,他们双双拿到录取通知,都考上了A市的大学,虽然不在一个学校,但在同一个城市,也很不错。两人高兴极了,约了一些好友,大大庆祝了一番。

但突然有一天,她就联系不上他了,打电话没人接,发短信没人接,上QQ找不到他,把她急死了。

一连四五天,都是这样,而他以前从来没有她联系不上的时候。

她想到各种可能,眼睛都哭肿了,只好鼓起勇气到他家去找他。

她知道他家住哪里,但他从来没领她进去过。现在她什么也顾不得了,直接跑到他家去按门铃,按了好多下,才有一个中年女人来开门,看上去像是他家请的保姆之类。

她问:"阿姨,华强在家吗?"

"不在。"

"您知道他去哪儿了吗?"

"不知道。"

她问来问去都没问出个下落来,只好在门外等,一直等到快半夜了,才看到一辆车开到门前。她急忙跑上去,拦在车前。车停了,副驾那边的窗子打开了,她跑过去,认出是华强的妈妈。

她急切地说:"阿姨,我是夏璿,华强的同学,几年前在三亚的时候——"

华强妈妈说:"我认识你,你到这里来干什么?"

"我跟华强好几天都联系不上了,想问问您他去了哪里。"

"在学校吧,他平时来不回家的。"

"但是现在我们都毕业了,学校也在放暑假,早就关门了——"

"哦?那他可能在别的什么地方住吧,反正他不到春节不会回家来住的。"

"那我再去找找,您要是有消息了,可不可以告诉我一下?我很为他担心。这是我的电话号码。"

华强妈妈记下了她的号码,说:"好的,如果我有他的消息了,一定告诉你。你也别太着急了,他这么大了,知道照顾自己的。"

她谢了华强妈妈,回到家中,满怀希望地睡了一夜,但连着两天都没有收到任何消息。

她决定去找华强爸爸,潜意识里觉得华强爸爸比华强妈妈更喜欢她。

她去了"华威",但门卫不让她进,她让门卫去通报她的名字,还是不让她进,但说待会华总出去办事时会在门口见她。

她就一直站在公司门口等,人都快热死了,才等到一辆豪车开出公司门,停在门前。

她急忙跑过去,华爸把车窗降下,问:"你是在找华强吧?"

"嗯。我好几天跟他联系不上了。"

"他出国了。"

她惊呆了:"他出国了?可是他妈妈说——"

"别管他妈妈说什么了,你听我的没错的,他到澳洲留学去了。"

"可是——他怎么没告诉我一声呢?"

"可能走得太急吧。"

她什么都顾不得了,流着泪说:"但是我们约好了去Ａ市读大学的,他怎么一下就出国了呢?"

"他说他考的Ａ市那个破学校太丢人了,没脸去读。"

这个倒是有可能,因为他那个学校比她的差好几个等级。她问:"您有他在澳洲的联系方式吗?"

"现在还没有,等他安顿下来会联系大家的。"

她就怀抱着这点希望回家了,但这点希望也只支撑了她一两天,澳洲又不是蛮荒之地,就算一时没手机,也可以买张电话卡给她打个电话吧?怎么会这么多天都没消息呢?

肯定是出了什么事!

24

正当她快急死的时候,华强给她打电话来了:"你现在能出来吗?"

"能!"

"我在'金煌'505,你过来吧。"

她马上打车跑到金煌酒店,去了505,敲了敲门,听到里面有个微弱的声音说:"门开着。"

她推开门,发现房间黑乎乎的,没开灯,窗帘拉得紧紧的。

她的心怦怦乱跳,生怕是被人骗了。但她想见他的心太切了,便不顾一切地走进去,来到床边,拧亮床头柜上的灯,认出床上躺着的是他,但瘦得脱了形,像非洲饥民一样。

她惊慌地问:"你怎么了?你怎么了?"

他虚弱地笑了。

她坐在床前,抚摸他瘦削的脸庞,心疼地问:"你被人打了吗?还是生病了?要不要去医院?"

他摇头。

她说:"我去你家和你爸公司找你了,你妈说你在学校,你爸说你去澳洲了——"

他不回答,只摇头,然后请求说:"我好饿,你帮我买点吃的东西来吧,汤汤水水的。我住店的时候在下面吃了一些的,但全都吐了——"

"好,我这就去买,要不要买药?"

"不要,我没病,就是饿的。你带上门卡,回来时自己开门。"

她急忙跑去买吃的,找到一个粥面小馆,买了汤面和粥,提回酒店房间来,放在桌上。

她走到他床前,见他闭着眼睛,不知道是睡着了,还是昏迷了,急忙叫他:"华强,华强,粥买回来了,还买了汤面,快起来吃。"

他睁开眼,想起床,但体力不支,起不来。

她按住他:"你就躺床上,我喂你吃。"

她把他弄成半躺的位置,用勺子一口一口喂他。

他吃了几口,就不肯吃了:"好久没吃饭,胃都饿瘪了,吃一点胃就疼,歇一会再吃。"

她把粥放在茶几上,用餐巾纸给他擦嘴,问:"你怎么把自己饿成这样?"

"绝食。"

她问:"绝食?为什么要绝食?"

"因为——我爸妈——要把我送到澳洲去留学。"

"你不想去?"

"你在这里,我怎么会去澳洲留学呢?"

她喉头起了哽咽:"但是——我也可以去澳洲的呀!我外婆——给我留了一些钱,让我留学用的。是因为你说——你会在国内读大学,我才没想留学的事。如果你早告诉我你爸妈要你去澳洲,那我就跟你一起去了,你也不用——绝食。"

他指指茶几上的粥,示意又可以开始喂了。

她接着喂他,他吃了几口粥,又觉得胃痛,她只好又停下。

她问:"你爸妈以前没叫你去澳洲?"

"没有。"

"那他们怎么突然想起要你去澳洲呢?"

"谁知道?"

"是不是觉得你考的大学不够好?"

他摇摇头:"他们对这些无所谓的,只要我有个地方读书,不在社会上混就行了。"

"那他们是不是想让你跟那个牛姐姐在一起?牛姐姐不是也在澳洲吗?"

"她早就不在澳洲了。"

"那她在哪里?回国了?"

"没有,她去了欧洲。"

"欧洲?哪个国家?"

"她去的国家多了,到处跑。"

她见他说不出个具体的国家,有点不相信:"不会吧?我觉得她还在澳洲,所以你爸妈想把你也送到澳洲去,相互有个照应。"

"她真的在欧洲,不信你可以看她的QQ相册。"

"在哪儿看她QQ相册?"

他指着桌上的手提电脑:"你把那个拿过来,我找给你看。"

她到桌边看了一下,网线没那么长,拿不到床边去。他让她登录到他的QQ账号里,再点击"好友"中的"风中飘零":"那就是她的QQ。"

她打开"风中飘零"的相册,果然是牛姐姐,最新的照片是在西班牙看斗牛。

她回到床边:"那她不回澳洲去了?"

"嗯,她不喜欢澳洲,喜欢欧洲。"

"那你爸妈怎么不把你送欧洲去读书?"

他懒懒地一笑:"你以为欧洲那么好送去读书的?好了,不说他们了,快喂我吃粥吧。"

他吃完粥,精神好多了,拍拍床边:"来,坐到这里来!让我好好抱抱你。"

她坐到床边,他搂住她,在她耳边说:"我饿得快死的时候,你知道我最遗憾的是什么吗?"

"是什么?"

"就是没有跟你——爱爱过。"

她勇敢地说:"那我们现在就——爱爱吧。"

他摇摇头。

"你现在不想了?"

"怎么会不想?但我现在没劲,就这么抱抱吧。"

她脱了鞋,爬上床去,躺在他身边,抱着他:"你怎么这么傻呀?你爸妈要你去澳洲,你就去呗,跟我说一声,我马上就跟到澳洲去了。"

"澳洲那破地方,去那干吗?要留学也要到美国去,欧洲我都懒得去。"

"那你可以跟你爸妈说你想去美国呀。"

"美国不能随便去的,要考的。"他沉默了一会,"不管他们了,现在一切都过去了。我们先在国内读书吧,读完本科再说。"

"嗯。你绝食了多少天?"

他算了一下:"整整十天!居然没把我饿死,我太强了!"

她心疼万分:"你绝食的时候——难受不难受?"

"开始很难受,到最后那几天,就昏昏沉沉,没什么感觉了。"

"你爸妈看着你饿成那样,他们不难过?"

"谁知道他们难过不难过?可能他们这次决定要搞赢。"

"但最后他们还是输了。"

"嗯,可能还是不想把唯一的儿子给饿死掉。"

她吻吻他:"你为了跟我在一起,真是什么都愿意做!"

"只要是我能做到的。"

"你连命都可以不要,还有什么是你做不到的?"

他无力地笑了笑。

她发誓说:"我一辈子都爱你!"

"我也是。"

"我们的爱情是不是很伟大?"

"你说呢?"

"我觉得很伟大。"

"那就是很伟大。"

"难道你不觉得自己很伟大?"

"就那样吧。"他嘱咐说,"不要把这事告诉别人。"

"为什么?怕别人说你爱我爱疯了?"

"不是,我不怕别人说我爱你爱疯了,你这么美,爱你爱疯也不丢脸。但是——绝食这种事,是没用的人才做的,有用的人肯定能想出别的办法,所以我不希望别人知道我——这么没用。"

"我觉得你不是没用,而是——勇敢,连自己的命都拼上了!我不知道我能不能做到。"

"我怎么会让你落到为我把命都拼上的地步呢?我一辈子都会保护你,照顾你,让你不用受苦,不会孤独,不管我们最终能不能结为夫妻。"

"我们肯定会结为夫妻的,因为你这么爱我,我也这么爱你。"

"也许你会遇上更好的人,那时你就会跟他结婚。"

"我不要跟别的人结婚,我只跟你结婚。"

他笑了笑:"到时候看吧。"

"你一定会看到的!"

那段时间她家里基本上就她一个人,因为她家只两个卧室,平时是她爸和尤护士一个卧室,尤护士的妈和小凯一个卧室。但暑假里她不能住学校了,只好回家住,尤护士就带着小凯搬到娘家去住了。

她爸有点尴尬,完全搬到尤家去住,又像是倒插门;完全不去尤家住,又像是夫妻分居,所以她爸大多数时间都是在尤家住,但自己的衣服什么的,又还是放在自己家,有时跑回家拿东西,就在家住一晚。

她算到她爸不会回家的那晚,就在酒店住,如果她爸某晚有可能回家,她就回家住。

华强恢复得很快,能正常吃饭了,精气神也好多了,凹陷的腮帮子也在慢慢恢复原样,抱着她的时候,她能感到他的冲动了。

她决定履行自己的诺言。

她搂住他,轻声说:"你想到自己快死的时候,不是最遗憾我们没有——爱爱吗?"

"嗯。"

"那我们——今天就——那个吧。"

他低头看着她的眼睛:"我不是没死吗?"

"但我答应了你的。"

"你不用为了实现诺言就——勉强自己。"

"不是勉强,是想跟你——爱爱。"

"那我去——买套套吧。"

她害羞地放开他,自己躲到被子下面。

他出去了一会,面色红红地回到房间,把一个小袋子放在床头茶几上,搓着手说:"我们真的要爱爱了?"

她低着头把他往被子里拉:"干吗说那么多呀?"

他钻进被子,开始脱自己的衣服。她闭着眼睛抚摸他胸前,心酸地说:"你饿得好瘦了啊!"

"没事,吃几天就吃回来了。"

"会不会把肠胃都饿坏了?"

"肯定没饿坏,我这几天不是一点不胃疼了吗?我只怕把它饿坏了,那就惨了。"

她知道他说的"它"是什么:"饿坏没有?"

"应该没有,你看。"他掀开被子让她看。

她死闭着眼睛不看。

他抓住她的手,放到它上面;"没饿坏吧?"

她羞涩地缩回手:"我又不知道它饿之前是什么样,怎么知道它饿坏没饿坏?"

"它原来就是这个样,现在还是,一点没饿坏。"

他解她的扣子,脱她的衣服,她一直都闭着眼睛,浑身发抖。

他褪下她的内裤,伏到她身上:"你好美啊!比穿着衣服时还美!你真的是小龙女,但我可不是尹志平——"

说完,他就趴在她身上喘气。

她也喘着气,发着抖,感觉他离开了她的身体,她悄悄睁眼一看,发现他在撕装套套的袋子,手也是抖抖的,用嘴帮忙才撕开。他从袋子里掏出一个圆圈一样的东西。她知道那就是传说中的套套,而他就要往他的"它"上套了。

她赶紧闭上眼,不敢看那尴尬的一幕。

但她等了半天,也没见他上床来。

她睁开眼,看见他沮丧地站在那里,低头望着自己的"它"。

她问:"怎么了?"

"可能还是饿坏了,我套了两下,它就——蔫了。"

她安慰说:"不是的,是你太紧张了——要不,就不戴了吧。"

"不会中枪吗?"

"可以买药吃吧?"

"嗯,听说有一种事后药——"

不戴套,他们的第一次也失败了。

一直到第三次,才终于成功。

25

星期六下午,她和华强三点多就去了"小巴黎",在那里请祁乐吃法式大餐。

祁乐因为待会还要上班,是自己开车来的,一见他们那个小包间的装潢和摆设,就情不自禁地叫起来:"哇呀,好高端啊！我还从来没吃过这么高大上的法式大餐呢！"

华强跟她交换了一个眼色,仿佛在说:"看,我说的不错吧? 这么高档的大餐,没人会拒绝。"

她给双方做了介绍,祁乐又咋呼道:"哇,小璕,你的男朋友真的是高富帅耶！高富帅的平方啊！"

华强对祁乐的赞美坦然受之,一点没有不自在,也没谦虚扭捏,只指着对面的座位,很绅士地说:"乐乐,请！"

三人就座,侍应生递上菜单,祁乐看了一眼又惊呼起来:"哇,最低规格三道菜套餐每位就要680元！太奢侈了,太奢侈了！"

华强说:"乐乐,因为你待会要上班,时间不多,所以我只要了五道菜的套餐,每道都有几个菜式可供选择,你还可以跟小璕选不同的菜式,两人分享,等于能吃到十道菜。"

祁乐又咋咋呼呼叫起来:"干吗选五道啊? 三道就已经够贵的了！"

"法餐不像我们中餐的,他们每道菜都只一点点,三道不够吃。"

"是吗?那可让你破费了!"

"小意思。"

祁乐看了一会菜单,发愁了:"这些菜我都没吃过,怎么选呀?"

华强耐心地解释说:"这里的菜味道都是不错的,闭着眼睛点都没问题,你只要避开你不吃的食材就行。"然后指指站在包间的侍应生,"你还可以问他。"

结果点菜就点了二十多分钟。

好在才下午,人不多,上菜挺快的,从开胃菜上起,每道菜都要换一副餐具,都有侍应生做介绍,加上祁乐还要给每个人的菜都拍照,所以花了不少时间。

几个人边吃边聊,华强像个家长一样说:"乐乐,这是小璿第一次离开我独立在外打拼,她年轻不懂事,还要拜托你多关照她。"

"哎呀,都是她在照顾我,做饭我吃,我成天上夜班,什么忙都帮不上。"

华强借机问:"乐乐,你在哪里工作,怎么每天都上夜班?"

"我是Ａ市肿瘤医院的护士。"

她听到"肿瘤医院"几个字,不禁跟华强对望了一下,眼神仿佛在说:怎么这么巧?

她想打听关于乳癌的事,便问:"你在肿瘤医院哪个科?"

"姑息治疗科。"

她从来没听说过这么一个科室,不由得看了华强一眼,感觉他脸上也有一丝狐疑。

她问:"姑息治疗是什么意思?是——姑息养奸的那个姑息吗?"

"当然不是姑息养奸的意思,呃——我也不知道为什么把这个科称为姑息治疗科,以前没有这个科室,是从外国传来的,可能是没翻译好,大多数人听到这个名字都不知道是干啥的。听说香港那边翻译成'舒缓疗法',就好懂一些了。"

她还是不懂:"舒缓疗法又是什么意思?"

"就是——缓解病人痛苦的意思吧。"

华强问:"还专门为缓解病人痛苦设一个科?难道别的科都不缓解病人痛苦?"

"呃——不是这个意思。别的科是以治病为主,而我们科是——以治人为主。这么说吧,我们科收治的都是别的科——无法治疗的病人。"

她满怀希望地说:"那你们科比别的科都强!"

华强不同意:"我觉得乐乐的意思是——那些治不好的晚期病人就送他们科去等死,我觉得还不如叫等死科,好懂多了。"

她反驳说:"怎么能叫等死科呢?那对病人打击多大!"

祁乐说:"有些人背地里真的是把我们科叫作等死科的,但其实不是那样。虽然我们科的病人一般都是晚期癌症病人,治不好的那种,但也不全是,也有不是晚期的病人,但他们因为各种原因,不能手术,不能放疗化疗,就转到我们科来。"

"为什么不能手术?"

"原因多了,有的是癌症已经大面积转移了,动手术也不能完全切除；有的是癌肿的位置不好，动手术比不动手术危险更大；还有的是——病人不肯动手术，怕破坏了身体的气场。"

"那化疗放疗呢？"

"有的是身体太弱了，经不起化疗放疗；还有的是体质的差异，对化疗放疗没反应；当然，也有的是因为病人不肯放疗化疗。"

华强坚持说："我觉得你说的这些——也许不是晚期，但还是治不好的那种。不能手术，对放疗化疗又没反应，那不是治不好是什么？"

"嗯，基本都是吧。"

"那你们跟那个什么——临终关怀不是一样的吗？"

"以前是差不多的，只是地点不同而已，我们是隶属于医院的一个科，而临终关怀基本都是独立机构，但两者都是有痛止痛，有黄疸消黄疸，有腹水抽腹水，就是让病人走得——不那么痛苦吧。"

"那现在不同了？"

"现在——有些医院的姑息治疗还是跟临终关怀差不多，但我们科不同，我们科正在考虑改名为'补充和替代疗法科'，因为我们已经不再是被动地单一地缓解病人痛苦，而是积极采用不同于传统方式的疗法治疗病人。"

她很关心地问："这个姑息治疗科——是最近才有的吗？"

"听说欧美老早就有了，港台和新加坡也比我们早，我们是上世纪九十年代才开始有的，到现在也不是每个医院都设姑息治疗科，有姑息治疗科的也不一定积极采用补充和替代疗法。但补充和替代疗法肯定是会越来越广泛地应用在癌症治疗中的,因为专家们都已经认识到治疗癌症并不是只有通常用的那些方法,有时候加上一些别的方法更见效。听说国际国内都有很多人在研究补充和替代疗法,像什么气功啊,瑜伽啊,打坐啊,静修啊,按摩呀,针灸啊,音乐啊,美术啊,写作啊,唱歌跳舞啊,等等,都可以用来治疗癌症病人。"

华强笑起来:"呵呵,如果唱歌跳舞就能治好癌症,那你们肿瘤医院要关门了,病人就在家唱歌跳舞得了。"

"像唱歌跳舞这样的只能作为补充疗法,不能代替手术和放疗化疗。"

"你们的补充疗法有用吗?"

"当然有用!对于改善病人的生存质量,延长病人生命,是非常有用的。"

"那你们科室延长了多少病人的生命?"

"这么说吧,如果按照医生预估的生存期,我们科室绝大多数病人都延长了生命。"

华强还是没被说服:"这个还是挺虚的,医生说病人能活半年,只是一个估计,还有个正负误差。而你们的病人活了半年零一天,你们就觉得自己延长了病人生命。"

她支持祁乐:"一天也是延长嘛,一分一秒都是珍贵的!"

祁乐说:"医生预估的生存期,一般都是最乐观的估计,也就是最多能活多久,所以我们说的延长都是真正的延长。"

华强说:"你举几个具体例子说说。"

"好,我给你举几个例子。有个病人,肝癌晚期,医生说他最多只能活半年。但刚好遇上他家拆迁,一套房子变成了三套,解决了他两个儿子结婚没房子的问题,他卖了第三套,拿着钱到处去旅游,结果多活了两年!"

华强又笑了:"哈哈,那不是拆迁的功劳吗?怎么能算在你们科室头上呢?"

"怎么不能算呢?如果不是我们发动家属劝解他,他早就自杀掉了,根本活不到拆迁那一天。"

她关心地问:"有没有病人因为——爱情什么的延长生存期的?"

"当然有啊,多了去了!一方患癌,另一方不离不弃的,都能有效延长患者生存期。"

"可能都是男方患癌,女方不离不弃吧?"

"不一定啊,也有女方患癌,男方不离不弃的。我就知道有个女病人,医生诊断最多能活三个月,但她未婚夫在病房里跟她举行了婚礼,她多活了一年多了!"

华强说:"这个应该算是病人家属创造的奇迹,有没有你们科室自己创造的奇迹?"

她有点烦华强,怕他老这么较劲把祁乐得罪了。对她来说,谁创造的奇迹不重要,她只关心像爱情这样的心理因素究竟能不能让病人多活些日子。

但祁乐并不生气,很骄傲地说:"有啊,我们科有个晚期胰腺癌患者,医生说最多活三个月,但通过我们的治疗,已经延长他的生命半年多了,到现在都还活着呢!"

"你们怎么治疗的?"

祁乐绘声绘色地说:"他是个海员,跑过很多国家,见多识广,我们知道后,就力劝他把自己的故事写出来,贴到网上。开始他不肯写,说自己不是作家,写出来没人看。但我们跟一家网站联系了,在首页打广告宣传他的故事,他只好动笔。然后我们在各自的微信圈宣传他的故事,还在网站给他买了很多点击和粉丝。他信心大增,潜心写作,读者越来越多,他也越写越有兴趣,已经写了快一年了,正考虑写完自己的故事就开始创作小说呢!"

她急忙说:"真的?你把网址告诉我,我也要去给他点赞。"

祁乐用微信把网址传给了她,还问华强拿了微信号,也传给了华强。

华强没她那么容易感动:"有没有可能所谓只能活三个月是医生——误诊呢?"

"不可能,又不是我们一家医院的诊断。"

"什么癌症这么可怕?"

"胰腺癌啊。那可是癌肿之王啊,确诊率很低,手术死亡率很高,五年存活率居所有癌症中最低,百分之一都不到,基本是确诊一百个,死掉一百个。而且都是速死,长的半年一年,短的两三个月。"

她觉得太可怕了:"怎么会这样?"

"因为胰腺癌很难发现,一旦发现就是晚期,所处的位置也很险要,很多都是无法手术的。胰腺癌对化疗没什么反应,而放疗也很难做。"

华强说:"我记得那个苹果公司的总裁乔布斯就是胰腺癌,但他好像活了——很多年。"

"是的,他是胰腺癌,活了八年,但他是胰腺神经内分泌癌,很少见,算是胰腺癌中的幸福癌,如果他按医生方案及时治疗,能活更久。但大多数胰腺癌都不是他那种,而是外分泌癌,那就是传说中的癌王了！"

她越听越为妈妈难过,中国九十年代就有姑息治疗了,而她妈是本世纪才患的癌,但却没有享受到姑息治疗,肯定是因为C市太小,医疗不发达,如果那时让妈妈去美国或者E市治疗,情况就不同了,至少爸爸就不会跟尤护士搞在一起了。

她打听道:"你说,如果我爸那时不跟那个尤护士——走那么近,不惹我妈生气,我妈是不是会——多活几天?"

"肯定的！乳腺癌的生存率是很高的,几乎百分之百的人手术后都能活到一年以上,即便是晚期病人,五年生存率也能达到85%！而你说你妈一年都没活到,那很不正常,肯定是因为被你爸气的——"祁乐叹口气,"唉,别说晚期癌症患者了,即便是身体健康的人,遇到配偶出轨——心理上遭受的打击也是很大的,能直接把人打趴下。所以我们科的工作,不光着眼于病人,也包括他们的家属,甚至亲戚朋友,发动一切可以帮助病人与癌症做斗争的力量。"

"但我爸还死不承认是他气死了我妈,尤护士也说相信心理作用是神神道道。"

"绝对不是！心理作用对任何病症都很重要,保持愉快的心情能增强免疫力,对治疗癌症和预防癌症都能起很大的作用。"

她激动地说:"我好想到你们科去当护士,减轻那些癌症病人的痛苦,延长他们的生命！"

祁乐说:"你不用当护士就能做到啊,我们那里很需要各方面人才的,像你这样会弹琴会画画的,可以到我们那里做义工,免费为病人弹琴,免费教病人画画。"

26

回到酒店,她还意犹未尽,拉着华强继续讨论:"你看,国际国内都承认心理作用在癌症治疗中的作用,你还不相信!"

"我哪里不相信?我一向都认为心理作用对癌症病人影响很大,不知道自己有癌症的时候,活得好好的。一听说自己得了癌症,很快就死了。怎么死的?自己把自己吓死的,那就是心理作用嘛!"

她不解地问:"你相信心理作用对癌症的影响?那你怎么说我妈和外婆的死跟我爸爸和尤护士没关系?"

"我哪里说过没关系?我说的是你不能因为你妈妈和外婆的死就判你爸和尤护士的刑,因为从法律的角度讲,他们没有一点责任。但我不是承认你妈和你外婆是气死的吗?那不就是承认心理作用的威力吗?"

她仔细想了想,觉得他以前是这么说的,只说诸葛亮三气周瑜,周瑜气死了也不能把诸葛亮拉来判刑,没说周瑜不是气死的。看来是她自己那时没听明白,冤枉了他。

她问:"那如果我得了癌症,只能活三个月了,你会不会跟我结婚?"

"当然会!"

"哇,你这么爱我?"

"那还用说?哪怕我根本不爱你,我都会结。"

"为什么?"

"不就是在病房里拍个婚纱照吗?我又不损失什么,干吗不拍?"

她想了想,又问:"如果我们那时已经结婚了,而我只能活三个月了,你会不会——丢下我不管?"

"我怎么会丢下你不管呢? 我是那样的人吗?"

"我不是说你会——因为冷漠无情而丢下我不管,而是因为——你是个不做无用功的人嘛。"

"我是不做无用功,但我得先确信那是无用功才不做嘛。比如说跟着你的火车跑,我确切地知道那是无用功,所以我就不做。但癌症这种事,谁知道什么是有用功什么是无用功? 病人断了气都不知道哪个疗法有用哪个疗法没用,只遗憾还有几个疗法没来得及试。"

"那你会怎么办?"

"我肯定要试遍各种疗法,先把你送到最先进的美国去治疗,美国不行就去世界上最原始的地方,亚马逊热带雨林之类的,说不定那里藏着未被科学发现的清新疗法。反正的反正,只要还没咽气,就绝对不放弃。"

她太感动了! 如果她爸爸那时有这一半努力,甚至是百分之一,她妈妈都不会那么早就去世了。

她问:"如果我咽气了呢?"

"咽气了就把你冰冻起来,等将来科学发达找到治疗癌症的方法了,再把你解冻了用新方法治疗。"

"我是说如果我咽气了你会不会另找别的人。"

他想了想,说:"即便我另找别的人,也不会是因为爱情。"

"为什么?"

"因为我今生今世只爱你一个人。"

她感动得热泪盈眶,他的答案超出她的预期太多了!看来以前她是隔着门缝在看他,把他看扁了。

华强笑着说:"不过你也是太能耐了,A市这么多出租房,你就偏偏找了祁乐这家。"

"找这家不好吗?"

"别的没什么,但她刚好在肿瘤医院做护士,而且是个什么姑息治疗科。本来你都快把你爸和尤护士给忘了的,现在跟她住一起,又要觉得大仇未报,寝食难安了。"

"我不跟她住一起也不会忘了那件事。"

"但是你不会确信你妈是被那两个气死的呀。"

"我本来就确信我妈是被他们气死的。"

"但是这么久了,你已经慢慢淡忘了嘛。"

"我怎么可能淡忘?我没有哪一天能忘了我妈受的那些苦!"

他摊开两手:"这就是我说的无用功。无论你怎么恨那两个,也不能让你妈起死回生,反而让你自己难过。"

"但是我想忘也忘不掉啊!"

"还是换个地方住吧,不然你会越来越忘不掉。"

"我不想换地方,我就愿意跟祁乐住,因为她理解我,支持我,是我的知音。如果是别人,肯定会觉得我神道道。"

他无奈地说:"随你吧,我只能帮你到这里了。"

等华强星期天回B市去了之后,她才有机会跟表哥聊姑息疗法。

表哥的反应跟她预期的差不多:"看看,我没说错吧,爱情的确能创造奇迹!现在不担心了吧?"

她又把华强的反应给表哥学说了一遍,半开玩笑地说:"你不用等了,等着也没用了,即便我得了癌症,他也不会离开我的。"

"你以为我是在等你得癌症?我怎么会那么自私自利呢?"

"那你是在等什么?"

"等他离开你呀。"

"我得癌症他都不会离开我,不得癌症怎么会离开我呢?"

"会的,而且我感觉就快了。"

"为什么?"

表哥娓娓道来:"因为你们以前还小,见家长啊结婚啊之类的事情,还可以拖一拖。但现在你们已经毕了业,参加工作了,他还比你大两岁,那也不小了,家里会开始催着他结婚了。那时,就能见分晓了。"

"见什么分晓?"

"我的直觉是他家不会同意你们结婚。"

"为什么?"

"原因很多,我能想到的就有两条:一条是担心你会得癌症,虽然你不会得,但他们会有这种担心。更重要的是像他们这种家庭,一般都会把子女的婚姻当成一种巩固发展家族利益的手段,会找个门当户对的家庭联姻。"

"但是华强不会同意的。"

"为什么?"

"因为他说了——今生今世只爱我一人。"

表哥没有被打垮,淡定地说:"我不是怀疑他对你的爱情,但是,对他们这种家庭来说,家族联姻跟爱情没有半毛钱的关系。他爸跟他妈还有爱情吗?早就没有了,但还不是守在一起?所以说,他可以今生今世只爱你一人,但那不妨碍他跟别人结婚。"

"你的意思是他会让我做小三?"

"你做不做呢?"

"我肯定不会做!"

表哥得胜地说:"那不就结了。你不给他做小三,就可以给我做老婆了。"

她说:"我觉得他不会为了家族利益跟别人结婚的,因为他知道我绝对不会做小三。"

"他肯定是不愿意为了家族利益放弃你的,但是他爸妈会逼着他放弃嘛。"

"他会抗争的。"

"怎么抗争?离开他爸的公司,自己找工作谋生?"

"那个他可能不会,因为他——学位都没拿,又过惯了富二代的生活,如果让他去找工作,自己挣钱养活自己,别说他不愿意,我也不愿意,因为那样肯定会搞得他怨声载道,全都怪在我头上。"

"那他还有什么办法抗争?"

"以死抗争。"

表哥笑开了:"哈哈哈哈——,别说现在不是梁山伯祝英台的年代了,就算是,也只能是你为他以死抗争,而不是他为了你以死抗争。"

"为什么?"

"他的生活这么优渥,会舍得去死?"

"但他真的为我绝食过。"

"不会吧？他这么养尊处优的富二代会舍得绝食？饿一顿就该饿哭了。"

"是真的！"她把华强绝食的事讲给表哥听了。

表哥惊呆了，半晌才说："哇，我没想到他还有这一手！那我是彻底没希望了。怎么以前没听你说过？"

"因为他说绝食是没用的表现，不让我告诉别人。"

"那他现在让你告诉别人了？"

"也没有，是我自己决定告诉你的。"

"为什么？"

"因为我——不想耽误你。"

"那我该谢谢你了？"

"你是不是要去找女朋友了？"

"那要看你难过不难过。"

她想到表哥要去找女朋友，心里还是很难过的，感觉像是正在高空优雅地表演着走钢丝，突然发现下面的保护网被撤走了，虽然还能继续走下去，但已经开始提心吊胆。

不过，她马上意识到自己太自私，已经耽误表哥这么久了，怎么能继续耽误下去呢？她故作平静地说："你寻找自己的幸福，我为什么要难过？我替你高兴都来不及。"

表哥微笑着说："璿儿，知道我为什么坚持要跟你视频吗？"

"因为你输中文很慢。"

"才不是呢。如果真是因为输中文慢，我不会用语音输入？"

"那是因为什么？"

"因为视频才能观察到你的表情。"

"我表情怎么了?"

"你的表情说明你还是舍不得我去找女朋友的。"

她知道瞒不过表哥,只得承认:"我是不是很自私?"

"不是,你只是还有那么一点——爱我而已,因为华强不是百分之百令你满意。如果你遇到一个百分之百令你满意的人,你就不会因为我找女朋友难过了。"

她被表哥说中心思,很羞愧。

表哥换了一种兴高采烈的语调说:"璿儿,告诉你一个新闻,夏玄的好朋友来找我了,说是因为我新来乍到,夏玄请他照顾我!"

她问:"他的好朋友跟你一个学校?"

"嗯,在做博士后。"

"哇,珠宝设计专业还有博士后?"

"谁说是珠宝设计专业? 人家是学生物的。"

"学生物的怎么跟他成了好朋友呢?"

"他们以前是室友。"

"哦,是这样! 那他应该很了解夏总。"

"是不是想问夏玄结婚了没有?"

"帮我室友问问。"

表哥逗她说:"如果是帮你室友问,那就算了。"

她也逗表哥:"算了就算了呗,我下线了。"

"哇,还拽上了? 告诉你吧,他的好朋友说他没结婚,好像有过一个女朋友,同校的,但不同系,也是华人。后来那女的毕业回国了,可能就吹了。"

"但他不是也回国了吗?"

"那是几年之后的事了。"

"他肯定是为他那个女友回国的,不然的话,他在英国那么有名的公司工作,干吗跑回中国做个自己不喜欢的工作?"

"他不喜欢做设计总监?"

"是啊,他自己说的。"

"那他还拉我毕业后去你们公司做高级设计师?"

"他亲自跟你联系了?"

"是啊,我们互加微信了。"

"你也成了他的好朋友了?"

"行不行啰?"

"有什么不行的?"她好奇地问,"他的那个好朋友有没有对你说过他那个女友的名字?"

"说过呀,很搞怪的一个名字,叫费文丽,我还以为是那个英国女明星起死回生了呢!"

她立即想起她网店的第一大客户就叫费文丽,地址是A市的,前几个月下过好几个单,每单都是好几件首饰。

27

周一上午,夏总召集全体设计人员开大会,包括中高级设计师。

她还从来没跟中高级设计师们打过交道,连见都很少见到,只听说中级设计师是面向海外市场的,而高级设计师不面向任何市场,只面向富豪大款,因为他们只接受高级定制。

上次的迎新会，中高级设计师都没参与，这次终于一网打尽，让她见识了一下中高级设计师们的风采，全是男的，而且年龄都不小了，使她颇受打击，看来女设计师在天惠升职不容易。

夏总意气风发地宣讲冬季产品研发新流程，说这次与以往不同，不是一开始就以研发小组为单位，以设计师为主导进行产品研发，而是先由两个工作室十二个初级设计人员个人主创，每人递交两份设计提案，再由这十二位初级设计人员对二十四份提案匿名评议打分，然后交由中高级职称设计人员匿名评议打分，两项得分最高的八份提案将作为冬季产品候选提案。

新流程的第二阶段才是以研发组为单位，对这八份候选提案进行修改提高，然后由中高级设计师再次评议，写出书面意见，交公司分管生产和销售的副总裁最后定夺，选出最优秀的四份提案，送去打样，投入生产。

夏总说个人提案两星期后交稿，建议他们先做一些市场调查，可以跟市场营销部的费经理联系，领取一些资料，了解公司的营销政策和主要客户等，再根据需要选择市场调查的对象和范围。

然后夏总给每个人都发了一些资料，有产品规格的详细要求，比如价格尺寸重量以及允许公差等，还有可供使用的原材料信息，比如不同材料供应商的厂家信息以及价格等，供他们设计时参考。

夏总说，这两个星期，大家不用坐班，选择最能激发自己灵感的场所进行创作。第三个星期一交稿，到时会在总监办公室外挂一个信箱，供大家交稿用。

夏总还给大家发了一些稿纸,要求大家画图必须使用他发的稿纸,必须是手绘,不得签名,不得做任何记号,不得与他人互通情报,否则提案作废,情节严重的会遭到解雇。

散会之后,夏总和中高级设计师都潇洒地离开了会议室。

副设计师和助理设计师们兴高采烈地离开了会议室。

但梅如雪把几个设计师都叫住了,说有事情商量。

她知道那四个设计师要结成联盟反对夏总的新流程了,因为他们本来是各组的主创,其他人都是给他们提鞋的。但在新流程下,每个人都能主创,他们四个人就有可能被挤下去,变成给别人提鞋了。

她把材料放到自己格子间的桌上,到楼下餐厅去吃午饭,一路上都在开动脑筋,思索如何才能让那几个设计师不去找夏总麻烦。

正吃着,池涟漪端着餐盘来到她桌前,大概被那几个设计师冷落了,来找她抱团。她也正好需要池涟漪传送信息,便热情地招呼说:"涟漪,坐这儿,一块吃。"

池涟漪在她对面坐下,半喜半忧地说:"你肯定很喜欢夏总搞的这个新流程。"

"你不喜欢吗?"

"我也挺喜欢的,至少我不用从头到尾给人提鞋,自己可以过把主创的瘾。"

"那不是很好吗?"

"从这点来说,是很好,但是——我是新人,又不擅长手绘,平时都是电脑画图,所以这次——肯定搞不出什么过硬的作品来。"

"你别对自己这么没信心嘛。"

池涟漪机密地说:"不过,也许夏总这个新流程根本走不下去,因为他们那四个想去甘董那里告夏总的状。"

"甘董是谁?"

"你不知道? 就是公司的董事长啊!"

"他们告什么状?"

"告夏总营私舞弊——给某些人大开方便之门。"

"什么方便之门?"

池涟漪望了望四周,更小声地说:"他们说夏总搞的这个方案,是为了让你的设计方案能被选上冬季产品名单。"

"为什么是为我呢?"

"因为你是副设计师,本来不够资格主创,但夏总——喜欢你,所以搞个新流程,你就可以当上主创了。"

"不是还要大家评议吗? 他们不希望我的提案被选上,可以给我差评啊。"

"但是提案是匿名的,她们怎么知道哪张是你的呢?"

"既然他们不知道提案作者就无法保证给我差评,那不是说明我的设计不一定差吗? 如果匿名评议都认为我的提案不好,他们也不用担心我会成为主创。如果匿名评议都认为我的提案很好,他们凭什么不让我主创呢? 你说他们这样做,是不是说明他们对自己很没信心?"

池涟漪附和说:"是的,我也是这么认为,凭什么我们就该给他们当助攻呢? 还不定谁的功夫高呢。"

她知道池涟漪会把她的话传给那几个设计师,如果他们有脑子,就不会去甘董那里告状,不然只会是自取其辱。但她怕甘董不懂行,或者那四个人当中有甘董的亲戚,那他们告状就有可能告准了。

她立即把告状的事用微信发给了夏总。

他回复说:"没事,我这个新流程是经过了甘董同意的。"

"他们四个会不会有哪个是甘董的亲戚?"

"应该没有。"

"哦,那太好了。"

"对自己有没有信心?"

"信心是有的,但你说他们会不会故意给我的作品打低分?"

"匿名评议打分,他们不知道哪个提案是你的。"

"但是他们可以看谁好就给谁打低分。"

"不是还有中高级人员的评议吗?"

她想了想,说:"对,反正不管结果如何,我也不损失什么,最坏的结果就是给人当助攻而已。"

"呵呵,你倒挺能开解自己。放心吧,我相信你会胜出!"

她发完微信,决定跟费经理联系个时间,谈谈市场调查的事。

她知道梅如雪她们不会跟她一起搞市场调查,她也不愿意跟那些人一起,就自成一组,跟费经理约了个时间。

她还是提前两分钟来到费经理的办公室门前等着,抬头一看,名牌上赫然写着:"费文丽:销售经理"。

原来夏总的女朋友就在天惠!

难怪他让费经理帮他在她网店购物,市场销售经理嘛,当然比他更容易找到她的网店。

等她敲门进去,才发现费经理就是上次在门厅里叫"夏玄,hold"的那个波波头,今天还是走中性路线,还是一套浅色的西服,还是那么精致优雅,搭配出色,精明强干。

等她落了座,费经理说:"到目前为止,你是你们那两个工作室第一个要求见我的人,很可能也是最后一人。"

她很吃惊:"是吗?他们都不——搞市场调查的?"

费经理笑笑:"他们都是高大上的设计师,关注的是如何表达他们的灵感,而不是市场销售,他们不跟铜臭搭边。"

"但是——如果不了解市场需求,设计出来的东西怎么有人要呢?只能堆在仓库里压仓底。"

"哈哈,连压仓底都做不到,只能扔字纸篓里。"

"是吗?"

"当然啦,因为设计方案还要经过主管生产和市场营销的副总裁签字才能送去打样,过不了那一关,连打样的机会都没有,别说投入生产了。"

"难怪夏总让我们先搞市场调查呢,不了解市场,设计的产品就没销路。"

费经理笑着说:"你这个想法,在他们看来就是利欲熏心,他们是不会被市场和顾客牵着鼻子走的。"

"也许等他们做大了,做出了自己的品牌,他们就可以不管市场需求,而是用自己的品牌引导市场需求了。"

"是啊,但如果不从基础做起,又怎么做大呢?"

两人谈了一会市场调查,费经理说:"你们夏总——很欣赏你呢,说你是珠宝世家出身,非常有天分,动手能力特强,他很看好你,这次冬季产品就指望你了。"

她不好意思地说:"过奖了,过奖了。"

"他可是牛气冲天的人,我跟他认识这么久,还是第一次看到他这么欣赏一个人。"

她明知故问:"您——早就认识夏总?"

"我们是高中同学,留学时又在英国相遇。"

"你们真是天造地设的一对!"

费经理笑起来:"哈哈哈哈,你别拍马屁了,你也是个高大上的设计人才,虽然你没清高到不理市场需求的地步,但论起拍马屁来,你一辈子都学不会,还是别勉为其难了。"

她脸红了,小声说:"不是拍马屁,是真的这么认为。我听我表哥说——你们以前——经常在一起——"

"你表哥刚去英国,肯定也是听人说的。"

"您知道我表哥刚去?"

"还不都是听你们夏总说的。"费经理说,"我和他只是一般朋友,当时在英国熟人不多,所以走得比较近,抱团取暖呗。"

"但是我觉得你们真的——很相配。"

"是吗?哪方面?是不是身高?"

她觉得夏总可能有一米八多,费经理应该有一米七,身高的确很相配,便点点头。

费经理笑着说:"可能也就身高还相配,但性格完全不同。他好静,很宅,一个人也不会觉得寂寞。但我好动,爱热闹,爱交友,一个人完全活不下去的那种。他是个很清高的人,不搞钻营拍马那一套,适合搞技术,但生意场上玩不转。而我——比较注重效果,虽然不算不择手段,但比他活泛,在国内商战中——比他如鱼得水。"

"性格不同可以互补——"

"互补都是哄人的鬼话,两个人互不欣赏对方的性格和生活方式,就根本不来电,哪里有机会互补?做同事还是不错的,像我们现在这样,他当他的技术宅,我搞我的人脉网,互相配合,各得其所。"

她不知道费经理是没吃到葡萄才如此自我开解,还是怕人发现他们的办公室恋情才这样掩盖。

费经理说:"听说你有个谈了八年的男朋友?"

"嗯,从初三就开始了"

"初三就开始了?你们90后真的是新新人类啊!讲给我听听。"

她简单扼要地把自己跟华强的恋爱史讲了一下,费经理点点头:"嗯,特殊环境下产生的感情,难能可贵。那你结了婚会去B市吗?"

"呃——近期还没有结婚的打算。我想先工作几年,拼搏一把,看看自己在这方面到底有没有潜力和前途,如果没有的话,就安下心来,成家过日子。"

"嗯,你还年轻,不要急着结婚。虽然他对你有恩,但婚姻不能建立在报恩上,还是找个跟自己——各方面一致的人比较好。"

28

第二天上午,费经理亲自带着她搞了半天市场调查,让她熟悉过程和方式,剩下的就由她自己一人去跑。

几天下来,她觉得收获不小,心里比较有底了,也很感谢夏总和费经理,如果不是这番市场调查,她的设计很可能会错过最有力的一拨顾客——中年大妈。

星期五下午,她搞完市场调查回到家,发现祁乐悠然自得地坐在客厅看电视,她非常吃惊:"哇,太阳从西边出来了吗?你今晚不上班?"

祁乐见她回来,马上跳起来去热饭菜,边走边说:"不上,专门把明天留出来的,好跟你一起去买菜。"

"不用啊,我这两个星期不用坐班,随时可以去买菜的。"

"你提着菜去挤公车多累呀!再说,我也应该休息休息,不然累垮了就亏大发了。"

"那倒也是。"

两人热菜的热菜,炒菜的炒菜,很快就把晚饭端上了桌,然后坐下吃饭。

祁乐问:"华强这个周末不来看你?"

"不来,下星期再来。"

"他来了你可以叫他到这里来住,不用去住酒店。"

她很感激,但谢绝了:"算了吧,他住这儿肯定不方便。"

"也是哈,你房间的床太小了——"

她有点不好意思:"那倒不是,主要是——怕影响你休息。"

"我晚上又不在家,影响啥呀?不过,这儿没酒店高大上倒是真的。"

"他住酒店住惯了,大学前三年每次约会都是在酒店。"

"华强真的是太——强了,各方面,高!富!帅!占全了——"

她开玩笑说:"是不是想把他挖过去?"

祁乐连连摇头:"不是不是,我条件比你差多了,就算我想挖,也挖不过来! 他要是有个哥哥什么的就好了,你可以帮我介绍介绍。"

"他是独子。"

"唉,可惜。上个星期六,你们俩大撒狗粮,看得我都——想立即脱单了。"

"那就脱呀,还客气什么?"

"上哪找人脱呢?"

她积极地在认识的人中寻找合适的候选人,但说了几个同学的情况,祁乐都没兴趣:"都是刚上班的工薪阶层,又是奋斗一辈子都买不起房的那种,没意思。"

"干脆回老家去找?"

"那是万不得已最后一步。"

她想象了一下自己回B市去生活的情景,感觉很难接受。A市就像一个魔盒,没进来时都想进来。进来后是又爱又恨,但也从此不愿意离开。

祁乐问:"你觉得你那个夏总怎么样?"

"夏总? 我——不是很了解他。"

"他不是在追你吗?"

"没有啊,他知道我有男朋友的,他也有女朋友。"

"他有女朋友? 你听谁说的?"

"听我表哥说的,而且我发现他女朋友就在我们公司。"她把她所知道的有关夏总和费文丽的情况都讲给祁乐听了。

祁乐说:"其实我不在乎他有没有女朋友,我只想知道你看上他没有。"

"我？我怎么会看上他？我都有男朋友了。"

"你总是说有男朋友了，但男朋友又不是丈夫，不可以吹了再找？我的意思是，你想象一下，如果你没有华强这个男朋友，你会不会爱上夏总？"

"我想象不出来。"

"只怪你太早就有男朋友了，你生活在这个概念里这么多年，从来没有深入接触过任何别的男人，所以你想象不出来。"

"这是好事还是坏事？"

"是令我羡慕的事，也令很多别的人羡慕，但是作为你自己，我就不知道是好事还是坏事了。"

"我觉得是好事，至少我就不用愁没男朋友。"她说完，担心地看了祁乐一眼，怕被误会。

祁乐一点没觉得这话有什么冒犯，而是很爽快地说："既然你一心一意都在华强身上，那我就坦白告诉你吧，我想追夏总！"

她一惊，半晌才说："但是——我听我们组池涟漪说，夏总并不是什么高富帅，房子是他爸妈的，还是因为买得早，才能买在荣华苑，如果是现在，肯定买不起。他开的车倒是他买的，但也是为他爸妈买的，后来他回国了没车开，他爸妈就把那个奔驰给他开了。"

"那也只拿掉一个'富'字嘛，'高'和'帅'不是还在吗？"

"但是你说过——你想找个能帮你在 A 市买房的人——"

"那是找老公的条件，跟感情没关系的。如果动了感情，那就不同了，哪怕一辈子住茅草棚都心甘情愿。"

"那你是对夏总动了感情了?"

"是啊。"

她很诧异:"你只见过他——两面,就动感情了?"

"两面还少? 一面都可以钟情,我两面都可以钟平方情了!"

"哇——他到底是什么让你这么——动心?"

祁乐笑嘻嘻地说:"不是对你说过了吗? 就是他那初恋男的表情!"

"就因为表情就动心了?"

"表情表情,它表的是情嘛! 代表的是内心,是性格,那个是装不出来的。"

"为什么你对初恋男的表情这么——情有独钟呢?"

"因为这种表情最难得了,不是幼稚,不是青涩,更不是风月老手的挑逗和欲擒故纵,而是成熟深情的男人在所爱的人面前那种'爱你在心口难开'的神情! 有这种表情的男人,那就是情圣,为了所爱的人可以万死不辞的!"

她也很喜欢夏总的表情,但没敢仔细观察用心体会,所以上升不到祁乐的理论高度。不过听了祁乐的高论,很有醍醐灌顶的感觉。

祁乐见她愣在那里,便问:"你看过电影《保镖》没有?"

她觉得这名字很熟,但一时想不起剧情或者演员名字来了。

祁乐很有把握地说:"你肯定没看过! 我说的可不是最近冒出来的这保镖那保镖的电影,而是美国1992年拍的《保镖》,凯文·科斯特纳和惠特莉·休斯顿主演的那部。你是90后,那时刚出生,肯定没看过。"

"你也只比我大三四岁——"

"哈哈,对,我那时应该还在读幼儿园,我是后来看的。"

祁乐说着,就在手提上找到电影《保镖》,快进到几个最能说明"初恋男表情"的镜头让她看。虽然夏总不是外国人,从长相上不是百分之百像那个外国男主,但神情真是非常非常像,让她感到那个被他爱着的女主真的是好幸福好幸福!

祁乐问:"动心了没有?"

她本来想说"我有男朋友",但想起先前已经说过,而且被祁乐反驳过了,现在再说就等于是承认自己动心了,所以干脆未置可否。

祁乐也不追问,只恳切地说:"你可不可以帮我一个忙呢?"

"什么忙?"

"你把夏总约到我们家来做客,给我一个接触他的机会。"

她吓一跳:"我约他?不行的,我已经对他说了,叫他别再接送我,免得别人说闲话。"

"那不同的,你这是为我约的,如果有人说闲话,你把我供出去就行了。"

"但是——我用什么理由请他上这儿来呢?"

"上次他送你回来时你就说过,以后方便了请他来喝茶。"

"但我第二天就给他做过早餐了。"

"哇,你还真的计算起人情债还没还来了?这不是一个借口吗?"

"我知道是借口,但他可以用这个理由拒绝啊!"

"你都还没试呢,怎么知道他会以那为借口拒绝?我有种感觉,只要是你邀请他,他肯定会来,不信的话,你现在就跟他联系。"

她没办法,只好拿出手机,当场给夏总发微信,边打字边对祁乐说:"你说发,我就发了哈,待会如果他拒绝了,我一定要把你供出去,不能丢我的人。"

"没问题。"

她发了一条:"夏总,上次你载我买菜,又帮我把菜提上楼,我说了请你喝茶的,一直没机会,今天你能赏光上我家喝个茶吗?"

发过去之后,她把手机递给祁乐,两人一起坐到沙发上,紧张地等回答。

她忐忑不安地说:"他会不会在干活,不查手机?"

祁乐嘘了一声:"对方正在输入……"

她凑过去一看,真的是正在输入,两人屏住呼吸等他输入。

不一会,她的手机叮了一声,两脑袋立即挤在一起看他的回信:"不必客气。以后需要帮忙就吱个声。"

她埋怨说:"看,拒绝了吧?我说了你还不信!"

祁乐没泄气:"这也不叫拒绝,只是在客气而已。可能我们的借口没找好,大老远的叫人来喝个茶,是有点不靠谱。你再给他发信,请他去——看电影。"

她觉得已经丢了很大人了,不肯再发,祁乐自己拿起手机打起字来。

她扑过去抢手机,但祁乐从沙发上跳开,一边防着她抢手机,一边飞快地打字,很快就打好一段,按了发送,才把手机扔回给她。

她拿起一看,祁乐写的是:"嗯,家里不大方便,我请你看电影吧,不许拒绝!"后面还跟了几个撒娇卖痴的表情包。

她气死了,怎么能这么厚脸皮?

她想发信解释一下,说刚才那段不是自己发的,但看见对方正在输入,她的好奇心上来了,想看他怎么回答。

回信很快就过来了:"真的不必了,你已经做了葱花饼我吃,两抵了。"

她被他连拒两次,脸上很磨不开,但祁乐又把手机拿过去打字,很快又发了一条。

她看到祁乐刚发的微信是:"夏总,是这样的,不是我想请你吃饭看电影,而是我室友乐乐对你一见钟情,她让我帮她过个话,牵个线。"

她感激地看了祁乐一眼,还没来得及说话,看见对方又在输入。

两个脑袋又挤到一起去盯着手机。

回信到了:"是这样啊?那请你帮我转告你室友:承蒙错爱,感激不尽,但我已经结婚了。"

祁乐一下扔了手机:"哇,你不是说他只有女朋友的吗?怎么婚都结了?"

"我上次不是还说过他可能结婚了吗?"她紧张地问,"怎么办?我们怎么回答?"

祁乐指示说:"就说谢谢你的坦诚。下线!"

她急忙打了一行字发过去。

祁乐接过去一看,笑翻了:"你打的什么呀?'谢谢你的坦诚,下线!'"

"不是你叫我这么回的吗?"

"我是叫你发完就下线,你怎么连下线两个字也发过去了?"

她一看,真的是把"下线"两个字都发过去了:"完了,蠢哭了蠢哭了!"

"不要紧,他可能以为我们叫他下线呢。"

果然,他接到"下线"命令,很快回了一条:"好的。晚安!"

29

虽然遭到夏总三连拒,但祁乐的心情一点没受影响,兴趣盎然地把电脑连在电视上看《保镖》,还叫她一起看。但她这个媒婆却好像是自己被三连拒一样,心里堵得慌,借口要搞冬季产品设计,躲进自己的房间,关上了门。

实际上她根本没心思搞设计,只急着吐槽,便给表哥发微信:"在吗?"

表哥照旧是秒回:"在,视频吧。"

视频一开,表哥就问:"璃儿,什么事这么不开心?"

"我有不开心吗?"

"都写在脸上呢,是不是市场调查被人欺负了?"

"不是,市场调查遇到的都是好人。"

"哈哈,美人效应,这果然是个看脸的社会。"表哥见没能逗笑她,关心地问,"是跟华强闹别扭了吗?"

"我从来不跟他闹别扭。"

"嗯,属实。那就是因为夏玄的事了。"

她没否认,只闷闷地说:"他都结婚了,你还说他连女朋友都没有,你这个情报官怎么当的?"

"谁说他结婚了?"

"他自己说的。"

"你问他了?"

"我问他干吗?是我室友——"她把今天帮室友试探夏总的事讲了。

表哥笑着说:"呵呵,我不是对你说过吗?夏玄是对你感兴趣,不是对你室友感兴趣。既然你是在帮你室友牵线,他当然要找个最不伤人的理由拒绝啰。"

"那他干吗不说有女朋友,而要说结婚了?"

"喊,你室友是一介女友挡得住的吗?"

"但是——刚开始的时候,他根本就不知道是我室友在约他。"

"可能他从一开始就猜到不是你在约他。"

"他怎么会猜到呢?"

"情商高呗。"

"你的意思是如果他以为是我约他,他会答应?"

"呃——也有可能拒绝。"

"为什么?"

"因为你有男朋友啊。"

"喊,既然我有男朋友,我怎么会约他呢?"

"所以我说他从一开始就知道不是你在约他嘛。"

她对他的拒约释然了,但对他结没结婚还是不明了:"你说他到底结没结婚?"

"肯定没有。"

"就凭他的好朋友一句话?"

"不光是他的好朋友,还有其他认识他的人,都说他没结婚,再加上他的朋友圈,你可以去看看,那里除了你,没别的女人,所以他绝对没结婚。"

她看过他的朋友圈,知道那里没有任何表明他已婚的东西,连表明有女友的东西都没有,但她还是不相信:"也许他是隐婚呢?"

"他是明星偶像吗?干吗要隐婚?就算他想隐婚,他老婆也不会同意啊!"表哥语重心长地说,"璕儿,我觉得他这头你真的不用担什么心,倒是你那头,要早点——有所打算。"

她不太明白:"什么我那头?"

"就是你跟华强的事。"

"我跟华强的事怎么了?"

"你跟华强——到现在都是男女朋友,夏玄再有心也不敢轻举妄动啊!这个世界上,像我这么不讲道德的人还是很少的。"

"你怎么不讲道德了?"

"我明知你有男朋友,还这么没脸没皮地追你。"

"你有追吗?"

"嗯,对了,我没追,我只是等,等应该不算不道德哈。但是他跟我不同啊!我是你表哥,我什么都可以对你说,你不会怪我。你那边的一举一动,也会告诉我,所以我随时知道自己有没有希望,能不能表白,该不该继续等。但夏玄他怎么知道呢?既然你有男朋友,他当然只能回避,只能——找别人了,所以你还是早点把你跟华强的事处理好——"

她有点茫无头绪:"我跟华强的事——能怎么处理?"

"该了断就趁早了断。"

"我对他说过——这辈子只跟他结婚的。"

"那至少要搞清楚他是不是也是冲着婚姻去的吧?"

"他肯定是冲着婚姻去的。"

"但他父母同意不同意你们的婚事呢?"

"我觉得他们——多半不会同意,不然的话,他应该早就带我去见他父母了。"

"那他准备怎么办?再绝一次食?"

"我不希望搞到那一步,如果他父母不同意,那就算了吧。"

"问题是他会不会算呢?"

"他应该会的,因为他已经说了好几次了,说——夏总跟我是绝配,还说如果我找到更好的人了,他就不用陪着我了。"

表哥斟酌了一会说:"他这么说也有可能是——苦肉计,显得自己多么大方,使你更加舍不得他。不管怎么说,你可以主动提出要去见他父母,看他怎么说。"

她也想尽快搞个水落石出,便给华强发微信,但他没回,她只好等着。

等着也没心思搞设计,又跑去看夏总的朋友圈,还是没有任何表明他有妻子或女朋友的线索,都是珠宝设计方面的东西。

唯一与女人有关的,就是他最近几个月在朋友圈发了在她网店购买的那些首饰的图像,还安利了她网店的链接,推荐语也写得热情洋溢,但没有提她的姓名。

当然，她没在他朋友圈看到他妻子或女朋友的东西，不等于他没发，有可能只是没对她和表哥之类的外人开放而已。

最后她的视线落在他的个性签名上，英语的，"Everybody Hurts"。

她想起有个叫艾薇儿的歌星，曾经唱过一首歌，名字好像就叫Everybody Hurts(伤痛在所难免)。

她百度了一把，找到了艾薇儿的那首歌，歌词挺长的，但很多都是副歌，重复一些简单的句子，真正有意义的是下面几句：

Why do you have to leave me? （为什么你不得不离我而去？)

It seems that I'm losing something deep inside of me (我心底有些东西似乎正在消失)

It feels like nothing really matters anymore (我感觉什么都不再有意义)

When you're gone, I can't breathe (当你离去，我无法呼吸)

也就是说，这首歌是一个失恋的人唱的，在诉说恋人离开后的痛苦，同时安慰自己说：恋爱嘛，伤痛在所难免。

看来他的表情不是初恋男的表情，而是失恋男的表情！

但也说明他没结婚，不然绝对不敢用这样的个性签名，不怕老婆打掉他一层皮？

她赶快把这个发现拿去告诉祁乐。

祁乐不感兴趣："结婚不结婚，其实都没啥，只要他喜欢我，我甘愿当小三。"

她还什么都没说呢，祁乐已经举起两手挡在前面，连连求饶:"表打我,表打我,我这不是在挖病人墙角,也不是在挖你的华强。"

"你什么意思?"

"我的意思是,我不在乎夏总结婚没结婚,但我在乎他对我有没有那个意思。我叫你约他,也是本着不试白不试的原则,并没做很大指望。既然他用结婚做借口来拒绝我,说明他对我没那个意思,那我就把他当个国产凯文看看好了。"

她很佩服祁乐的洒脱:"嗯,我敬你是条女汉子!"

"来,坐下,一起来看——美国夏总。"

她在沙发上坐下,跟祁乐一起看《保镖》,越看越觉得男主的神情真的很迷人。碍于保镖的身份,他不能跟自己的客户有任何工作以外的关系,所以他很克制。但他内心是很爱女主的,所以晚上会一个人观看女主演唱的录像。女主的歌声很有冲击力,可以想象男主受到的震荡。面对女主热情豪放的攻势,男主真的是羞人答答的。但到了需要保护女主的时候,他又那么机智勇敢,奋不顾身,用身躯挡住了射向女主的子弹。

看完后,她回到卧室,还是没心思搞设计,脑子里还在回放《保镖》的画面,但男主的面孔都是夏总的。

正在胡思乱想,华强的电话来了,聊了几句,她就单刀直入地问:"什么时候带我去见你父母?"

他一愣:"见他们干什么?"

"丑媳妇总是要见公婆的嘛。你一直不带我去见他们,是不是因为他们不同意我俩的事?"

他霸气地说:"我俩的事,我俩做主,不用他们批准!"

"我做得了我的主,但你做得了你的主吗?"

"怎么做不了呢?"

"如果他们一气之下把你的职撤了,不发工资给你了,你怎么办?"

他嗤之以鼻:"喊,他们撤我的职?除非他们想公司垮台!"

"为什么?"

"因为公司现在全靠我撑着!他们现在得求着我在公司干才行。"

"是吗?以前你不在公司,你爸不是撑得好好的吗?"

"以前是撑得好好的,但他现在身体大不如从前了,还怎么撑呢?"

"他怎么了?生病了吗?"

"还不都是抽烟喝酒玩女人把自己身体搞垮了,现在才知道保命要紧。"

她赶快叮嘱他:"你要吸取教训,少喝酒,别玩女人!"

"我知道。"

虽然他说自己的事自己做主,不用爹妈批准,但他貌似还是去打探了父母对他们婚事的意思,因为他过了几天就给她打电话:"小璿,你是下周交稿吧?那我这个周末不来A市了,让你集中精力搞你的设计。"

她正好也是这么想的,便说:"好的,那你下周末再来吧。"

"下周末你回B市来吧。"

"回B市?为什么?"

"因为有人想见你。"

她立即悟到是他的父母想见她,因为B市再没什么他认识的人会想见她了,便爽快地说:"好的,我下周五下班了就坐高铁回B市。"

"太好了！我到时去接你。"

"接就不用了,你把酒店房间订好,我直接去那里。"

"订酒店房间干吗?"

"住啊,不然我住哪里?"

"当然是住我家里。"

"好的。"

她知道他自从加入"华威"后就跟他父母住在一起,所以他说的"住我家里"就是住在他父母前几年买的豪宅里,她有点紧张,但也很开心,立即把这事告诉了表哥:"下个周末我要去B市见我未来的公公婆婆了！"

表哥有点懊恼:"这个华强怎么总是出乎我意料啊?"

"你说他爸妈会不会不喜欢我?"

"应该不会。"

"为什么？你不是说他们会反对我和华强的事吗?"

"那是我犯了判断错误。"

"真的?"

"他们要是反对的话,就不会提出见你了,直接咔嚓,还见什么见?"

"也许是把我约去,叫我放弃他们的儿子呢?"

"那他们就不会让儿子出面约你,而是自己悄悄把你约出来,跟你谈判。"

她开玩笑说:"他们会不会从包里摸出一大沓钞票,甩在我面前,叫我拿钱走人?"

"老土了吧？现在谁还摸出一大沓钞票?"

"那就是摸出一张大额支票。"

"还是老土！应该是摸出一张银行卡,啪地甩在你面前。"

"我肯定不会要他们的钱的,我要义正词严地告诉他们:我和华强的爱情,不是金钱可以收买的！"

表哥大不以为然："你要真这样,华强肯定会说你傻,干吗不把钱收下,然后照旧跟他在一起,气死他爹妈？"

"怎么能气死自己的爹妈呢？"

"怎么不能？他巴不得吧！爹妈气死了,公司就是他的了,没人控制他,没人干涉他,他想娶谁娶谁,想干吗干吗！"

30

星期一早上,她赶在八点半截稿时间之前把自己的两幅手绘图稿塞进了夏总办公室门外的信箱里,然后才到楼下食堂去吃早餐。

九点半钟,全体设计人员在大会议室里集中,每个人都领到一个小册子,是十二个设计师上交的二十四份设计图的复印件,然后就在会议室开始匿名评分,分数就写在图纸的复印件上。

评完后,交卷,离开会议室,去吃午饭。

下午一点半,全体设计人员回到会议室,开始计票。一个中级设计师唱票,另一个中级设计师在白板上计票,两个高级设计师在旁边监督。

下面的十二个初级设计师,都紧张死了。

计票结束后,夏总把八个最高得分的设计方案一个一个地亮出来,每亮一张,作者就走上前去,认领自己的作品,然后面向大家站在白板前,两手捏着稿纸的两个角,把作品像奖状一样提在胸前。

她的两幅作品都得了最高分!

其他六幅入选作品刚好是另外三个研发组的设计师的作品,但得分比她低两个档次。

大家都鼓掌恭贺他们四人的作品入选冬季产品候选名单。

下一阶段是分组行动,另外三个组没什么,以前是设计师主创,现在还是设计师主创,但她那组就麻烦了,设计师的作品落选,副设计师的作品入选,这叫设计师的脸往哪儿搁?

梅如雪当场就从会议室跑出去了。

夏总让池涟漪跟了出去。

评议结束,各回各家,从明天开始恢复坐班制,开始以研发组为单位,对初选作品进行讨论修改。

她一路像踩在云朵上一样,轻飘飘地下楼,出公司大门,走到公车站,坐上公车。

刚上车一会,夏总用短信给她发来一个带着鲜花和掌声的"恭喜"。

她回复说:"谢谢你的新方案!梅如雪没事吧?"

"哭了。"

"她肯定很难过。"

"没办法,天惠不是慈善机构。"

她笑了:"你怎么跟我男朋友一个口气?"

他发了一串问号。

她意识到自己的话说得没头没脑,让他误会了,急忙解释:

"我男朋友也是说要把那些不会干活的人全部开掉,因为他的公司不是慈善机构。"

"哦,是这样。"

过了一会,他发过来一条短信:"今天晚上能一起吃个工作餐吗?"

她见是工作餐,便很干脆地回复说:"行啊。在哪儿吃?"

"你定。只要有白酒喝的地方就行。"

她没想到他还有这个爱好,有点吃惊:"那还是你定吧,我对饭店不熟悉,不知道哪家有白酒。"

"'食家庄'行不行?"

她没去过"食家庄",但也欣然从命:"行!"

"我七点上你家来接你。"

"好的。"

她回到家,做了晚饭,但只给自己盛了一小点,对祁乐解释说:"今晚要出去吃工作餐。"

"跟你们办公室的人?"

她不想撒谎:"不是,是跟夏总。"

祁乐笑嘻嘻地说:"他不是说自己已婚的吗?怎么单独请女下属一起吃饭?哼,等我查出他老婆是谁,去参他一本!"

她急忙声明:"是工作餐,谈工作,不是他私人请我吃饭。"

"谈工作怎么不在办公室谈?"

"可能还有别的公司的人吧,因为他说要找个有白酒的饭店。"

"哇,带着你出去应酬,把老婆扔家里?"

"也许他老婆也会去吧。"

"是吗？那你帮我拍张他老婆的片片，让我看看是什么样的珍禽异兽才入得了男神的法眼。"

"人家肯定不让拍。"

"你没听说过偷拍二字？"

"偷拍？要是被发现了我还怎么做人？"

"你胆子太小了！你随便找个借口拍个合影什么的，不就拍下来了？"

"到时候看吧。"

六点钟，祁乐上班去了，她给华强发了个微信报备一下："今晚要跟夏总一起去饭店，工作餐。"

他居然秒回了："就你们俩？"

"不知道，可能还有外单位的人吧。"

"当心点，别跟他们拼酒。"

"还拼酒！我一滴都不会喝的。"

"完全不喝可能也不行，他们会起哄让你敬酒。"

她很反感："怎么会这样？"

"在外应酬都是这样，你年轻漂亮，他们更不会放过你。"

"那我不去了。"

"领导叫去，还是要去的。你自己注意点，见机行事，不行就翻脸，大不了辞职，我养着你。"

七点钟，夏总准时来接她，然后开车来到"食家庄"，要了一个小单间。

她问："就我们俩？"

他愣了一下，问："你想叫上谁？"

"我没想叫谁，我听你说喝酒，以为还有别人。"

"没有,就我们俩。行吗?"

她笑了一下,说:"你跟我谈工作,怎么不在你办公室谈呢?"

"在办公室谈,那些人又要有意见了。再说,办公室也没办法开庆功会啊!"

"庆功会?"

"今天你的两幅手稿双双入选,而且是最高分,难道不该庆祝一下?"

她挺开心:"主要是你的新流程太好了! 不然我也只能给梅如雪提鞋。"

"我的新流程,你的新设计,配合得天衣无缝,相得益彰,你说该不该庆贺庆贺?"

"绝对该庆贺!"

两人开始点菜,他问:"你喝什么酒?"

"我不喝酒。"

"白的红的啤的都不喝?"

"都不喝。"

"好习惯!"他翻了翻酒牌说,"既然你不喝,那我就随便点了。"

他给自己点了一瓶白酒。

她看他一点就是一瓶,掩饰不住惊讶地说:"看不出来,你还这么爱喝酒,而且是——白酒。"

"哪里呀,我不爱喝酒,逢年过节顶多喝点红酒啤酒,但喝白酒不行,一杯倒。"

"那你干吗点一瓶白酒?"

"想冲一下极限。"他解释说,"我正在学喝白酒。"

她笑了:"干吗这么勉为其难啊?不爱喝就不喝,还学着喝?"

他做个苦脸:"没办法啊,干我这个的,要跟很多部门和客户打交道。在咱们中国,跟谁打交道都是喝,不喝打不开场面,不喝拿不下单子,不喝砍不下价钱,不喝盖不到公章——"

她想起华强的话,觉得挺同情他的:"那你慢慢来,不要一下子喝太多了,不然会很难受的。"

"对,我循序渐进地喝。"

菜上来之后,两人开始吃,她喝饮料,他喝白酒。

他才喝了半杯,就上脸了,眼皮和脸颊都变成了粉红色,眼睛也变得水汪汪的,真的是一张初恋男的脸,很招人疼。

她提醒说:"少喝点,别忘了你是一杯倒!"

"没事,今天有你在这里。"

"有我怎么了?你喝醉了我能把你扛回家去?"

他粲然一笑:"哪里呀,我的意思是——酒逢知己千杯少。"

她见他把她称为知己,有点不好意思,岔开话题说:"你不是说今天——要商量工作吗?"

"嗯,是这样的。我设计的新流程是完全各自为政各负其责的,每个人从头到尾都是自己干。但上面没完全批准,说那样的话,落选的人就无事可干,新人也没人带,所以只批准了前半部分,搞出这么个奇怪的综合体:第一阶段自创,第二阶段以研发组为单位修改方案。"

"原来是这样!我还以为你故意保留研发组的呢。"

"其他几个组倒没什么,但你们这个组——可能会让你陷入比较尴尬的境地。"

"是的,就怕梅如雪——"

"她肯定是不会好好——给你提鞋的,可能会提出一些——不对路的建议和意见。"

"那我该怎么办?要不要按照她的意见修改?"

"你看情况处理,如果真的能改进你的设计,那当然应该接受,但如果只是挑刺或故意使绊子,那就要坚持原则,不要因为同情心照顾她的面子,按她的意见去修改。"

"呵呵,我也不是那么好说话的,特别是在设计上,绝对坚持原则,有时连老师的话都不会听。"

"是要有这种精神。"

两人吃了一会,她见他喝得直皱眉头,关切地说:"你这么不喜欢商场上这一套,干吗不自己创业呢?"

"我的终极目的是要自己创业的,争取创建自己的品牌。"

她鼓励说:"那就创啊!"

"自己创业也不是说创就能创的,启动资金是很大一个问题。"

她想了想,说:"我外婆给我留了一些钱和珠宝首饰,都存在银行里,我没动过。不如我现在拿出来,支持你创业。等你公司创建起来了,我去给你打工。"

他感动地看着她:"你——真愿意这样?"

"是啊,我看你在公司受到这么多束缚,不能放开手脚实行自己的方案,我也不想看到你把时间和精力花费在喝酒应酬上,更不想你把自己喝到胃出血进医院——"

"我们这个行业竞争很激烈,但设计公司大多不够努力,不注意开发新产品,总是沿用一些旧的设计,很多还是抄袭和改编,与市场的挂钩也不紧密,再加上普遍存在的崇尚外国货心理,我们这些设计人员在公司干不了多久就会觉得没前途,迟早是要改行或者自己创业的,你也一样。"

"嗯,我觉得你对珠宝设计很在行,对我也很——赏识,所以我愿意——跟你一起创业。"

"那太好了! 不过——创业需要的资金——可不是一点两点,尤其是我们这个行业,成本很高——"

她点点头:"也是,我外婆留的那点钱肯定不够,不过我男朋友说过,等他赚多了钱,会让我拥有自己的珠宝设计公司。到那时候——你来当设计总监吧,我还做我的设计师,我表哥也可以加入——"

他笑了笑,说:"嗯,那个前景真的很美好。不过,如果我做设计总监,还是得跟方方面面打交道——"

两个人都苦笑了一下,异口同声地说:"还是得喝酒!"

她问:"那你有没有考虑过去外国创业? 我听说外国生意场上——不兴拼酒。"

"去外国创业对资金的要求就更高了,而且——我现在也走不开。"

她见别无出路了,只好支持他喝酒:"那你以后想练习喝酒的时候,就叫上我吧。"

"好!"他举着酒杯,微醺地说,"酒逢知己千杯少,古人诚不我欺,你看我今天喝了两杯都还没倒。"

她调皮地说:"你只说我是'知己',是不是你觉得我颜不够红?"

"嗯? 哦,我说这些的时候,没有考虑过你的性别,纯粹就是从理想和事业的角度来说的。"

她不知道该喜还是该忧,只附和说:"是的,知己本来就跟性别无关,如果考虑性别,那就不是真正的知己了。"

31

幸好分组讨论只搞了三天半,不然真的要把她郁闷死了,因为梅如雪各种不配合,各种冷言冷语,各种含沙射影,而池涟漪也跟着起哄,各种羡慕嫉妒恨,搞得她如坐针毡。如果不是因为夏总事先就给她打过预防针,她第一个上午就会哭出来。

好不容易熬到星期五,下午三点把修改稿交上去就算下班了。

她回家拿了早已收拾好的行李箱,打车直奔高铁站,兴冲冲地回B市去见未来的公婆,一路上都在想象见面的情景,把好的坏的各种场面都设想了一遍,演足了内心戏。

到了B市,一出站就看到了华强,站在熙熙攘攘的人流中,很是鹤立鸡群。

她像小鸟一样奔过去,扑进他怀里。他接过她拖着的行李箱,搂着她的肩膀来到他的车跟前,先开车带她去吃了韩国烧烤,然后回家。

经过市里商业区的时候,她说:"找个商场买点礼物吧。"

"给谁买礼物?"

"给你爸妈呀!"

"给我爸妈?"

"是啊,我第一次见他们,不该送点礼物?"

他恍然大悟:"哦,明天不是见他们。"

"那是见谁?"

"见牛姐姐。"

她大失所望:"见牛姐姐?那你干吗不早告诉我?"

"她叫我事先别告诉你,好让你到时大吃一惊。"

她心说惊你个头!为了一个牛姐姐,把我从A市招回来,脑子有病啊?

不过,来都来了,发脾气说怪话也不能改变什么,反而惹人讨厌。再说,即便不是专程回来见他爸妈,但今晚要住在他家,还是会见到的。这是不是说明他家已经把她当成了自己人,觉得没必要搞见家长那一套了呢?

她好奇地问:"牛姐姐为什么想见我?"

"她没说为什么,只说想见你。"

"真的?她这次回国是探亲还是长住?"

"嗯?"

"我是问她还回不回欧洲去。"

"哦,不回了,她也入职华威了。"

"是吗?什么时候的事?"

"就这个月。"

"她在华威——做什么工作?"

"副总。"

她很惊讶:"她一回来就当副总?"

"是啊,他爸见我进了华威,当了副总,不甘落后嘛。"

"那她——懂得怎么管理华威吗?"

"懂个屁!"

"她在国外这么多年,没学学这方面的知识,拿个相关学位?"

"拿鬼的学位!她只忙着泡外国男人。"

他把车开到他家的豪宅前,用遥控打开大门,把车开进车库,领着她各个楼层各个房间到处看,边看边介绍。最后把她带到他住的那个卧室:"今晚就住这里,怎么样,不比酒店差吧?"

"太豪了!"她好奇地问,"你爸妈这么晚还没回来?"

"他们到泰国旅游去了。"

她感觉很不爽,相当不爽,但她忍着没发火,因为他事前并没说他父母在家,更没说是他父母想见她,都是她自己臆想出来的,怪谁呢?

第二天傍晚,他们去"雅韵阁"赴牛姐姐的晚宴,发现就他们三个人,要了一个小包间。

牛姐姐长得有点像舒淇,当然没舒淇那么好看,但类型是一样的,嘴唇薄而宽,眼睛细而宽,肩膀平而宽,胸部扁而宽,这样的五官和身材,好化妆,好穿衣服,好打扮。

牛姐姐今晚穿的是一条《蒂凡尼的早餐》里奥黛丽·赫本穿的那种无袖小黑裙,一字领,同色布腰带,配上黑亮的波波头,貌似追求的是赫本范儿。

在她印象中,牛姐姐应该是她上一辈的人了,因为上次见到牛姐姐的时候,她还在读初三,而牛姐姐已经大学毕业了,两人中间隔着高中和大学两个阶段,都是她正在为之奋斗努力进入的重要而神圣的阶段,而牛姐姐已经胜利跨过了那两个阶段,到达了幸福的彼岸,让她感到顶礼膜拜,高不可攀。

但现在掐指一算,发现牛姐姐也还不到三十,而她已经二十多了,大家都是同一代人。

牛姐姐笑嘻嘻地跟她打招呼:"小璿,你越长越漂亮了,真像是小龙女啊!"

她被夸得怪不好意思的,兴奋地说:"牛姐姐,想不到我们还能再见面!"

牛姐姐噘起嘴:"怎么,你以为我那时会寻短见?"

"当然不是那个意思——"

"哈哈哈哈,我知道,你的意思是我们没有什么交集,应该不会再见面。但是,我们其实是很有交集的呀,你是华强的朋友,华强的爸爸是我爸爸的合伙人,牛华两家算是世交了,所以我们迟早是要见面的,对不对?"

"可是我觉得你那时都出国了——"

"所以会客死异乡?"

"也不是那个意思,就是觉得你是——有钱人,像公主一样,而我只是——"

"灰姑娘?那你才是真正的公主哦!"牛姐姐回忆说,"你那时小小年纪,心思就那么深,简直让人难以置信!"

"什么心思?"

"那两个半球啊!"

"哦,那个——我是按照半球理论设计的。"

"就是啊,才上初中呢,就知道半球理论了,幸亏我也知道一点,不然还以为你在骂我呢。"

"骂你?"

"对呀。"

"骂你什么?"

"骂我是个混球啊。"

"我怎么会那样骂你?"

华强笑着说:"骂你混球也是应该的,你那时难道不是混球吗?"

她生怕牛姐姐相信了他的解读,忙解释说:"不是的,我怎么会骂你呢?我从来不骂人,再说,我也很——膜拜你,能那么勇敢地追求爱情。"

华强说:"她那哪是什么爱情? 就是花痴罢了。"

牛姐姐面朝着她,指着华强说:"他们男人根本不懂爱情,只有我们女生才懂!"

华强又说:"那我知道小璕为什么送你球了,是为了告诉你:爱情顶个屁!"

牛姐姐呵呵笑起来:"小璕送我的球是挂着的,又不是顶着的,怎么会是爱情顶个屁?"

"那就是'爱情挂层了'!"

她有点尴尬地说:"也许送球给你是真的不好——"

牛姐姐安慰说:"你别听他瞎扯,送球没什么不好的,是他根本不懂爱情。男人都一样,眼里只有——肉做的半球。"

华强坚持:"不管怎么说,爱情的确是——屁用没有。"

她听着很不舒服。

牛姐姐半开玩笑地说:"华强,你赶紧给小璕赔不是,不然她生气了!"

"我又没说世界上没爱情,也没说我对她没爱情,她为什么要生气?"他转向她求证,"对不对,小璕?"

她绷着脸不回答。

牛姐姐赶快岔开话题:"小璿,我非常喜欢你送我的礼物,一直带在身边。"

牛姐姐说着就从香奈儿小包里掏出钥匙链,上面挂着她送的那个半球。

她接过来看了好一会,思绪澎湃,斗胆问道:"那你——喜欢的那个人呢?后来你们怎么样了?"

"早就吹了,我出国之前他就把我甩了。"

"为什么?"

"他不喜欢我那种缠缠绵绵的爱情。"

"不会吧?"

"真的是这样!而且他特别喜新厌旧,他找的情人,没有超过三个月的。"

"真是个渣男!"

华强说:"男人都这样,这是他们的生理特征造成的。"

她特烦华强的这种理论,又不想当着牛姐姐的面跟他吵架,只好当他透明,专心跟牛姐姐说话:"既然——你们都已经吹了,你爸干吗要把你送出国?"

"因为我爱面子,没有告诉我爸妈说他把我甩了。"

华强说:"你也是傻,干吗不威胁他说要去他老婆那里告状,讹他一笔钱?"

"我讹了,不过我不是讹钱,而是——讹感情。"

她不能理解:"但是感情——怎么能讹到呢?能讹到的,还能算爱情?"

牛姐姐说:"我那时要是有你这么高的情商,就不会被那个老男人骗了。"

"你真的去——讹他了?"

"嗯,我威胁说要去告诉他老婆,他说没问题,因为他们是开放式的婚姻,双方都可以找别人。"

"肯定是骗你的。"

"不是骗我的,我真的去找了他老婆,而他老婆真的是那么说的。"

"哇,真是奇葩夫妻!"

牛姐姐说:"其实这种奇葩夫妻很多的,像我爸跟我妈,华强爸跟华强妈,还有很多夫妻,不都是这样吗?"

"你后来就没再找他了?"

"还有什么找头呢?其实我那时就已经把他放下了,但是我觉得没脸在B市待下去,所以我就——要死要活的,最后我爸只好把我送到国外去。"

"难道你不要死要活,你爸就不送你出国?"

"我爸并不想我出国,他希望我留在国内,在华威工作,但我不愿意——"

华强调侃说:"你说你当初干吗费那么大周折?转了一大圈,最后还是回到了华威。"

牛姐姐不理华强,转过头看着她:"小璿,你真幸福,从小就有人爱,一直爱到现在,八年了,如果用现代爱情的历法来计算,那就八十年都不止了!"

她也觉得自己在这一点上很幸福,但她不愿意流露出来,怕伤到了牛姐姐。

牛姐姐突然问:"华强,我那时让你扔掉的那个半球,你扔了吗?"

"没扔。"

"那现在还在吗?"

"不知道。"

"快把你的钥匙链拿出来看看!"

他掏出钥匙链,上面有几把钥匙,但没有看到那个半球。

牛姐姐失望地说:"你不是说没扔吗?"

"是没扔嘛。"

她证明说:"他是没扔,从三亚回来我就看见了,还问了他,他说是我亲手做的,舍不得扔。后来我也一直看见那个半球在他钥匙链上。但是——我也忘了是从什么时候开始,我就没再注意了。"

华强想了半天,说:"我丢过一次钥匙,可能连那个半球一起搞丢了。"

牛姐姐两手一摊:"完了,这预示着我找不到我的另一半,永远都不能成为一个完整的——球了!"

华强又调笑上了:"那你这一辈子尿都不是!"

她安慰说:"应该没丢,待会我们回去再找找!"

吃完饭回家的路上,她对华强说:"去一下千家街,我买点材料给牛姐姐做个半球。"

"又劳神费力做半球?"

"谁叫你把那个半球搞丢的?"

"她那是在拍你马屁,你还真以为人家没那个半球就没法活了?"

"我觉得她是真的想找回那个半球。"

她坚持去千家街买了材料,回到华强家就做了个半球,还特意磨旧了,又用华强的香水剃须膏烟丝什么的在上面揉了很久,弄得像一直装在华强口袋里似的。

然后她把半球交给华强:"你下星期上班的时候,把这个给牛姐姐,就说在你皮衣口袋里找到的。"

32

接下来的那个星期,还是分组讨论。夏总将十六份落选手稿复印后发给每个研发组,让大家讨论这些作品为什么会落选,今后应该如何改进。

这次的小组讨论她没觉得痛苦难熬,因为都是落选作品,而且是匿名的,大家说话都比较自由。

星期五是这次分组活动的最后一天,还是三点钟交卷,交完卷就下班。

但三点差十几分的时候,夏总来到设计室,通知大家都到会议室集中。他没说是干吗,但大家都猜测是宣布决胜名单,因为那八份初选稿交上去一个星期了,分管生产和销售的副总裁应该已经审核完毕,可以宣布究竟是哪四份设计稿入选今年冬季产品名单了。

她随着大家来到会议室,坐在离前门最远的地方,心里忐忑不安,不知道自己的设计能不能入得了副总裁的法眼,毕竟副总裁不是搞设计出身的,未必会欣赏她的才干。

大家刚在会议室坐下,突然进来两个快递小哥,捧着大把的鲜花,挨个问姓名,问了就在花丛中抽个明信片样的东西出来看,对上姓名就把花递给那人。

她完全懵了,不知道是咋回事。

如果花是赠给设计稿被副总裁选中的人的话,那最多也只有四个人可以得到鲜花,但两个快递小哥一路发下去,貌似人人都得到了一束鲜花。

除她之外!

她一直提着心在那里等候自己的鲜花,但两个快递小哥已经发完手中的花束,离开会议室了,她还连个花瓣都没等到!

她的心一沉到底。

肯定是那十一个人联合起来搞的恶作剧,就为了打击她,孤立她,因为他们一向都对她破格提拔为副设计师心怀不满,而新流程又让她的两幅作品都进入初选,他们对她是满满的羡慕嫉妒恨。

这是在报复!

令她搞不懂的是夏总的表现,他通知大家到会议室来集中,难道他也加入了他们的恶作剧?或者他是为了宣布最后人选的作品名单,但那十一个人却利用这个机会搞了这个报复行动?

她听到其他人都在兴奋地叽叽喳喳,有的还提到她的名字:

"哇,香榭丽舍啊!A市顶级的法国餐厅啊!"

"夏璿才22岁啊?"

"太好了,我也被邀请了呀!"

"夏璿的生日是今天啊?"

"噢耶,还可以带一位家属呢,我要带我男朋友!"

"这个华总是她爸爸吗？怎么不是一个姓？"

她更加肯定这是针对她的一场恶作剧了，因为他们提了她的名字、年龄和生日，而她22岁生日早就过了。

她让池涟漪把手中的卡片给她看看，但池涟漪不肯："不行不行，你不能看，你不能看！"

正闹腾着，就见夏总捧着很大一束鲜花走了进来，宣布说："下面有请华威公司总裁华强亲自向大家宣读邀请函！"

大家都在鼓掌，只有她愤愤地盯着前门，看是哪个混蛋假冒华强。

但迎着掌声走进来的不是哪个混蛋，而是华强本人，西服笔挺，发型拉风，帅爆了。只见他走到会议室前方，大声宣布说："Ladies and gentlemen，你们好，我叫华强，是夏璿的男朋友，为感谢大家对小璿的关心照顾和帮助，今晚请大家移步'香榭丽舍'，参加小璿的生日趴，七点钟，大家可以带夫人、先生或对象。"

她晕了，这是哪个套路啊？事先也不跟她商量一下，完全粉碎了她一向独来独往、与人交往淡淡如水的君子形象，这是要把她往夏大妈的方向整吗？

等一片欢腾、感谢、闹杂渐渐平息下去之后，夏总请四位设计师把讨论稿交上去，然后宣布现在下班，大家可以回家准备准备，七点钟请准时赶到"香榭丽舍"，过时不候。

在一片闹哄哄中，大家都离开了，只剩下她和华强，还有夏总。

夏总笑吟吟地走上前来，把手里的一大束鲜花递给她："生日快乐！"

她接过鲜花,不好意思地说:"生日早就过了。"

"我知道。祝福来晚了点,但心意是一样的。"他转身对华强说,"你们在,我先走了。"

华强笑呵呵地说:"记得带家属哦,老夏!"

"七点见!"

她跟华强一起走出公司大门,坐进他的车,开了一段,她才恢复思考和语言能力:"怎么想到搞这么一出?"

华强笑嘻嘻地说:"你不是说那十一个人总是排挤你,孤立你,说你坏话吗?"

"你就用鲜花和酒肉来拉拢他们?"

"也不是拉拢,只是改善一下关系。不然怎么样?"

"万一人家都不去呢?"

"都不去我就不用花钱了。"

"如果只几个人去呢?"

"几个人去我就省钱了。"

"那多丢人啊!"

"怎么会呢?你看他们一个个兴奋得!肯定都去买晚宴服了,你只帮我祈祷人不要太多就行了,我只定了二十六人的桌位,多了就坐不下了。"

"香榭丽舍比小巴黎还贵吧?"

"那是当然。"

"上次请祁乐吃饭就花了四千多,这次这么多人——"

"钱的事你就别操心了,我现在已经不是靠父母给的生活费为生的人了。"

"那也不能这么——大手大脚啊!"

"只要是花在你身上的,都不是大手大脚,都值得。"

她太感动了,好半天说不出话来。

华强问:"怎么,不高兴?"

"没有啊。你事先就通知夏总了?"

"不通知他的话,时间上怎么协调?来早了你们在上班,来晚了有些人又走掉了。"

"你怎么跟他联系上的?"

"在你们公司网页上查他的办公室电话号码呀。"

"你也真厉害,把他都说动了。"

"他很难说动吗?"

"我觉得他是个技术宅,不喜欢这种——请客送礼开生日趴的一套——"

"他再不喜欢请客送礼开生日趴,也不会不喜欢跟你有关的请客送礼开生日趴。人们都说饱汉不知饿汉饥,但我这个饱汉还是很知道饿汉饥的——"

"什么意思?"

"意思就是——他想跟你在一起,但是又没有机会,所以对能跟你在一起的每分每秒都会紧紧抓住——"

她提高声音:"你什么意思?"

"呵呵,别害怕,我不会吃醋,更不会怪你。有人喜欢我的小璿,而且是男神级的人物,我高兴都来不及啊,说明我眼光不错,运气爆棚嘛。"

她还想继续追问,但他说:"我们去给你买条晚宴的裙子吧。"

"不用。"

"那你穿什么？我这么多年都没为你买过衣服，这次一定要买一条。"

她想了想，也是没什么拿得出手的衣裙，便说："好吧，我自己掏钱。"

"你要自己掏钱，我就脱光衣服去你的生日趴。"

"你敢！"

"呵呵，你看我敢不敢！"

她本来很喜欢牛姐姐穿的那种小黑裙，但华强坚持说黑色太老了，她只好买了一条白色的裙子，一字领，没袖，配同色同布料的腰带。她还买了一双白色高跟鞋和一点化妆品，因为那样就不用回家去吵醒祁乐。

她跟华强回到他下榻的酒店，看着刚买的白裙、白鞋和化妆品，感慨地说："看，还是酒店房间，还是白裙白鞋，好像回到了八年前在三亚——"

他上来搂住她："在三亚我可不敢这样——"

晚上的生日趴，被邀请的十一个初级设计师悉数到达，连梅如雪都没缺席，有几个还带上了男女朋友。夏总也来了，但没带家属，穿的还是下午那套西服，只把领带换成了黑色的蝴蝶领结。

华强定的是一个像电影里国王宴请各国大臣的那种大长桌，餐具和摆设都非常洋气，连侍应生都长得非常帅。

这次还是五道菜的套餐，大家连吃带讲带拍照，搞了几个小时。

吃完饭后，华强又请大家移步"明星"KTV，说在那里包了一个豪华间，有乐队伴奏，大家可以过一把歌星的瘾。

于是,大家又轰轰烈烈地来到"明星"KTV。

豪华间不仅包小吃和酒水,还有一个演出台,乐队已经坐在上面,演出台上的一举一动都直接播放在超大电视屏幕上。

这个阵势太豪华太专业了,大家都不敢上。华强见势,第一个走上演出台,点了一首谢霆锋的《早知》,谦虚说:"那我就抛砖引玉了。"

华强的演唱赢得一片掌声,这砖一抛,后面的人就大胆多了,一个接一个地上去演唱。

她被大家催得没办法了,也上去唱了一首《星月神话》。

几圈下来,每个人都唱过了,就夏总还没唱,只坐在角落里听别人唱。

华强把他揪了出来:"这里还有一个高手,大家快给点掌声鼓励,请我们的夏总来一首。"

夏总推辞说:"我出去很多年,都不知道国内唱什么歌。"

大家起哄说:"那就唱国外的!"

"在国外也是死读书,读死书,没时间学歌啊!"

大家给他建议了好几首歌,他都说不会。

最后她想出一个点子,大声说:"请夏总唱 *Everybody Hurts*!"

他仍然是推辞:"太老的歌了,乐队的小年轻没听过吧?"

乐队的吉他手凑近麦克风说:"夏总不要小看我们,请上台来——"

夏总只好走上台去,低声跟乐队讨论了一会,转过身来说:"好吧,那我就献丑了,唱一首英文歌,*Everybody Hurts*。"

当音乐响起时,她还没听出门道来,但等他开始唱的时候,她发现并不是艾薇儿的那首。

她急忙到手机上去查,发现还有另一首歌,歌名也是Everybody Hurts,是一个叫R.E.M的乐队在1992年创作的,2010年海地发生地震后,曾被用来作为赈灾义演歌曲,被几十名歌星演唱过,募集到大量善款,名声大噪,难怪乐队的小年轻都熟悉。

这首歌的歌词和旋律都与艾薇儿那首完全不一样,非常舒缓悠长,很有穿透力:

When your day is long （白天是那样漫长）
And the night （而夜晚）
The night is yours alone （夜晚更是孤独惆怅）
When you're sure you've had enough（当你确信你已受够了折磨）
Of this life （对生活不再抱有希望）
Don't let yourself go （请不要自暴自弃）
Cause everybody cries （因为人人都会哭泣）
And everybody hurts sometimes （人人都会受伤,此时或彼时）
……
So, hold on, hold on （所以，请坚持下去）
Hold on, hold on（坚持下去，绝不放弃）
Hold on, hold on（坚持下去，绝不放弃）
Hold on, hold on（坚持下去，绝不放弃）
……

不知道是为什么,当她听夏总唱这首歌的时候,她眼前浮现的不是海地赈灾的情景,而是躺在病床上被痛苦折磨的妈妈。

她抬眼望去,看到夏总正在唱Everybody hurts那一句,两手握着麦克风,头微微向后仰,那个hur—ts至少唱了半分钟。而唱到hold on, hold on的时候,他伸出右手,掌心向上,先是平着向前伸出,然后慢慢收回,握成一个拳头,贴在胸前。

她突然一下回到八年前,周围的人都消失了,只有她一个人,站在一个空旷僻静的地方,仰着头,闭着眼,听他的歌声穿过夜空,向她飞来:"Everybody hur—ts; Hold on—, Hold on—"

33

国庆长假,她参加了华威公司组织的香港游。

华强上次来A市,就对她说了香港游的事,叫她把户口簿、身份证、照片之类的东西给他,他带回去交给公司办证、签注、买机票、订酒店。

对于跟团旅游,她的内心是抵触的,虽然她已经很久没跟团旅游了,但小时候爸妈带着出去跟团旅游的情景还记忆犹新。

貌似每次都是全团戴着同样的遮阳帽,如果是夏天,连上衣都是同一个颜色的,一般都是白色或粉色或淡蓝色T恤,胸前印着某某旅行社的字样,如果是爬山,还每人挂个拐杖。

团里总有一个或几个导游,也穿着同色的衣服,戴着同样的帽子,手里提个小喇叭,每到一处景点,就吧啦吧啦地讲解。

那时她从来没有玩尽兴过,在任何地方都是匆匆忙忙的,总是正玩着,爸妈就开始催促:"璿儿,走啦,走啦,去晚了咱们的车就开走了,后面的行程就该自己掏钱了,旅行社不退款的!"

她只好恋恋不舍地离开,跟着爸妈往集合地点赶,老远就听见导游的喇叭在播放着集合的小曲子,她听那个曲调都听烦了,像催命鬼一样!但爸妈总是像听到了天籁之音一样,很欣慰地说:"我听到导游的喇叭声了!我们的车在等我们!"

然后旅游团成员们就一个个塞进车里,往下一个景点赶。

她想到这次是去香港,如果跟着华威公司的老少爷们组团前往,全体人马都戴着一样的旅游帽,穿着一样的T恤衫,跟着一个提小喇叭的导游在香港的大街上那么一走,真是土到家丢死人了!

她说:"算了,我又不是你们华威的人,我就不去了吧。"

华强说:"你不是华威的人,但你是我的人啊!我去你不去?"

"我不喜欢跟团玩,以后我们可以自己去。"

"自己去就得自己掏钱了,这次是公司掏钱,干吗不去?"

"公司的钱不是你的钱?"

"公司的钱怎么是我的钱呢?我只拿工资,股东才分红。"他许诺说,"你不喜欢跟团走,到了香港我们两个自己玩就是了。"

"玩的时候可以不跟团走?"

"你说了算。"

"我连华威的职工都不是,能让我说了算?"

"你不是华威的职工,但我是华威的副总啊,我可以说了算嘛。而我是老婆奴,那不就是你说了算吗?"

她想到如果不跟着他去香港游,国庆长假七天都会是她一个人待在A市,又不用上班,那还不闷死人?

于是她答应了。

华强很贴心地让公司给她和自己买了从A市飞香港的机票,而团里其他人都是从B市走。

这是她第二次坐飞机,因为她平时很少出远门,最远就是去E市表舅家过春节,为了省钱,她连高铁都不坐,更别说飞机了,都是坐普通火车来去,虽然一坐就是十几个小时,但她听听音乐看看书,做做设计睡睡觉,也不觉得难熬。

这次她不像第一次坐飞机那么激动了,到底人长大了,又坐过了一次飞机,所以这次没再蹦蹦跳跳,大惊小怪,而是安稳地坐在自己的座位里听音乐。

华强还是老规矩,一路都在玩游戏。

到了香港,入住了酒店,她只看见了牛姐姐,就住他们隔壁的房间,但没看见团里任何别的人。

她很好奇:"咦,人呢?"

华强问:"什么人?"

"团里那些人啊,他们不跟我们住同一个酒店?"

华强朝牛姐姐努努嘴:"你问她,职工福利这块该她管,这次香港游也是她组织的。"

牛姐姐笑着说:"怎么?你想跟那帮拖儿带女的老家伙一

起出游?"

"呵呵,我才不想呢,只是有点好奇。"

"其实组团出游只是为了办证签章方便,买票订酒店优惠,而且有个正当理由开支这笔钱,至于玩嘛,还是各玩各的比较好。"

"那太好了!我现在就上网查查,看有些什么地方好玩。"

牛姐姐说:"不用了,我已经把整套香港攻略都搞好了,你们跟我走就行了。"

她看了看华强,貌似他并没有甩掉牛姐姐单独行动的意思,她想到华强也不是个爱逛街的人,有个牛姐姐做伴可能还好过她跟华强二人游,便欣然同意了。

当天下午,他们三个就去中环逛,很多高楼大厦,很多店铺,很适宜扫货。但没逛多久,华强就催着找地方吃晚饭,说饿得不行了。他们只好找了家饭馆吃饭,然后华强就说喝了酒,醉了,要回酒店休息,于是,三个人打道回府。

但华强一回到酒店,就精神百倍,人也不醉了,觉也不睡了,开始上网打游戏,打得天昏地暗,她待在一边很无聊,只好上床睡觉。

正睡得香,华强把她叫醒了:"小璿,快起来,游泳去!"

她睁眼一看,牛姐姐也在他们房间里,再一看时间,都快十一点了,不由得咕噜说:"这么晚了还去游泳?"

牛姐姐说:"这么晚正好游泳,去早了人多,像煮饺子一样。"

华强指着牛姐姐说:"她说这家酒店的室内游泳池非常高级,不游泳可惜了。"

她本来不想去,但那两人连泳衣泳裤都换上了,只在外面罩个浴袍,也不扣,都是中门大开,里面穿的游泳裤比基尼暴露无遗。

她见那两人都是非去不可的样子,只好起床,舍命陪君子。

到了泳池边,果然一个人都没有,安逸得很,看来牛姐姐的攻略做得很准确很靠谱。

那两人一到池边就把浴袍脱了,在岸上做热身运动。

牛姐姐穿的是一套黑色的比基尼,一看就是健身房常客,算得上穿衣显瘦,脱衣有肉,小麦肤色,浑身上下都很紧致,腹部还有马甲线。

华强穿了一条花花绿绿的游泳裤,高高大大,身材也还不错,但可能因为老坐着打游戏,从来不上健身房,肌肉比较少,腰腹部还有发福的趋势。

她都有点不敢脱了,因为她很少去健身房,虽然胸前比牛姐姐有料,但身上没什么肌肉,也没马甲线。

她慢吞吞地脱了外面的浴袍,穿着水蓝色的比基尼走到浅水区池边,摸着阶梯下到水里,那两人已经游到深水区去了,在那边叽叽哇哇地叫她游过去。

她只会蛙泳一个姿势,又好久没游了,有点力不从心,他们越给她鼓劲,她越觉得四肢沉重游不动,等游到他们身边时已经是气喘吁吁。

那两人并排坐在池边,四条腿齐刷刷地伸在水里。

牛姐姐对她说:"快上来,待会我们三个比赛!"

"我没劲了,你们比吧。"

她也想上去坐着,但她知道自己两手撑着泳池边肯定爬不上去,她又不想露怯让他们把她拉上去,本来可以游到梯子边爬上去,但她想到自己没马甲线没肌肉,决定就躲在水里算了。

深水区够不着底,她只好抱着华强的腿让自己浮在池边休息。

但牛姐姐已经站在池边,对华强说:"好了,小瑢不想比赛,那就我们俩比吧。"

华强推开她抱腿的手,也爬上去站在泳池边:"比赛就比赛,谁还怕谁不成!"

她没腿抱了,只好用两手抓着泳池边,两脚不停踢动,避免倒在水里。

牛姐姐说:"小瑢,你给我们当裁判,你发令我们就开始,看谁先游到对面,输了的围着泳池裸跑三圈!"

她希望华强会拒绝,但他积极得很,摩拳擦掌,两膝微弯,两臂后伸,已经做好了入水的准备。

她没办法,深呼吸了一下,平息平息自己的喘气,然后叫道:"一、二、三!"

那两人像游泳运动员一样,唰的一声头朝下跃入水中,把她羡慕得!她别说头朝下入水了,就算是脚朝下,她都不敢,怕水呛进鼻子。

那两人游得很远了,这边只剩她一个人,两手抓着泳池的边缘,只能背对着那两人,想看他们游得怎样,又不敢放开手转过身,顶多向后侧着身子往他们那边望,听到那两人在嘻嘻哈哈争论谁输谁赢,好像还在打水仗,估计下一步就是两个中的一个裸跑了。

她突然觉得自己好傻气,像个八千瓦的电灯泡!

她扶着泳池边缘游到梯子跟前,爬上岸去,远远地对那两人说:"我脚有点抽筋,先回房间去了。"

华强两手一撑,从水里爬出来,跑到她跟前,关心地问:"哪只脚?让我看看!"

她连连谢绝:"不用,不用,走走就好了。"

"那你就在池边上走走,不抽筋了再下来。"

"下来又会抽筋的。我不游了,你们继续。"她说完就抓起浴袍披在身上,快步离开。

华强跟在她后面,对牛姐姐说:"我也回房间去了,你再游会儿,说不定能泡到几个鬼佬。"

牛姐姐笑着说:"你就别操心了,快去照顾小璿吧。"

回到房间,她去浴室冲澡,他也挤了进来,帮她脱衣解带,一边到处摸一边说:"真看不出来呢,你身上比牛姐姐还——瘦。"

她不快地说:"我怎么能跟人家比呀?人家那叫穿衣显瘦,脱衣有肉,说明人家是经常上健身房的。"

他可能听出了她的不快,转而贬低牛姐姐:"怎么健身房不能帮她把胸前那两坨练高点呢?"

"你怎么注意到人家胸前去了?"

"这还要注意?穿个比基尼,全都露在那里嘛。"

"你是不是觉得她身材很好?"

"别的地方还行,胸前小了点。"

"那你让她去隆个胸,就十全十美了。"

他没听出她话里的讥讽,说:"真的呢,她在国外混了那么多年,怎么没去隆个胸呢?"

她继续讥讽说:"你去问她呗。"

"嗯，等我明天问问她。"

她气昏了："你还真的要去问她？你怎么这么关心她的胸？"

他一愣，说："因为她的胸直接关系到华威的生意嘛。"

"她的胸怎么会关系到华威的生意？"

"胸大才能拉到生意啊。"

她很反感："你们华威怎么不靠产品质量吸引买主，而要靠她去——牺牲色相？"

"外行了吧？光靠产品质量就能吸引到买主？产品质量相同的厂家多得很，但买主只能买一家的货——"

"那你也是靠牺牲色相吸引买主的？"

"我一个男人，怎么能叫牺牲色相呢？应该叫财色兼收！"

她愤怒地推开他："那你别在我这里浪费时间了，留着搞你的财色兼收吧！"

他申辩说："我哪有说要搞财色兼收？我只是顺着你的话题，说男人如果这样做，就不叫牺牲色相，而叫财色兼收，又没说我也搞这套。"

"你不搞这套搞哪套？"

"我哪套都不用搞，我是总指挥，负责调兵遣将，派别人去搞就行了。"

34

后面那几天，华强就赖在酒店不出行了。

牛姐姐拿出香港攻略，叫他一起去迪斯尼玩，他不肯去："那都是小孩子玩的地方，你们童心未泯，去玩玩吧，我就不去凑热闹了。"

"好吧,但你晚上得跟我们一起去维多利亚港看夜景。"

"香港有什么夜景好看?我懒得去。"

她提议说:"那我们一起去香港科学馆太空馆什么的看看吧!"

他更没兴趣了:"你又不是不知道,我读书的时候就不爱科学,现在好不容易离开学校了,还跑那些地方去学科学?"

最后她们说去旺角、尖沙咀等地看看,他鄙夷地说:"那些地方,电视电影里还没看够?都是人挤人的地方,你们去那儿扫货还差不多,我跟着去肯定把你们的兴致都搞没了。"

她觉得他说得也是,如果他去的话,牛姐姐就会逮着他谈论华牛两家之间那些她插不上嘴的话题,让她想起多年前尤护士跟爸爸说话,把她撇在一边的情景。

于是她说:"牛姐姐,他不去算了,我们两个人去逛。"

他摸出一张银联卡,塞到她包里:"拿去刷,别手软。香港是自由港,不收关税的,进口货特别便宜,人称购物天堂。去吧,去吧,跟牛姐姐去买买买!"

牛姐姐还不甘心:"那你在酒店干什么呢?"

"打游戏啊,我这段时间忙公司的事,好久都没时间痛痛快快打场游戏了。"

"那你的香港游不是白来一趟?"

"怎么是白来呢?能跟我老婆在一起待七天,还是白来?"

"你哪里有跟她在一起待七天?她在外面逛,你待在酒店房间里打游戏!"

"那就是跟她一起待七夜呗!像我们这种异地恋,能连续在一起睡七夜,不容易啊!"

"哼,当心肾亏!"

她见那两人说着说着就说污了,转身就跑,牛姐姐呵呵笑着追了上来。

牛姐姐对购物很在行,出手也很大方,好像钱是大水冲来的一样,不仅给自己买,还给自己的爸妈买,也给华强的爸妈买,一边挑选一边对她讲解每个人的喜好和要求,谁喜欢哪个牌子,谁要求哪个价位,谁缺什么,谁囤什么,都了如指掌。

牛姐姐没亲自给华强买东西,但启发她买:"华强那套灰色西服,还缺配套的衬衣和领带。"

她真没注意到华强还有套灰色的西服,因为她看见他的时候,如果不是赤裸裸的,就是穿着T恤短裤在打游戏。

于是她虚心请教:"那应该配个什么颜色的衬衣和领带?"

牛姐姐拿了几件衬衣几条领带,演示给她看,说衬衣甲可以配领带A,衬衣乙可以配领带B,如此这般,如此这般,最后说:"这几套都买了吧,反正不在这儿买,回去也是要买的,还比这里贵。"

她拿了那几件衬衣和领带准备去付账,牛姐姐叫住她:"那几件是我随手拿来给你讲解配色的,你得看一下是不是他的号码。"

她羞愧地说:"但是我——不知道他穿什么号码。"

牛姐姐马上把华强的衬衣号码告诉了她。

她将信将疑:"你怎么会知道他的号码?"

"换算啊,男人的衣服号码很规范的,只要知道身高胸围和肩宽,就知道是什么号码。不像女人,哪怕是自己的号码,不亲自试穿都不知道上身后的效果。"

那天晚上,她提着一大堆纸袋纸盒回到酒店房间,迫不及待地想叫华强试试。但他正在聚精会神打游戏,她只好按捺着等候。

但牛姐姐不管那一套,生拉硬扯地把他从座位上拖开,边拖边说:"小璔给你买衣服了,先试试吧,别不知好歹!"

他站在那里,任凭两个女生给他套衬衣,系领带,自己眼睛盯着电脑,心不在焉地说:"谢谢老婆!谢谢牛姐姐!"

牛姐姐说:"是小璔给你买的,谢我干吗?"

她也不好贪天功为己有:"是牛姐姐建议的,她知道你缺什么衣服领带,还知道你的尺寸。"

他问牛姐姐:"哇,你怎么知道我的尺寸?"

"估的呗。"

"是不是估估我的身高体重像你第几任情人,于是就知道我的尺寸了?"

牛姐姐笑着说:"哈哈,你太污了!"

她真是听不下去这样的打情骂俏了,扔下那两人,跑到浴室,嘭的一声把门关上。

华强也跟了过来,小声问:"老婆,又怎么了?"

她听到这个"又"字,猛然发现来香港之后,自己已经好几次闹别扭了,而她跟华强在一起这么多年,还从来没有闹过这种别扭。仔细想想,也没什么实质性的东西,都是自己在吃飞醋。如果放在别人身上,她肯定会觉得太作。

她打开门:"没怎么呀,上个洗手间而已。"

他扑过来,抱住她:"你这个磨死人的小妖精!"

她使劲推他:"干吗呀?外面有人——"

"没人。"

"牛姐姐走了?"

"你发那么大脾气,她还敢不走?"

"我哪有发脾气?"

"没发?那就好。"

扫了几天货,她什么都没给自己买,只帮祁乐买了一些护肤品,给几个同窗好友买了点小礼物,给表舅买了根名牌皮带,给表舅妈买了个名牌钱包。本来还想给表哥买点什么,但表哥说在英国买更便宜,叫她别给他买。

牛姐姐见她什么都没给自己买,感到很不可思议:"你来一趟香港,什么名牌奢侈品都不给自己买?"

她坦率地说:"我从来不买名牌奢侈品。"

"为什么?"

"没钱。"

这个绝对是事实。

高三那年,她刚满十八岁,她爸就跟她摊牌了:"璕儿,你外婆把她的钱和房产全都留给了你,现在你满了十八岁,可以自己支配了。你知道爸爸穷,到现在都没买房,还在攒首付。所以,从今以后,我就不负担你生活费了,你能养活自己,比爸爸还富。"

她爸虽然拼命挣钱竭力存钱,对人对己都十分抠门,但还是赶不上房价上涨的步伐,又死要面子,不肯接受岳父岳母的支援,所以一直都买不起房,天天念叨,天天发愁,人都老了许多。她起了恻隐之心,大方地说:"那我先借一些钱给你交首付吧,你还得起就还,还不起就算了。"

她爸坚决不接受:"我怎么会要你外婆的钱?我一辈子都没接受过他们的施舍,现在你妈都不在了,我更不会接受了。"

"这是我给你的,怎么是他们的施舍呢?"

"你给我的还不是邹家的钱?他们知道了还不笑掉大牙!"

"他们都是好人,知道没钱的难处,肯定不会笑的。"

"喊,你不了解他们邹家人!他们一向都瞧不起我,嫌我穷,如果不是因为你妈——已经怀了你,他们根本不会让你妈跟我结婚。但哪怕你妈嫁给了我,他们也没把我当一家人。按照法律规定,你外婆的遗产,我才是第一顺序继承人,但她全部留给了你,还让你表舅经管!哼,他们是该防的人不防,不该防的人乱防。"

"谁是该防的人?"

"你表舅啊,他早就盯上你外婆的房产了。你外婆一死,他就搬了进去,还把自己的房子拿去出租赚钱!"

听了这话,她对爸爸唯一的一点同情和怜悯也没有了。

最后是尤护士再也等不下去了,自己做主接受了爹妈的支援,付了首付,买下一套房,房产证上写了尤护士和爸爸的名字,也写了尤护士爸妈的名字。

所以她从上大学起,就再没去过爸爸的家,因为她爸只是四分之一个房主,根本不敢邀请她去。她爸也再没给过她一分钱,过生日都只发张电子贺卡,连红包都没有。

好在她也不用爸爸养活了,她有表舅帮她收上来的房租,一年好几万,足够她支付学费和生活费。

她从十八岁起,就开始自己理财,不仅理自己的财,也理华强的财,他俩开了个共同账号,两人的钱都放在那里,谁要用就从里面拿。

但她没把外婆留给她的钱放在那个共同账号里,不是她小气,而是她从一开始就决定不动那笔钱,连留学都不动,等申请到奖学金再留学。她只在一种情况下才会用那笔钱,那就是如果她得了癌症,没钱治病,才会用那笔钱救命。

刚开始,她连表舅在她读高中期间帮她收的房租都不准备动用的,只准备用大学期间收上来的房租。但没想到华威那几年不景气,华强的父母没多少钱给他,除了学费、书费、住宿费,剩下的就是每个月一千块左右的伙食费。虽说吃个食堂还是够的,但华强大手大脚惯了,经常要上餐馆打牙祭,要买游戏装备,要请游戏公会的人吃饭,两人约会要住酒店,买衣服鞋袜也得是比较好的牌子,大四那年,还在外面租了房。

这些都是华强的每月一千块伙食费无法支付的,他也从来不做家教,人在A市,也抓不到他爸的小三,所以不够的部分就该她来补齐了。

四年大学下来,她不仅把自己做家教、做设计、开网店的收入全部贴了进去,还把表舅他们逢年过节给的压岁钱以及生日贺礼什么的,都用了个精光。

当这些都不够开销的时候,她只好把表舅在她高中三年期间帮她收的房租也拿出来补贴。

当然,她做这些都是心甘情愿的,从来没对华强抱怨过。在她最孤独无依的时候,是他温暖了她的心,用"我会养你一辈子"的誓言让她感到有了依靠。现在他遇到困难了,难道她会袖手旁观见死不救?

只是这样一来,她的生活就很清贫了,从来没买过奢侈品。她穿的衣服鞋袜,用的手袋箱包,都是最一般的,化妆品护肤品也只用大路货。这次香港游,她是来打发国庆长假的,压根儿没准备给自己买奢侈品。

牛姐姐提醒说:"华强不是给了你一张银联卡吗?刷那个呀!"

"他也是打肿脸充胖子,华威这几年不景气,卡里能有多少钱?"

"华威不景气?谁说的?"

"他自己说的。"

"他跟你开玩笑的吧?"

"真的不是开玩笑!大学四年,我们的钱都是放在同一个账号里的,他爸妈每年给他多少钱,我都知道。"

"他爸妈给他多少钱?"

"这么说吧,交了他的学费、书费、住宿费之后,剩下的伙食费最多一个月一千。"

"一千人民币?那怎么够用?华叔叔对儿子这么小气?"牛姐姐想了一下,恍然大悟,"哦,我知道了,那不是因为华威不景气,也不是因为华叔叔小气,是他家故意的,想用这个方法把你赶走!"

"把我赶走?赶哪儿去?"

"不是赶哪儿去,而是把你从华强身边赶走!"

"为什么?"

"因为他们觉得你跟着华强,是冲他们家钱来的,所以他们故意说华威不景气,只给华强很少的钱,让你——知难而退!"

35

她受了这天大的冤枉,肺都要气炸了:"我看上他家的钱?我跟他好上的时候,根本就不知道他家有钱。上大学这几年,他钱不够花的时候,都是我在补贴他!我逼着他问家里要钱吗?"

牛姐姐调和说:"主要是现在社会上拜金的女生太多了,那些缠着富二代的,很多都是冲钱去的,所以也不怪他家这样想。"

她努力克制着自己:"但是他家根本都不知道我是他女朋友,怎么会认为我为了钱缠着他呢?"

"怎么不知道你是他女朋友?早就知道了!"

"早就知道?谁告诉他们的?"

"当然是华强告诉他们的,还能是谁?"

"华强把我们的事告诉他爸妈了?什么时候的事?"

"很久以前的事了,应该是你们高中毕业那年吧,反正是上大学之前。"

她想起华强绝食的事,觉得也有可能:"他为什么那么早就把我们的事告诉他父母呢?"

"你不知道?那我也不好告诉你了,我还以为你早就知道呢。"

"你不告诉我,我现在就回去问他!"

"别别别!你这么怒气冲冲地跑去质问他,好像他犯了多大的错误似的。其实,他不告诉你,也是为你好——"

"他不告诉我,却能告诉你,这是为我好?"

"我并不是从他那里知道的,是听我爸妈说的。"

"你爸妈也知道?那他就瞒了我一个人?"

"不是你想的那样——算了,我告诉你吧,不然你怪他一头包。"牛姐姐说,"我们找个地方坐下说。"

两人来到一家奶茶店,要了两杯奶茶,坐下慢慢聊。

牛姐姐说:"是这样的,他那时想到你已经十八岁了,你爸可能不会养你了,所以他就去找他爸妈,恳求他们多给他一些生活费,因为他要养女朋友。"

她喉头起了哽咽:"这——这是好事啊,他怎么不告诉我?"

"可能是因为他没把这事办成,还弄巧成拙,所以不想让你知道。"

"他怎么弄巧成拙了?"

"他爸妈不同意你们的事,把他关了起来,不让他出去见你。"

"他爸妈为什么不同意我们的事?"

"他们说你妈是得乳腺癌死的,你以后也会得这个病,他们不想自己的儿子中年丧妻,孙子少年丧母,还说你家这样的情况——不旺夫,会给他们家族带来——不好的运气。"

"他们怎么会知道我妈是得乳腺癌死的?"

"华强告诉他们的。"

"他把这告诉他爸妈干什么?"

"因为他要说明为什么你爸会不养你,所以就把你妈得病,你爸劈腿,你妈没死几天你爸就再婚,你后妈对你不好,你外婆也死了等等,都告诉他父母了,可能是想博得他们的同情吧,哪知道适得其反,被关了起来——"

"所以他只好绝食,逼他父母把他放出来?"

"他是那么想的,但其实他绝食没用的,是我把他救出来的。"

她大吃一惊:"你那时在B市? 我还以为你在西班牙呢!"

"我是在西班牙啊! 我不是说我亲自砸开他的窗户把他放出来,而是我的一句话把他救出来的。"

"什么话?"

"打死我也不跟他结婚!"

"什么意思?"

"就是字面上的意思,打死我也不跟华强结婚。他爸妈让我父母把我叫回来跟他结婚,不结婚不放他出来。"

她叫起来:"他那时才多大呀? 还不到法定结婚年龄吧? 怎么跟你结婚?"

"年龄算什么? 把户口改改就行了。"

"你——还比他大,为什么他爸妈要他跟你结婚?"

"联姻啊。我们两家早就决定要联姻的!"

"为什么要联姻?"

"呵呵,还不是为了钱!"

"你们两家联姻就能赚钱?"

"也不是赚钱,而是为了不赔钱,也就是说,保证华威不垮台。"牛姐姐解释说,"华威是华牛两家的私人企业,如果其中一家退出,华威就会垮台。"

"为什么会这样?"

"因为根据《公司法》规定,责任有限公司的股东是不能随便退股的,只在很少的情况下才能退股,比如公司连续多年不赚钱,大股东欺负小股东之类。"

"不能退股,那不是很好吗?"

"一般来讲是很好,《公司法》这么规定,就是为了保护企业,免得一些人心血来潮,今天入股,明天退股,那就没谁敢开公司了。但如果公司解散或者撤销的话,还是可以退股的。"

"华威会解散吗?"

"一般情况下是不会解散的,但是,如果其中一方打定主意要退股,就可以向法庭要求解散华威。当然解散一个公司也是有很多条件的,但是,很多事,都是有路子可走的,再说华威这些年的运作,也不可能都那么合法,那么清白,如果真想解散华威,总是能找到理由的。"

她实在不能理解华牛两家的变态心理:"如果华威解散了,华牛两家不是都遭殃了吗?"

"所以说要两家联姻,防止这种事情发生啰。不然的话,任何一方不满意对方的做法,或者想达到自己的某些目的,都可以用退股来要挟对方。实际上,这些年很多事情都是通过这种要挟来运作的。比如我入职华威,当上副总,就是因为华叔叔知道如果不给我这个职位,我爸就会退股。"

"那你们那时怎么又——没联姻呢?"

"我不是说了吗,因为我不同意。"

"为什么你不同意? 我觉得你挺——喜欢他的呀。"

牛姐姐坦率地说:"现在是挺喜欢他的,但那时不喜欢啊!"

"为什么?"

"因为他在我印象里,只是一个还没长开的小毛虫,又黑又瘦又矮——"

"那还是八年前在三亚时留下的印象吧?"

"嗯,那是我出国前最后一次见到他,后来就没再见到过,所以他在我脑子里就定格在又黑又小又瘦上了。再说,我那时正在跟一个意大利帅哥同居,意大利男人你知道的,世界上最帅,没有之一,个个都是米开朗基罗的大卫雕像一样的帅哥,嗓子又特别好,随便揪出一个来,都是帕瓦罗蒂,而且浪漫得一塌糊涂,站在你楼下唱一曲《我的太阳》,还不把你骨头唱酥掉?"

牛姐姐讲意大利帅哥讲得打不住了,她急忙扯回:"你不同意就结不成婚?"

"我躲在欧洲不回国,怎么结呢?"

"你爸妈不会威胁你,说不结就不给你生活费?"

"哈哈,刚好就是这么威胁的!但我那时还没吃过没钱的苦,又有爱情撑腰,所以很有骨气地对他们说:你们休想用金钱收买我的爱情!"

"所以华强的爸妈才把他放出来?"

"嗯,但他们没对华强说是因为我不肯回来跟他结婚,他们只说是因为看他年纪还小的分上,叫他许下诺言,大学毕业就跟我结婚,不然就不放他出来,会把他送到澳大利亚去。"

"他许下诺言了?"

"不许就不能出来嘛。"

"那你呢?"

"我?我很快就尝到没钱的痛苦了,交不起房租,马上要被人赶出来流落街头,而且我是以学生签证待在那里的,一旦交不起学费,马上就会失去身份。最最重要的是,我的意大利情人见我连自己都养不活了,马上溜回意大利泡他的表姐表妹去了。"

"所以你投降了?"

"开始我还是不想投降的,就到处借钱,亲戚朋友,七大姑八大姨,只要能联系上的我都问他们借钱,但人家都得了我爸妈的命令,不敢借钱给我。最后我借钱借到华强头上了,他才告诉我说现在暂时没事了,可以先答应我父母,说等他大学毕业就结婚,所以我就答应了,我爸妈才给我汇钱。"

"哇,你们那时就约好等他大学毕业就结婚,他怎么不告诉我呢?还骗我——"

"你别怪他,我相信他不告诉你是不想伤害你,而且——他肯定也是胡乱答应下来的,希望四年之后一切都变了。"

"你是不是那样想的?"

"我当然是那样想的了,糊弄一天是一天,也许四年后我已经嫁给一个王子了,我爸妈跪着求我收下他们的钱,我都不收,一掌打飞!"

"那怎么他一毕业你就跑回来了?"

"没嫁到王子嘛,我不回来又要被切断经济来源,流落街头。"

"那你们准备什么时候结婚?"

"谁?我跟华强?他都有你了,我们还结什么婚啊!"

"但是他爸妈不是不同意我们的事吗?"

"他爸妈是不同意,但架不住他自己喜欢你啊!我告诉你一个秘密,你别对人说:他正在想办法把公司改制!"

"改——改什么制?改成——资本主义?"

"哈哈哈哈——你太搞笑了！是把责任有限制改成股份有限制。"

"那跟他喜欢不喜欢我有什么关系？"

"怎么没有关系呢？他是为了你才想把公司改制的嘛。"牛姐姐见她一脸蒙圈的样子，解释说，"是这样的，我们两家之所以这么看重联姻，是因为华威是责任有限制，而责任有限制是不能退股的，要退股就要解散公司。如果改成股份有限制，就不存在为了退股而要求解散公司的可能了，谁想退出公司就把股份卖掉。华威现在的股权，掌握在两个人手里，权力过于集中。这两个人处得好就好，处得不好的话，任何一方都可以把公司毁掉，所以才需要联姻。如果改成股份制了，就没必要联姻了。"

她好奇地问："那你会同意改制吗？"

"我同不同意没有任何作用，因为我不是股东。"

"那他爸和你爸会同意吗？"

"这不正在想办法说服他们吗？"

"能说服吗？"

"应该能，因为改成股份制有很多好处的，至少是一种集资的手段，可以扩大再生产——"

"如果改成了股份制，你不是就——不能跟华强——联姻了？"

"那有什么办法？我也不想嫁给一个对我不走心的男人。"

"但你对他走心啊！"

"哈哈,的确是这样的。你知道我为什么会对他走心吗？"

"为什么？"

"就是因为他对你的这份——爱！我从来没见过这么长情的男人,真的。我也算走南闯北若干年了,哪个国家的男人没见过？还从来没见到哪个男人能像他一样,真心爱一个女人这么久,别的男人基本都是睡几个月睡厌了就没感情了,但他不同,你们在一起这么多年了,他还是那么爱你。所以说,你很幸运啊,得到了他这么长情的爱,好好珍惜吧！"

36

她犹豫了一下,说:"牛姐姐,我有句话,说了你别生气。"

牛姐姐爽快地说:"说吧说吧,我不会生气的,你什么时候见我生过气？"

她的确没见牛姐姐生过气,虽然她们接触的时间不多,但她自己已经生过好几次气了,而且一大半是冲着牛姐姐去的。但牛姐姐从来没生过气,更没恼过她。

她有点自惭形秽,心想如果我是华强的话,我肯定会喜欢牛姐姐,多么善解人意又大度！哪像夏璿那个丫头,动不动就当着外人的面生气,让我的脸往哪儿搁？

牛姐姐催促说:"你不是有话说的吗？快说呀。"

她吞吞吐吐地说:"我就是觉得——你说你喜欢华强的长情,但是——他的长情又不是——对你的,你怎么会因为这个就——喜欢他呢？"

"很简单啊,我是把他的长情当作一种好品质来喜欢的嘛,跟他对谁长情没关系的。这就像我们喜欢影视剧里那些长情的男主一样,他们的长情跟我们没有半毛钱的关系,但我们还是喜欢他们,对不对?"

"那你说的喜欢其实是——欣赏?"

"嗯——差不多吧,不想得到的叫欣赏,想得到的就叫喜欢。"

"那你还是想——得到华强的?"

牛姐姐一愣,随即笑道:"哈哈,被你七绕八绕给绕进去了!实话说吧,我是想得到华强,不过不仅仅是得到他的人,还想得到他的长情。"

"这真是像他说你的工作一样,绕了一大圈,还是回到了起点。你们两家早就让你跟他结婚的,但你不肯。现在你转了这么大一圈,结果发现还是只想跟他结婚!"

"哼,谁叫他那时长那么黑那么瘦那么小的呢?"牛姐姐探究地说,"真的呢,他那时其貌不扬,你又不知道他是富二代,他读书也不咋的,那你是怎么看上他的呢?"

这个问题她还真答不上来。

牛姐姐见她不吭声,继续说:"其实那时还不光是我觉得你不会是他的女朋友,我们两家的家长也完全不相信你是他的女朋友,好多人都想歪了。"

"想歪了?"

"是啊,我妈回去就跟我爸发火了,说你肯定是我爸的——小情人。"

"哇,你妈怎么会——这都哪跟哪呀!"

"我妈也不算是无中生有,因为我爸肯定是被你迷倒了,当场就邀请你参加第二天我家举行的家宴,还邀请你去机场送我。我妈骂他狗胆包天,在她的眼皮子底下跟小情人来往。"

"那你爸怎么说？"

"我爸当然是赌咒发誓地说他以前从来都没见过你,怎么会是他的小情人?肯定是龙飞的小情人,让儿子带去遮人耳目的!我妈也觉得是那么回事,就放过我爸,马上向华强妈告密,说你是华强爸的小情人。"

"他们真是——太污了!我那时才多大点啊?"

"你那时应该有十五六岁了吧?但你眼窝深,鼻子高,五官轮廓分明,发育得也不错,看上去就比实际年龄大,我妈她们都觉得你有十八九岁了,而我爸找的最小的一个情人就只十九岁,华叔叔好像也有过十八九岁的小情人,所以她们一下就想到那上面去了。"

"那华阿姨不找华叔叔闹?"

"怎么不闹呢,马上就闹开了。华叔叔也赌咒发誓地说以前根本不认识你,晚宴前一天才听儿子说要带个同学来,也没说是女生,他以为是男同学。后来华阿姨找华强对证,华强一口咬定你是他同学,他爸和牛叔叔以前从来没见过你,才算没继续闹下去。"

她那时就觉得两个阿姨不是那么喜欢她,还以为是自己多疑呢,原来是因为这个!

牛姐姐说:"所以我就搞不懂了,你到底是看上了华强什么呢?"

她想了想,说:"我也不知道,好像根本没想过——看上他什么,就是那时——我知道了我爸在我妈生病期间——劈腿,我妈一死他就娶了那个姓尤的护士,还对外人说我只是他们一个乡下亲戚的女儿。我感觉——挺孤独的,而华强那么关心我,愿意陪伴我,发誓说要——陪我一辈子,养我一辈子——"

"那你其实不是爱他,而是被感动了,同时也急需一个人陪伴。"

她不知道该怎么回答。

牛姐姐问:"那你这么多年来——都没遇见过其他的——追求者?"

她摇摇头:"没有。上初中和高中的时候,我跟华强都在同一个班,大家都知道我们是男女朋友,所以也没谁来追我。上大学之后,虽然我们不在同一个学校,但也是从一开始就——没隐瞒过我们的关系,大家都知道我有男朋友,每个周末都跑到外面跟男朋友幽会,华强也上我们学校露过面,所以也没谁来追我。"

"你那些同学是胆子小,还是知道自己比不上华强?"

"不知道,反正我们这个专业是阴盛阳衰,百分之九十是女生,男生很少。"

"进公司之后呢?"

"进公司之后——还是阴盛阳衰,我那个设计室全都是女生,隔壁设计室也只有两个男生,他们对我只有嫉妒,绝对不会追我。而且我从来都不隐瞒有男友的事实,只要有人问起,都是回答说有个谈了八年的男朋友。上次华强还亲自跑到我们公司请我的同事吃饭,宣示主权——"

牛姐姐叹口气:"唉,你这也太亏了!从初中三年级就被华强垄断了,从来没尝过被别的男生追的滋味,更没尝过众星捧月的滋味。按那个谁的名言来说,如果一个女人一生没经历过五个以上的男人,人生就不完整,白活了!"

她反击说:"那你呢?你肯定经历过五个男人了吧?"

"何止五个!"

"十个有没有?"

"肯定不止。"

"哇,到底多少个?"

"我自己都不知道了。"

她略带讥讽地说:"你没记个数?"

"刚开始还记一记,后来——经历多了,就懒得记了。"

"我听说外国男人挺浪漫的——"

"是浪漫啊,但浪漫不等于长情嘛。"

"那这种短命的浪漫也没意思。"

"是没意思啊,所以我才羡慕华强对你的长情啊。"牛姐姐停了停,又说,"不过从你的情况来看,得到长情也是要付出代价的。"

"什么代价?"

"就是一辈子只知道一个男人的滋味,想想也挺郁闷的哈。"

"那如果有很多段短情和一段长情任你选,你会选什么?"

牛姐姐想了一会,说:"我两样都选!"

"哈哈——,你好贪啊!"

"不是贪,而是因为这不是二者必居其一的选择题。"

"但你怎么可能两样都选呢?"

"人生那么长,我当然可以两者都选嘛。比如说,我已经经历了很多段短情,如果我得到华强的长情,不是两者都选到了吗?"

她笑了笑,没回答。

牛姐姐又说:"其实你也可以两者都选到,因为你已经经历了八年的长情,如果你现在开始尝试一段一段的短情,那不是两者都选到了吗?"

她摇摇头:"我不喜欢短情。"

"我说的是短情,是一段一段走心的爱情,不是一夜情。"

"如果是走心的爱情,怎么会是短情呢?"

"因为爱情受很多客观因素的限制,并不是只要两人都走心就一定能白头到老的。"

"既然知道不能白头到老,那干吗要——走心呢?"

"因为走心——就是动心,是自己无法控制的,难道你从来没对别的男生动过心?"

"没有。"

牛姐姐笑着说:"你不老实!你能说你以前没对你表哥动过心?"

她一惊:"我表哥?你听谁说的?"

"华强说的。"

"他瞎说!"

"他还说你表哥也很喜欢你,但因为你们是表兄妹,只好算了。"

"你听他瞎说!"

"他还说你现在喜欢的是你们公司的一个老总。"

"又瞎说!"她忍不住地问,"他怎么说的?"

"他说自从你进了公司,几乎每次跟他通话都要讲到那个老总,非常欣赏,非常爱慕,讲得两眼放光!"

"我说他在瞎说吧!他最不爱视频了,怎么通话时会看到我两眼放光?"

"那可能是跟他见面时讲到那个老总两眼放光吧。"

她还真不知道自己对华强讲到夏总的时候,是不是两眼发光,她连两眼放光是什么样都不知道。

牛姐姐接着说:"还有上次他请你们同事吃饭的时候,他说那个老总看你的眼神——简直像要溶化了一样。"

"那也算在我头上?"

"嗯,那个不算你头上,但是那个老总唱K的时候,你看着他,眼睛都舍不得眨一下,像个小迷妹看着自己的偶像一样,他叫你好几声你都听不见。"

她不想解释,而是反戈一击:"看样子你已经开始得到华强的长情了!"

"为什么?"

"因为他什么都对你说!"

牛姐姐笑起来:"算了吧,他是想巴结我!"

"巴结不就是追求吗?"

"他巴结我是为了你!因为他需要我跟他结成统一战线,两个人都死咬着不联姻,不然的话,只要我同意联姻,他就完蛋了。"

"为什么?"

"因为他不联姻就会被赶出华威!但如果我也不肯联姻,两家的家长就没办法。华叔叔现在身体不好,我爸从来不管华威,他们总不能把我和华强都赶走吧?"

37

从那以后,她跟牛姐姐就成了无话不说的好朋友。

所谓无话不说,从她这方面讲就是无话可说,因为她什么都不知道;从牛姐姐那方面讲,就是无话不可说,因为牛姐姐什么都知道,而且什么都愿意对她说,所以她从牛姐姐那里得到了不少信息,学到了不少知识,获益匪浅。

她觉得牛姐姐见多识广,思想通透,很多话都可以算是哲理,比如"不想得到的叫欣赏,想得到的就叫喜欢",真是太言简意赅放之四海而皆准了,让她有醍醐灌顶的感觉。

还有那个"女人一生不经历五个以上男人算白活"的说法,则令她深思。

她问:"牛姐姐,你说女人不经历五个男人算白活,这个'经历'是什么意思?是说被五个人爱过,还是跟五个人——滚过床单?"

牛姐姐说:"那不是我说的,是从我妈那里听来的。"

"数字不重要,我只想知道'经历'是什么意思。"

"因人而定吧,在乎爱情的女人就是被爱过,不在乎爱情的女人就是滚过床单了。"

"我觉得应该是被爱过,因为滚床单——那不是太容易了吗?一个星期就可以滚到五个,那不谁都可以做到不白活了?"

"嗯,你说得有道理。那你——白活没白活?"

"我?肯定是白活了,因为——即使把你们说的表哥和夏总都算进去,也才三个呢。"

牛姐姐安慰说:"没事,你还年轻,又这么聪明漂亮,今后补齐两个不成问题。"

"我都有男朋友了,还补齐?"

"有男朋友怕啥? 咱们不是在说被爱吗? 又不是你爱别人,华强不会怪你的。"

"那你说男人要经历过几个女人才会觉得自己没白活呢?"

"男人? 呵呵,肯定是多多益善啦。"

"那他们的所谓经历,肯定是滚床单吧?"

"应该是,因为对他们来说,爱了就要滚床单,不滚就白爱了。"

"那华强会不会觉得自己白活了?"

牛姐姐一愣:"哇,你绕来绕去,是想打听华强有没有——出轨?"

"他有没有出轨啰?"

"你不是一直都跟他在一起吗? 他有没有出轨你不知道?"

"以前我是跟他在一起,但现在我们已经异地好几个月了。别人都说毕业后的爱情死于异地——"

"你们的爱情不是没死于异地吗?"

"那是因为我们异地的时间还短,而且我不知道他出轨了没有,如果他出轨了,哪怕只有一次,我也肯定不会——再爱他了。"

"哇,一次都不行,这么绝对?"

"嗯,因为我最恨出轨的男人。"

"是因为你爸妈的事吗?"

她点点头:"我永远都不会原谅我爸对我妈的背叛和伤

害！我也不会原谅任何男人对我的背叛和伤害！"

牛姐姐想了想，说："我觉得华强应该没出过轨。"

"你这么肯定？为什么？"

"因为他没机会。"

"没机会？"

"对呀，以前你一直都在他身边，现在我又在他身边，他哪有机会出轨？"

"你在他身边他就没机会出轨？"

"因为我盯着他嘛。"

"怎么盯？"

"当然是利用手中职权啦，"牛姐姐得意地说，"我一去就把他那个妖艳女秘书开掉了，换了个奔五的胖大妈。"

她想到一个奔五的胖大妈提着个文件夹跟在华强后面走，差点笑出声来："真的？你这么狠？"

"不狠行吗？那个妖艳女人一看就心术不正，穿得那么暴露，说话嗲嗲的，明摆着是想勾引我们华总嘛，不开掉肯定会坏事，男人你知道的，哪怕他有个深爱的女朋友，但如果别的女人贴上身来了，他的大脑也会失血缺氧的。"

"那华强同意你开掉那个秘书？"

"他要是不同意，我马上向你报告，看你不整死他！"

她笑得更厉害了："哈哈哈哈——说得好像我多凶残似的！但是，他怎么会有一个妖艳的女秘书呢？我以前听他说过，他妈在公司管人事，从来不给老总雇比他妈年轻的女秘书——"

"那是因为老总是她老公嘛，她当然不给他雇年轻的女秘书。现在是她儿子,那就不同了,雇个妖艳女人,让她儿子消消火。"

她还是不明白:"但是她不是一直想着让她儿子娶你的吗? 怎么会给儿子雇年轻的女秘书呢?"

"那时我不还没回国吗? 等我回了国,接管公司人事了,我开掉那个妖艳女人,他妈也没反对,说明只是给他临时消火的。"

"那他——用那个女秘书消火了吗?"

"应该没有,他那时刚接手公司,忙得要命,有点空还要往你那里跑,哪有时间和精力找那女人消火?"

"他妈也真是——奇葩,不怕——你知道?"

"她怕什么? 她让儿子娶我也只是为了以联姻的形式维护公司利益。再说,她知道我也不是什么贞女节妇,在国外不知道有过多少男人,她肯定会找很多女人让他儿子跟我扯平。"

"那你的意思是——即便他跟你结婚了,他家里也不会反对他出轨?"

"怎么会反对呢? 他爸妈不是一直都是——开放的婚姻吗?"

"那你能忍受他出轨?"

"如果他只是走肾不走心,我可以容忍,但不能搞出孩子来。"

"哇,我太佩服你了! 我是做不到的。"

"哈哈,我也是这么说说而已,因为我知道他不会跟我结婚,只会跟你结婚。你放心吧,我替你盯着他。"

"你能替我盯一辈子?"

"怎么不能呢?我又不会到别处去,肯定是在华威干一辈子了。不过你最好把工作辞了,搬到B市来,亲自盯着更放心。不然的话,虽然我一片好心替你盯着,你还以为他在跟我出轨。"

她摇摇头:"这种靠盯着才不出轨的男人,我觉得没意思。"

"那你还想怎么样?不盯着都不出轨?发自内心的不想出轨?有机会也不出轨?恐怕世界上没这样的男人吧?这又不是柳下惠的年代,现在坐怀不乱就是禽兽不如,会被人笑掉大牙的!"

"没有不出轨的男人就算了。"

"你出家当尼姑?"

"也不用当尼姑,自己过,不要男人就是了。"

"现在这么想没问题的,等年龄大了,孤独怕了,自然会降低标准,只要盯着不出轨就行了。再大点,更孤独一点,就像我一样,只要他不走心就行了;再大点,孤独至极,再加上经济等方面的原因,就像华强妈一样,只要不离婚就行了。"

她不知道自己年龄大了会不会变成牛姐姐和华强妈那样,但现在肯定是不会的。

牛姐姐说:"难道你那个老总就绝对不会出轨?"

"我哪个老总?"

"你不是喜欢你们公司的一个老总吗?"

"哦,那都是华强在那儿瞎说,根本没那回事,而且他也不是公司老总,只是设计总监。"

"设计总监也是总,你说你们那里是阴盛阳衰,那他手下不尽是女人?"

"嗯,而且都是年轻的女人。"

"肯定也都是漂亮的女人,搞设计的嘛,姿色打扮应该都不错,难道他就一定不会出轨?"

"反正他出不出轨跟我无关。"

牛姐姐说:"你这么怕男人出轨,那还是找你那个表哥比较好。"

"为什么?"

"因为他不是什么老总,就是个设计师,拿一点死工资,天天坐设计室里干活,应该没什么机会出轨。"

"他现在设计师都不是,在英国留学。"

"那更好了!干脆你也去英国,就留在那里,那边的风气好多了,没我们这么多出轨的。"

"是吗?我怎么觉得外国人——都不把婚姻当回事的呢?"

"说他们不把婚姻当回事,是因为他们不愿意结婚,特别是男的,爱上了就同居,不爱了就分手。即便结了婚,也是没爱情了就离婚,但他们婚内出轨还是比较少的,因为婚内出轨在他们眼里是很不道德的,代价也很高,被老婆捉住要损失大笔钱财,失去孩子监护权,事业也会受影响,当官的还会被选下台。英国还有一个好处,那里允许表兄妹结婚!"

"你怎么知道?"

"我在欧洲住了这么多年,怎么会不知道呢?"

"哇,怎么会这样?"

"这样好啊!肥水不流外人田嘛,家里有点臭钱的,都想用联姻的方法保住钱财不外流,而你和你表哥,都是珠宝世家出身,两个人肯定都是很有这方面天分的,如果结婚不是就保证了好基因不流失吗？如果你跟华强结婚，保不住生下的孩子就不爱读书了。"

她笑起来："你这是在劝我放弃华强，给你腾位子？"

"哇，不要这样看我嘛，我是真心希望——我们大家都幸福的，如果有条路能让我们三个人都各得其所，那当然要选那条路，实在不行，能保住两个人的幸福也行。无论如何，也不要搞得三个人都不幸福。"

"那我放弃华强吧，这样我们三个人都能幸福。"

"别别别！如果你现在放弃华强，他肯定是不甘心的，你也不甘心，因为你只是在担心他出轨，又不是他真正出了轨，你舍得放弃他？如果你把放弃他的原因告诉他，他会恨我一头包。那会搞得三个人都不幸福。你还是给他一些时间，让他先把公司改制的事情处理好，然后你们结婚，我相信他会好好爱你的。万一你哪天发现他出轨了，再离开他不迟，那时你们两个都放得下了。"

"而你就来做接盘侠？"

"如果我到那时还喜欢他，做个接盘侠也没啥呀。不过我虽然喜欢长情的人，但我自己并不是长情的人，说不定那时早就爱别人去了。"

38

国庆长假后的第一个星期，夏总组织大家"充电"，就是请中高级设计师给大家讲座，每人一个主题，有介绍世界知名品牌的，有讲述自己设计获奖作品经过的，有汇报多年来积累的设计经验和体会的，非常有帮助。

充电充到星期五，主管生产和销售的副总亲自来到现场，宣布了冬季产品入选名单，说这不是他个人的决定，而是征询了销售渠道购买意向后做出的选择。

她的两份设计都入选了，同时入选的还有隔壁设计室"凤毛"和"麟角"各一份。

她自然是欣喜若狂，而她那些同事，不知道是华强的酒肉攻势起了作用，还是夏总的新流程无懈可击，或者是购买意向最说明问题，反正这次没人讽刺打击她，也没人阴阳怪气，都很热情地祝贺她。

连梅如雪都破天荒地在休息时拉着她和池涟漪一起上洗手间，兴奋地说："哇，我们组这次太棒了，双倍提成！"

"提成？"

池涟漪抢着说："你还不知道啊？入选上市的作品是可以提成的！"

"真的？"

"不信你问如雪。"

梅如雪内行地说："如果产品卖得好，超出定额的部分，研发组成员是要提成的。"

"哇，能提多少？"

"几千几万都有可能，具体数字要等到销售结果出来才知道。"

三个人激动得又叫又跳，把前来上厕所的人都惊到了。

从洗手间出来后，梅如雪提议说："今晚我们三个人找个地方吃饭唱K，庆祝一下吧！"

池涟漪当然是十二万分赞成。

但她想到今晚夏总也许会约她开庆功会顺带练习喝酒,便谢绝了:"太不凑巧了,今天——我没空——"

那两人立即联想到华强:"差点忘了,周末你要陪男朋友,那我们下星期再约时间吧。"

"行!"

其实她知道华强这个周末不会来,因为刚休了国庆长假,公司积压下很多事情要处理,他已经向她告过假了。

吃午饭的时候,她收到夏总的微信,先是大把鲜花和活蹦乱跳的"恭喜"二字,然后就是:"今晚我们找个地方庆贺一下吧,顺便谈谈工作。"

她见他每次都不忘记带个"工作"的小尾巴,觉得很好笑,想调戏他一下,但又怕把他吓着,以后不敢约她去喝酒了,只好忍住,回复说:"好的。不过最好换一家,我怀疑上次那家的酒是假酒。"

"为什么?"

"因为你说你是一杯倒,但你那次喝了半瓶都没倒,不是假酒是什么?"

"酒逢知己千杯少嘛。"

嘿嘿,她就是想听他这句话!

他问:"'陶然居'行不行?离你家比较近。"

她没吃过"陶然居",也不觉得离她家近是什么优点,但既然他选中那里,她肯定是赞成的:"行!"

"还是七点来你家接你?"

"好的!"

下班后,她坐在公车上就给华强发微信报备,说自己的作品被选入冬季产品名单,今晚夏总请她吃饭喝酒谈工作。

他很快就回复了:"今晚使劲灌他,把他灌醉!"

"为什么?"

"让他酒后吐真言!"

"吐什么真言?"

"说他爱你啊!"

她不置可否,回了个包治百病万应灵丹的笑脸表情包。

回到家,她还是跟上次一样,晚饭摆上桌,自己只盛了一小点。

祁乐问:"今晚又要去吃工作餐?"

"嗯。"

祁乐做个鬼脸:"哇,你不是最恨挖墙脚的人吗?怎么自己却跑去挖墙脚?"

她敏感地说:"我哪有挖墙脚?"

"人家夏总有老婆,你还私下跟他约会,那不是挖墙脚?"

"我哪是跟他约会?是谈工作!"

"呵呵,每次都跑到饭店去谈工作?"

"他在学喝酒,喝酒也是为了工作!"

祁乐粲然一笑:"看把你吓得!我又不是道德法庭的庭长,我才不管你挖不挖墙脚呢。我是看你对挖墙脚那么深恶痛绝,每次提到挖墙脚你就死命反对,所以拿你开开心呢。哈哈,我你就不用怕了,你还是当心华强知道了打断你的腿!"

"他知道啊,我已经跟他报备过了。"

"他不吃醋?"

"不吃,他还叫我把夏总灌醉,让他酒后吐真言。"

"吐什么真言?"

"他说夏总喜欢我,说我和夏总是绝配,让我把夏总灌醉了好对我表白。"

"是吗?华强这么奇葩?"

"不是奇葩,而是他家不同意我和他的事,所以他想把我推给夏总,他好安安心心跟他的牛姐姐结婚。"

"牛姐姐是谁?"

她把华牛两家联姻的事原原本本地讲给祁乐听了,祁乐说:"还说华强不奇葩!这牛姐姐和华强一个比一个奇葩!既然他们那么希望你自动出局,你还客气什么?直接泡夏总算了!"

"我才不挖墙脚呢!"

"泡他怎么是挖墙脚呢?"

"上次他不是说他结婚了吗?"

"那是糊弄我的嘛!呵呵,他没把我糊弄到,却把他最想泡的人吓唬住了!哼,这就叫搬起石头砸自己的脚!"

两人一直聊到六点过,祁乐看时间不早,再不出发就要迟到了,才慌慌忙忙去上班。

夏总准时来接她,到了"陶然居",还是一个小包间,他还是点上次那种酒。

她问:"你不换个别的酒喝喝?"

"不换,我要对比一下,看上次是不是喝到了假酒。"

"哇,你这么认真?我就随口一说的。"

"虽然是随口一说,但很有道理,也很重要。"

"是吗?"

"如果我上次喝的是假酒,那测出的酒量就是错误的。如果我到了客户的酒桌上照着那个量去喝,那就会喝醉了。"

她见他像搞科研一样对待喝酒,觉得很搞笑:"哈哈——你到底去没去过——客户的酒桌?怎么听你的口气还在纸上谈兵的阶段,没上过酒场呢?"

"是没上过酒场,因为还没练好。"

"难怪说得这么书生意气,你以为上了酒场还由得你自己控制分量的?"

"自己不能控制?"

"人家一个个上来敬你酒,你喝了张三的就要喝李四的,难道你还能对李四说:我的量就这么多,不能跟你喝了?那不把人得罪了吗?"

他想了想,说:"那我可不可以先估摸一下会有多少人敬酒,然后就按我的酒量平分,尽量做到跟每个人都喝到呢?"

"哈哈哈哈——,你以为这是——排排坐分果果,做到一碗水端平就行了?你没听说过'感情深,一口闷,感情浅,喝一点'吗?你想每次只喝半杯?没门!"

"嗯,你说得很有道理,看来我上不了酒场。"

"那今天还喝不喝?"

"喝!至少要看看上次喝的是不是假酒。"

她笑着给他斟了第一杯。

两人边吃边聊,他先恭贺她的两件作品都入选冬季产品名单,然后抱歉地说:"不过我没能改变产品提成方案。"

"怎么,你想——取消产品提成?"

"我怎么会取消产品提成呢?"

"那你说的改变是什么?"

"公司的惯例是设计师提成50%,副设计师30%,助理设计师20%,我对此提出了异议,希望全部提成都归主创人员,但上面没同意。"

她也觉得公司的提成方案很不公平,但她不想让他感到内疚,便潇洒地说:"没什么,我这人图名不图利,只在意自己的设计是否入选,提成的事我无所谓的,50%和30%,能差多少?"

"如果产品卖得好,会有很大差别的。"

"但是——你已经尽力了,就别太在意了吧。"

"谢谢你的理解!等提成的具体数字出来,我会用我自己的提成部分给你补到50%。"

"不行不行,我怎么能要你的钱?"

"应该是你的钱,如果没你的设计,我上哪儿去提成?"

"但是如果没有你的新流程,我上哪儿去设计?"

两个人都笑了。

他坚持说:"还是应该给你补齐的,因为是我事先不太清楚提成的规定,所以没有及时提出更改方案。不过你放心,下次肯定不会有这个问题了。"

喝了快半瓶的时候,她觉得他已经喝到极限了,因为他的眼神已经很蒙眬,说话也有点大舌头,整个人呆萌呆萌的,目不转睛地看着她,如果不醉,他肯定不敢这样盯着她看。

她还真有点想把他灌醉,看他酒后会吐什么真言,但她怕他喝醉了难受,便坚决地说:"夏总,你真的不能再喝了!"

"我没——醉啊,头脑清——醒得很,不信你出道算——数题考我——"

她见他这样说,更加肯定他喝多了,便不讲客气,用力夺过他手里的酒瓶,放到他够不着的地方,劝诫说:"白酒是有后劲的,你现在感觉不到,但过一会儿就会很难受的!"

他伸着杯子恳求说:"就——就一杯——"

"不行!"她吓唬说,"你不听话,我下次再不陪你喝酒了!"

他放下手中的杯子,向后靠在椅背上,呆萌地看着她。

她说:"你乖乖坐这儿别动,我去趟洗手间。"

她其实是去结账的,因为上次他借上洗手间的工夫就把账结了。这次她也如法炮制,先上了趟洗手间,然后到前台去结账。

但他又捷足先登,已经结了账,正在安排代驾。他说他车上有导航,两个人的地址都存在里面,"幸福小区"就是她的地址,"桃花园"就是他自己的。

她提醒说:"夏总,你地址说错了吧?你家不是在荣华苑吗,怎么说成桃花园了?"

前台看着他俩,问:"到底是荣华苑还是桃花园?"

他回答说:"是桃——花园。"

"我记得你上次去接我时说的是荣华苑。"

"那是我——父母的家,我自——己的家在——桃花园。"

她顿时懵了。

回到家,她还在纠结桃花园的事。

她虽然不像祁乐那样熟悉A市的楼盘,但对桃花园还是比较熟悉的,因为离她读书的大学很近。

桃花园在幸福小区的西北面,两者加上天惠形成一个钝角三角形,所以桃花园跟荣华苑是在两个方向,最少相隔几十里。如果是他一个人租住的房子,怎么会租在一个离父母那么远的地方呢?

只能是他和老婆的小家!说明他那次说他已经结婚了,并不是在糊弄祁乐,而是在说一个事实。这也是为什么当她问到孩子的时候,他没说"我婚都没结,哪来的孩子",而是说"我没孩子"。

那他上次去接她的时候,为什么不说是从桃花园过来的呢?虽然绕了一点路,但还算是顺路,就不会被祁乐嘲笑他是从东头跑到西头专程来接她上班了。

但他却舍近求远,说是从荣华苑过来的,明显是为了隐瞒他家在桃花园的事实。不管怎么说,连池涟漪这样的八卦精都不知道他家在桃花园,可见他的保密工作做得多好!

他为什么不让人家知道他家在桃花园呢?

只有一个答案:隐婚!

至于为什么要隐婚,也只有一个答案:他老婆是费文丽,所以不敢让公司知道!

39

她给华强发了个微信报平安,并说太晚了,她马上就睡觉,叫他今天别打电话了。

她发完微信一看时间,十二点多,已经不是"今天",而是"明天"了。不过,英国那边还是"今天"下午四点多,表哥现在没课,所以她没像往常那样先发微信探路,而是直接发了视频聊天。

但表哥一反常态,没有秒接,令她很纳闷。表哥号称"24小时为你待机",说哪怕正被英国女王授勋,都会扔下女王,秒接她的电话。但今天却迟迟没接她的视频,莫非是有了女朋友,此刻正在亲热,不方便理她?

她正想关掉,视频又接通了,屏幕上的图像有点晃动,看不清是谁,只听见有人大着舌头高亢地叫道:"小——小璿!"

不对头啊!表哥从来不叫她"小璿",只叫"璿儿",难道表哥真的有了女朋友,连对她的称呼都改变了?

她仔细一看,才发现视频发错了人,不是发给表哥,而是发给了华强!

她知道华强最不爱视频聊天,说手机上的前置摄像头把人都照变形了,男的猥琐,女的傻×。他也不爱发微信,嫌打字费时间,一般都是打电话。

她想关掉视频,但他已经接了,关掉怕他不高兴,只好随便聊几句再说。

手机屏幕上没看到他的脸,不知道是些什么,晃来晃去的,好像是提着手机在走路。

她说:"你在开车吗?开车就别视频聊天,我关掉了!"

"别,别关!我——没开车,等我——我找个地方坐——下跟你聊。"

镜头终于不晃了,聚焦到他脸上。真的像他说的那样,有点猥琐,脸鼓鼓的,额头和下巴变尖了,中部突出,脸上有油光,连毛孔都看得见,两眼发红,视线散乱。

她觉得他比夏总喝得更多,因为夏总也就喝到呆萌的地步,他已经喝成了智障。

她问:"你在干吗?"

"在谈——谈生意。"

她估计他现在是坐在酒店前厅的什么地方,因为隐约能看见前台的一角,刚才背景里那些闹哄哄的声音也没有了。

他很感兴趣地问:"老夏——他酒——酒后吐——吐真言了吗?"

她正在烦这事呢:"吐什么真言?"

"他——他怎么说?是不是——很——很爱你?"

"你瞎扯些什么呀!人家婚都结了,你以后少开这种无聊的玩笑!"

"你——你不喜欢——我提他?"

正说着,她听到画面外有个鼻音很重的女声嗲嗲地叫道:"强——哥——,你跑哪里去了?"

她不快地问:"这谁呀?"

他没回答,转头对那个女声说:"去,去,我这儿视——频呢。"

那个女声越来越近:"强哥你跟谁视频呀?"

"跟——我老婆。"

两条赤裸的胳膊进入画面,搂在华强脖子上,半个女人的脸也进入了画面,声音更嗲了:"强哥是钻石王老五,哪来的老婆?"

然后画面猛地一晃,两个人都不见了,只听到华强的大声呵斥:"滚!再——再啰嗦——我揍死你!"

华强的脸又回到屏幕上。

她厉声问:"到底是谁呀?"

他笑嘻嘻地说:"别管她,是个陪——酒的贱——人。"

她大声喝道:"你还找陪酒的?"

"活——活跃——气氛——"

活你个头!

她狠狠把视频关掉,然后唰唰几下把他全面拉黑。

她扔掉手机,站那里发愣。难怪他不愿意视频!哪里是什么怕前置摄像头把人拍丑?根本就是怕她发现他干的丑事!

想到他跟那些肮脏女人在一起鬼混,她觉得自己被人劈头盖脸泼了一大盆脏水。她一阵恶心,冲到洗手间,掀起马桶圈,哇哇地吐,一直吐到清水都吐不出来了,才勉强止住。

然后她使劲漱口,漱了一遍又一遍,还觉得嘴里一股呕吐的味。她又跑去冲澡,冲了很长时间,还觉得浑身上下都是脏乎乎的。

她睡不着,决定还是要对表哥吐槽才行。但这次她不敢发视频了,老老实实先发微信探路。

表哥马上发视频过来,她一接,表哥就说:"璕儿,谁惹你生气了?怎么看上去像是要把谁撕了吃掉似的?"

"哼,吃他都嫌脏!"

"到底是谁呀?"

"当然是华强啰,还能是谁?"

"华强怎么了?"

她把华强叫陪酒女的事讲了,表哥皱着眉头沉默了一会,无奈地说:"现在商场上——的确是乱七八糟,你想让他出淤泥而不染,恐怕——是比较困难的。"

"我早就知道他做不到出污泥而不染,我只是在等一个证据而已。现在证据有了,我自己逃避污泥还不行吗?"

"怎么逃避?"

"跟他分手呗。"

"你不是发过誓今生只跟他结婚的吗?"

"我发誓是跟那个清纯的为了我死都不怕的华强结婚,而不是跟这个——抽烟喝酒玩女人的华强结婚!"

"他会同意分手吗?"

"我管他同意不同意!我已经把他全面拉黑,再也不理他了!"

"拉黑也不能解决问题啊!"

"怎么不能解决问题?他联系不上我,就知道我不要他了,他可以安安心心去过他的烂泥生活,想叫陪酒女就叫陪酒女,反正他的那个牛姐姐都能容忍。"

"他不会这么善罢甘休吧?毕竟两人在一起七八年了,你要分手他就分手?"

"那他还想怎么样?不都是他自己造成的吗?"

表哥沉吟片刻,说:"这几天是周末,你就待在家里别出去,我马上飞回来接送你上下班。"

她吃了一惊:"你现在飞回来?不上课了?"

"你一个人在那里我不放心。"

"不放心什么?怕他打我杀我?不会的,他对我从来都没紧张到那个程度,他连醋都不吃。"

"不吃醋是因为他那时吃准了你,知道你不会跟别人跑,但现在你要跟他分手,那就不同了。"

"那你回来也不起作用,你总不能时时刻刻跟着我吧?"

表哥想了一会,说:"也是,那我请夏玄去保护你吧。"

"算了,算了,你别把他搅和进来——"

她正想把桃花园的事对表哥说说,祁乐给她打电话来了。

她心一沉,肯定是出事了!因为她知道医院里上班时间不让用手机的,祁乐从来没从医院给她打过电话,现在肯定是出了什么事。

她自从知道姑息治疗的事情之后,就让祁乐帮她联系安排在肿瘤医院做义工,每个星期做八个小时,教小病孩画画。

现在祁乐从医院打电话来,肯定跟病人有关,说不定是她教画画的几个病孩中的某一个过世了,祁乐知道她跟那几个病孩关系很好,特来通知她一下。

她对表哥说:"对不起,我室友从医院打电话来,肯定是哪个病孩出事了。"

"你快接她的电话,我们有空再聊。"

她接了祁乐的电话,但祁乐的口气一点不悲伤,倒是有点责怪的意思:"你把华强怎么了?"

她听见是华强的事,就放心了,但不明白华强怎么会跑到姑息治疗科去:"华强怎么了?"

"我问你呢,你倒问起我来了!"

"他被送你们医院去了?"

"送我们医院?你是不是睡糊涂了?"

"我还没睡呢。"

"那你怎么说话颠三倒四的?"

"我看你从医院给我打电话,我还以为——是病人出了什么事。"

"病人出事我给你打电话干吗?你又不会抢救病人。是你的华强,他给我发微信,说你把他拉黑了,他联系不上你,快急死了。他叫我劝劝你,让你把他从黑名单里放出来,他亲自向你解释。"

她生气地说:"我们的事,他怎么跑去打扰你?真是个奇葩!"

"说明他紧张你嘛,一拉黑就像天塌了似的,连我这个几竿子打不着的人都求上了。你也真是的,都这么大的人了,有什么事好好商量,干吗把他拉黑?拉黑能解决问题吗?"

"你不知道他干了什么!"

"他干了什么?"

"他——喝——喝酒——还叫了——陪酒女。"

"你隔他那么远,怎么知道他叫陪酒女?是哪个多事的在瞎××吧?"

"不是,是我亲眼看见的!"她只好忍着恶心把今天发错视频的事又讲一遍。

祁乐居然笑起来:"哇,你也真出息!发个视频聊天都能发错人!"

"可能我刚给他发过微信,手机停留在那个界面。"

"呵呵,我还以为就我民风彪悍,哪知道你也很强劲!"

"你怎么彪悍了?"

"我也是亲手抓住我前男友出轨嘛。"

"哪个前男友?"

"就是我对你讲过的那个前男友。那时跟你还不熟,所以只告诉了你他嫌我老上夜班,不能陪他,其实分手的真实原因是他趁我上夜班的工夫——把炮约到我床上来了!"

"那你怎么发现的?"

"跟你一样啰,误打误撞。我那天夜晚替人值班,结果去了医院才知道那天是我们一个小姐妹的生日,好几个小姐妹约着出去蒲夜店。但她们知道我休息时都是待家里陪前男友,所以她们就用替班的借口把我骗了出去。"

"然后你半夜回来发现了蛛丝马迹?"

"什么蛛丝马迹!完全就是蛛和马的本真!具体画面我就不描述了,你自己脑补吧。反正最后他承认那时选择劈腿而不是分手,是因为想蹭我的房住,不用交房租。"

"哼,男人没一个好的!"

"如果不是你说华强家反对你们的事,我肯定要劝你原谅他这一次,毕竟只是叫个陪酒女。但既然他最终也不会跟你结婚,你还跟着他干吗呢?把大好光阴都浪费掉了,搞不好还染上一身病。"

"是啊,如果他再叫你劝我,你直接告诉他,我不会把他放出来的,他也不用跟我解释什么,我们从此各走各的路!"

"好,就这么说!"

"你快去上班吧,我知道医院不让上班时间用手机。"

"没关系,我们科跟别的科不同,夜班没什么事,值班护士可以轮换着睡觉。"

"那你抓紧时间睡会吧。"

"嗯,你也快睡吧。"

她正准备睡觉,牛姐姐打电话来了,招呼也不打一个,劈头盖脑地问:"华强在你那儿吗?"

"不在,怎么了?"

"你把他从黑名单里放出来了吗?"

"没有,怎么了?"

"那就出大事了!"

"出什么大事?"

"他开车到A市找你去了!"

40

她听牛姐姐说华强开车到A市来找她算账,不禁又气又怕。

表哥说得没错,华强不会善罢甘休!

她虽然从来没见过华强发飙,但那是因为她从来没惹毛过他呀!这么多年来,她都是顺着他,知道自己没法改变他,也就根本不去试着改变。她从来没像别的女生那样发过公主脾气,没要求他放弃打游戏来陪她,没因为他乱用钱就从经济上卡他,没因为他不做家务就跟他吵嘴,没因为他不爱学习就嫌弃他,更没用分手要挟过他。

现在是他自己触犯了她的底线,违反了她对他的约法三章,而她并没骂他,也没跟他吵,只拉黑了他,他就要开车到A市来找她算账!算什么账?难道她欠他的了?

牛姐姐还在电话上叨叨,但她完全没心思听,只顾生气,一直到牛姐姐挂电话前说"我现在去找他,你有他的消息了就告诉我",她才机械地回答说:"好的,好的。"

现在她最着急的就是想不起今晚回家后锁了大门上那个链锁没有,她一般都会锁上的,因为晚上就她一个人在家,她不锁就睡不着觉,平时祁乐早上回来时她肯定已经起床了,可以给祁乐开门,周末她不会起那么早,但她宁可被祁乐叫起来开门,也不会不锁那个链锁。

但她今晚回家时正在为桃花园的事纠结,连自己怎么进的门怎么换的鞋都没印象,更没注意锁了链锁没有。

她想跑出去看一下,但又怕今晚回来时没锁门,已经有人钻进来藏在家里什么角落里,等她从卧室一露头,就用个麻袋套在她头上,把她掳到什么地方去残害。

她越想越怕,总觉得外面已经挤满了人,都拿着绳索麻袋,刀刀棒棒,满脸杀气,满眼淫秽,在等她自投罗网。

她慌忙给表哥发微信:"真让你说中了,华强开车到Ａ市找我算账来了!"

表哥秒回:"接我视频。"

两人接通视频,表哥说:"别怕,把门关好,听到他的声音就报警!"

"我觉得家里已经进人了——"

"是吗?怎么可能?"

"我不记得今天回家后锁门了没有。"

表哥也紧张起来:"先把卧室门锁好,我马上打电话让夏玄去你那里保护你。我已经给他发了微信的,但他没回,可能喝醉了在睡觉没听见,我现在给他打电话,一直打到他醒来为止。如果叫不醒他,我叫我在Ａ市的一个朋友去你那里。这期间你要是听到什么不对头的响动,马上报警!"

表哥说完就下线给夏玄打电话去了。

她又检查一遍卧室的门闩,确信是闩上了的,才跑到自己的工具箱里找出一把雕刻刀,虽然刀锋很短,整把刀大部分是手柄,但好歹也是把刀,扎起人来还是能见血的,现在不能去厨房拿别的刀,只好用这个了。

她现在好羡慕外国人有枪,如果她有把枪,她就不会这么紧张了。

表哥很快就给她发视频过来:"终于把夏玄叫醒了,他说马上就过来。"

她担心地说:"他今晚喝了很多酒,你叫他别自己开车——"

"他说打车过来。好了,不用怕了,他会保护你的。你等在屋子里,确定是他了再开门。"

"好的。"

表哥陪她聊了一会,说:"他说半个钟头能到,现在快了,我先下线,免得耽误你接他的电话。他到你那里了,记得告诉我一声,免得我担心。"

"好的。"

表哥刚下线,夏总的电话就进来了:"夏璿,我到你门口了,开个门吧。"

她还是有点不敢出去:"你推一下门,看能不能推开。"

他推了几下,汇报说:"推不开,锁住了。"

她舒了口气:"那就好,我生怕我今晚回来忘了锁门。"

她打开卧室门,跑到大门边,发现几道锁都锁得严严实实的,便一道道打开,然后拉开门,看见夏总站在门前,穿了一身很宽松的衣裤和一双运动鞋,像刚跑过步似的。

她一把将他扯进来,砰地关上门,把几道门锁都锁好,转过身恳求说:"夏总,你可不可以帮我到各个房间检查一下,看有没有人躲在那里。"

"有人闯进来了?"

"没有,但我总觉得有人躲在什么地方一样。"

"你站着别动,我去检查一下。"

她趁他检查房间的工夫,给表哥发了个微信,说夏总已经到了,叫表哥放心。

表哥回答说:"有他保护你,我就放心了,保持联系,晚安!"

夏总到各个房间检查了一遍,回来报告说:"没人,我都看过了。"

她绝对信任他,既然他说没人,那肯定是没人,于是放心多了,问道:"费——费经理怎么没一起来?"

他一愣:"我没告诉她,你想让她也到这里来?"

"不用不用,我随便问问。那你——怎么来的,别对我说你自己开车来的。"

"我打车来的。"

"那就好。车在下面等吗?"

"没有啊,我叫司机走了。"

她知道他一时半会不会走,很高兴:"我给你倒点水喝吧。"

"不用,我不渴。你去睡觉吧,我在这里守着你,没人敢来伤害你的。"

她觉得如果华强跟他打起来,应该打不过他,因为他比华强高,还有肌肉,她跟他喝酒时看见过,肯定是经常去健身房的。

但她还是把那把雕刻刀拿出来交给他："这个你拿着,可以防身。"

他接过刀,问："防谁?防华强?他那么爱你,怎么会来伤害你?"

"但牛姐姐说他今天开车来Ａ市是来找我算账的。"

"牛姐姐是谁?"

她把华牛两家的事讲给他听了,他说："也许她只说华强来找你,并没说他是来找你算账的?"

她想了想,说："可能她没说找我算账,我也不记得了,反正我当时紧张糊涂了。"

"我觉得华强不会是来找你算账的,因为他十二点多给我发了微信,说他惹你生气了,你把他拉黑了,不理他,他怕你出什么事,叫我过来看看,还叫我在你面前帮他说说好话,把他从黑名单里放出来,他亲自向你道歉,求你原谅。"

"他对你这么说的?"

"是啊,但我那时醉得一塌糊涂,没听见微信的声音,刚才你表哥叫醒我才看到。"

"华强会不会是骗你的?"

"他没必要骗我吧?你不是说他还通过你室友求你把他从黑名单里放出来吗?那说明他很紧张你,急着求和,怎么会来伤害你?好了,不早了,你一定累坏了,快去睡觉吧。不管他是不是骗我,反正有我守在这里,谁也不能伤害到你。"

她跑到卧室拿出一床被子和一个枕头："那你就在沙发上睡会。"

"我不睡,被子枕头你拿去用。"

"我还有被子枕头。"

"好,被子枕头我留下,你去休息吧。我把客厅的灯开着,免得黑乎乎的你出来看见一个人躺在你沙发上吓一跳。"

"好的,晚安!"

"晚安,睡个好觉!"

她刚进屋,牛姐姐打电话来了,还是劈头盖脸地问:"华强到你那里了吗?"

"没有啊。"

"怎么还没到呢?这都三个多小时了——"

"他说了是来找我的吗?"

牛姐姐有点生气地说:"我刚才给你说了半天,你都没听?"

"啊?我——我那时刚醒——"

牛姐姐捺住性子说:"我不是跟你说了吗,华强十二点多给我发了个微信,说你把他拉黑了,他联系不上你,叫我劝劝你,把他放出来。但我那时已经睡了,手机也调了静音,所以没听到。他可能等了一会,见你没把他放出来,他又发了条微信给我,说他等不及了,马上开车去A市找你。我是后来起来上厕所才看到他的微信的,不然我肯定自己开车送他去A市了。"

"他——他到A市找我干吗?"

"肯定是去向你赔不是啰,还能是干吗?"

"我听你说是来找我算账的——"

"我哪里说是去找你算账的?他那么爱你,怎么会去找你算账?"

"他今晚喝了酒还开车,不怕出事?"

"所以我很担心啰,不过我刚才找到他们一起喝酒的人问了,他们说他喝酒途中接了个视频,回来就跟疯了一样,酒也不喝了,饭也不吃了,给这个发微信,给那个发微信,还不停地打电话,打不通就说要开车去Ａ市,人家都不让他去,说他喝酒了,开车不安全,他又叫别人送他去,别人也都喝酒了,没谁敢开车,最后是人家给他叫了辆出租,送他去Ａ市。"

"他打车来肯定没事的。"

"打车就一定没事?现在已经三个多小时了,他还没到你那里,肯定是路上出了事!"

"出什么事?"

"出什么事都有可能!车祸,被人把肾割了,把心挖了,都有可能!"

牛姐姐好像在哭,她胆怯地说:"牛姐姐,你别急,不会出事的,他肯定是在酒店住下了,他每次到Ａ市来都是先在酒店住下,然后才告诉我地址,他自己就在酒店打游戏——"

"但今天是每次吗?他以前每次去,是去跟你约会的,但今天是你发了他脾气,把他拉黑了,他才去Ａ市找你的,他急成那样,会去酒店住着打游戏?我看你是一点都不了解他,一点都不爱他,他白疼你这么多年!"

她想起还没把华强放出来,即便他到了酒店也没办法给她发地址。

牛姐姐又说:"你到底是耍的什么小姐脾气,好好的要把他拉黑?他这么掏心掏肝地爱你,你还要他对你怎么好?"

"他今天——叫陪酒女了。"

"叫个陪酒女就闹成这样?别说今天的陪酒女不是他叫

的,而是客户叫的,就算是他叫的,不也就是陪个酒,活跃下气氛吗?那么多人在场,他还能跟陪酒女干出什么来?"

"那个陪酒女搂着他脖子——"

"你都知道是陪酒女搂他,不是他搂陪酒女了,还发什么脾气呢?"

"那个女的还说他是钻石王老五,没老婆——"

"他是没老婆嘛,怎么就说不得呢?"

"那说明他平时在外人面前都是装着——没女朋友的样子——"

"他哪有啊?我看他一直都是把你老婆老婆挂在嘴边的。"

她被牛姐姐一而再再而三地批评教训,也有点烦了,毕竟是华强跟陪酒女鬼混,又不是她跟陪酒男鬼混,干吗拿她当罪魁祸首?

她说:"牛姐姐,我知道你能容忍他这些,但我不能容忍。我有我的底线,我绝不容忍我的男朋友在外面花三花四!"

牛姐姐也不客气地反唇相讥:"哼,像你这么古板,连叫个陪酒女都当成出轨,只能一辈子——做剩女!就算你出国跟你表哥一起,你也不能担保他一辈子都不拈个花惹个草。"

"那我就一辈子做剩女呗。"

41

牛姐姐虽然很生气,但最后还是放低身段恳求道:"小璿,你快把他放出来吧!他联系不上你,跟疯了一样,一起喝酒的人都看不下去了,你怎么忍心这样对他?"

她承诺:"等我跟你打完电话,我就把他放出来,现在正在电话上,不方便操作。"

"还有,如果他叫你去酒店,你就赶快去吧,想骂就骂他一顿,想打就打他几下,别再这么折磨他了!"

"如果他叫我去,我会去的,跟他把话说清楚。"

"说清楚什么?"

"跟他分手。"

牛姐姐叫起来:"你拉黑他,就把他整成这样!如果你提分手,那不是要他的命?"

"不会的,牛姐姐你放心,我会说服他,让他同意分手的。"

"你怎么说服他?"

"他其实早就知道我们最终会分手,因为他家不同意我们的事,他也没本事跟他家里抗衡,而且他自己也知道我们三观不同,不是最佳配合,他只不过是放不下多年的情分,在尽力拖延罢了。如果我有更合适的人选,他会同意分手的。"

"更合适的人选?谁呀?你表哥?"

"华强不相信没出五服的表兄妹能结婚,所以用我表哥是说不服他的。"

"你们公司那个夏总怎么样?"

"华强觉得我跟他是绝配——"

"那就用那个夏总说服他呗。"

"我也是这么想的。"

"你会愿意跟他分手?"

"怎么会不愿意呢?我也知道他家不同意我们的事,而他不会为了爱情放弃他家的财富,我也知道我们三观不同,不是最佳配合。我一直没跟他分手,也是放不下多年的情分。但这次他触到了我的底线,我不能容忍这样的事情,更不会接受今后几十年都要盯着他侦查他容忍他寻花问柳的生活。你跟他三观一致,门当户对,两家早有联姻打算,而且你也能容忍他走肾不走心的出轨,所以你们两人才是最佳配合。"

"嗯,你说得很有道理,那我先挂了,你好把他放出来。如果有了他的消息,马上告诉我。"

"我会的。"

电话打完了,她信守承诺,把华强从黑名单里放了出来。

但他并没来联系她。

她给他打电话,也没人接。

她很紧张,又给表哥发微信,把牛姐姐的担心说了,问:"你说华强会不会出事?"

表哥安慰说:"不会的,他们肯定走的高速,中间有护栏,对面开来的车都隔在另一边,不会迎头撞上。晚上路况好,同向追尾的情况也不太会发生。开出租车的都是老司机,一般不会出车祸。而且出租车都是实名制,叫车的时候又有那么多人在场,没人敢伤害华强的。"

"那他怎么这么久了还没到我这里?"

"也许怕打搅你休息,在酒店住下了吧?"

"我刚才已经把他从黑名单里放出来了,但他也没联系我。"

"可能他手机没电了?"

她想想觉得很有可能,他昨晚给这个发微信,给那个发微信,又打了很多电话,可能手机没电了,但她还不甘心:"他不能借酒店的电话跟我联系?"

"是不是不记得你的电话号码?"

"嗯,很有可能,因为号码都是存在手机里的,用的时候直接按名字就行。那我现在给他常住的酒店打电话问一下。"

她给希尔顿酒店打了个电话,一下就查到了华强,凌晨两点多入住的。

她马上给表哥和牛姐姐都发了微信报平安。表哥知道没事,就道了晚安,让她去休息。

牛姐姐马上打电话过来:"你确定他是真的入住希尔顿了?"

"确定,前台查了记录的,他是那里的常客,不会搞错。"

"他两点多就入住了,怎么不给大家发个消息报平安呢?"

她把手机没电且不记得号码的推测说了一下,牛姐姐不满地说:"他不记得我的号码,我可以理解,他连你的号码也不记得?这个人纯粹就是——太不替别人着想了!有事的时候不管多晚都能去打搅别人,没事了就自己呼呼睡大觉去了,白费了我的担心!"

她打完电话,想去给夏总说一声,免得他担心。但她来到客厅,见他睡得正香,便没叫醒他,自己回到卧室,上床睡觉。

好像没睡多久,就被敲门声和说话声搞醒了。她仔细一听,是祁乐回来了,正在跟夏总说话。她急忙跑到客厅,对祁乐解释为什么夏总会睡在这里。

祁乐说:"夏总,谢谢你昨晚照顾小璕!现在我回来了,可以陪她了,你回去休息吧。"

"好的。"

"你没开车来吧？"

"没有。"

"那我开车送你吧。"

"不用，不用，我跑回去，反正我每天都要跑步的。"

"你以为你跑马拉松啊？这里离荣华苑得有几十里地吧？"

她插嘴说："夏总住在桃花园。"

"啊？不是住在荣华苑吗？怎么又变成桃花园了？难道是上次我听错了？"

夏总说："你没听错，那时我跟父母住在一起，所以那天是从荣华苑来的，但现在我搬到桃花园了，是我家以前的旧房子，一直在出租，最近刚收回来。"

"哇，你搬了家搞没搞个温居宴，庆贺一下乔迁之喜？"

"没搞，怕麻烦。"

"怕什么麻烦啊！我们小璿最会做菜了，做的家常菜都跟国宴一样好吃！嘿嘿，说得好像我吃过国宴似的，反正就是很好吃的意思吧。你干吗不请小璿去帮你做菜，搞个温居宴呢？"

夏总看着她说："那不太麻烦小璿了？"

祁乐对她挤挤眼睛："快说不麻烦啊，小璿！"

她推辞说："这段时间没空，以后再说吧。夏总，我去做早点，你吃了再回去。"

"不用了，吃了饭就跑步，胃会受不了的。"

"那就吃了坐会再跑步呗。"

"不了，我回去还有事。"

"那下次吧。"

"好，下次。"

送走夏总,祁乐责怪她:"你太不解风情了,我都给你拉到好生意了,你还不赶快接过去,却要推到以后,谁知道以后还有没有这种机会?"

"你给我拉什么好生意?"

"给夏总置办温居宴啊!"

"他跟他老婆办温居宴,让我去给他做饭?你当我是他家仆人?"

"他说是跟他老婆办温居宴?"

"他没说,但他有老婆,难道还能把老婆撇开自己一人办温居宴?"

"谁说他有老婆?"

"没老婆怎么会一个人跑桃花园去住?荣华苑他父母的房子还住不下他一个儿子?"

祁乐说:"也是哈,好好的出租房不拿来出租赚钱,却要自己一个人住,这是炫的哪门子富?如果是我的话,就算结了婚也要跟爸妈住,而且要住在桃花园,把荣华苑的房子出租,肯定能赚更多的钱!"

"你省钱是为了买房子,人家房子都买了,还省钱干什么呢?"

"唉,土豪的生活,我们穷人真心不懂。"

"等我跟华强打个电话,看他睡醒了没有,睡醒了我就过去,让你好好休息。"

"你跟他和好了?"

"没有,我去跟他把话说清楚。"

她把自己的计划对祁乐说了一下,祁乐出谋划策说:"你就说你跟夏总好上了,昨晚两人同居来着,他肯定会相信。"

"就怕他也知道夏总已经结婚了。"

"那就说是夏总的弟弟,反正兄弟俩条件应该差不多。"

"夏总有弟弟?"

"管他有没有,不都是编吗?"

"编也要编得令人信服才行。"

"也许华强不知道夏总结婚了呢?"

"赌的就是这个。"

她给华强打电话,响了好多声他才接,睡意蒙眬但很惊喜:"小璶,是你呀?我以为你这辈子都不会理我了!"

"你睡好了吗?睡好了我就马上过来,没睡好就再睡会。"

"睡好了睡好了!你过来吧!还是老地方,希尔顿,808,你过来时帮我带点早餐来——"

她一边洗漱,一边在炉子上热包子,等她洗漱完毕,包子也蒸得热气腾腾了,她端了一些到桌上,跟祁乐一起吃了,把其余的包子带上,下楼去打车。

到了酒店房间,她敲了敲门,华强过来把门打开一道缝。她推门进去,他关上门,从后面抱住她。

她生气地说:"干什么干什么?放开你的脏手!"

他放开她,声明说:"哪脏啊?洗了澡的。"

她把早餐放在桌上,回头看见他赤裸裸地站在她身后。

她命令说:"把衣服穿上。"

"衣服都是脏的,昨晚喝多了,在出租车里吐得到处都是——"

"那就围上浴巾!"

他围上浴巾，坐到桌边吃早餐。她到浴室去，把他换下的衣服洗了晾在浴缸上方，等半干的时候再用熨斗熨干，很快就能穿。

等她回到卧室，发现他已经把包子都吃了，赤身裸体躺在床上。

她呵斥道："叫你围上浴巾的，怎么不听？不听我走了。"

他急忙用被子盖住自己，拍着床边说："小璕，到这里来，隔这么远干什么？"

"从今以后，这就是我们之间最近的距离。"

"为什么要这样？"

"因为你背叛了我，你是个肮脏的人，我不会再做你的女朋友！"

他委屈地说："就这么点事——就跟我分手？"

"你嫌事太少？那你赶快再去做几件啊！"

"我不是那个意思，我的意思是——我从来没有背叛过你！不信你去问我的客户、我的同事，不管是谁，你想问我都把号码给你。"

"我对你那些脏事不感兴趣。"

"我没做脏事啊！我承认，在外面应酬，有时会叫陪酒女洗脚女什么的，我顶多跟她们打情骂俏活跃气氛，但我从来没跟她们滚过床单！"

"那只能说我们对'背叛'和'脏事'的理解不同。"

"那你要我怎么样？不应酬了？不做生意了？跟你一样坐办公室？挣那点工资够我们结婚养孩子吗？"

"我没要求你怎么样，我只要求我自己不跟脏人在一起。"

他沉默了一会,恳求说:"不管你怎么想,只求你别把我拉黑。只要你不把我拉黑,我就可以对你解释。你把我拉黑了,我就连解释的机会都没有,太冤了!"

"不拉黑可以,但我们只能做一般朋友!"

"那我可以每个周末来看你吗?"

"你懂不懂一般朋友的意思?就是不会再跟你滚床单了!你还来看我干吗?"

"你以为我每次来就是为了跟你——滚床单?"

"不管你每次来是为了什么,程序都是一样的,不到滚床单的时候,根本都不理我。"

"我真的不是那样想的!"

"我没说你的想法,只是说事实和我的感觉。"

"你有这些感觉,怎么不早告诉我呢?"

"告诉了你就怎么样?"

"告诉了我就改呀!"

"这是你的生活方式,你能改?"

"我能改,保证能改!"

"那你先改着吧,在你改好之前,我们只是一般朋友。"

他沉默了一会,说:"你是不是心里有了别的人了?"

她点点头:"是。"

"老夏?"

"嗯。"

"我早看出你对他动心了!但是他——但是你们——好像没走到那一步啊。"

"我只说了心中有人,又没说走到了那一步。"

"那我还是有希望的,对吧?"他握着拳头,很有信心地说,"我要跟他竞争!"

42

星期一上午,夏总把大家集中到会议室,宣布本年度展销会的参展方案。

以前的展销会,初级设计师是没有资格参加的,只有中高级设计师才有资格参加。但今年的展销会,公司决定采用夏总制定的新方案,允许初级设计师也参展,每人可以设计制作0到n件作品,不筛选,不评议,所有作品全部参展。

但初级设计师的待遇与中高级设计师不同,中高级设计师只需要提交设计图纸即可,制作是交由公司统一安排,材料和人工都是公司负责。而初级设计师则是自负盈亏,不用提交图纸,公司也不负责请人制作,买材料搞制作全部自费。如果作品在展销会上卖出去了,那么设计者除拿回成本之外,盈利部分由公司和设计者平分,批量订购的除成本之外,其他部分按上市产品规定提成。如果卖价低于成本,那么公司不补偿。如果根本没卖出去,则由设计者自行收回处理。

她在心里暗暗为夏总的方案叫好,太棒了!既能让初级设计师崭露头角,又不会增加公司的开支,还能为公司创收,真是皆大欢喜!

大家也都很喜欢这个参展方案,因为接下来的几个星期不用坐班,想参展就设计制作一些作品,不想参展就可以到处玩,白拿工资。

她知道不管是上市产品还是参展作品，对今后申请留学都举足轻重，夏总和表哥都是因为有上市作品和参展参赛获奖作品，所以拿到了学校和著名珠宝公司联合设置的奖学金，上学期间就可以在公司实习，毕业后可以进入公司工作。

她希望自己也能步其后尘。

于是她决定拿出浑身解数，设计一整套首饰，争取在展销会上大放异彩，得到大额订单，引起同行前辈和专家注意，为以后参赛和留学做准备。

当天，夏总就给她发来了微信："决定参展吗？"

"必须的。"她把自己的计划说了一下。

"太好了！把你账号给我，我给你转点钱过去。"

"干吗？"

"你需要钱买材料和工具嘛。"

"我有钱。"

"材料费很贵的。我知道你动手能力强，不用请人制作，但材料和工具是不能少的。"

"我知道，但我真的有钱。我现在不仅有工资，还有表舅帮我收上来的房租。"

"我说了补齐你的50%的。"

"冬季产品的销售都还没开始，你怎么知道能提成多少？"

"销售部已经拿到很多购买意向书了，实际销售额只会多不会少。"

她想起销售部经理费文丽就是他老婆，销售方面的新闻肯定是老婆当枕头风吹给他的。

她突然没兴趣聊下去了，简单地说："别客气了。拜！"

后来他又提了几次,还给她发微信红包,她都没接受。最后不知道他使了什么法子,公司直接往她账号里打了一笔钱,备注是"预付冬季产品提成"。她不知道自己的提成有没有这么多,决定等到公布提成数目的那一天再做打算,该退的退,该收的收。

接下来的那段时间,她跟着祁乐的作息时间转,白天睡大觉,晚上设计制作参展作品,免得影响祁乐休息。

华强还像从前那样,一星期或两星期到A市来看她一次。

第一次他还是在酒店订好房间,然后发微信给她,叫她过去,但她拒绝了。

他只好退而求其次,请她去饭店吃饭。

她去了,吃完饭就告辞,他只好送她回家。

第二次,他直接请她去饭店吃饭,但饭后请她看电影,还专门挑了一部比较适合女生看的片子。她不好意思拒绝,跟他一起吃饭看电影,然后他送她回家。

第三次,吃完饭还陪她去逛了街,然后送她回家,说内急需要用洗手间,她只好让他上楼,去她那里用洗手间。

但他上完洗手间就不肯走了,坐在客厅跟她聊天。

她只好陪着他在客厅聊天,但他自己发现没什么好聊的,他的生意经她听不懂,他也没兴趣讲;她的展销会他听不懂,她也没兴趣讲。

他自嘲说:"原来我们之间没什么话说啊?以前怎么没觉得?"

"因为你以前总在打游戏,根本没跟我说话。"

他尴尬地笑着说:"我真是该打!不懂得珍惜跟你在一起

的时光。"

于是,他跟她聊夏总,而她则跟他聊牛姐姐,两人还一起聊祁乐和其他熟人朋友,居然能做到不冷场。

她对目前的状态没什么意见,但牛姐姐有点等不及了,打电话来催问:"小璿啊,你不是答应跟华强分手的吗,怎么又鼓励他追你呢?"

"我哪有鼓励他追我?是他自己说要跟夏总竞争。"

"那是你没把话说死吧?不然他怎么会想到去跟夏总竞争你?"

"我怎么没把话说死呢?说得清清楚楚,我不会再做他的女朋友,我们只是一般朋友。"

"那就怪了,你说这么清楚了,他还要跟夏总竞争?"

她推测说:"可能他认为我跟夏总还没走到那一步,他还有希望,所以他要竞争。"

"没走到哪一步?"

"我也不知道,他没具体说是哪一步,可能是说我和夏总还不是男女朋友吧。"

"你跟夏总还不是男女朋友?"

"人家夏总是结了婚的人,我怎么可能跟他是男女朋友?"

"结了婚怕什么?只要你们两人情投意合,他可以离婚再娶嘛。"

她哭笑不得:"牛姐姐,你不知道我是最不能容忍出轨和挖墙脚的吗?如果我会爱上一个出轨的男人,我干吗要跟华强分手?"

"那不同嘛,华强是背着你跟陪酒女鬼混,而夏总是为了你才出轨嘛。"

"对我来说都一样,出轨就是出轨,不管是背着我出轨还是为了我出轨,都是出轨!"

牛姐姐沉默了一会,说:"你确定夏总结婚了?"

"应该是结了。"她把自己掌握的关于夏总已婚的证据和推理都说了一下。

"既然夏总都结婚了,华强怎么会觉得夏总对你有那么一份意思呢?"

"谁知道,也许他瞎猜的。"

"既然他有那种看法,你干吗不借势一歪,就说自己跟夏总是男女朋友关系呢?我知道你不会挖墙脚,但我又不是要你真的去挖墙脚,只是这么说说,主要是为了让华强放下你那头——"

"我觉得华强也知道夏总是结了婚的人。"

"他知道?"

"是啊,上次他问我是不是心里有别人,我说是;他问是不是夏总,我说是;于是他就说'但是他——'"

"但是他——什么?"

"后面的他没说完,然后就改口说'但是你们——好像没走到那一步啊',所以我觉得他前面那个'但是他'的意思是'但是他已经结婚了啊'。"

牛姐姐咂摸了一会,也觉得是这个意思:"那他怎么还一再说你喜欢夏总,夏总喜欢你,你们两个是绝配?"

"可能他确实觉得我跟夏总互相喜欢,是绝配,但因为夏总结婚了,而我又是个最恨挖墙脚的人,所以喜欢也是白喜欢。"

"那难怪他还是放不下你,你找的这个人没说服力嘛。"牛姐姐提议说,"那你换个别人行不行?"

"换谁?换我的男同学男同事?华强都认识,知道我不喜欢那些人,他从来都没当回事。如果我现在把那些人抬出来,他可能觉得竞争都不用竞争,他直接取胜。"

牛姐姐叹了口气说:"你不知道他这段时间不光没放下你,还越演越烈了,成天对我说你们两人以前是一拍即合,他没经历过猜心和追求的过程,天大的遗憾,现在发觉猜心的过程真刺激,追求的过程真过瘾。"

她安慰说:"牛姐姐,你别听他瞎说了,他每次来都是待在酒店打游戏,就请我吃个饭,看过一次电影,聊过一次天,还是根本都没话说的那种。"

"但这样下去也不是个事儿啊!公司改制的事,是彻底黄了,因为两个老家伙都不同意,现在就靠我在那里帮他撑着不联姻。但我也不能永远撑下去啊,如果把我爸妈气病了就麻烦了。"

"那就联姻呗。"

"那还长情个鬼,长恨还差不多。只有等他放下你了,才有可能把心思转到我这儿来。"

她很敬佩牛姐姐,在这种情况下,还能追求走心的感情。在这一点上,她和牛姐姐应该算是同类,绝不会满足于用婚姻捆住一个人。但她也不知道怎样才能帮上忙,因为只要是她能做的,她都做了。

牛姐姐说:"还是把你表哥拉出来演戏吧,因为华强觉得你们两个很相配的,只是因为没出五服,不能结婚而已。现在你可以告诉他,说英国允许表兄妹结婚,你跟你表哥终于在一起了——"

"那他可能要亲眼看到我去了英国才会相信。"

"那你就去英国呗!你不是说你表哥读的那个学校如何如何顶尖吗?你干吗不去那里留学?"

"我现在条件还不成熟,拿不到那边的奖学金。"

牛姐姐大方地说:"不拿奖学金就不拿呗,我给你出学费生活费。你本科都毕业了,过去肯定是读硕士吧?那顶多也就读两年,没问题,两年的钱我完全负担得起。"

她想起曾经跟表哥开过的玩笑,说如果华强的父母甩给她一大笔钱,让她离开他们的儿子,她是接受呢还是不接受。想不到现在还真有人愿意甩出一大笔钱,让她离开华强,不过不是华强父母,而是华强的联姻对象,也不仅仅是要她离开华强,而是要华强放下她。

她解释说:"牛姐姐,我不是因为钱的问题才没去英国留学,而是考虑到今后的前途。如果我现在不搞出一些成果来,不光是拿不到奖学金,今后实习和找工作也会少很多机会。"

"那你可以先去一趟英国,就说是去跟表哥结婚的,然后在网上随便找几张结婚照,把你跟你表哥的脸P上去就行了。"

她诚恳地说:"如果是早几个月,我真的能接受你这个安排,去英国一趟。但现在——我觉得我表哥已经有了意中人了,如果我跑过去,肯定会搅散他们的好事。"

她这么说,还真不是糊弄牛姐姐,而是在说一个事实,因为最近这段时间,她从表哥的朋友圈里看到有个女生,每次照集体相都是站在表哥附近,不是前后,就是左右,但不管站在哪里,视线都是朝向表哥的,所以经常照个侧脸。

她问了表哥,表哥承认那女孩是在追他,而表哥对那女孩的评价也很高。

这么多年来,追表哥的女生大把,没有哪一个得到过表哥这么高的评价。

所以,这次,表哥绝对是动心了。

43

表哥在朋友圈晒的那些合影,女生没几个能入得了她的眼的。外国女生要么长得胖,要么长得壮,不胖不壮的就有些显老。而中国女生一般都比较瘦,没什么曲线,在穿着打扮和化妆方面有点用力过猛,看着不自然。

只有一个女生还入得了她的眼,所以她比较注意那女生,很快就发现不管是表哥系里组织的活动,还是中国学生会组织的活动,或者是当地华人协会组织的活动,那个女生都参加,合影时总是站在表哥附近。

她问表哥:"你朋友圈里那个长得很可爱的女生是谁呀?"

"肯定是你啰。"

"我说的是你在英国那边的合影。"

"哦,那里面有长得很可爱的女生,我怎么不知道?"

"别开玩笑了!我说的是那个每次照相都站在你身边望着你,经常照个侧脸的那个。"

"哦,她呀?是个小留,跟我室友是老乡。"

"小留?"

"就是小留学生,出来读本科或高中的那种。"

"她是你们系里的吗?"

"是,大二的。"

"她叫什么?"

"英文名字是Ariel,中文名字不太清楚。"

"你跟她都合过这么多次影了,还连她中文名字都不知道?"

"这里不怎么用中文名字。"

"她是不是很喜欢你呀?"

"应该是吧。"

"对你表白过了?"

"嗯。小留们胆子就是大!"

"那你怎么说?"

"我说——我现在不会交女朋友,因为我心里早已有个人,等我放下她之后,才会找女朋友。"

"那她怎么说?"

"她说她会等着,像海的女儿等王子那样,因为她的英语名字就是海的女儿的名字。"

"哇,太感人了。小留也这么多情?我以为小留都是富二代呢。"

"是富二代啊,她家很有钱的。"

"那你还不赶快抓住?"

"我是爱钱的人吗?"

"她也不光是有钱啊,长得也不错,而且这么有爱,海的女儿一样的爱。"

"嗯,她这个名字起坏了,因为海的女儿最终并没得到王子,还化成了泡沫。"

"那是因为王子不知道她才是他的救命恩人!"

"你说王子这么傻,连谁是自己的救命恩人都不知道,海的女儿干吗要爱他?"

"因为王子除了不知道是谁救了他,别的方面还是挺不错的。你可别像那个王子一样,把最爱自己的人错过了。"

表哥诧异地说:"我还从来没见你夸奖过我身边的女生呢,这是第一次。"

"因为这是你身边第一次有这么可爱的女生。"

"以前我身边的女生都不可爱?"

"当然啦,不然我早就鼓励你去追了。"

表哥郁闷地说:"原来你这些年都暗中憋着劲想给我做红娘,只是没遇到合适的人选才没把我推出去的?"

"哪里是这个意思啊?你真是把好心当作驴肝肺!"

"那就是因为现在有了夏玄了,所以想尽快把我打发给别人?"

"也不是,就是觉得Ariel挺不错的,跟你很相配。"

表哥闷声不响。

她问:"她成绩好不好?"

"挺好的。她可不是那种花钱跑出来读语言混日子的小留,她是正儿八经考出来读本科的,人很聪明,也很努力,成绩不错——"

"哇,太不简单了!富二代一般都懒得学习,像华强那样,反正都是去家族企业当老总,干吗花那么大精力去学习呢?"

"所以我刚开始都不知道她是富二代。"

"是吗？后来怎么知道的？"

"听我室友说的，他说Ariel为了缩小跟我之间的距离，豪华跑车都不开了，换了一辆低调的车来开。"

"什么低调的车？"

"宝马。"

她扑哧一声笑出来："哈哈，土豪的低调，我们穷人真心看不懂。"

表哥也哈哈大笑："后来我室友告诉她我只有一辆自行车，还是二手的！"

她心疼地说："表哥，你把外婆留给我的钱拿去买个车吧！"

"买车干吗？我住的地方离学校这么近，骑自行车一下就到。"

"但是天冷了下雪了你怎么骑自行车？"

"我可以坐公车啊。"

"自己有车不是更方便？"

"哪会啊？有车更不方便，因为学校车位很难找，开车的学生经常迟到。"

"那她的宝马停哪里？"

"她老早就花高价买了车位。"

"现在她发现你连车都没有，怎么办？怎么样才能降到跟你平起平坐呢？"

"她也去买了一辆旧自行车来骑。"

她感叹说："爱情的力量真是伟大！"

"不是什么爱情的力量，而是因为她小孩子，喜欢新奇的东西。她还学做饭,学烘焙,学熨烫衣服,上次把我的衬衣烫煳了一块——"

"你把衬衣给她烫了?"

"她跑来找我和我室友,说在学熨烫,需要男士衬衣练手,我就把衬衣借给她练习——"

"那她烫煳了你的衬衣怎么办呢?"

"急哭了。"

"哇,那你还不赶紧安慰安慰人家?"

"安慰了呀,我说这本来就是一件旧衬衣,平时根本都不穿,准备撕了做抹布的,烫煳了就扔了呗。"

"安慰住了吗?"

"嗯,不哭了,跑去买了一打名牌衬衣赔给我。"

"你收了吗?"

"当然没收,还生气了。"

"干吗生气啊?"

"这不是在我面前炫富吗?我又不是叫花子,要她施舍救济?"

"哇,你这真是——人穷气大!"

表哥解释说:"其实也不是真生气,就是想用这些办法赶跑她而已。"

"为什么要赶跑她?"

"因为我不爱她。"

"其实你还是很爱她的,只是你自己不觉得罢了。"

"好了,不说我了,说说你吧。"

"说我什么?"

"说说你跟夏玄呀。"

于是,她就开始说自己和夏总,不过都是连说带编。比如,夏总带着她和"凤毛""麟角"把冬季产品设计图送去打样,回来时四人一起去饭店吃了午饭,她就说成是夏总跟她两人去吃饭,听上去像是约会似的。

后来,他们四人又一起去取打好的样品,又一起吃了午饭,她又说成是她和夏总两人一起吃饭。

总而言之,就是无风不起浪,有风浪打浪,时间地点都是确确凿凿,只在人数上撒了点谎。

貌似她的战术还是很起作用的,表哥没那么坚决地回避 Ariel 了,还让她俩加了彼此的微信。

于是,两个人经常在微信上聊。Ariel 的中文名字叫宁馨儿,她很喜欢,就不再叫 Ariel,而叫"馨儿",免得输入时需要中英文切换,也图个吉利。

而宁馨儿总是亲热地叫她"璿儿姐姐",一下子让她感觉自己好老好老!这么多年了,只要是有她的圈子,她总是最小的那一个,现在终于被长江的后浪拍死在了沙滩上!

宁馨儿毫不掩饰对表哥的喜爱,经常向她讨主意:"璿儿姐姐,珺儿哥哥要我叫他大叔,是不是想在我和他之间划个代沟,免得我追他?"

"不是的,是因为你是小萝莉。你不知道现在就时兴大叔萝莉恋?"

"真的?那我就叫他大叔了!不过我不叫你阿姨,还叫你姐姐!"

谢天谢地!

过两天,宁馨儿又问她:"璿儿姐姐,大叔他最喜欢吃什么菜啊?"

"你想烧菜他吃?"

"是啊,他这段时间赶进度,没时间做饭,每天就瞎吃吃,人都瘦了!"

于是,她开着视频教宁馨儿做表哥爱吃的菜。

有时,宁馨儿缠着她问:"璿儿姐姐,大叔他心里的那个女生长什么样啊?"

"人样呗。"

"比我漂亮吗?"

这个问题还真不好回答,如果说"是",小姑娘会自卑,说"不是",小姑娘会生气。她只好说:"我也不知道,你去问大叔吧。"

她私下劝表哥:"别这么搭架子了,快接受小姑娘的爱,好好跟人家处吧。"

表哥不紧不慢地说:"慌什么?等你和夏玄入洞房了我再从架子上下来不迟。"

"你不怕小姑娘等久了就跑掉了?"

"跑掉了就不是我的。"

没办法,她只有加劲编造一些自己和夏总之间的花边新闻。

她对华强采用的也是同样的方式,刚开始还怕华强冒出一句"你就可劲地编吧!",但编了几次并没有被华强揭穿,她就胆子大了,可劲地编。

貌似夏总这个挡箭牌还挺好用的,表哥跟宁馨儿的接触逐渐增多,华强到A市来的次数逐渐减少。

现在她只担心一件事,就是怕自己编造的风流韵事会传到费文丽耳朵里去。

传到夏总耳朵里她不怕,因为她觉得夏总不会跑来找她算账,也不会对人吹嘘。但如果传到他老婆耳朵里,恐怕就不会那么善罢甘休了,随便找个借口,就可以让公司开掉她,说不定还会打上门来,揍她一顿,那就亏大发了!

俗话说哪壶不开提哪壶,墨菲说如果你担心什么事会发生,那它就更有可能发生。

费文丽真的找上门来了!

是在十一月底的展销会结束之后。

那天,她穿着白衬衣深色西服套裙高跟鞋,站在展品柜前担任她自己作品的讲解员。她设计制作的首饰销路很好,第一天上午就全部卖出去了,只不过样品还摆在那里,展销会结束之后才打包快递。

有对老夫妇还提出请她设计制作他们的金婚纪念首饰,她让他们通过公司安排。还有几个男人跟她套近乎,要她的联系方式,说要请她吃饭,她都拒绝了。

她看到夏总和费经理都在展销会上,两个人都春风满面,配合默契,但又不会让人看出他们是夫妻俩。

夏总也到她的展品柜前来了好些次,引荐客人参观她的作品,指点她如何推销,还不时地告诉她又有多少人订购了她的作品。有时没什么由头,就是过来跟她点个头打个招呼说几句话。

展销会结束后,她跟其他参展的设计师们在公司食堂聚了餐,然后拖着站疼了的双脚回到家,洗了个澡,就上床睡觉。

睡到半夜,她突然被手机铃声吵醒了,拿起一看,是夏总打来的。她急忙接了,却听到一个女人的声音:"小夏吗?我是费文丽。"

她心里一慌,像是被大奶打上门来一样,结结巴巴地说:"费——费经理,您找我有事吗?"

"是这样的,夏玄——就是你们夏总——喝醉了,我想叫你帮忙照顾他一下。"

有没有搞错啊?你老公喝醉了,叫我去照顾?

肯定有鬼!

而且用的是夏总的手机!

难道是费经理趁夏总喝醉之际,检查了他的手机,发现了她和夏总之间的微信聊天记录?但他们之间的微信都是跟工作相关的,没有什么能上纲上线的呀!也许费经理只是来个遍地开花,对夏总手机里所有的女生挨个排查?

那要怎么样才能通过排查?

她问:"您——您自己怎么不照顾他?"

费文丽笑起来:"我自己都醉成这个样子了,还能照顾谁?"

她并没听出费经理有多醉,但想到他们领导层的人今晚的确是集体出动请客户吃饭了,所以集体醉倒的事情还是有可能发生的。

她支吾说:"但是这么晚了,我过来——不太方便吧?"

"没问题,有车接你,在你楼下,你下来吧。"

"好吧,我换个衣服就下来。"

44

她脱了睡衣,换上衬衣毛衣秋裤牛仔裤,再套上一件厚外套,本来想把厨房里剔骨头用的弹簧刀带上防身,但听说弹簧刀属于管制刀具,怕惹出麻烦,所以只带了一把雕刻刀,放在小包里。

她下了楼,走出门洞,看到楼前停着一辆奥迪Q7,没熄火,车灯也亮着,但没看到费文丽,只看到车旁站着一个很魁梧的男人,裹着外衣,缩着脖子,正在抽烟。

她停住脚步。

抽烟的男人看见了她,叫道:"是小夏吗?快过来,快过来!"

"费经理呢?"

"在车里。"

她还是不敢上前,男人只好敲敲副驾那边的车窗。车窗降下了一半,貌似男人在跟里面的人沟通。

然后男人往驾驶室那边走去,副驾这边的车窗完全降了下来,一个女人从车窗叫道:"小夏,过来呀,到车里来!是我呀,我是费文丽,你认不出来了?"

她看清的确是费文丽,便走到副驾跟前,闻到一股酒气,看到费文丽歪在副驾上,见到她就指着后座对她说:"快上来吧,开着窗子冷空气都跑进来了!"

她还在犹豫,费文丽从窗子里伸出手,把一个手机交给她:"来,这是你们夏总的手机,你拿着,待会给他。他今天第一次上酒场,被灌醉了,现在一个人在酒店没人照顾,我们赶快过去,怕出事。"

她听到"怕出事"几个字,马上接过手机,上了车,男人把车开动了。

她问:"费经理,夏总他喝醉了,你干吗不把他送医院?"

费文丽刚要答话,男人抢着说:"喝醉了就送医院?那你们费经理天天都得送医院了。"

费文丽笑着说:"呵呵,看来你对我应酬喝酒是相当不满哈,不管认识不认识的人,逮住了就要对人家控告我。小夏,来,我给你介绍一下,这是我老公常有理。常先生,这是小夏,夏璿,我的同事。"

常有理说:"小夏,你们费经理可欣赏你呢,经常在家里夸你,说你设计的首饰很受欢迎,销路很好,让她能拿到很多提成——"

她斗胆问:"您——真的叫常有理?"

男人笑起来:"哪能呢!如果我爸妈给我起这么奇葩的名字,我肯定跟他们断绝关系了。我叫冉东,你们费经理见我总是站在真理一边,经常把她驳得体无完肤,所以给我起了这个绰号,表示她对我的——无比钦佩。"

费文丽说:"我哪里说得过你?你们全家的血管里流淌的都是马列主义,动不动就给我念紧箍咒——"

"他们哪有给你念紧箍咒?说的也不是什么马列主义,都是生活常识,是为你好。你这么天天喝醉,不仅要不了孩子,对你自己身体也不好。小夏,你说是不是?"

她脱口而出:"是!"

"小夏,你喝不喝酒啊?"

"不喝。"

费文丽说:"她搞设计的,当然不喝酒。但我们做销售的不喝酒做得成生意吗?"

"那你怎么说小夏的设计帮你挣到大笔提成呢?难道她设计的作品是靠你喝酒卖出去的?"

能言善辩的费文丽居然答不上话来,好一会才说:"这个——她这个只是特殊现象,那些才华平平的人,设计出的东西不靠我们搞销售的喝酒能卖得出去?"

"那你们干吗要雇些才华平平的人来搞设计呢?"

"公司雇人那是人事部门的权限,我管得了?"

"算了,我不多说了,你自己不爱惜自己的身体,我也没办法。但你以后别把夏玄拉着喝酒了,他是搞技术的,根本不适应这种场合,他喝多醉对生意都是于事无补,白醉了。实际上,也不是说搞销售的就非得喝得酩酊大醉不可。我也是搞销售的,但我就不喝酒。"

费文丽揭发说:"小夏,你别听他标榜自己,他是因为酒精过敏才不喝的。"

"那也说明不喝酒照样能做成生意嘛。"

"你有光环在那里,我能跟你比?而且你抽多少烟啊!你抽那么多烟,就算我滴酒不沾,我们也不能要宝宝,爸爸抽烟太凶也能影响到胎儿的质量的。"

"那这样好不好?我从明天起戒烟,你从明天起戒酒,我们一起备孕半年,争取两年内当上爸爸妈妈。谁做不到,就让谁净身出户,行不行?"

费文丽说:"行！我还怕你不成？你是有烟瘾的人,而我没酒瘾,只是为了工作才喝酒。你要是能戒烟,我戒酒更是小事一桩。到时候可别说话不算话。小夏,你给我们做见证人！"

冉东也说:"对,小夏做见证人！"

她很积极地说:"好！我给你们做见证人！等你们的宝宝生下来,我给它做个长命锁！"

那两人都说:"就冲你这长命锁,我们也得拼命做人！"

三人来到酒店,费文丽一屁股坐在长椅上,指点冉东说:"你带小夏上去一下,我头昏得不想动了。"

她跟着冉东来到319,冉东用门卡打开门,指着房中央的大床说:"喏,他在那里。主要是他喝醉了没吐,怕他待会一个人在这里吐了,自己被自己的呕吐物噎死,所以只好半夜把你叫来看着点。"

"他醉成这样,怎么不叫他——夫人来照顾？"

"他哪有夫人？"

"他没夫人？那可以叫他女朋友来照顾啊。"

"你不是他女朋友？"

她不知道该怎么回答。

他把门卡交给她说,"好了,这里就交给你了。文丽在下面没人照顾,我得下去了。"

她谢了冉东,先走到大床边上,打开台灯看了一下,的确是夏总,满脸通红,满身是汗,鼻息很重,胸脯起伏很大,手脚还不时颤动一下,不像是在睡觉,而像在受着煎熬。

她急忙返回去把门关好,把手机和门卡都放在床头柜上,把外衣脱了放在沙发上,挽起袖子来,为他脱衣解带,不然汗得水湿的一身,不光不舒服,还会感冒。

她先从容易的做起,解开他的领带,抓住一头使劲一抽,就把领带从他脖子下抽了出来。然后,她把他的鞋袜脱了,放在地上,最后才来对付他那身衣服。

她没想到给一个酒醉的人脱衣服这么难,完全搬不动。她抓住他的袖子扯了几把,感觉袖子都快扯掉了,也没能把衣服脱下来。

她只好请求他的配合,轻声说:"我们把衣服脱了睡好不好?都汗湿了,裹在身上,多不舒服啊!但我搬不动你呀,你要帮忙使点劲!"

她也不知道他听不听得懂,只能死马当作活马医,嘴里念念叨叨,手里又推又扯:"嗯,往那边转一点哈,对,就这样,我推你,你就动,再转一点,再转一点,对了,好乖!"

她脱掉一边袖子,又把他往另一边推,还是边推边指挥,最后竟然把西服和衬衣一起脱下来了。

她以为西裤会比较好脱,扯着裤脚使劲拽就行。哪知道并不是这么简单,他那内裤像小孩子恋妈妈一样,总是跟着外裤跑。她一扯西裤的裤脚,内裤外裤一起往下跑。她急忙把他内裤往上提,但西裤也跟着上去了。

她只好又开始叨叨:"来,我托着你的腰,你就把屁股抬抬,对,再抬一点,再抬一点,快抬呀,不抬我把你内裤也扯掉你信不信?"

费了九牛二虎之力,终于把西裤脱掉了。其实内裤的裤腰那里也都汗湿了,但她不好意思把他剥光猪,只好委屈一下他的腰。根据她个人的经验,只要前胸后背的衣服没汗湿,一般不会感冒。

她跑到浴室用温水绞毛巾,拿来给他擦洗全身,进行人工降温。她跑了好多趟,才把他上上下下都擦了几遍。又绞了几个比较凉的毛巾,给他敷额头,感觉他脸色不是那么通红了,身体不是那么滚烫了,鼻息也轻了很多,手脚也不颤动了,一切都趋于正常。

能做的都做了,剩下的就是陪着他睡到酒醒。

房间里就一张大床,她只好在床的另一边躺下,穿着衬衣和秋裤,胸罩也不敢脱。

刚躺下,就听见他在哼哼唧唧说什么,她凑到他身边,摸着他的额头问:"夏总,你怎么了?是不是想喝水?"

他口齿不清地说:"想——互——"

"你想什么?"

"互——"

她估计是"想吐",但她知道自己没本事把他弄到洗手间去吐,只好把房间里一个装垃圾的塑料桶子拿过来,取下盖子,放在床前,再把他往桶子跟前拖了拖,让他的头伸出床外,对着垃圾桶。她拍着他的背说:"吐吧,吐吧,我用桶子接好了。"

但他头挂在床边躺了好久,也没吐出来,她只好又把他弄回原位,自己也从另一边爬上床躺下睡觉。

好不容易睡了一会,她又被他那边的响动惊醒了,好像在哭,身体一抽一抽的。

她翻身下床,跑到他睡的那边去看他的脸,真的在哭!不过好像已经哭到了尾声,只剩下长长的叹息声,隔一会叹一声,脸上都是泪水。

她抽出几张面巾纸,给他擦泪,小声问:"你怎么了?是哪儿不舒服吗?"

他没回答。

她安慰说:"哭吧,哭吧,哭出来就好了。"

他伸出手,把她给他擦脸的手按在自己脸上,喃喃地说:"别走——等我——"

她不知道他的话是什么意思,但也附和着说:"好,我不走,我等你。"

他不停地说着:"别走——等我——"

她就不停地回答:"好,我不走,我等你。"

就这么重复了无数遍,她光脚站在床下都感觉冷了,才轻声说:"你先把我的手放开一下,让我上床去,再把手给你抓,好不好?我站在床下,好冷啊。"

说完,她抽出手,跑到床的另一边,爬上床去,在他枕头边坐下,拍着他的背说:"好了,我上床来了,你转过来朝着我,不然抓不到我的手的。"

他转了一下,但像个手脚不听使唤的半瘫痪病人一样,心有余而力不足,不能整个转过来。

她伸出两手去帮他,把他往自己这边扳,边扳边说:"来,再转一点,再转一点,不能光上身动啊,屁股也跟着挪挪,对,就是这样,再转一点,好了,搞定!"

他面向她的方向,侧身躺在她身边,两手到处摸索。她伸出一只手,放在他手里,说:"喏,这就是我的手,你刚才不是要抓着的吗?"

他立即用两手抓住她的手,放在腮边。

她说:"喂,别抓这么紧啊!抓紧了我会疼的!好,就这样,不用那么大劲,我不会跑的,放心了吧?好好睡吧!"

她侧着身子,右手给他抓着,左手在他背上轻轻拍,嘴里拣她记得的几句轻声唱道:"Everybody hur—ts, everybody hur—ts, hold on—, hold on—"

唱了一会,发现他已经睡着了,不再抽泣,也没叹气,呼吸很平稳。她想抽出手,但她一动他就急忙抓住,她只好让他抓着,自己慢慢溜下去,平躺在床上,虽然背上的衣服被她溜出一道埂,顶在那里不舒服,但他抓着她的手,她没法整理衣服,而且她也太累了,很快就进入了梦乡。

45

第二天,她醒来的时候天已经大亮了,她一睁眼就去查看她照顾的醉鬼。

但她朝他睡的那边一看,没人!

完了!肯定是掉床下去了!

她急忙滚到他睡的那边,从床沿往地上看,没人,连鞋袜都不在了。

会不会是上洗手间了?可别在那里栽倒,把头磕破。或者在那里呕吐,把自己噎死了。

她一骨碌翻身下床,跑到洗手间,还是没人。

等她慌慌张张跑回卧室,才发现他坐在靠窗的沙发上,正发呆呢。

她欣喜地叫道:"哇,你在这里呀?怎么看我到处找你也不吭个声?"

他仿佛从梦中惊醒一般:"我——我以为你——去用洗手间——"

她看看手机,九点多了:"啊? 我可真能睡! 你什么时候起来的?"

"刚起来。"

她看见桌上有早点:"还刚起来? 你连早点都买来了!"

"饿了吧? 快吃。"

"你吃过了?"

"嗯。"

"那我先去洗漱一下。"

她抓起衣服和小包,到浴室洗漱了一下,穿上毛衣和牛仔裤,回到卧室吃早餐。

他还是坐在窗前的沙发上,眼睛望着她这边,像是在看她吃早餐,但眼神直直的,与平时大不一样。

她问:"你酒醒了没有?"

"醒了。"

"头疼不疼?"

"还好。"

"人晕不晕?"

"不晕。"

"是不是在想我怎么会在这里?"

他指着手机诧异地问:"我昨晚——打电话叫你来的?"

她见他蠢萌蠢萌的,完全不记得昨晚的事,决定逗逗他:"是啊,昨晚我都睡下了,突然听到手机铃声,拿起一看,是你,我就接了。"

"我——我说什么了?"

"你说你喝醉了,在酒店,叫我过来照顾你,我就打车过来了。"

"我一点印象都没有,如果不是今天看到我手机里有我打给你的电话,我都不知道是我把你叫来的。谢谢你在这里——守了我一夜。"

"没什么,你也守过我一夜的,忘记了?"

"但我那天喝多了,一直在你客厅睡觉。"

"我昨晚没喝多,也是一直在你——床上睡觉。"

他躲避着她的视线,看着地上说:"我昨晚喝醉了,没——对你瞎说吧。"

"那就看你说的瞎说是什么意思了。"

"就是一些——不靠谱的话?"

"什么是不靠谱的话?"

"就是——冒犯你的话。"

"你没说冒犯我的话,只说'别走——等我——'"

他很不自在:"我——真那么说了?"

"是啊,你不记得了?"

"呃——好像是那么说过。"

"是做梦了吧?"

"嗯,应该是做梦了。"

"什么梦?"

"记——记不清了。"

"是不是梦见了小时候,你妈妈要去哪里,不带你去,所以你哀求她别走?"

"嗯——可能是吧。"

她本来想说他还哭了,叹气了,流泪了,但没好意思说,怕伤了他大男人的自尊。

他沉默了一会,十分困难地开口说:"昨晚是谁——帮我脱的——衣服?"

"你连这也不记得了?"她觉得他应该记得一点,因为她念念叨叨的时候,他貌似还是听得懂,而且多少能配合一下的。

但他说:"我一点印象都没有,会不会是——给我开房的人帮我脱的?"

"谁给你开的房?"

"我也不知道,肯定是一起喝酒的人。"他看了她两眼,小心翼翼地问,"你——来的时候,我是——穿着外衣——还是——还是已经脱了?"

她肯定地说:"当然是穿着的,连领带都没取,缠在脖子上,像根上吊绳一样,我帮你把领带取了,怕勒死你。"

他满怀希望地问:"那衣服——也是你——帮我——脱的?"

"衣服?我倒是想帮你脱,免得裹在身上不舒服,但是——我没那个本事啊!你那么大个子,又醉得人事不省,我这么单薄的女生,能脱得了你的衣服?"

他脸红了,咕噜说:"那只能是我自己脱的了,可能是衣服——裹在身上不舒服——"

"如果是因为衣服裹在身上不舒服,那我来之前你干吗没脱呢?"

他还在垂死挣扎："但是我今天早上看到你——是穿得——好好的——"

"那你以为怎么样？一直保持车祸现场？"

他咂摸了一会,好像悟出了她话的意思,顿时手足无措,满脸通红："如——如果我做了什么——不靠谱的事,请你原谅,我——我——我会负责的——"

"怎么负责？"

他往她腹部瞟了几眼,她差点笑出声来,这才几个小时啊？就往那儿看？难道那儿会有动静？

他商榷说："要——要不要——买药吃？"

她见他没说"我会跟你结婚"之类的话,而是说买药避孕,很不开心,讥讽说："你还挺老练呢,知道买事后药？是不是——经常做出这种不靠谱的事？"

"没有,从来没有过——我的意思是——以前从来没有过,就这次——"

"为什么以前没做过,这次就做了呢？"

她希望他说点类似于"以前没人让我有这份激情"之类的话,但他却说："因为我以前——从来没喝醉过。"

她很不喜欢这个答案,质询道："那你怎么知道买药的事？"

"听——听说的。"

"但是吃药很伤身体的,你没听说过？"

"对不起,对不起,我昨晚真的——喝醉了,不然我绝对不会做出——这种事情来。"

她已经没兴趣继续逗他了,因为逗来逗去都是喝醉了对不起之类的说辞。

他问:"可——可不可以验——验一下?"

"验什么?"

"就是那个——"

她估计他说的是验孕:"你是真不懂还是装不懂?"

他惶惑地看着她。

她说:"验那个要等些日子才行的,不是立马就验得出来的!"

"哦,那——要等多久?"

"总要等到——我亲戚没来才行吧?"

"你亲戚?"

"啊?亲戚也不懂?"

"你表哥?"

"好吧,亲戚不懂,好朋友懂不懂?"

"你室友?"

她实在忍不住了:"哈哈哈哈——亲戚和好朋友都是——委婉的说法,其实就是女生的——生理期!"

他终于懂了:"哦,那——那——要等多久?"

"一个星期吧。"

说完她就觉得不对,如果等一个星期就是生理期,那现在不成了安全期了?但她看他那个样子,未必知道这个,或者即便知道现在也没心思做算数题,已经吓破胆了。

他恳求说:"那——下个星期——我——我陪你去验——"

她不忍心再逗下去,怕他一个星期之内急死掉了,而且他这么担心出事,而不是欣喜地要跟她生宝宝,也挺伤她心的,便坦白说:"算了,我吓唬你的,你衣服是我脱的,因为你全身发烫,衣服都汗湿了,我怕你感冒,所以给你脱了。你没做什么需要负责的事,只——抓了我的手。"

"对不起,对不起,我真的不是有意的,是喝醉了。"

她见他连抓个手都要赖到喝醉上去,更不高兴了:"你别自责了,我知道你是喝醉了才抓我的手的。我还可以告诉你,其实也不是你打电话叫我来的,是费经理用你的手机打的。"

他脸上现出一种奇怪的表情,既不是释然,也不是感谢:"哦,是这样。"

她站起身说:"好了,都说清楚了,你的酒也醒了,我该回去了。"

他仰头望着她,恳求地说:"别走——"

他说这话的声调跟昨晚一模一样,她心一软:"好,我现在不走,等到退房时再走。"

他如释重负:"那你——再睡会?你昨晚肯定没睡好。"

"嗯,差不多凌晨四五点才睡。"

"那你快睡,睡好了起来我请你吃饭。"

"你也睡会吧。"

"好的。"

她躺到床上,他躺在沙发上。她知道他胆小,也不劝他上床来睡了,只抽了条床单扔给他,自己躺在大床上,舒舒服服地睡觉。

等她醒来的时候,已经是下午一点多了,她坐起来一看,他躺在沙发上,但睁着眼睛,好像在想问题。

她问:"你醒了怎么不叫醒我?"

"嗯?"

"过了退房时间了,要多算一天的钱的!"

"那干脆再睡会?"

"不睡了,我肚子饿了。"

"那我们出去吃饭吧。"

吃饭的时候,他一直有点不自在,不敢看她的眼睛,总是躲避她的视线。

她有点生气:"我不是对你说了吗?我刚才开玩笑的,你什么都没做,什么都没说,你怎么还这样?好像对我说了什么做了什么就让你很没脸面似的!"

他慌忙解释:"不是那个意思,不是那个意思!我是在想,我这么重,你一个人怎么可能脱得了我的衣服——"

她笑了:"还在纠结那点事?告诉你吧,是我一边脱一边念念叨叨指挥你,在你配合下才成功的。"

"我——我配合了?"

"是啊,你好像听得懂一样。"

"但是我确实一点都不——记得。"

"没事了,我以人格做担保,什么都没发生,行了吧?"

他终于放松下来。

她边吃边问:"不是说不喝酒的吗,怎么昨晚喝得烂醉?"

"是说不喝的,但文丽说我练习了一场,至少要派上点用场,所以就喝了。结果跟你上次说的一样,上了酒桌,就由不得我自己了,这个敬,那个灌,一下就喝得找不着北了。"

"找不着北人家就更要灌了。"

"是的,而且到后来自己也不愿意谢绝了,觉得自己挺能喝的,比谁都能喝,所以就敞开来喝,一直到喝醉。"

"醉了很难受吧?"

"不光是难受,还这么——麻烦人,害你半夜跑来照顾我——"

"以后还喝不喝?"

"不喝了,打死也不喝了,大不了做回我的设计师。"

"做回设计师还是不行的,你做回了设计师,谁来帮我制定那些好方案好政策,让我崭露头角呢?其实你也可以去谈生意但不喝酒啊!"

她把冉东和费文丽的对话学说给他听了,他表示同意:"是的,我也觉得生意场上并不是一定得喝酒才行。昨晚喝酒时根本没谈生意,就是各种劝酒赌酒,闹哄哄的,我也没记住谁是谁,没结下人脉。"

"冉东说得不错,你喝也是白喝,醉也是白醉。"

"是的,扩大产品销路还是靠产品本身,喝酒拉关系可能对某些行业有用,但对我们行业,基本没用,谁也不会因为私人关系就批量订购珠宝产品。"

"要不你也跟费经理一样,订个戒酒合同,违反了就净身出户?"

"我跟谁订呢?"

"跟我订呀,你违反了合同,就净身出户,桃花园的房子归我。"

"行!"

她得意地说:"我拿了房子,就送给我室友,她为了在Ａ市买套房子,天天上夜班,快累死了!"

46

十二月的第一天,冬季产品正式上市!

上市后的头三天,按照公司安排,她和"凤毛""麟角"三人到不同的销售点去搞"签名销售"。

她像那些知名作家一样,坐在柜台前特别放置的写字桌后面,手里握着一管笔,为前来购买她设计的首饰的顾客签名。签售用的首饰盒是镶嵌在一个印刷精美的硬纸板上的,外面有硬胶壳包装,只有签名的地方露在外面,供她舞文弄墨,顾客凭她的签名可以在购买她设计的产品时享受15%的优惠。

据她所知,公司只在地方电视台打了短期广告,但不知是15%优惠对顾客吸引力太大,还是她在电视广告里的形象被修饰得太美,或者就是她的设计抓住了广大顾客的心,总之,每天都有很多人来请她签名,还有更多的人来看热闹。

公司负责生产和销售的副总、销售部经理费文丽和设计总监夏玄都参与了签售活动,在各个签售点视察捧场,不时给她通点消息,夸奖夸奖她。

本来只搞三天的签售,结果延长到五天,因为有些销售点事先没打算搞签售,结果听说签售现场十分热闹,效果非常好,于是也跟公司联系,要求搞签售,公司只好加了好几个签售点。

每天中午,大家都是在外面吃饭,凭发票报销,几个领导轮流陪签售人员吃午餐。

签售活动的最后一天,轮到费经理跟她一起吃午餐,两人去了一家自助餐厅,拿了食物,坐下慢慢吃。

费经理喜气洋洋地说:"你们夏总还真是不错,新点子一个接一个,个个都很成功。今年的冬季产品销路这么好,他立下了汗马功劳!"

"签售也是他的点子?"

"是啊,以前从来没搞过的。"

"我也从来没听说过珠宝还搞签名销售,只看到过作家搞这个。"

"所以公司当时很不看好签售,只拨了很少的钱打广告,不然的话,场面肯定更加火爆。"

"夏总太伟大了!如果不是他,我这半年肯定是在给梅如雪提鞋。"

"他说如果不是你,他这些新点子都没法成功,他肯定被公司炒掉了。"

"哈哈,我们互相拍马屁哈。"

"你们两个真是珠联璧合,相得益彰!连我都跟着沾了光。小夏,你不会干着干着突然来个釜底抽薪,结了婚跟男友跑到B市去吧?"

她连忙声明:"不会,不会,我跟B市那个男友已经吹了。"

"吹了?真的吗?那太好了!"费经理喝过了彩,又抱歉说,"我这样说可能太——自私了点,只想着你在天惠对我们大家是多么好,没从你的角度看问题,也许你正在为吹台的事难过呢。"

"你看我像难过的样子吗?"

"哈哈,完全不像。你们为什么吹?不是因为他家——有什么门当户对的思想吧?"

"门当户对的思想只是一方面,主要是他自己——"

她把分手的来龙去脉讲了一下,费经理说:"我觉得你是对的,陪酒女可能只是冰山一角,藏在下面的天知道有多少!"

"我只要有冰山一角就足够了,斩立决!"

"有气魄!你们吹了一个多月了,怎么没听你说起这事?"

"今天不是才第一次有机会跟你在一起聊聊吗?"

"我不是说跟我说,我的意思是——那你们夏总知道这事吗?"

"我没对他说过,但是——也许我表哥对他说过。"

"就是在英国留学的那个表哥?"

"嗯。"

"他们之间会说这些?"

"我也不是很清楚,反正他们是——好朋友。"

"男人之间不会说这些吧?"

她没置可否。

吃了一会,费经理问:"那天我托你照顾夏总,你们——怎么样?"

她把那次的情况讲了一下,费经理差点笑昏:"哈哈,小夏,看不出你还这么调皮呢!"

她不好意思地说:"我也就是看他喝得糊里糊涂,蠢萌蠢萌的,就想逗逗他,哪知道——差点把他吓死,后来我对他说了是开玩笑的,他还不敢相信,可见在他心目中,如果跟我——发生了什么,那一定是他最最遗憾的事了。"

"不是这个意思,他可能是因为不知道你跟男朋友吹了,所以特别怕影响你们之间的关系。"

她也希望是因为这个。

她问:"费经理,你跟他——很熟吧?"

"嗯,以前有段时间我们两家住对门,他爸和我爸是同事,我们出生的时间也是差不多的——"

"指腹为婚?"

"哈哈,没有,都是大学老师,哪里会搞那一套?而且我出生的时候也还没跟他家住对门,而是住在我妈那边。"

"你们是高中同学?"

"是的,不过我没他成绩好,不在一个班。他那时是标准的'别人家的孩子',我爸老拿他来教育我,所以我那时特恨他。"

"你们读大学不在一个学校?"

"不在,刚开始还都在A市,后来他突然想要转专业,就跑到E大去了,说那里的珠宝设计专业是全国第一。"

"是的,我表哥也是E大毕业的。"

"你跟你这个表哥走得很近哈?"

"因为他们一家是我在这个世界上唯一的亲人了。"

她把自己的身世讲了一下,费经理问:"那你怎么不去E大读书,反而跑到A市来读书呢?"

"因为华强不愿意去E市,他说E市离他家太远。"

"你就为他牺牲了自己的前途?"

"呃——也不算牺牲前途吧,我现在的工作不是也挺不错吗?"

"那倒也是。你看你跟你们夏总,一个放弃E大到A市来读书,入职天惠;另一个拼命改专业,最后加盟天惠,两股清流汇合到一起,这也算是命运的奇迹了吧?"

她笑了笑,低头吃饭没答话。

费经理说:"其实我跟你经历很相似,也是读初中时就——没了妈妈。"

她吃了一惊:"真的?"

"嗯,我妈也是癌症死的。"

"乳腺癌?"

"不是,是肺癌。"

"你妈——抽烟吗?"

"不抽。"

"那你爸抽烟?"

"也不抽,他们两个都不抽烟。我看有些研究说中国女性得肺癌的特别多,是因为中国的厨房通风不好,炒菜方式又容易产生油烟。但我妈也不怎么做饭,不是吃食堂就是请做饭阿姨。不知道是什么原因,她年纪轻轻就得了肺癌。"

"那你爸有没有——"

费经理秒懂:"我爸倒没出轨或是什么的。但是,俗话说久病床前无孝子,这个话放到夫妻之间,也是适用的,老婆病久了,丈夫也多少有点——说拖垮了也许好听点吧,总而言之,就是疲乏了,麻木了,所以我妈走了之后,我爸更多的是一种如释重负的感觉。"

"可能是一种自我安慰的方式吧?"

"也不完全是,因为我也有如释重负的感觉。我妈刚病倒的时候,我还是很震惊很悲痛的,想到自己年纪还那么小,就没有妈妈了,真的是一种黑天无路的感觉,哭了很多。但时间久了,自己也慢慢习惯了,再说看到妈妈被病痛折磨得可怜,有时真的希望她早点走算了。"

她不知道自己会不会这样,反正她妈不到一年就走了,所以她没机会得知答案。她只在妈妈过世之后,才自我安慰说,至少妈妈现在不用承受病痛的折磨了。

费经理感叹说:"说实话,在这个世界上,只有父母才不会因为子女久病就变得习惯甚至麻木,不管子女病多久,他们都是心如刀割,都会尽心尽力照顾子女,都会不惜一切代价让孩子多活几天,哪怕是多活一天,你叫他们割心割肝他们都愿意。"

她想到外婆在妈妈生病后就连续中风,卧床不起,不由得连连点头:"是的,是这样的。"

"所以我都有点不敢要小孩,怕因为自己喝酒太多生出——不健康的孩子,又怕孩子将来生病吃苦,要是孩子有个三长两短,你说我们做妈妈的怎么活得下去?"

她想到儿童病房的那些重病孩子,也有同感。自己作为一个义工,都那么难过,那孩子的家长该是多么痛苦!

她安慰说:"其实小孩子生重病的可能性还是很小的,总不能因为几乎不可能发生的灾难连孩子都不要了吧?如果我们的爹妈都这么想,那就没我们了。"

"那倒也是。"

她稍稍转移话题:"你爸后来一直没——再婚?"

"哪能呢?男人你还不知道?四十来岁正当年,怎么可能一辈子不再结婚?我妈死了不到两年他就再婚了。"

"还是比我爸好一点,没在你妈住院时就跟护士勾搭上。"

"我也不知道他跟护士勾搭上没有,我比较神经大条,不会像你一样注意到那些细节。反正他再婚对象不是护士,是G大财务处的会计。"

"没结过婚的?"

"不是,也是丧偶,还带个孩子。"

"你后妈对你好吗?"

"还行,可能因为她跟我爸都是再婚,两人都带了孩子,所以对彼此的孩子还比较平等。"

"你很幸运。"

"你也很幸运,有华强陪你那么多年,还有你表哥一家对你那么好。现在又有夏总——"

"他怎么了?"

"他那么爱你,你不知道?"

她摇摇头:"工作上事业上的确是对我很好的,但是——"

"你别慌嘛,你这刚跟华强分手,他都不知道呢,怎么可能有所表示呢?"

"他以前从来没谈过恋爱?"

"应该是没谈过,至少是在我看得到的地方没谈过,至于在E市的那几年,我看不见,就不太清楚了,但从他爸妈说的情况来看,应该也没谈过。"

"他爸妈怎么说?"

"他爸妈说他从来没带过女生到家里来。"

"他怎么会这么多年都没谈过恋爱?"

"一个是眼界高,没遇到入得了他眼的人。另一个嘛,是因为没时间。他跟你不同,你是珠宝世家出身,从小就学画画,学做珠宝,可能你们专业都是美术生吧?而他完全是半路出家,小时候没学过画画的,到了大学才开始改专业,你想想那得花多少时间才赶得上你们这种——世家或科班出身的人?"

"他会不会是——gay?"

"哈哈,肯定不是啦,他要是gay的话,会对你这么感兴趣?"

"你总说他对我感兴趣,他到底怎么感兴趣了?"

费经理看着她,慢慢说:"这个——还是等他自己告诉你比较好。你给他一点时间,等他——忙完这一段,一定会好好来追你!"

47

那年春节,她决定就在A市过,因为表舅和表舅妈都去英国看儿子去了。

表哥一家早就叫她一起去英国过春节的,但她没同意,因为她不想去搅散表哥和宁馨儿,她想给表哥一个开始新生活的契机。她对表哥说的理由是要跟夏总一起过春节,而对表舅和表舅妈则是说她今年春节要在儿童病房过,陪那些插着鼻饲管胃管呼吸器之类没法回家过年的重病孩子。

刚好祁乐春节也不回家,待在A市继续上夜班,说每天能拿三倍工资。她俩约好年三十都在病房里跟各自的病人一起吃年夜饭,初一初二下午两人一起吃新年饭,初三祁乐休息,两人一起过,应该不会太寂寞。

离春节还有个把星期,她就开始准备年饭,每天晚上祁乐去上夜班了,她就在家里大动干戈,煎炒烹炸,忙得不亦乐乎。

她从高二到大四,每年都是在表舅家过的春节,但那时候是表舅妈主厨,她打下手,而这次是她独立操办年饭了,感觉成了一家之主。

她按表舅家的习惯,做了很多丸子,肉丸子、藕丸子、绿豆丸子、豆腐丸子、珍珠丸子、狮子头等等,每种都有油炸和清蒸两种,都可以冻起来,从三十吃到十五。她还做了扎皮肉,像扣肉那样的,但肉皮扎了很多洞,用油炸透,再蒸熟,很好吃,一点不腻人。

其他就是鸡鸭鱼肉大众菜谱了。

初一早上,祁乐下班回来,在家睡觉,她不知干啥好,做饭或者看电视都会吵着祁乐,她又不爱戴着耳机听音乐,觉得不过瘾,还坏耳朵。

想来想去,她决定还是去公司,那里没人,可以听音乐,暖气设备也比家里的先进,舒服多了。

于是,她用饭盒装了一些丸子当午饭,就搭车去公司,准备待到下午四点再搭车回来跟祁乐一起吃年饭,荤菜都做好了的,炒个青菜就得。

她来到公司门厅,看见只有一个门卫坐在前台看电视。她走过去,亮了自己胸前的门卡,说了"新年好!",就乘电梯来到自己的楼层。

她刷卡打开设计室的门,先去每个格子间遛了一遍,确信没有坏蛋藏在里面,才关上设计室的门,在自己的格子间坐下。

她把自己最爱的歌曲CD放进电脑,边听边刷朋友圈,看见人家都在晒年夜饭,互相拜年,虽然她也晒了病房的年夜饭,也在网上跟亲戚朋友互相拜年了,但想到自己在A市举目无亲,在哪里都无家可归,感到很心酸,眼泪不停地往下淌,赶紧把

Everybody Hurts找出来听,安慰安慰自己。

正听到Hold on,Hold on那里,突然听到有人敲门,把她吓了一跳,急忙调低音量,仔细倾听。

的确是有人在敲门,然后是夏总的声音:"夏璕,开下门,是我!"

她急忙抹掉眼泪打开门,见夏总站在门外,满面笑容,穿着一件灰色的毛衣,臂弯里搭着一件黑大衣,帅得不要不要的。

他见她开门便说:"新年好!给你拜年!"

她也回答说:"新年好!给你拜年!大年初一,你怎么会在这里?"

"我正想问你呢。"

"我室友上完夜班在睡觉,我怕吵醒她,就跑这儿来了,可以听音乐。你呢?"

"我?我来拿点东西。"

"什么东西这么重要,大年初一跑来拿?"

他笑了一下,没回答,往她身后看了看,说:"就你一个人?"

"就我一个。"

"你不怕?"

"白天怕什么?"

"准备什么时候回去?"

"三四点钟吧,回去跟我室友一起吃晚饭。"

"中午在哪儿吃?"

"就在这里吃,带了一点——炸丸子。"

"中午就吃点丸子?"

"嗯。"

"今天可是初一哦。"

她有点伤感:"初一对我来说早就不是跟父母团聚的日子了——"

他说:"那就跟我回家吃午饭吧。"

"那不好吧?你们一家人团聚——"

"没事,我爸妈正愁家里人少不热闹呢。"

"人少?少到什么地步?"

"就三个人。"

她听说就三个人,非常高兴,很想去他家看看:"你真邀请我啊?那我就不客气了。"

"客气是谁?我不认识。"

她开心地笑着,回到桌边,弹出CD,关了电脑,提起自己的包和饭盒,走出设计室,把门关上,指着他办公室的方向说:"快去吧,我在这儿等你。"

"去哪儿?"

"去拿东西啊。"

"拿东西?"

"你不是说你今天是来拿东西的吗?"

他笑着拍拍头:"哦——我把这事忘记了!"

"快去吧!"

他仍然站着没动:"算了,我这人撒谎不行,撒了上句忘下句,我实话告诉你吧,我今天不是来拿东西的,而是来请你去我家吃饭的。"

她又惊又喜:"真的?你怎么知道我在这儿?"

"你不在这儿就在幸福小区。"

"但我也可能——回B市或者去别的地方了呢?"

他坦白说:"我看到你在朋友圈晒的年夜饭了,知道你在A市。"

她好开心,他这么关注她的朋友圈,而且亲自来请她去家里吃年饭,真是太好了!

两人来到楼下,他说:"你就在这里等我,我去把车开来。"

"不用,不用,我跟你一起走过去,我想看看——你停车的地方。"

"外面很冷的。"

"我穿羽绒服了。"

"我就怕把你冻坏了。"

"不会的。"

两人一起往停车场方向走,风很大,正对他们刮过来,真有点举步维艰。他走到她前面,挡着她:"你跟在我后面,风会小点,你这么瘦,别把你刮跑了。"

她真的跟在他身后,把他当成一堵挡风的墙。

上车后,他把暖气打得足足的,开着车,微笑着说:"我爸妈看到你去,肯定要高兴坏了!待会你可别被他们的热情吓着了。"

她笑得合不拢嘴:"没那么厉害吧?"

"你去了就知道了。"

"我听费经理说你爸爸是G大的教授,那我待会可以叫他夏教授吗?"

"叫老师就行了。"

"你妈妈呢?"

"也是G大的老师,不过她已经退了。"

"那我叫她——什么老师?"

"我妈姓玄。"

她叫起来:"哇,你妈妈姓玄啊?那你怎么说你的名字是爸妈翻字典翻出来的?"

"呵呵,瞎说呗。"

两人一路聊着,很快就来到荣华苑他父母家,她赞叹说:"哇,乐乐说的不错,真的是豪华小区。"

"一般吧,算不上豪华小区。"

"比我住的那块豪华多了。"

"你还年轻,以后肯定会住上豪华小区。我爸妈他们干了一辈子,也就这样了。"

"桃花园比这里怎么样?"

"差多了,是以前我爸妈单位的房子,后来买下的。你要是有兴趣,我待会带你去看看。"

"今天没时间了,明天吧。你搞个温居宴,我去帮你做饭,把乐乐也叫上,她后天休息,明天白天她可以少睡会。"

"好啊,那就这么说定了!"

"你温居宴要请谁?"

"就请你和你室友行不行?"

"太行了!"她想了想,又说,"要不把你爸妈也请去,你不是说他们觉得家里人少不热闹吗?"

"行啊,只要你不嫌人多难做菜。"

"那才几个人啊?把费经理和她先生也请去吧。"

"呃——明天请他们不大好吧?"

"为什么?"

"不是说初一拜公婆,初二拜父母吗?他们今天去冉东那边吃饭了,明天肯定会去费家吃饭。"

"嗯,那就不请他们吧。"

他刚一敲门,他爸妈就把门打开了,好像一直在那儿等着似的。他爸妈看上去都很年轻,腰背挺直,一根白头发都没有。

他向父母介绍说:"爸,妈,这就是我对你们讲过的小夏,夏璿。"

她急忙打招呼:"夏老师,玄老师,你们好!给你们拜年!"

两位老师都说:"你好,你好,拜年,拜年!"

玄老师笑眯眯地说:"真巧啊!我们家玄儿叫夏玄,你也叫夏璿,又在一个公司工作,还是一个部门,真是缘分啊!来来来,快过来坐!"

几个人在客厅坐下,夏总把茶端上来,给每人敬上一杯,说:"妈,别叫我玄儿了,都老大不小的了,您叫她璿儿还差不多。"

"再老大不小,在妈眼里也是孩子,对不对?"玄老师对她说,"我还叫他玄儿,你呢,我就叫你小璿儿,好不好?"

她高兴地回答说:"好!"

夏老师说:"玄儿对你真是赞不绝口啊,说你出身珠宝世家,有才华,有灵性,设计的珠宝很抢手。"

玄老师说:"你看我戴的耳环就是你设计的!"

她不好意思地说:"那个是我做了在网店里卖的,都是一般的材质,我以后给您做副高材质的耳环——"

"这个就很好,我喜欢,玄儿买来我就戴着,这么久了都舍不得换。他还给我买了根项链的,也是你设计的,但被我一个好朋友看见,爱不释手,要去了。"

"有人喜欢就好,我们公司不让员工自己开网店,我还有一些首饰没卖完,到时候我让夏总带来给您。"

"你干吗叫他夏总啊?就叫他玄儿,我们都这么叫的。"玄老师说,"你没卖完的首饰别让他带来,你来玩的时候带过来就行了,我都买下,送给我的亲戚朋友们。"

夏总说:"爸,妈,我现在去做午饭,因为她三四点钟就要回去——"

"啊?这么早就走?"

"她室友等着她一起吃饭。"

"哦,这样啊?那今天随便吃点,明天我好好准备一下——"

"明天去桃花园那边吃我的温居宴吧,小璖儿帮我做菜。"

"真的呀?那太好了!"

"今天的午饭我来做吧。"

玄老师说:"你只会做那几个简单的菜,我这是做年菜,你不会。"

她立即起身:"玄老师,我来吧,我会做年菜,您休息会。"

"是听玄儿说你会做饭,又会珠宝设计,会画画,说你多才多艺,什么都会——"

四个人都往厨房走,她把几个人都挡在外面:"这里没你们的空间了,你们去客厅聊天吧。"又对玄老师说,"您就把要做的食材和油盐酱醋的位置指给我看就行了。"

"这怎么好?你第一次上门——"

"没事,我可没把自己当外人。"

"本来就不是外人嘛,那我就不客气了,让你代劳,我在这里学习。"

结果几个人都站在旁边不肯走,像看表演一样陪着她。

其实那些要花时间的菜早就做好了,她只做了两个炒菜,一个青菜,一个腰果鸡丁,再把自己带来的丸子热了一下,就已经把饭桌摆满了。

几个人对她做的菜赞不绝口,特别是丸子,都吃掉了。

她好有成就感!

48

吃过午饭,两个年轻人收桌子洗碗,两位老师摆糖果点心,然后,四个人坐在客厅沙发上,边吃糖果瓜子边聊天。

聊了不到二十分钟,两位老师就说要睡午觉,避进卧室去了,把两个年轻人单独留在客厅里。

两个人像相亲的男女似的,介绍人一走,就不知道说什么好了,互相望着,傻傻地笑。

她打破尴尬,小声说:"我看你这段时间在欧美忙情人节产品,又在东南亚忙春节产品,以为你不回来过春节呢。"

"差点回不来。"

"年后还去海外吗?"

"暂时不去,要忙国内春季产品上市了。"

她有点恍然如梦的感觉:"真快呀!好像是昨天才听你宣布研发新流程,转眼你的新流程就已经走了第二季了。"

"顺手的时候就会觉得特别快。"

"确实是这样,记得做冬季产品的时候,第二阶段分组讨论入选作品,真是烦人,一天就跟一年似的!"

"那是因为梅如雪跟你作对,现在她走了,你也提成设计师了,再不会有那种烦人的日子了。"

"真没想到她会辞职——"

"是我打报告让公司请她走的。"

她很吃惊:"真的?你这么——不怜香惜玉?"

"我眼里没有香和玉,只有天分和才华,不合格就是不合格,跟性别没有一点关系。她完全拿不出像样的作品来,还占着设计师的位子,搞得你这样有才华的人升不上去,最后她还拿走50%的提成,太不公平了!我后面还会削减人员,凡是连续几次没有作品入选的人,都不应该留在天惠。"

她不想把宝贵的时光都用在谈工作上,便话锋一转:"你桃花园那边没有明天温居宴需要的食材吧?"

他抱歉地说:"没有,我基本不在那边做饭。"

"那我们得合计一下,看看该买些什么食材——还有碗筷厨具之类的。"

"好,你列个单子,我待会去买。"

"不如我们现在就去桃花园一趟,看看缺些什么,然后我们一起去采买,五点钟你把我送回去就行了。"

"好,现在就去。"

两人开车来到桃花园,他家在一栋六层的楼房里,没电梯,比荣华苑的房子差远了,但比她幸福小区的房子还是强了很多。

他住在三楼,有三室两厅,还有个书房,面积不小,装修能算个中等水平,但保养得不好,也没什么家具,主卧有个大床,次卧有个小床,客房和书房都是空的,客厅里有沙发和电视机,另一个厅里有个饭桌和几把椅子。

她指指对门的方向:"费经理说她家以前跟你家住对门,是不是对面那套房子?"

"不是,两家住对门是更早的事了,这是我爸提教授后分的房子。"

"费经理的爸爸没提上教授?"

"没有。"

"那她爸没有你爸棒。"

"看怎么说了。我爸比较宅,又受专业的限制,一直待在学校做学问,有一些成果,够提教授。她爸比较活泛,又是学经济的,很早就在一家期货公司兼职当顾问,没时间出书写文章,所以没提上教授,后来就干脆留职停薪干公司,比我爸赚的多多了。"

"所以她家就不能住G大的房子了?"

"要住还是可以住的,因为她妈还是G大的人,但是她爸挺有眼光,很早就买了商品房,从学校的房子里搬出去了。"

她受了祁乐的影响,觉得他一个人住这么大的房子真心浪费,忍不住问:"你怎么不在你爸妈那边住,要跑这里来住呢?"

"我其实大多数时间还是在爸妈那边住,就那几次喝醉了,怕他们担心,才到这边住的。"

"哇,那你干吗不把这房子租出去?"

"我爸妈他们不想再出租了,怕中途往外赶人不好。"

"中途往外赶人?"

"这房子比较大,地段也好,一般都是长租,三年五年的。如果租约还没满期我们就需要这房子,就得往外赶人,毁约要赔钱不说,人家租户一下子也找不到合适的地方搬走。"

"怎么会三五年间就需要这房子呢?"

他不好意思地说:"我爸妈说等我结婚的时候,把荣华苑的房子给我做婚房,他们上这里来住。这里离学校和市区都近,他们住这儿挺方便。"

她一惊:"你要结婚了?"

"没有啊,是他们看我年龄不小了,觉得结婚是早晚的事,就一厢情愿地安排着呢。"

"那你——有结婚对象吗?"

"没有。"

"你到现在还没女朋友?"

他开玩笑地问:"怎么了?破坏安定团结了?"

"那倒没有,就是觉得——你可能把条件定太高了。"

"条件只有多少,没有高低,对一个人来说是高,对另一个人可能就是低。"

"嗯,有道理。那就是因为你的条件——太多了。"

"也不多,就一条。"

"哪一条?"

"令我动心就行。"

"哇,你这个条件太——模糊了,喜欢你的人想努力都没方向。"

"这个还真不是努力就能做到的,越努力越显得做作,不自然,只能是——浑然天成。"

"嗯,那倒也是。"

她在厨房里四处查看,边看边往手机里输采购单,弄好了便跟他一起去采买。

到底是过年,超市里人不多,他们很快就把要买的东西买了个七七八八,有些实在买不到的,她准备从自己家里带过去,如果是家里也没有的,就从菜单里划掉,换个类似的菜。

采买完了,他把她送到幸福小区,问:"明天什么时候来接你们?"

"等我跟祁乐商量一下,晚上微信你。"

"好,我等你微信。我现在把东西拿回家去放冰箱里,顺便把家里收拾一下,布置布置。"

她回到家的时候,祁乐刚起床,在洗手间洗漱。她打个招呼,就换了衣服,扎上围裙到厨房去忙活。

不一会,她开始往客厅饭桌上端菜端饭,祁乐赶快跑过来帮忙,看到满桌盛宴,惊喜地叫道:"哇,真的是新年大餐啊,太丰盛了!"

两人坐下吃新年饭,祁乐边吃边赞:"太好吃了!我以后每个春节都跟你一起过,再也不回家过了。"

她笑着说:"这就高兴成这样了?如果我告诉你明天上你男神家吃饭,你不得高兴坏了?"

"我男神?谁呀?"

"连自己的男神都不记得了?"

"我的男神多了去了——"

"最近的。"

"高伟光?"

她忍不住笑起来:"高伟光能算男神吗?再猜!往初恋男方向猜——"

祁乐想了一会:"你不会是在说——你们公司的夏总吧?"

"就是他!"

"真的?他请我吃饭?"

"嗯,开心吗?"

"不会吧?他不是早就拒了我吗?怎么会大过年的请我吃饭?"

她把今天去夏总家吃饭以及明天温居宴的事讲了,祁乐说:"你这个傻白甜,人家明明是想找个机会跟你单独在一起,你干吗把我当个油瓶拖去?"

"温居宴不是你提出来的吗?"

"我提出来也是为你们制造一个在一起的机会嘛,我又不是没吃过你做的菜,还犯得上去他那里吃?"

"我不管,明天你一定得去,你不去我也不去了。"

"好,我去!作为你娘家人,我非去不可!"

第二天的温居宴办得非常成功,她的厨艺再次得到大家的赞扬。

回到家后,祁乐羡慕地说:"小璿,你运气真好!夏总那么大的房子,地段又那么好,市值最少八百万!"

"那房子有这么贵?"

"当然啦,以后还会越来越贵!不过我建议你还是跟公婆一起住在荣华苑,把桃花园的房子拿来出租。"

"你不是说荣华苑的房子出租更赚钱的吗?"

"但是出租太毁房子了！你看他桃花园那房子,被租户整成了什么样！"

"我觉得还好啊。"

"那是你不懂,不管怎么说,你听我的准没错,就住荣华苑,又能出租房子赚钱,又能让公婆给你们做饭带孩子,你只负责貌美如花就行了！"

她忍不住笑起来:"八字都没一撇的事,你怎么说得像是——孩子在地上爬了一样？"

"这还不快吗？他都这么大一把年纪了,结婚生孩子不是分分钟的事？你看他望你的那个眼神,真的是——欲火焚身,恨不得马上把我们都赶走,好跟你——滚床单！"

"哈哈哈哈,你不是说他是初恋男的眼神吗？怎么一下就变——色狼了？"

"因为他现在已经不是初恋男,而是热恋男了嘛！热恋男跟色狼是一个系列的,只不过热恋男色的对象比较专一而已。"

"热恋个啥呀！我告诉你吧,他连白都没表过！"

祁乐不相信:"真的？那他怎么又带你去见父母,又跟你一起摆温居宴？"

"哪里是带我见父母？只不过是见我一个人在A市孤苦伶仃,他作为领导,体恤照顾下属而已;至于温居宴嘛,也是我提出来的,他只说如果我对桃花园的房子感兴趣,他可以带我去看看。"

"那不就是想跟你单独在一起吗？不然干吗带你去看他的房子？"

"因为他跟我订了合同,如果喝醉酒就把桃花园的房子输给我的嘛。"

"不会是因为这个吧?"

"那你说他为什么明知我已经跟华强分手了,还是没来追我呢?"

"呃——是不是因为这段时间很忙?"

"忙是有点忙,因为他国内国外市场都要管到,还有高定产品,但现在通讯这么发达,微信短信电话电邮,要追个人还不容易?"

"他连微信都没跟你发?"

"微信还是有发的,但都是工作方面的事。"

"那他是在跟你玩暧昧啊?不怕,你才二十过一点,他都三十了吧?他玩得起暧昧,你还玩不起?"

"但是什么样的人才会跟女生玩暧昧呢?"

"不是已婚的,就是劈腿的。他肯定不是已婚的,难道他是——劈腿的?"

"谁知道?"

"管他呢,他要暧昧你就跟他暧昧,是狐狸总要露出尾巴来。"

"正解!"

初四那天,夏总打电话来,请她去家里吃饭,说他妈要买她网店剩下的那些首饰。

于是她带上那些首饰,坐他的车去了他家。

玄老师非常喜欢那些首饰,全部买下,要付钱给她。

她死活不肯收钱:"玄老师,你要付钱就见外了!"

"好,我不见外,那你以后每个周末都过来吃饭,不来就是见外了。"

夏总说:"你不是每个星期天都要在肿瘤医院做义工吗？那我每个星期六接你过来吃饭,你晚上就在这儿住,第二天我送你去肿瘤医院,很近。"

夏老师说:"玄儿出差的时候,我可以接你送你。"

她见夏总一家人都这么热心,便答应下来,心里甜滋滋的,每个周末啊！那就不是春节关心下属了吧？

那天她在夏总家玩了一整天,吃过晚饭才回家。刚到家一会,就收到华强的微信:"小璕,我在希尔顿老地方,你能来吗？"

她像往常一样回复说:"不来。"

他紧接着发来一条:"我又绝食了。"

49

她看到"绝食"二字,脑子里立即冒出他上次绝食的情景,瘦得像非洲饥民一样,奄奄一息地躺在酒店的床上,胃都饿瘪了,一吃东西就痛。她感觉他命在旦夕,不禁心急如焚,马上打车来到希尔顿,在前台拿到门卡,直奔808。

她用门卡打开门,见他躺在床上,没上次那么瘦得可怕,但也明显脱了形,脸色很不好,头发乱糟糟的。

他看见她,眼眶都湿了,低声叫道:"小璕,你真好！我生怕你不来——"

"你都这样了,我怎么会不来？"她走到床边,轻声问,"饿吗？我去给你买吃的来吧。"

他点点头。

她下楼去买了些粥面之类的东西上来,问:"自己能吃吗?"

他摇头:"要喂。"

她知道他在撒娇,但没说什么,端了一碗粥来喂他。

吃了几口,她问:"胃疼不疼?"

"不疼。"

她又喂了几口,他说:"算了,还是吃面吧,这粥一点味道都没有。"

她给他端来一碗面,他自己接过去吃起来。

她见他没到奄奄一息的地步,放了心,问:"怎么又——闹到绝食的地步了?"

"还不都是因为联姻的事。"

"联就联呗,闹个什么呀?"

"不联姻,我还有点希望;联了姻,你就彻底不要我了。"

"本来就是彻底不要你了,难道你以为我在跟你开玩笑?"

"你说了我可以跟老夏竞争的。"

"我哪有说?是你自己说的。"

"是我自己说的,但我说的时候,你没反对。"

"但我也没同意啊!"

"反正只要你们还没到那一步,我就还有希望。"

她责怪地说:"我在朋友圈发的片片你都没看?"

"什么时候发的?"

"就这几天啊。"

"你这几天没发什么呀。"

"怎么没发呢?"

她这几天特意建了一个很小的朋友圈,里面只有表哥华强和牛姐姐,主要发那些能让他们以为她跟夏总在谈恋爱的照片。

她把他手机拿过来,找到她发在三人圈里的照片,指给他看:"喏,这不是吗?"

那些都是她在夏总两个家做饭吃饭的合影,但他一点不震惊:"就这?我还以为是儿童不宜呢。"

"儿童不宜我发朋友圈里?"

"那你让我看这是什么意思?"

"就是告诉你不用跟他竞争了,他已经胜出了!"

"做个饭吃个饭有什么呀?你以前每年去你表哥家过年,还不是一发一大把这种照片。"

她想反驳,但她心里是虚的,只好做出一副"你不相信该你倒霉"的表情,把手机扔到他床上。

他吃完面,把碗放在床头柜上,从纸巾盒里抽了几张纸巾,擦了擦嘴,张开两臂说:"来,抱一抱!"

"干吗呀?都说了是一般朋友了——"

"看在我再次为你绝食的分上——"

他伸出手来拉她,她机灵地跳开了:"我们都吹了,你还为我绝什么食呢?"

他讪讪地说:"你的心真是太狠了,绝食都不能打动你!"

"到底是怎么回事?你说详细点。"

"好,说详细点,从头说起。牛姐姐肯定告诉你了,我爸妈不同意我跟你的事。但那主要是因为他们想跟牛家联姻,保证公司不垮台。如果没有联姻的压力,他们其实是会接受你的,毕竟你这么聪明漂亮,能干贤惠,谁娶到是谁的福气。而我老早就说了,我今生今世只爱你一个人,只想跟你结婚,所以我想把公司改个制,从责任有限制改成股份有限制,那样就不存在华牛两家联姻的必要了。"

"这个我知道,牛姐姐说过了。"

"但是我爸和牛叔叔坚决不同意改制。"

"他们为什么不同意改制?不是说改制可以扩大再生产吗?"

"他们不想让股权分散到很多人头上去,因为那样一来,他们手中的权力就被分散了,他们就没有绝对的话语权了,有什么事都要经过董事会讨论通过。不仅如此,股份有限制还要求各方面透明,不仅要对股东透明,还要对社会透明,也就是说,偷税漏税行贿受贿就没那么容易了。"

"他们有偷税漏税行贿受贿吗?"

"你还不知道?"

"那改制对你也没好处,改了制,你也没有绝对话语权了,还不能偷税漏税行贿受贿。"

"我现在哪里管得了那么多?先把你娶进门再说。"

"但是你爸和牛叔叔不会那么想。"

"就是呀,我跟他们谈了很多次,他们都不同意。"

"改不了制,还得联姻。"

"是的,但是我跟牛姐姐说好了,我们两人都不同意联姻,两个老家伙就没办法,总不能把我和牛姐姐同时赶走,让我老爸拖着病体来执掌华威吧?"

"是不是牛姐姐不肯再拖了?"

"不是,她还是很配合的,因为她知道勉强联姻对她也没好处。"

"那不是很好吗？怎么会又搞到绝食的地步呢？"

"哼,我那个老爸,想出了一个毒辣的主意,他把他那个私生子搬出来了!"

"你爸有私生子？"

"是啊,还比我大几个月。可恨吧？"

她见他咬牙切齿的样子,忍不住笑了一下:"可恨什么呀？人家比你大,说明人家的妈才是大奶,而你妈只是小三。"

"话不能这么说,大奶和小三,不是看先来后到的,而是看结婚没结婚。他妈是比我妈先到,因为我爸在乡下的时候就跟她好上了,算是我爸的初恋。但最后我爸娶的不是他妈,而是我妈,所以我妈才是大奶,他妈是个——大三。"

"你爸跟初恋都有孩子了,你妈还插一脚,那不是小三是什么？上了位的小三——还是小三!"

他辩解说:"我妈可没有插一脚,是我爸自己追求的,我妈当时根本就不知道我爸有个初恋。"

"你爸抛弃初恋去追你妈？那也太——无情了吧？"

"不是无情,而是——迫不得已,因为我爷爷奶奶不同意我爸跟初恋的婚事,说他们——没出五服。"

"那你爸就屈服了？"

"不屈服有什么办法？婚姻法就是那么规定的。而且我爸那时想创业,也需要我妈家里鼎力相助。我爸虽然是乡下出身,但长得帅呀,我妈一下就爱上了他,跟他结了婚。"

"但你爸也没跟初恋断掉？"

"没断,他还是很重感情很讲义气的,把他的初恋和私生子照顾得很好,一点没委屈他们。可以说,他无论在事业上还是家庭生活上,都是一个成功的男人,家里红旗不倒,外面彩旗飘飘,把各方面都摆得很平。"

她看他那副憧憬的神情,没好气地说:"你这么崇拜你爸,是不是也想走他的老路?"

"只要你愿意,我会比我爸做得更好,我根本都不会跟大奶同床,更不会搞出孩子来,我只爱你,只要我和你的孩子。"

"别做梦了!我绝对不会做你的小三!"

"你不做我的小三,只做老夏的小三?"

"我谁的小三都不做!说吧,你爸把私生子搬出来干吗?"

"我爸说既然我不想在华威干,那就叫华勇来华威干吧,人家是正宗MBA毕业,而我连BBA学位都没拿到——"

"但是你妈会同意让你爸的私生子来执掌华威?"

"我妈怎么会同意呢?"

"那不就结了?"

"结什么呀!我妈就来逼我。"

"你妈以前知道不知道这个私生子的事?"

"开始她不知道,后来是我发现了,拿去讹我爸的钱,讹了几次,他就不肯给了,所以我就告诉我妈了。他们大闹一场,我爸当时也横了心,说离婚就离婚,给你百分之三十的股权,你想怎么折腾就怎么折腾吧!"

"但你妈没答应离婚?"

"我妈怎么会答应呢?拿百分之三十的股权也没用,都是厂房机器,顶多卖给我爸换点钱用,如果我爸不肯买,她连钱都拿不到。其实我爸也很怕离婚,失去百分之三十的股权,就该牛叔叔来执掌华威,这是他最害怕的。所以我爸我妈都是在那里虚张声势,谁怕得更多谁服软。"

"那这次你妈跟你爸闹离婚了吗?"

"没闹,因为闹离婚也只能拿到百分之三十股份,还是厂房机器,屁用没有,所以她不会离婚的,只能给我施压,让我马上跟牛姐姐结婚,不然就死给我看。"

"那你就答应联姻吧,别弄出人命来!"

"但是我只爱你,根本不喜欢——牛姐姐!"

"为什么不喜欢?她那么爱你,长得也很不错,还能容忍你走肾不走心的出轨,你还想怎么样?"

"你不知道她在澳洲和欧洲跟多少男人睡过!"

"这你就怪了!那些陪酒女不是跟更多的男人睡过?"

"那怎么相同呢?陪酒女只是逢场作戏,牛姐姐是要当老婆的!"

"呵呵,只许州官放火,不许百姓点灯哈?"

"我也没放火,我都说了,我顶多只跟陪酒女打情骂俏一下,根本没有什么实质性的东西。"

"现在你可以尽情地——搞些实质性的东西,很快就能把本扳回来。"

"那样的婚姻有意思吗?"

"那你是想找个三从四德的老婆,然后你自己在外面寻花问柳?"

"我只想找你做老婆,就我们俩,没别的女人。"

"但是你可以跟陪酒女打情骂俏?"

他叹口气:"你对我的要求也是太高了点,连跟陪酒女打情骂俏都不可以,但在生意场上,怎么可能做到那么清白呢?你看看别的女人,有谁会为这么点事就闹分手?"

"那你就去找别的女人呗!"

他无奈地说:"你算是捏住了我的蛋蛋——"

"又乱说!"

"好,不说蛋蛋,你是——扼住了我的咽喉,这样说够文明了吧?"

"说这些没用,还是说说你的打算吧。"

"没什么打算,就这么活一天算一天。哪天被赶出公司了,我就去流浪,讨到一口吃一口。我就不信我到了那步田地,你会不收留我。"

"我肯定不会收留你,因为我瞧不起那种没志气的人,离了爹妈的公司就活不下去。"

他改口说:"那我就去找份工作,每个月挣几千块钱,你愿意不愿意跟我呢?"

"我跟你分手,是因为你——出轨,跟你赚多少钱没关系。"

"但是我没出轨啊!"

"又来了,又来了!我已经对你说了,我们对出轨和背叛的理解不同,说不到一起。"

他指指窗子边一个很大的行李箱:"看,我把东西都带来了,准备长住下来,在A市找工作。你帮我写个简历吧!我从来没写过,不知道怎么写。"

"你连简历都懒得写,能找到工作?"

"那我先写一个,你帮我修改修改?"

"你先写着吧。"

50

华强指着床对面的桌子说:"帮我把手提电脑拿过来一下,我现在就开始写简历。"

她抢白道:"连个电脑都懒得拿,哪像找工作的样子?"

他掀开被子,裸着下身往桌边走,边走边说:"那就别骂我流氓哈。"

"不骂你流氓还骂你什么?明知道有人来访,干吗衣冠不整?"

她转身就走,他急忙叫道:"别走,别走,我老老实实写简历还不行吗?"

她站得远远的。

他坐进被子里,开始写简历,但他连格式什么的都不知道,不停地问,把她问烦了,几步走上前去,从他手里夺过电脑,在网上下载了一个简历模板,然后把电脑还给他,说:"你照着格式慢慢填吧,我回去了。"

"回哪里?"

"回家。"

他释然一笑:"我还以为你要回老夏那里呢。"

她有点后悔,早知道应该说去夏总那里的,但现在改口也没用了。

她往外走去,他在后面叫:"别慌啊,等我穿上裤子,开车送你回去。"

"不用,我打车。"

但她还没打上车,他已经追了上来,执意要开车送她,她只好上了他的车。到了她楼下,她坚决不让他上去:"快回去写简历吧,写了我明天帮你修改。"

他听说还有明天,没再坚持,开车回酒店去了。

她回到家,决定给牛姐姐打个电话,问问华强到底在闹哪样。

牛姐姐一接电话就问:"华强跟你谈得怎么样了?"

"你知道他来找我了?"

"嗯,他现在住在我那儿,今天对我说是去A市找你的。"

"哇,你们都同居了,他还跑来找我干吗?"

"哪里是同居啊?是他妈把他关了起来,不让他出门。他对他妈撒谎,说要上我那儿去,他妈打电话找我核实,我知道他在搞什么鬼,所以去他家把他接到我这儿,不然他哪里有机会跑去找你?"

"那你救了他两次了。"她把刚才跟华强谈话的内容大致说了一下,问,"他好像准备——破罐子破摔,等着被赶出华威,你有什么打算?"

"我能有什么打算?他爸说等春节假期过完,民政局开门上班了,就让我们去登记,如果他到那时还不肯登记,就让华勇和我去登记。"

"你愿意跟华勇结婚吗?"

"我当然不愿意跟他结婚,但如果华强总是放不下你,宁愿被赶出华威也不就范,那我也没办法,我不想被赶出华威,更不想把我爸妈气病了。"

"华勇长得怎么样?"

"从长相上来说,不比华强差,他们两兄弟都像爹。"

"你动心了?"

"动什么心啊?中国男人再帅也帅不过外国男人。我喜欢华强,真的是喜欢他的长情。而这个华勇,薄情得很,虽然有女朋友,但对联姻非常积极,不知道是不是说服了女朋友做小三。"

"你跟他见过面了?"

"早就见过,以前他爸带他和他妈出席过一些场合,不过对外都说是表妹和表侄,那时连华强的妈都被糊弄过去了,别的人更是蒙在鼓里,我也是最近才知道他是华强同父异母的哥哥。"

"你怎么知道华勇薄情?也许他对联姻积极是因为爱上了你呢?"

"算了吧,他那样的人,谁都不爱,只爱钱。他心机很重的,最近一直在联系我,想让我跟他联手把华强赶走。"

"真是比电视剧还狗血!"

牛姐姐恳求说:"你可不可以帮最后一个忙,再踢华强一脚,让他彻底放下你?这样对我们大家都有好处。我有点怕那个华勇,感觉他满心都是仇恨,觉得所有人都亏欠了他,所有人都该受到惩罚。如果让他执掌华威,估计我们都会死得很惨。"

"我还能怎么踢华强呢?我已经把我跟夏总全家一起吃饭的照片都发在朋友圈了,但他还是不相信,我总不能逼着夏总跟我打个结婚证给他看吧?"

"打结婚证可能不切实际,但你可以跟他拍个比较——儿童不宜的照片什么的——"

"拍裸照？"

"半裸的也行，反正就是表明你们已经——滚了床单了。"

"华强说要滚了床单他才信？"

"他不是说你朋友圈没发儿童不宜的片片吗？说明他比较相信那个。反正我也是死马当作活马医，如果到了那个地步他还放不下你，那就是永远都放不下了，我也没什么好等的了。"

"好吧，我想想办法。"

她是真心替牛姐姐和华强担心，怕他们被这个半路上杀出来的华勇坑掉，想到华强这么多年真心真意地爱她，在她最孤独最困难的时候陪伴她，她真的不忍心看他为了她被赶出华威，沦落到找工作处处碰壁、即便找到也是给人家打工、被人吆喝来吆喝去的地步。

她决定今晚就请夏总帮忙拍个儿童不宜的照片，发在三人圈里，既可以说服华强，也可以借机看看夏总到底是不是gay。他人长这么帅，又这么多年没有过女朋友，如果不是gay，真有点说不过去。

于是她给他打电话："夏总，你好，没打搅到你吧？"

"没有，在陪我爸妈看电视，这里有点吵，等我去卧室跟你说话。好，我到卧室了，你说吧。"

"我想请你帮个忙。"

"没问题。"

她笑起来："你都不知道我要请你帮什么忙，就同意了？"

"你肯定不会让我去杀人放火。"

"我刚好就想让你去杀人放火。"

"那肯定是该杀的人该放的火。"

她又忍不住笑起来:"还有该杀的人该放的火?"

"如果没有,你就不会叫我杀人放火了。"

"如果是请你——拍裸照呢?"

"没问题。"

"我的意思是——拍你的裸照,不是请你拍——别人的裸照。"

"也没问题。"

"你想清楚啊,是裸照哦。"

"想清楚了。你要我裸多少我就裸多少,要什么角度就什么角度,要什么姿势就什么姿势。"

"哈哈哈哈——我是说真的,不是在开玩笑。"

"我也不是在开玩笑。"

"我拍了你的裸照,是要放到——网上去的哟。"

"那我就成网红呗。"

她笑了一会,低声说:"其实是拍我跟你的裸照。"

"那更没问题了。"

"为什么更没问题?"

"更容易成网红了。"

她又忍不住笑起来,感觉心里不那么紧张了,好像跟他一起拍裸照是件稀松平常的事一样。

他积极主动地问:"我们上哪儿去拍?"

"你定。"

"酒店?"

"行。"

"哪家?"

"你定。"

"我现在开车过来接你,你可以在车上慢慢决定。"

"好的。"

她简直不相信他这么爽快就答应了,还马上开车来接她,现在轮到她自己忐忑不安了,想到待会两人在酒店房间里赤诚相见,会不会玩出火来?

她想象了一下,能玩出什么火?

被他弄假成真滚了床单?

有点脸红心跳,但不反感。

被他留了裸照证据敲诈她?

只要他不怕把自己也赔进去。

她决定待会让他脱光上身,而她自己穿件吊带睡衣,不算太裸。

他的车到了:"我到你楼下了。"

"好的,我马上下来。"

她下了楼,看见他的奔驰停在她楼下,没熄火,他站在车外,穿着大衣,双手插在兜里,看见她就打开车门:"快上车,外面冷。"

她在副驾坐好,他边开车边问:"想好去哪家了没有?"

"还没有。我对酒店不熟,你觉得呢?"

"我对酒店也不熟,要不,干脆去我家吧。"

"那就去你家。"

到了他桃花园的家,他用钥匙打开房门,开了客厅的灯,两人走进屋里,关上门,他脱了大衣,她脱了羽绒服,他只穿着衬衣,她还穿着毛衣。

他问:"要不要先——喝点酒?"

"不用了吧,你又不会喝酒,别又跟上次一样喝醉了。"

他笑了一下:"我也没那么烂吧?一杯红酒还是不会倒的。"

"但你待会还要开车送我回去呢。"

"哦,那就别喝了吧。"

"你不问问我为什么要跟你拍——半裸照?"

"你想让我知道吗?"

"知道了比较好——调整表情。"

"那就告诉我吧。"

她把来龙去脉讲了一下,他没做评价,只说:"不早了,我们开始吧。"

说罢,他就开始脱衣服,很快就把上身脱光了,问:"这样可以了吗?"

她虽然看见过他的半裸体,但那是在他酒醉的情况下,现在他半裸着站在她面前,她还是很害羞的,低声说:"可以了,可以了。"

"那我先上床去了。"他掀开被子,钻了进去,只露上身在外面。

她抓起自己的包,说:"我到浴室去换衣服。"

她来到浴室,只把上身脱光了,换上吊带睡裙,下面还穿着秋裤牛仔裤。她抱着换下的衣服回到卧室,见他背朝她的方向侧躺着。她把换下的衣服放在椅子上,两手交叉,抱着光光的肩膀走到床边,掀开被子,钻了进去,小声说:"好了,可以转身了。"

他转过身,半坐在床头,眼睛向着床尾方向,不看侧面的她:"用我的手机还是你的?"

"用我的,来,给你手机,你手长,你来拍。"

他接过手机,提议说:"可不可以只拍我一个人的,你的我们随便在网上找个裸体女人,嫁接在我胸前,或者我们分开拍,然后电脑合成?"

"你电脑上有PS的软件吗?"

"家里电脑没有,办公室才有。"

"那怎么合成?"

"那就——两个人一起拍吧,就当是——打针吃药,鼓起勇气,咬紧牙关,一下就过去了。"

她见他一副上杀场临危不惧的样子,笑得咯咯的:"手臂伸过来!"

他愣了一下,把右臂伸开,她从他腋下钻过去,把头躺到他胸前,感觉他的心跳得咚咚的,像擂鼓一样,她说:"用手搂着我。"

他用右臂松松地圈住她。

她整理了一下头发和睡衣,调整好角度,下令说:"好了,快拍吧!"

他按了几下都没听到快门的声音。

她指点说:"就那个圆形的按键,看到没有?按那里就行了。快照!"

他又按了几下,这次听到快门声了,但等她拿过来一看,说:"你拍得昏昏糊糊的——"

他做了几下深呼吸,说:"好,再来!"

她又伏到他胸上,看着镜头,做甜蜜幸福状,听到他又按了好几下快门。她抓过手机一看,还是昏昏糊糊的。她说:"算了,你拿不稳手机,还是我来拍吧。"

两人又摆好姿势,她拍了几张,停下看效果:"你眨眼睛了,再来!"

拍了三四次,终于拍到了理想效果。她衣服也顾不得换,就坐在床上选照片,选来选去,选了一张最令她满意的,想听听他的意见,但一转头却发现他不在床上,她叫了两声,也没听到回答,便决定不等他了,自己做主选定一张,在手机里剪辑了一番,发在那个三人圈里,还配了几个字:

"终于把男神扑倒了!"

51

她发完"艳照",拿起自己的衣服,准备到浴室去换,但走到跟前,却发现浴室门关着,门缝里透出灯光,还有水声,知道夏总在里面洗澡,便回到卧室,关上门,脱掉吊带睡衣,穿好衣服。

只这一会,她发的"艳照"下面已经有了两个点赞,两个回复。

一个点赞和回复是牛姐姐的:"哇,男神啊!羡慕死了!舔屏ing……"后面还跟了一个竖大拇指的表情包,她仿佛都能听到牛姐姐在夸奖她"干得好"!

另一个点赞和回复是表哥的:"瞧这狗粮撒得!虐死单身狗了!汪汪!"

她给牛姐姐回了个笑脸,给表哥回了个"赶快脱单"!

三人圈里就华强没点赞也没回复,不知道是忙着写简历,还是忙着玩游戏。

过了一会,夏总从浴室出来,已经穿上了衬衣长裤,但头发湿漉漉的。

她连忙说:"快用电吹风把头发吹干,不然湿头发出去吹了冷风会感冒的!"

"这里——没电吹风。"

"那就用干毛巾使劲擦擦!"

他找了条干浴巾,一只手擦着头发,另一只手在手机上滑来滑去,不解地问:"你把照片发了吗?我怎么没看见?"

她咯咯地笑起来:"要是连你都看得见了,那还得了?"

"你把我屏蔽了?"

"没有,我发在一个小圈子里,只有我表哥和华强牛姐姐能看见。"

"给华强和牛姐姐看,我能理解,但为什么要给你表哥看?"

她只好把表哥的故事讲了一下。

他没评价表哥的事,只开玩笑说:"发在这么小的圈子里,我当不成网红了。"

她取笑他:"你没当网红的心理素质,拍照的时候吓得手直哆嗦,连手机都拿不稳!"

他辩解说:"是冷得。"

她没揭穿他,只抿着嘴偷笑。

他问:"照片不给我发一份?"

"你想要?"

"好歹我也是艳照的男主吧?"

"这可不是艳照,是月老的红线——为了成人之美的。你要了干吗?拿去哄谁?"

"哄我爸妈行不行?"

"呵呵,只要你敢给他们看。"

"有什么不敢的?"

"拍这种照片,他们不打断你的腿!"

"才不会呢,他们肯定笑得合不拢嘴,儿子终于能耐了——"

她知道他又在装大胆,肯定不敢给他爸妈看,自己留着看看还差不多,便笑着发了一张给他。

"就一张?"

"还嫌少了?"

"我看你照了那么多张——"

"都删了。"

"怎么都删了呢?"

"不删让人家看见了敲诈我们?"

"这能敲诈什么?"

"如果让公司的人看见,还以为我们在——那什么呢。到时候是你离开公司,还是我离开公司?"

"没那么严重吧?现在公司是既少不了你,也少不了我。"

"好吧。"她从垃圾桶里捞了几张出来,发给了他,"你当心点,不要让别人看见。"

"放心吧。"

她看看不早了,说:"你头发也快擦干了,送我回家吧。"

他穿上大衣,跟她一起走出门,从温暖的室内突然来到寒冷的室外,两个人都冷得打哆嗦,赶紧冲下楼,钻进车里。

开着车,他问:"华强看到照片没有?"

"可能还没看到,因为他没点赞,也没评论。"

"如果他看到了会有什么反应?"

"不管他有什么反应,反正我的任务完成了。"

"他会不会跑过来——"

这个她先前还没想到呢,听他一说,不由得紧张起来:"跑过来找你闹?"

"那倒不至于吧,但他会不会跑过来核实?"

"他跑哪儿核实?"

"我家?"

"他知道我们是在你那儿拍的?"

"应该能猜到吧? 不是酒店,不是你家,那还能是哪里? 只能是我家了。"

"他知道你住哪里吗?"

"应该不知道。"

"那就没事。"

"但他应该能打听出来。"

她想了想:"打听不出来的,因为他认识的人没几个认识你的,就算认识你可能都不知道你家在桃花园。"

正说着,祁乐打电话来了,劈头就问:"你跟华强又怎么了?"

"没怎么呀,他怎么了? 又去找你了?"

"他给我发微信,让我把夏总的地址给他一下,说他要到A市来公干,想在夏总家借住几天,还特别说是夏总自己的家,就是前天请我们吃饭的那边,不是他父母那边。他怎么知道夏总请我们吃饭了?"

"呃——可能是因为我在朋友圈发过我们在他家吃饭的片片。"

"你发过吗?我怎么没看见?"

她没回答,只着急地问:"你把夏总的地址告诉他了吗?"

"我都不知道是咋回事,怎么会告诉他?这不第一时间来跟你通气吗。"

"你太聪明了!"

"喊,现在这个年代,没有这点危机意识,还不把闺蜜们朋友们都坑惨了?你也学着点,到时候别坑我。"

"嗯,向你学习。"

"华强一向都是住高级酒店的,怎么会突然想起到夏总那里去借住?从你发的片片他也应该知道那里跟希尔顿是没法比的。"

她只好把裸照的事简单说了一下,祁乐笑着说:"这也可以有?以前只觉得牛姐姐和华强奇葩,没想到你也这么奇葩,还有夏总,这么老实的人都被你们带奇葩了!嘿嘿,半裸照都拍了,你没借机把他——扑倒?"

"哪能呀!说了只是帮忙的。"

"好了,我在上班,不跟你多说了,你就说说我怎么回答华强吧。"

她一时也想不出该怎么回答:"干脆不回答?"

"也行,就当手机没电了。"

她打完电话,向夏总汇报说:"是我室友,她说华强向她打听你的地址,要去你那里借住几天,怎么办?肯定是看到我刚才发的艳照了,想去找你算账。"

"怎么算账?"

"打你一顿?"

"不会吧?"

"那他干吗问祁乐要你的地址?"

"不是说要去我那儿借住几天吗?"

"他明明住在希尔顿酒店,干吗要去你那里借住几天?"

"肯定是想核实一下。"

她还是很担心:"我就怕他是要找你算账。"

"应该不会。"

"你这么有把握?"

他犹豫了一下,说:"因为他对我说过,他父母不同意你们的事,他自己也觉得——配不上你,你跟他在一起并不是很开心,只是为了报答他在你最孤独的时候陪伴过你,所以如果你能找到一个各方面令你满意的人,他会为你高兴——"

她很吃惊:"他这么对你说的?什么时候?"

"忘了具体是什么时候。"

"但他跟你只——见过一面吧?"

"不是见面的时候说的,是聊微信的时候说的。"

"哇,你们还——聊微信?"

"偶尔,不多。"

"怎么没听你告诉我?"

"他说你都知道。"

"我知道他说话的内容,但我不知道他跟你——说这些。"

他提醒说:"既然他要过来核实,我们还是做些准备吧。"

"什么准备?"

"我们去你那里拿些洗漱的东西和换洗的衣服,放到我那边,你今晚也过去我那里住,这样万一他跑过来查看,就不会露馅。"

"他不知道你的地址,怎么会跑到你那里去?"

"你可以让祁乐告诉他。"

"干吗呀?"

"你不是想让他以为我们在——同居吗?那何不——演戏就演到底呢?"

她略一思考,觉得也是:"好,那我们去拿东西吧,不过地址现在还不能给他,不然他会在我们之前就赶到你那里,那我们就露馅了。"

"嗯,有道理。"

到了她家楼下,他停了车,熄了火,跟她一起上楼。她找了一个大旅行袋,往里面放些换洗的衣服,再用几个塑料袋装了洗漱用品,还有护肤品化妆品等等,像搬家似的。

她正收拾着,他突然把手机伸到她面前,她接过去一看,是华强发给他的微信,说跟家里闹翻了,想在A市找工作,没钱住酒店了,想到他那里住几晚。

她说:"等我们快到你那边的时候再告诉他地址。"

她把冰箱里面的生菜熟菜都装了一些,还拿了些大米面粉面条酱油醋之类,一起带到他那边去当道具。

到他家之后,他才回了华强一个微信,说刚跟小璖儿商量过了,同意你来家住,并给地址。

两人开始布置剧场,换洗的衣服挂在他的衣柜里,洗漱用品放在浴室里,带来的菜放在冰箱里,又把家里的各种小细节熟悉了一下,她去洗了澡,换上睡衣,在外面罩一件绒绒的浴袍,坐在床边等好戏开场。

他也把衬衣换成睡衣,再罩上浴袍,坐在床对面的椅子上。

她说:"你家次卧跟主卧是挨着的。"

"是啊,紧挨着的。"

"这房子隔音不好吧?"

"老房子了,隔音肯定不好。"

"那我们待会不还得搞出一点动静才像真的?"

"什么动静?"

她低头笑着不说话,他恍然大悟:"哦,没问题的,这床很老了,翻个身都会有声音。"

"那太好了。"

两人像第一次上场的演员,犯起了怯场症,紧张得要命。

她深呼吸了几口,说:"别紧张,要从思想上认为我们就是——同居男女,那样就不会出破绽了。"

"对,我们是同居男女,我们是同居男女,来,你也念几遍。"

"念这干吗?"

"谎话重复千遍就变成了事实嘛,至少在自己心里是这样。"

她没跟着他念,因为她觉得自己心理上已经把两人当同居男女了,现在就是在等一个朋友来访而已。

华强终于来了,带着他的大行李箱,隔着几层楼都能听见行李箱磕磕绊绊的声音,夏总急忙出去帮忙提箱子。

三人见面,比较尴尬,但貌似很快就进入了角色,台词顺口就来。两个主人热情地招待客人,嘘寒问暖,确定客人不吃什么不喝什么了,便领客人去次卧:"就这间破屋子,你将就几天。"

华强坐在小床上颠了颠,满意地说:"挺好的!可惜没窗子,不过开着门睡就行了。"

夏总又把浴室厕所什么的,都指给华强看了,华强客气地说:"好了,不早了,你们去休息吧,真是太打搅你们了。"

两人回到主卧,把门关了,都没脱浴袍,直接坐上床去,靠着床背。黑暗中,两个人大气都不敢出,像做贼一样,听着华强去浴室洗澡,听着他回到次卧。

一切都安静下来。

过了一会,她决定弄些响动出来,便蹬着床,身子向后倒,想把床背往墙上撞。

他很快就明白她在干什么了,也来帮忙,两人运足了气,和着节奏一起蹬床,终于弄出一些声响。

但过了一会,无论他们怎么努力,都再也弄不出声响来了,可能已经把床蹬得贴紧了墙壁,无处可退。

他翻身下床,到床尾去拖拉。她也下了床,到床尾去帮他。两人一手抓着床架,一手兜着席梦思,又推又拉的,终于搞出一些响动。

推拉了一会,她已经累得没力气了,手也抓得好疼,而且感觉床架快被他们扯散了,便住了手,小声对他说:"行了,就这样吧。"

52

第二天她醒来的时候,发现自己在床上睡成了一条对角线,而夏总不在床上。她怕自己把他挤到床下去了,急忙趴在床边往地上看,还好,他不在地上。

她上了趟洗手间,出来后特意从次卧门前走过,发现门开着,但华强不在里面。她以为他回B市去了,心中一喜,看来昨晚的戏演得不错,成功地演服了他!

她在客厅找到了夏总,穿得整整齐齐的,躺在沙发上闭目养神。

她怕他着凉,想去卧室拿个毯子来给他盖上,但他像有心电感应一样,她还隔着几尺远,他就睁开了眼睛,站起身来,微笑着说:"你起来了?"

"嗯。"

他站起身往饭厅走,边走边说:"快来吃早餐。"

她跟着他来到饭厅,看到桌上摆着两个大盘子,都用餐巾纸盖着,便揭开看了看,一个盘子里是煎饼果子,另一个是蒸饺。她说:"你又把早餐买好了?起得真早!"

"不早了,快十点了。"

"真的?昨晚睡太晚了,一觉就睡到现在。华强走了吧?"

"没走。"

"是吗?我看见次卧里没人。"

"但他行李箱还在那里。"

"哦,他人呢?"

"出去找工作去了。"

她笑了:"喊,大过年的,人家都没上班,他上哪儿找工作去?"

"他这么说的。"

"他走的时候你已经起来了?"

"嗯,他还说晚上请我们在'莎乐美'吃饭。"

"哇,他不是说穷得连酒店都住不起了吗?怎么还请我们去西餐厅吃饭?这几天餐馆的菜价肯定比平时高,他这是想送上门去挨宰?你没对他说就在家里吃?"

"说了,但他不同意,说住在这里给我们添了麻烦,一定要请我们吃饭表示感谢。"

她想了想,说:"我有点搞不懂他了。他到底是相信了我们昨晚的——演戏,今天请我们吃顿饭就回B市去,还是不相信我们的演出,要留下继续考察?"

"可能是要继续考察。"

"我也觉得是,他现在肯定是回希尔顿补觉去了,晚上好有精力听我们的——演出。"

"我觉得昨晚——演出时间应该再长一点,但是你那么快就喊停了。"

她反驳说:"我觉得时间再长也没用,那么慢的速度,像老牛拉破车一样,根本不像是在——"

"太慢了?那你怎么不叫我快点呢?"

她突然一下脸红了。

但他好像没意识到自己的话有歧义,还在专心探讨:"那个床吧也是怪,平时睡觉翻个身都吱吱嘎嘎响,但到了真正需要它响的时候,它又那么难弄响了!"

"这就叫有心栽花花不发,无意插柳柳成荫!"

他分析说:"可能是我们不得要领,下床推可能还不如在床上动。"

"我们刚开始不是在床上动吗?"

"但那是坐着的——"

"那你的意思是——躺着动?"

"我们可以像平时睡觉那样,翻来翻去,应该更容易弄出声音来。"

她同意了:"今晚可以试试。反正要争取在初七之前把这事办妥,春节放假只到初六,初七民政局就开门上班了。"

"今天初五,还剩两个晚上。"

"应该说只有今天一个晚上,因为他明天得赶回去才行,他爸说了等民政局上班就去登记,如果他搞到初七才回去,说不定他爸都等不及,初七一大早就让私生子顶替他去登记了。"

"嗯,成败在此一举!"他诚恳地提议说,"我觉得光是有床的响声还不够,你应该——发出一点声音吧?"

"我?"

"是啊,女生不是应该有——那个什么——moaning吗?"

她估计他说的是"叫床",忍不住笑起来:"怎么光是我一个人的事呢?你也应该发出一些声音。"

"我不用吧?不都是女生才那个什么的吗?"

他这么一本正经地跟她探讨滚床单的细节,她有点hold不住了,急忙跑去浴室洗漱,边洗漱边想,他跟她探讨这些细节,难道不会把他自己挑逗起来?是已经自力更生解决过了,或者是对她完全无感?

如果是最后这个原因,那她真的是要吐血三升了。

洗漱完毕,她回到餐厅来吃早餐,他坐在旁边陪着。

她问:"你一点都不吃了?"

"嗯,我吃饱了,这都是你的。"

"哇,这么多,我一个人吃得完?"

"吃不完放这儿我明天吃。"

她用筷子夹起一个蒸饺,咬了一口:"啊?馅里面有虾!"

"我特意买的三鲜的。"

"我不爱吃虾。"

"啊?那别吃这个了,我再去买吧。"

"不用,我吃蒸饺皮就行了。"

"光吃皮能吃饱吗?"

"这不还有煎饼果子吗?"

"那今天先凑合一下,我以后记得不买带虾的。"

"你吃虾吗?"

"吃啊,我什么都吃。"

"那我把馅儿给你吃,可以吗?"

"当然可以。"

她夹起一个馅,喂到他嘴边,他张开嘴接住吃了。她又拿起一个蒸饺,掰开,直接把馅挤到他嘴里,他脸有点红,但还是装着司空见惯的样子张嘴接住吃了。然后她嘟起嘴,用三个指头捏着蒸饺皮慢慢喂到自己嘴里,还挨个吮了吮手指。

他hold不住了,站起身,嘴里说着"我去擦个嘴",就从饭厅跑了出去。

她心里暗笑:哼,就这点定力啊?我还以为对我完全无感呢。

她早餐还没吃完,他就接到爸妈的电话,让他们过去吃饭,说初五送财神,要吃好的。

她问:"你爸妈是大学教授,还搞送财神这一套?"

他笑着说:"就是找个借口请你去吃饭,待会记得人艰不拆哈。"

她开心地说:"那我们快去吧。"

两人一起来到荣华苑他父母家,她感觉他一家三口都是把她当未过门的媳妇在看待,连他这么拘谨的人,都放开了很多,在厨房里不时跟她擦一下碰一下,在客厅里也不再是坐在沙发的一竖上,而是跟她一起坐在一横上。

吃过午饭,两位老师冒着严寒,双双出门去看朋友,把他们两个单独留在家里。

他问,"困不困,想不想睡会?"

"我不困,你起那么早,肯定困了,你去睡会吧。"

"我也不困,那我们看电视吧。"

"我不想看电视,想看你的影集。"

"行啊,"他站起身,"影集都放在书房里,我去拿来你看。"

他拿了几本影集过来,放在茶几上,然后坐在她旁边,跟她一起看照片。

她觉得茶几离远了点,就拿起一本影集,搁在自己腿上,慢慢地翻看。他朝她跟前挪了挪,两颗头挨得紧紧的。

他家的影集整理得井井有条,按年代排列,从他还是一粒小花生豆的B超开始,一点一点地长大,每个阶段都有留影。他的照片有天真未凿,有青涩稚嫩,但没有调皮捣蛋,也没有搞怪闹事,像她小时候那样哭鼻子啊摔跟斗啊吃冰激凌糊得满脸都是啊,一张都没有。

她问:"你从小就这么规规矩矩不调皮啊?"

"不是不调皮,是调皮的时候没照下来。"

她觉得他小时候没现在长得帅,因为他那时的眼睛不算大,五官没现在这么立体。现在人长大了,眼窝变深了,鼻梁长高了,眼睛显得很大,从小毛毛虫蜕变成了大帅哥。

她还在影集里看到了费经理,是在两家人的合影里。那时的费经理,像个英俊的男孩子,头发理得短短的,满脸是叛逆的表情,很有气场。

她指着合影里一个矮个女人问:"这是费经理的——后妈?"

"嗯。"

"没她亲妈长得好看。"

"你见过她亲妈?"

"没有,但从费经理的长相可以猜出来。"她感叹说,"难怪说男人最怕中年丧妻,因为丧妻后再娶个老婆总是比第一个差太远了。"

"是吗?"

"至少我看到的都是,比如我爸,娶的后老婆又胖脸又大,生了孩子之后更是惨不忍睹,比我妈不知道差了多远。你看费经理的爸爸也是一样,娶的这个后妈比她亲妈——差太多了。这个小女孩是她后妈带过来的孩子?"

"是的,从长相就看得出来?"

"嗯,长得挺像她妈,只不过眼睛比她妈大一些。"她总结说,"不过,我发现了一个规律,小时候眼睛小的,长大了眼睛越来越大;小时候眼睛大的,长大了眼睛越来越小。你小时候眼睛不大,现在越来越大;费经理的妹妹小时候眼睛大,现在是不是越来越小了?"

她没听到回答,转过头去,发现他正眼光灼灼地盯着她,让她想起祁乐说的热恋男的眼光,欲火焚身。

她感觉自己也被他的眼光焚到了,嗔怪地问:"看什么?"

他狡黠地眨眨右眼:"我在为今晚的演出彩排。"

"今晚就演这个?"

"吃饭的时候用得上。"

她有点失望,不过也觉得彩排一下有用处。

到了晚上跟华强一起吃饭的时候,还真的就用上了,两人在那里表演眉目传情,他还在桌上摸摸她的手,她也在桌下踢踢他的腿,还装作担心被华强发现的样子,尽量做得偷偷摸摸的。

吃完饭,又去唱K,唱到半夜才回到桃花园,各自洗漱完毕回房睡觉。

她跟夏总都平躺在床上,想弄出比昨晚更像回事的声响来。但那破床特有个性,不管他们怎么翻身,都弄不出像样的声音来,不知道是不是因为躺了两个人,把该压实的地方都压实了,没有空间,没有回旋余地,所以弄不出响声。

她心一横,钻到他怀里,听到他的心跳像擂鼓。她在他耳边说:"最后一场戏了,演就演真点吧,不然白演了。"

接下来的一段比较混乱,不知道是谁脱了谁的衣服,下一个有记忆的镜头已经是两人赤诚相见,各就各位了。

开始她还一直忍着不出声,后来才想起不就是要弄出声响来给华强听吗?

于是,她放飞自我。

而身下的老床,也暴露出不正经的本色,吱吱嘎嘎响了起来。

53

这一次,她醒来时不再是独自一人在床上,身后多了一个人,腰上多了一只手。

她发现自己睡得很靠边,再往外一点就会掉到地上去,而他紧贴在她身后,一只手揽在她腰上,两人都是赤裸裸的,脸红红的。

她明明记得昨晚完事之后她跟他是面对面相拥着睡去的,怎么今早醒来就成了这样一个格局?估计是她睡着之后,就只顾着舒适自由,拼命往没人的地方滚。而他紧追不放,步步跟进,所以把她挤到了床边。但她没有掉下床去,因为他的手臂像安全带一样把她拴得牢牢的。

她回想起昨晚的那一幕,觉得心里甜沁沁的,他是那么温柔体贴,又那么激情满怀,他在她耳边说了n多遍的"我爱你",比华强八年说过的总和还多,因为华强几乎没直接说过这三个字,滚床单的时候更不会说,都是一些网络黄暴语言,很倒她的胃口。

她还从来没有像昨晚那样尽情享受过性爱,因为以前不是在出租房就是在酒店,总是担心弄出声响扰民,而昨晚是愁怕弄不出声响,彻底放飞自我;以前几乎没有情感上的酝酿,华强都是打游戏打到半夜三更,才把她从梦中拉出来做爱,即便做些所谓的"前戏",也都是急功近利,不带感情色彩,就是炫技,根本不起作用;而夏总是从清晨她醒来的第一分钟就让她浸泡在爱情里,晚上自然是水到渠成,瓜熟蒂落。

虽然他的技术还比较生涩,第一次的时间也很短,但他温柔体贴,情话绵绵,把她的感受放在第一位,而且从第二次起就能持久作战,终于把她送上极乐的巅峰。

有昨晚那次做对比,前面四五年做的爱都像是白做。

她回味了一会,感觉肚子有点饿了,便拿起床头柜上的手机,一看时间不禁哑然,快十点了!这两天都是睡到太阳公公晒到屁股才醒,明天上班怎么办?

手机上有一条华强发来的微信,她打开一看,是写给她和夏总两人的,可能是有史以来华强写给她的最长的一个微信,大意是说他已经平安回到B市,今天走得早,所以没跟他们告别,请他们原谅,并再次感谢他们招待他,让他借住。

他还说经过几天的思考,特别是写简历找工作的经历,发现自己在如今的工作市场上毫无竞争力,所以他决定接受命运的安排,回家族企业去啃老。他还邀请他俩有空的时候去B市做客,让他尽尽地主之谊。

微信写得波澜不惊,中规中矩,客气礼貌,不卑不亢,没有半句怀旧或不舍,没有半句埋怨或自伤,连"祝你们幸福"之类的话都没说一句,完全是以朋友的身份在感谢两位主人的好客。

这让她佩服得五体投地,到底是在生意场上混了大半年的人,火候把握得太好了!

她正准备退出微信,突然发现牛姐姐的头像换了,以前是牛姐姐自己的美照,现在换成了一对半球,就是她做的那对。她点开放大,仔细看了一会,不能确定其中的一个是她八年前在三亚做的那个,还是她去年在B市做的那个。

那次她在B市把新做的半球交给华强之后,曾经问过他有没有转交给牛姐姐,他说忘记转交了。她还催过他两次,但他都没当回事,嘴里说"明天给,明天给",但实际都没给。

后来香港游的时候,牛姐姐对她讲了华牛两家历史悠久的联姻计划,讲了两人关于大学毕业就结婚的约定,还有牛姐姐对华强的那番痴情,她就感觉没必要催着华强把半球交给牛姐姐了,因为两个半球本来就应该分持在两个人手里,是一种爱情信物。所谓两个半球合在一起,实际上是两个有情人结合在一起。既然牛姐姐爱的是华强,那华强当然就是最好的持球人选。等他们结婚的时候,两个半球自然就归到一起了——都在他们的爱巢里。

所以当她看到牛姐姐的新头像时,相当震惊,这是几个意思?是牛华两人已经合在一起了?还是华强后来终于把半球交给了牛姐姐,所以牛姐姐拍了个照片当头像?

她再一看,牛姐姐的个性签名也改了,改成了著名的"半球理论":"每个人都只是半个球,只有找到跟自己吻合的另一半,生活才完美。"

看来牛姐姐不仅是得到了那个半球,还得到了那个半球所代表的人——跟牛姐姐完全吻合的那个人。

她不知道华强是一直保留着她在三亚做的那个半球,现在带到了牛姐姐那里,还是把她在B市重新做的那个半球带到了牛姐姐那里。不管是哪个半球,都只能是他带到牛姐姐那里去的。

他这次来A市之前,住在牛姐姐家,来A市开的是牛姐姐的车,现在肯定回到了牛姐姐那里,连人带球都交给了牛姐姐,所以牛姐姐才会把头像换成两个半球,标志着自己已经圆梦,找到了那个能跟自己终生相伴的人。

她把手机调成静音,给牛姐姐发了一条微信:"牛姐姐,华强平安回到你那里了吗?"

"回来了,他没给你发微信报平安?"

"发了,他只说他到B市了,我不知道是不是在你那里。"

"哈哈,他不在我这里还能在哪里?"

牛姐姐旋即发了个华强的半裸照过来,下半身盖着被子,上半身露在外面,虽然只是一个背影,但她也知道那的确是华强,睡在牛姐姐的闺床上。

牛姐姐问:"你和老夏也还没起床吧?"

看来华强把这里发生的一切都告诉了牛姐姐!

她有点尴尬,发了个做鬼脸的表情包应付。

牛姐姐说:"我的计谋不错吧?一箭双雕!我如愿以偿,你也如愿以偿!"

她大骇,无心恋战,草草发了个"以后再聊,拜拜!",就退出微信,关了手机。

什么情况?什么情况?

她本来还在为自己导演的好戏大获成功感到骄傲,觉得自己成人之美,帮了华强和牛姐姐一把,现在被微信里的一幕炸翻了,顿时蒙了圈。

她知道华强回到B市之后,会跟牛姐姐去民政局登记,但她以为那只是在做戏,是为了保住他俩在华威的位置。华强要真正放下她,从感情上接纳牛姐姐,做成夫妻,还需要很长一段时间。没想到他这么快就接纳了牛姐姐,不仅同床共枕,还把象征爱情的半球带到了牛姐姐那里。

那他前天说的那些不爱牛姐姐,嫌弃牛姐姐在澳洲和欧洲有过很多男人的话,只能是在演戏给她看。

但他为什么要演戏给她看呢?

完全没必要嘛!

他老早就知道他家不会同意他们的婚事,老早就知道他会跟牛姐姐联姻,从高三毕业后就知道,并且认命了,所以上大学这几年,他根本没试图改变这个命运,他不好好学习,不拿学位,连找工作的简历都不知道怎么写,根本没有打算自立,说明他一直都是接受联姻这个安排的。

但他老奸巨猾地隐瞒了这一切,只说他绝食快死的时候最遗憾的是没有跟她爱爱,把她感动得一塌糊涂,立即违背妈妈的教诲,在结婚前就跟他爱爱,让他如愿以偿。

他在大学四年里都跟她在一起,享用她的身体、她的服务,还有她的金钱。他一直没告诉她,他们其实没有未来,他永远都不会跟她结婚,他也没把他家里从经济上克扣他的真实原因告诉她,让她死心塌地地出钱出力出人侍候了他四年。

而他跟她在一起这么多年,早已厌倦了她的肉体,他也变相承认过这一点,就是那句"每个屌丝男朝思暮想的女神背后,都有一个×她×到想吐的男人",所以他不得不变换花样,一时把她想象成小三,一时把她想象成妓女,一时把她想象成隔壁老王的人妻,才能提起他的性趣。

如果他仅仅是这么说说,她不会认为他厌倦了她,她会当成他在说别人,在开玩笑。但她是有事实依据的,刚开始的那段时间,也就是高三毕业后那个暑假,他第一次绝食后,他真的是如狼似虎,如饥似渴,似乎从早到晚都在想那点事,挖空了心思找时机找地方跟她做爱。大学第一年,他也是每个星期都会去酒店开房,然后整个周末跟她腻在一起。但越往后,他的性趣越低,有时几个星期才去酒店开一次房。等到大四同居后,他更是一心扑在游戏上,虽然她就在身边,他也是隔好多天才会想起做那么一次。

那他这次为什么要在她面前演戏呢?直接抛下她去联姻不就得了?干吗要第二次绝食,还特意跑到A市来告诉她?

她想到种种答案,其中一个令她不寒而栗。

那就是他想让她成为她最痛恨最不愿意做的小三!

他肯定是一直都想让她做他的小三的,那样他就能像他爸爸那样,过着"家里红旗不倒,外面彩旗飘飘"的日子,因为联姻是肯定要联的,不联他连饭都没得吃,但他也不想放弃她,毕竟她"聪明漂亮,能干贤惠,谁娶到是谁的福气",如果他有她做小三,应该还是很有面子的事,所以他这次来的目的,并不是要离开华威,自立自强,挽回她的感情,跟她结婚,而是在做最后一次努力,试图用再次绝食来说服她做他的小三。

当她再一次回绝之后,他起了报复之心,想玩她一把,让她成为夏总的小三,那等于是让她自己打自己耳光,你不是最痛恨小三吗?你不是打死不做小三吗?那我就让你做个小三试试!

牛姐姐肯定是他串通好了的,所以恳求她再踢华强一脚。但当她说到能做的都做了,总不能让夏总跟她一起开个结婚证的时候,牛姐姐马上说"打结婚证可能不切实际"。

牛姐姐怎么知道跟夏总打结婚证不切实际?

答案让她不寒而栗。

因为牛姐姐也知道夏总其实是已婚男人!

夏总早就说了自己已婚,华强也说了"你只做老夏的小三",但她怎么就当作了耳边风呢?

根据夏总一直以来的表现,她有种强烈的感觉,如果不是华强和牛姐姐推波助澜,她跟夏总绝对不会这么快就滚床单,因为夏总根本就没那个意思,演戏演到前天晚上,都没那个意思,是昨天晚上她自己想到成败在此一举,主动滚到了他怀里,他才跟她做爱的。

他就是人们说的"三不男人":不主动,不拒绝,不负责!

而这种男人,要么是已婚男人,要么就是根本不爱你,只想跟你滚床单的男人。

夏总既是前者,又是后者,他两者都是。

这可真是讽刺啊!

昨晚她还信心满满地以为自己是导演,在演戏给华强看。哪知道华强和牛姐姐才是真正的正副导演,导得她按他们的剧情演完了全剧而不自知,还洋洋自得地以为一切都在自己掌控之中,其实不过是人家手下的一个卡司而已。

她别的没什么要后悔的,只后悔昨晚过于主动,真的跟夏总滚了床单,让华强阴谋得了逞。

现在怎么办?

54

她觉得自己就像一个刚愎自用昏庸无能的法官,放着罪犯的亲口招供不信,偏要去相信那些吃瓜群众的胡言乱语。

夏总就是那个"罪犯",早就亲口承认自己已婚,"污点证人"华强也几次提供证据,从旁证明他的"罪行",但她都当成耳边风,只听见了冉东的一句"他哪里有夫人?",只看见了他两边家里都没有老婆的痕迹,只觉得他父母都把她当未过门的儿媳看待,便自作主张推翻他的供词,轻易判他无罪。

但是冉东那样说,有什么稀奇吗?哪个男人没有几个能帮着欺骗女人的狐朋狗友?段子不是说了吗,老王夜不归宿,王嫂打电话询问,结果十个狐朋狗友都说王哥在自己家里留宿,好像王哥有分身术似的。

夏总两边家里的确是没有老婆的痕迹,但他不能在荣华苑和桃花园之外,还有另一个窝吗?难道谁规定他家只能有一套出租房和父母一套房,他自己不能有个婚房?

还有他父母对她的态度,不过就是她自己的感觉而已。但她的感觉很准确吗?尤其是对所谓"未来公婆"的感觉,不要太不准确好不好?半年前她不是还"感觉"华强的父母要见她这个未过门的儿媳,于是兴冲冲地跑到B市,结果只是被牛姐姐呼来唤去调戏了一回吗?

貌似有这么一个说法,我们每个人最终都会变成自己讨厌的模样。

以前她不相信这句话,现在终于信了。其实有时不是你自己想变成你讨厌的模样,而是各种因素推你逼你的结果。

她就是最好的例子!

她讨厌出轨挖墙脚做小三,但阴差阳错的,她就做了夏总的小三。

现在事情已经发生了,她内再多的疚,后再多的悔,问再多的责,都不能把昨天晚上那一幕抹掉。毕竟生活不是演戏,不能演砸一幕,就cut重来。

她只希望夏夫人全然不知这事,那就不会造成伤害。

她不会开道德法庭审判夏总,因为他没犯下什么罪行,他一直都是规矩的,没有招惹过她,春节请她吃饭只是体恤下属,陪她拍半裸照只是帮忙,同床共枕只是演戏给华强看。是她自己帮人心切,假戏真做,落到这步田地。

当然,她也不会对自己开道德法庭,她不是有意的,是被华强和牛姐姐耍了。

那就当自己是个过气的演员,昨天是最后一场告别演出吧,从此以后退出演艺圈,再不涂脂抹粉登台表演。

想到这里,她坚决地去扯开他的手,想起床穿衣服回家。

但她稍一动作,他就醒了,从后面吻着她的脖子,下面也迅速勃起,顶在她身后。

被一个帅帅的男人拥在怀里,还感受到他的冲动,昨晚又经历过那样一幕,如果说自己一点都不动心,那就有点绿茶婊了。但她不能一错再错,在小三的路上越滑越远。

她拼命想要挣脱,但他毫不放松,在她耳边小声问:"小璿儿,小璿儿,你要干吗?"

"我要回家!"

"这里不是你的家吗?"

她心里一热,安静下来。

他见她不再挣扎,便问:"几点了?"

"十点多了!"

"啊?真的吗?这么晚了?我起床去买早点!"

他松开手,从床上坐起来,她想借机溜下床去,又不愿意在光天化日之下让他看见她的裸体,便裹着被子往床下看,想找到自己的衣物。但地上只有他的睡衣睡裤浴袍什么的,却没有她的。

她想起昨晚好像是互脱衣物,随手乱扔的,她的睡衣内裤什么的,肯定在他那边的地上。她只好躲在被子里,想等他走了再起身。

他走到她睡的这边,从地上捡起自己的睡衣裤,边穿边问:"华强还在隔壁房间吗?"

"早就回到B市了。"

"是吗?那他是——彻底信服了吧?"

"我不知道什么信服不信服,我只知道他跟牛姐姐已经——性福过了。"

"真的?你怎么知道?"

"我跟牛姐姐聊微信了。"

"你早就醒了?"

"嗯。"

"怎么不叫醒我呢？"

"我这不把你叫醒了吗？"

她滚到他睡过的那边去找自己的衣物，果然在那边，她从地上抓起来，躲进被子里去穿。

他隔着被子搂住她："小璿儿，你不用起来，乖乖地躺着，等我买了早点，端床上来喂你吃。"

"你不用买我的早点，我马上就走的。"

他急了，迅速钻进被子里，搂住她："别走，小璿儿，别走好不好？"

"戏演完了，不谢幕下场还赖在台上干吗？"

"什么戏？"

"昨晚的戏呗。"

"昨晚你——只是在演戏？"

"你不是在演戏？"

"我不是。"

"我们说好了是演戏的。"

"但是昨晚你说——"

"我说什么了？我说了那不是演戏吗？好像我没说过吧？我说的是'这是最后一场戏，演就演真点，不然白演了'。"

"但是你还说了——你——爱我——"

"那也是演戏的一部分嘛，我说的是标配台词，懂不懂？男主说他爱女主，难道女主不回答一个我也爱你？"

"但是——但是——你也很——投入的——"

"演戏不投入还能演得好？"

他沮丧地说："怎——怎么会是——这样？我以为——"

"你以为什么?以为我会做你的小三?"

"什么小三?我不明白你在说什么。"

她气咻咻地说:"好了,别演戏了!赶快起床,回家陪老婆吧!你这几天夜不归宿,也不怕老婆知道了罚你跪主机板!"

"什么老婆?"

"你的老婆!"

"我哪里有老婆?"

"你自己说的话,忘记了?"

"我自己说我有老婆?什么时候说的?昨天晚上?我没说啊!"

她提醒说:"不是昨天晚上,是那次我帮祁乐做媒的时候,你不是说你已经结婚了吗?"

他恍然大悟:"哦,那次啊?那不是为了——拒得婉转一点,不伤害她吗?"

听到这句话,她心里的疙瘩已经化解了一半,但还是不敢完全相信:"不光是那次,还有一次,是我第一次去你办公室的时候,你说你经常在办公室住,我问你是不是家里孩子太吵,你说什么了?"

"我说什么了?"

"你自己说过的话不记得了?"

"我说我结婚了?肯定没说!"

"你没说你结婚,但你说——你没孩子。"

"我是没孩子呀!"

"如果你没结婚,不是应该说'我婚都没结,哪来的孩子'吗?"

"但你并没问我结没结婚啊!"

"我是没问,但是——根据逻辑,你不是应该主动提到没结婚吗?"

"我觉得结婚和孩子之间没有必然的联系,结了婚的人可能没孩子,没结婚的人可能有孩子。"

她想了想,貌似也有道理,外国很多未婚妈妈未婚爸爸,所以人家不会说"我婚都没结,哪来的孩子"。他在海外待了几年,可能受了老外的影响。

她问:"你是不是对华强也说过你已经结婚了?"

"嗯,说过。"

"为什么对他也这么说?难道他也追求你了?"

"他怎么会追求我?"

"那你干吗对他说你已经结婚了呢?"

"因为他说你告诉过他,我已经结婚了?"

她的确是对华强说过夏总已经结婚了,从第一次去他办公室后,她就对华强这么说过。她好奇地问:"我对他说过你结了婚,你就得照我的说?干吗不告诉他事实?"

"他说他觉得我和你是绝配,他也鼓励你跟我在一起,但是你对他说我已经结婚了。我觉得你那样说,是为了打消他的疑虑和担心,让他知道我们俩——是不可能的,所以我就对他说:她说得对,我是结婚了。"

这么说来,她对华强的判断没错,但对夏总的判断错了。

她转过身,钻进他怀里:"你真的没结婚?"

"没有。"

"敢发誓吗?"

"敢!"

"你昨晚不是在演戏?"

"不是。"

她柔声说:"我也不是。"

他激动地搂紧她:"真的?"

"真的。"

"敢发誓吗?"

"敢!"

他长舒一口气:"你刚才真是把我吓坏了!"

"就这么点胆子?"

"一直都不敢相信,生怕是好梦一场——"

"一直都在期待这一幕?"

"嗯。"

"那你干吗不来追我呢?"

"我不敢。"

"因为我有男朋友?"

"嗯。"

"但是后来——我不是跟华强吹了吗?费经理没告诉你?"

"告诉了,她说是因为华强家里不同意。但他家里早就不同意了,你们不是一直在一起吗?"

她气哼哼地说:"我还对费经理强调了又强调,我跟华强分手是因为他——跟陪酒女打情骂俏!她怎么刚好漏了这一点呢?"

"那个她也告诉我了。"

"那你怎么还是没来追我呢?"

"我以为那只是一时赌气闹的分手,迟早会和好的,她也说华强仍然会来A市看你。"

她心说费经理汇报工作可真是面面俱到啊,却不知道突出中心,抓住重点!也怪她自己,干吗有的没的说那么多?

他说:"但是,通过这次春节的事,我相信你们是真的吹了。"

"春节的事?春节什么事?"

"春节这种合家团聚的节日,你们俩都没在一起过,那不是吹了,还能是什么?"

她哭笑不得:"你这个理由刚好最不成立,因为除了读初三那年的春节,其他春节我都不是跟他一起过的。"

"真的?怎么会这样?"

"他父母不同意我跟他的事嘛,我们怎么可能在一起过春节?"

"但是——不去他家里过,可以在你家过呀!"

"我父亲连我是他女儿都不敢承认,还让我去他家过年?他住的房子都是他老婆和岳母付大头买的,他自己能在那里住就不错了,哪里敢邀请我去他家过春节?"

"那你们不跟家人一起,两人自己一起过不行吗?"

"华强的父母要求他春节必须跟他们在一起过,否则就不给他生活费,他哪里敢违抗?"

他紧紧搂住她,疼惜地说:"我再也不会让你——独自一人过春节!"

她感动得起了哽咽,也紧紧搂住他。

缠绵了一会,她又开始挣脱,而他又紧紧搂住不放。

她笑着说:"你再不放开,我就要拉在床上了!"

他明白过来,不好意思地放开她。

她下了床,正在犹豫要不要穿上睡衣,他已经绕到她这边来了,不由分说地打横抱起她。

她嚷道:"干吗呀?干吗呀?我要上洗手间!"

"我知道。"他微笑着把她抱到洗手间去了。

55

第二天,牛姐姐在朋友圈里晒出了结婚证,还撒了一把狗粮:"爱情得到官方认可,从此持证上岗……"

她这才知道牛姐姐也是有名字的,而且是个很霸气的名字,叫"牛小威"。

她立即手动点赞,并跟帖恭喜牛姐姐与华强喜结良缘,还夸牛姐姐名字霸气。

牛姐姐回复说:"因为我爸有个霸气的名字:牛振威!以后我儿子就叫'华威'了,哈哈——"

"什么时候举行婚礼?"

"这段时间很忙,订婚纱也需要一段时间,准备五一搞个西式婚礼,到时请你和老夏当伴娘伴郎哈。"

"我们离这么远,不方便吧?"

"嗯,也是,当伴娘伴郎还要参加排练什么的,你们离远了不方便,但是婚礼一定要参加哦!"

"我先跟他商量一下。"

"商量什么呀？男人都不喜欢参加婚礼什么的，你就给他下个死命令，非参加不可！"

"男人不喜欢参加婚礼，那华强呢？"

"他也不喜欢，但是他说如果一切都不要他操心，只到时出个场，他也没意见。"

她当晚就跟夏总商量："牛姐姐说五一请我们参加她和华强的婚礼，去不去？"

他想了想，说："还是等到华强出面邀请再说吧。"

"为什么？"

"牛姐姐只代表牛姐姐的意思，也许华强并不愿意在婚礼上看到我们呢？"

"嗯，也有可能，那到时候再说吧。"

她自从知道夏总并没结婚之后，就不再计较华强和牛姐姐到底为什么撮合她和夏总的事了，反正不管动机是什么，结果都是好的，那还管动机干吗呢？她心里只有感激，不然天知道夏总会磨磨蹭蹭到什么时候。

不过，从那之后，她和华强之间就基本断了联系，因为他本来就不是个爱联系的人，以前都是她在努力保持联系，早请示，晚汇报，走哪儿去哪儿都对他报备一下，而他一般都是等到有空了，才会打个电话跟她聊两句。

后来她提出了分手，形势就反过来了，她走哪儿去哪儿都不再向他报备，基本不主动联系他。而他则倒了个个儿，走哪儿去哪儿都给她打个招呼，出去应酬喝酒还发视频给她，证明现场没有陪酒女。

现在好了，两人都不报备了，成了路人。

但她跟牛姐姐的联系比以前频繁多了,主要是牛姐姐有了很多东西需要吐槽,都是关于华强的,华强打游戏不理老婆啊,华强又喝醉了啊,华强跟网络老婆调情啊,华强跟游戏公会的人聚餐没叫上老婆啊,等等等等。

她安慰牛姐姐的方法非常简单,就是在牛姐姐问她"他以前是不是这样对你"的时候,如实回答"是"。有了这一句,牛姐姐一般都能被安慰下去,自我开解说:"唉,他对你都是这样,那说明他就是这样一个人,我也懒得计较了。"

她跟表哥之间的联系也很少了,因为表哥以前就很少主动联系她,主要是怕时机选择不当,正赶上华强在旁边,两人说不上话都是小事,还可能引发华强的醋意,影响他们之间的关系,所以一般都是她先发微信给表哥,然后两人视频。

自从有了宁馨儿之后,她就很少找表哥视频聊天了。但表哥仍然是二十四小时待机,只要她发微信过去,表哥都是秒回。她发的朋友圈什么的,表哥也都篇篇点赞,有时还发点小评论小感想。

她没再向表哥打听他和宁馨儿之间的进展,表哥也从来没在朋友圈展示过自己与宁馨儿的关系,除了多人合影之外,没有任何关于两人之间感情的只言片语。

但宁馨儿跟牛姐姐一样,也是个肚子里装不住话的人,有了什么都会在朋友圈里更新,所以她对表哥和宁馨儿的感情进展了如指掌。宁馨儿生日那天贴的是跟表哥的贴面照,确切地说,是宁馨儿嘟着红红的嘴唇,吻在表哥脸上的照片,而解说居然跟她那次发半裸照时的一模一样:"终于把男神扑倒了!"

她早已把自己的半裸照从那个小圈子里删除了,但她不知道是不是表哥存下了那张照片,让宁馨儿看到了,或者表哥当时就给宁馨儿看过了那张照片,所以宁馨儿学了她那句话。

她问了表哥,表哥说没存照片,也没给宁馨儿看过。

可能只是巧合,毕竟那句话不是她的独创,而是网络红词,谁不能用呢?

西线和东线的战局都很稳定,她自己的战局也很稳定,一片甜蜜温馨的景象。

自从初六那天互通款曲之后,夏总就让她别叫他夏总,要叫他"玄儿"。但她有点改不了口,所以总是胡喊乱叫,有时叫他"老夏",有时叫他"玄儿",在公司里还是叫他"夏总",免得被人发现。

他爸妈知道了他们的事,自然是欢天喜地,一定要把荣华苑的房子让出来给他住,他们没同意,说公司里的同事池漪漪就住在荣华苑,怕那个八卦精碰见了到处乱讲,如果公司知道了,会让他们两人之中走一个。

他爸妈只好退而求其次,说把桃花园的房子装修一下给他们住,因为长期出租,租户不是那么爱惜房子,搞得乱七八糟。而且家具也都是以前的旧家具,租户用过了的,让他们接着用不放心。

于是就请了人来装修房屋,因为几年前彻底装修过一次,大的框架都已成形,不用伤筋动骨,只是一些美容性质的装修,所以很快就搞好了。为了安全起见,决定空置一段时间再入住。

刚好那段时间她和夏总一起去了海外,因为他对海外市场的产品研发流程也做了一些改变,以前是中级职称设计师做海外市场,现在改成初级和中级职称的设计师联合开发,还是采取个人设计,匿名评分,高级设计师二审的方式,不拘一格降人才。

她设计的产品很荣幸地被选入海外市场夏季产品名单,因此获得了一次海外考察的机会,跟着夏总去美国英国法国意大利比利时兜了一圈,像度了个蜜月一样。

在英国逗留的那几天,他们去了他的母校和他以前任职的公司,跟两边的人员都进行了座谈,表哥和宁馨儿也都受邀参加。

然后四人开着宁馨儿那低调的宝马,到邻近的一个城市去玩了两天。

宁馨儿仍把表哥叫大叔,但现在来了个比"大叔"年龄还大的男人,可把宁馨儿为难了,小脑袋转了好多转,才决定把夏总叫"前辈"。

宁馨儿私下问她:"璿儿姐姐,你觉得大叔和前辈哪个更帅?"

"哈哈,我不知道,你觉得呢?"

"我觉得还是大叔更帅!前辈帅是帅,但是有点——太老了,不过跟你还是蛮相配的。"

"快去告诉大叔,说你觉得他比'前辈'更帅,他一定很高兴。"

"真的?他喜欢比'前辈'更帅?"

"他喜欢在你眼里他比'前辈'更帅。"

"好,那我马上就去告诉他!"

她也把宁馨儿的话告诉了夏总,他急了:"我是不是太老了?"

"只要我不嫌你老就行,你管人家小女孩怎么想?"

"你真的不嫌我老?"

"你多老啊? 也就三十来岁,现在就兴找大叔,你老得还不够级呢。"

在那个城市逗留的时候,他们在酒店开了两个房间,相邻的。他们三个老家伙都很注意,悄没声息的,但宁馨儿就不管那么多了,叫得惊天动地的,她和夏总都听见了。

她偷笑着说:"到底是小孩子,活得多自在!"

他若有所思地说:"会不会是在演戏?"

"演戏? 不会吧?"

"你觉得你表哥——有没有真正放下你?"

"我觉得他真正放下了,你没看见他对馨儿有多宠溺?"

"就因为太宠溺,所以我担心他们是在演戏。"

"他们干吗要演戏给我们看?"

"好让你——以为他彻底放下你了啊,就像我们——演戏给华强看一样。"

"不会的,就算我表哥会演戏,宁馨儿也不会演戏,她是个很自我的人。"

"但是——你表哥那么——含蓄的人,正常情况下,听到宁馨儿这么——大叫,不会觉得尴尬,想办法阻止她?"

"怎么阻止? 用嘴闷住她?"

他笑了笑:"要不你也叫几声,让我试试用嘴闷不闷得住?"

两人笑得差点进行不下去。

事后,两人躺在床上,隔壁也已经安静下去,他担忧地说:

"会不会有哪一天,你——会跟别人演一出戏给我看?"

"我跟别人演戏给你看?什么意思?"

"就像你跟我演戏给华强看一样?"

"你家也有联姻计划?"

"没有。"

"你也会跟陪酒女打情骂俏?"

"不会。"

"那我怎么会跟别人一起演戏给你看呢?"

"可能演过戏的人,总是担心——报应会落到自己头上。"

"瞎担心!"她安慰说,"我们演戏给华强看,是为了成人之美,顺便也成了自己之美,又不是什么坏事,怎么会遭报应呢?"

"嗯,你说得对。"

等他们从海外回来,桃花园的房子也空置得够久了,他们买了一些家具,就入住了。

不过,她坚持每星期回幸福小区住几个晚上,一是陪陪祁乐,为祁乐做做饭,二是跟夏总保持一定的距离,免得彼此产生厌倦感,再说他也有很多事情需要在办公室处理,她给他留出几个晚上,与人方便,自己方便。

幸福的日子,没什么故事发生,转眼到了五一长假,她跟夏总一起去B市参加华强和牛姐姐的婚礼,他们前一天晚上就去了B市,住在酒店里。

婚礼那天,她按照牛姐姐的安排,没穿白裙,免得跟新娘子撞色,穿的是一条水蓝色的纱裙。夏总穿的是深色的西服,帅得让人色心大动。

婚礼在一个湖边花园举行,非常盛大,牛姐姐是请婚庆公司打理的,而且是专门操办西式婚礼的公司。

牛姐姐的婚纱很仙很美,前后领都开得很低,露出牛姐姐漂亮的锁骨和美背,婚纱上半部分一直到膝盖,都是贴身裁剪,但膝盖以下部分是撒开的裙裾,像一条白色的美人鱼。透明的婚纱从头一直披到脚下,上面点缀着蝴蝶花纹,隔远看像一群蝴蝶追逐着新娘子飞舞。

当庄严的《婚礼进行曲》响起,一身黑色西装的牛叔叔挽着牛姐姐缓缓走来,亲手将女儿交到华强手里。她看着这一幕,突然想起自己的老爸,她的婚礼可不愿意让那个男人挽着自己出场,但那样她就没人挽着出场了,心里有一丝忧伤,但想到表舅可以代替老爸,又把忧伤赶跑了。

然后一对新人互戴戒指,跟着主持人念婚礼誓词,说了"我愿意"之后,主持人说:现在你可以亲吻你的新娘了!

新郎亲吻新娘,摄影师唰唰拍照,来宾啪啪鼓掌。

画面太美了!

她看着这一切,早已在幻想中把新娘新郎换成了自己和夏总,仿佛看到妈妈也从天空中注视着婚礼,不由得热泪盈眶。

夏总好像看出了她的心思,附在她耳边说:"我们会有一个更美丽的婚礼!"

她撒娇说:"你都还没求婚呢,就在谈婚礼?"

"我正在设计我们的订婚戒指——"

56

其实,到此前一刻,她还没想过要这么早就结婚,因为她跟夏总认识还不到一年,在一起的时间更短,才几个月,再说她年龄还小,公司又反对内部恋情,干吗要现在就结婚呢?刚才她只是被婚礼的氛围感动,而且想到了妈妈,才会热泪盈眶。

但当她听夏总说正在设计订婚戒指,会给她一个更美丽的婚礼时,她还是非常感动非常开心的。华强跟她在一起那么多年,从来没有跟她结婚的打算。而夏总跟她在一起才几个月,就想到了结婚,她能不感动吗?

她想到夏总年龄不小了,他爸妈肯定希望他们尽快结婚,所以她决定如果他拿着自己设计的订婚戒指来向她求婚,她就爽快答应。

她连结婚之后如果在公司待不下的后路都想好了:开个珠宝设计公司,有她外婆留下的那笔钱,还有她和他这段时间拿的提成,应该能开个小型设计公司。如果他还想在天惠干,那她就一个人先在自家公司干着再说;如果他不想在天惠干了,那就两人一起开公司。凭他们的能力和努力,应该不会落到喝西北风的地步。

于是,她也暗中准备起来。

这段时间她不用坐班,在家研发秋季产品,于是她忙里偷闲,干公活的间隙里也干点私活:设计自己和夏总的结婚戒指。她知道结婚戒指以简洁朴素见长,不像订婚戒指,可以设计得很绚烂,如果想把结婚戒指设计得与众不同,需要花更多的心血。

一天,她正在桃花园家里设计结婚戒指,祁乐找上门来了:"小璿,上你这儿混顿饭吃行不行?"

"当然行,你今晚不上班?"

"上啊,这不还早嘛。"

她看看时间,四点过了,也不早了,便放下手中的活:"我去做饭。"

"别太张罗了,剩饭剩菜就成,主要是想跟你说说话。"

"这样啊?那我就炒个青菜,其他就剩饭剩菜招待你了,等我明天去幸福小区那边再好好做几个菜你吃。"

她很快就把几个菜端上桌来:"你吃吧,我等他回来一起吃。"

祁乐开始吃饭,但满腹心思的样子,不像平时吃得那么欢畅。

她问:"乐乐,你怎么了?是不是今天做的菜不好吃?"

"不是,你做的菜就没有不好吃的——"

"那你今儿个是怎么了,吃得这么闷闷不乐的?"

祁乐小心翼翼地说:"因为我想告诉你一件事,又怕你——生气。"

"哇,什么事,搞得这么——隆重?我俩谁跟谁呀?但说无妨!"

"你得先答应我不生气才行。"

"好,我答应你,不生你的气。"

"不是要你答应不生我的气,我是怕人生我气的人吗?再说,又不是别人,是你这个通情达理的人,如果你生我的气,肯定是我做得不好。"

她好奇地问:"那你是要我不生谁的气?"

"不生你自己的气。"

"不生我自己的气?是我做错了什么吗?"

祁乐闪烁其词地说:"也不是你自己做错了什么,我的意思是,你不是有意做的,但是,有时候——人在无意当中——也是会做错一些事的,对不对?"

她越来越糊涂了:"我到底做错了什么事?你快告诉我呀!"

"算了,你肯定会生气的,我还是不告诉你了吧,再说我也——拿不准。"

"你越不告诉我,我越想知道。完了,我的头都疼起来了。"

"好吧,好吧,别吓我,我告诉你吧,反正你迟早是会知道的,也许早点知道比晚点知道更好。"

"快说吧,求求你了!"

祁乐做了个下定决心的表情,说:"是这样的,今天早上我下班的时候,正在更衣室换衣服准备回家,我们科室一个白班护士进来换衣服上班,我们就聊了几句。她叫裘芳蕊,也是我们三楼的护士,不过我在一病区,她在二病区,一个在东翼,一个在西翼——"

"快说跟我相关的部分吧。"

"好的,说跟你相关的部分。芳蕊问我:乐乐,你还记得以前我对你讲过的那个跟男神在病房举行婚礼的吕小雅吗?"

她插嘴说:"是不是你以前对我和华强讲过的那个女病人?医生说只能活三个月,但她男朋友不离不弃,在病房跟她结婚,最后她活了——我忘了是多久了,反正不止三个月。"

"对,就是她。你也记得呀?"

"这么励志的故事,怎么会不记得呢?我一直都在遗憾我妈没她命好呢。"

"唉,现在我真的不知道该说她命好还是命不好了——"

"怎么了?快往下讲啊!"

"我对芳蕊说,记得呀,也算我们姑息治疗科的一大成就吧?我逢人就宣传的,怎么会不记得呢?她说,吕小雅又住进我们科来了,这次在18病房。"

"是不是——癌症复发了?"

祁乐摇摇头:"如果是癌症复发了,她肯定不会当个新闻告诉我,因为我们那里住的都是癌症复发的病人,没复发的都是有救的,一复发就基本没救了,所以就送到我们科来了。"

"那这个女病人没复发怎么会送到你们科去呢?"

"我也是这么想,所以我问了芳蕊,她说是血糖太高,引起体内电解质紊乱,差点死掉。因为她以前就是我们科的病人,现在还是癌症晚期治不好的那种,所以抢救过来后就又送到我们科来了。"

"血糖很高?难道她有糖尿病?"

"不是糖尿病,但她是胰腺癌晚期,胰脏功能完全丧失,根本不能制造胰岛素了,所以靠每天注射胰岛素维持身体需要,一天不注射就会出危险。"

"那她是不是忘了注射胰岛素?"

"这是她的生命线,她怎么会忘记呢?"

"那是怎么回事?"

"她是故意不注射的!"

"是吗?怎么要这样?"

"因为——她发现她的那个男神丈夫——"

她脑洞大开:"有了外遇?"

祁乐看了她一眼:"哇,你太神了!一下就猜到了!不过,我听过你爸妈的故事,所以我也是第一时间就猜到了,把芳蕊佩服得五体投地,说医生查了老半天都没查出原因来,她爸妈也不知道真实原因,她妈就知道哭,她爸说肯定是她女儿使用的胰岛素有问题,要告上法庭什么的,她才承认是她自己——没给自己注射胰岛素。"

"是不是她丈夫跟哪个护士——"她突然指着祁乐,"别就是你吧?你以前就说过要挖病人墙角的!"

祁乐连连摇头:"不是,不是,我那次就说了,是跟你开玩笑的,我怎么会挖病人的墙角呢?再怎么恨嫁,职业道德还是要讲的吧?"

"但你说了,吕小雅的丈夫是男神啊!"

"男神也不挖,职业道德!"

"那是谁呀?是那个裘护士?"

"人家婚都结了,怎么会跟病人家属出轨?你别瞎猜了,不是我们医院的护士,也不是我们医院的医生,一句话,不是我们医院的任何一个人。"

"哇,那是跟谁呢?"

"跟谁不重要,重要的是,小雅知道了,就不想活了,所以她就不给自己注射胰岛素,很快就陷入半昏迷状态,如果不是她妈成天守在她身边,及时发现女儿不对头,叫了救护车,她肯定就——去了。"

她想到她妈那时候无论多痛,无论多伤心,但从来没有想到过自杀,妈妈一直都在挣扎着多活几天,全都是为了她。她说:"如果她有孩子,就不会想到自杀了。为了孩子,她一定会力争活下去,多活一天,就能多陪孩子一天,我妈那时就是这样。"

"她跟你妈不同,你妈是结婚多年,病倒后才发现你爸出轨的,你就是你妈活下去的理由。而她是病倒后才结婚,是因为爱情才创造奇迹活下来的,现在爱情没了,她还有什么活下去的理由呢?"

"那她丈夫——知道了吗?有去看她吗?"

"芳蕊说去过,但小雅不想见他,叫芳蕊别放他进病房。"

"那芳蕊就真的不让他进去?"

"芳蕊说男神昨天来的时候,她正好去吃午饭了,是另一个护士当班,不知道小雅的请求,就把他放进去了。"

"那他们——闹起来了吗?"

"应该没闹,芳蕊说小雅是个很通情达理的人,也很爱自己的丈夫,如果男神能——改过自新,小雅肯定会原谅他。"

"这个做丈夫的真是个人渣!"

祁乐很古怪地看了她几眼,辩解说:"我觉得——可能小雅的丈夫也有他的——理由。"

"什么理由?"

"我的意思是——妻子病这么重,躺床上这么久,肯定不能——滚床单——"

这是她最受不了的理由:"不怪我妈那时候骂我爸畜生,完全就是畜生!妻子躺床上这么久?能有多久?明知道是癌症晚期,没几天好活了,他这么几天不滚床单会死吗?"

祁乐说:"这个还真不好说,按医学常规来说,小雅早就应该——不在人世了,但她又活了一年多,谁知道今后她是不是会接着创造奇迹,再活个十年八年的呢?"

"那就守着妻子十年八年呗。"

"你可能守得住,但男人守得住吗?"

"男人可以自己解决嘛。"

"但有时候不仅是个生理上的需求,可能还有感情上的需求呢? 如果他爱上了什么人,难道不想跟所爱的人——在一起?"

她想来想去,还是觉得这个丈夫不对:"他怎么能在这种时候爱上别人呢?"

"爱情这种事,还能控制发生的时间?"

她见祁乐以一种恳求的目光看着她,便问:"小雅丈夫的出轨对象不是你吧?"

"真的不是我。"

"那你怎么这么百般为他辩护?"

"是我我就为他百般辩护? 那你太不了解我了。如果是我的话,我不会因为爱了她丈夫就觉得问心有愧,我会直接告诉她:我跟你丈夫是真心相爱,你现在根本不能尽妻子的义务,应该跟你丈夫离婚,成全我们,而我们会一起来照顾你。"

"那你怎么会百般辩护呢?"

"因为我知道你没我这么——豁达,你最恨小三,最恨挖你妈妈墙角的尤护士,你今生最不能做的,就是小三,一个挖垂死病人墙角的小三!"

"你是为了我才这么百般辩护?"

"是啊,我不希望看到你自责,难过,背上沉重的思想包袱——"

"但是这跟我有什么关系呢? 我根本都不认识那个什么吕小雅!"

"但你认识她丈夫。"

"谁?"

"夏——夏总!"

57

祁乐一见她的表情,立马改口:"这个——真的只是一种猜测——真的,完全没什么——依据的。我根本没见过吕小雅和她丈夫,他们在病房举行婚礼的时候,我还没调到姑息治疗科来。今天早上我也是听芳蕊说的——"

她问:"是芳蕊对你说小雅的丈夫叫——夏玄?"

"嗯,我听着好像是——夏玄,但是也可能是——王下玄,李下玄什么的,不是有什么下玄月吗?人家可能是根据那个起的名字。"

"你没问她'夏玄'是哪两个字?"

"没——没有。我听到'下玄',就想到夏总头上去了,所以没问。"

"访客登记簿上有——夏玄的名字吗?"

"我没看访客登记簿。"

"芳蕊看了吗?"

"不知道。"

"那你今天亲自帮我看看吧。等吕小雅的丈夫来了,不管是不是他,你都帮我拍张照片——"

祁乐拒绝了:"拍照片是不可能的,那是病人和家属的隐私,人家有肖像权的。"

"你就说——被他们的爱情故事感动了,想拍他俩的照片留作纪念。"

"肯定不行的!芳蕊说当初他们决定在病房举行婚礼时,我们科曾经提出请电视台和报社来采访,那么好的出名机会,他们都没同意。现在过去一年多了,我又不是记者,他们会让我拍照?"

"那我跟你去吧,亲眼看看是不是他。"

"那更不行了!万一病人看到你就激动起来,当场死掉了,我可担待不起!现在医闹搞得这么凶,你不要命,我还要命呢!"

"病人看到我怎么就会激动起来?"

"大奶看到小三还不激动?"

"但是她怎么知道我是——谁呢?"

"她都知道她丈夫出轨了,还不知道小三是谁?肯定雇了私家侦探拍到你们的照片了,才会下决心——去死。"

她想想也有可能,便说:"那你只帮我看看是不是他就行了。"

"但是他——都是白天去医院,晚上可能根本就不会去——"

"他晚上不去,是因为跟我在一起,但我今晚不会跟他在一起。我这就发微信告诉他。"

她马上给夏总发微信,边打字边念出来给祁乐听:"今天乐乐休息,她要我跟她一起去看电影,今晚我就住在幸福小区那边了,明天再跟你一起吃午饭行吗?"

他秒回:"行。玩得开心!注意安全!明天见!"

她放下手机:"好了,明天中午他没时间去医院了,今晚肯定会去。你们那边的探视时间也是到下午六点半吗?"

"不是,我们科探视时间是到晚上九点。"

"那他今晚一定会去。"

祁乐担心地看着她:"你一定要弄个水落石出?"

"一定。"

"有时——糊里糊涂反而更好。"

"乐乐,你知道的,我最恨挖病人墙角的人,尤其是——活不了多久的病人,我知道她们心里有多痛,我也知道丈夫的爱情对她们有多重要。"

"如果证实的确是夏总,你准备怎么办?"

"我还没想好。你先帮我弄个水落石出吧。"

祁乐叹口气:"唉,我觉得你是在跟自己过不去。也怪我,根本不应该把这事告诉你,等过段时间小雅过世了,这事对你来说,就像没发生过一样。"

她大骇:"你怎么能这么想? 如果你不告诉我,等她过世之后我才发现这一切,我还——活得下去吗?"

"但你可能根本不会发现。"

"怎么可能呢? 这事又不是一个人两个人知道,总要传到我耳朵里来的。吕小雅家的人说不定会闹到出轨渣男的公司里去,难道你希望我在那样的情况下得知真相?"

"好吧,我帮你看看,明天下班回来再告诉你结果。"

"我等不了那么久了,就今晚吧,第一时间告诉我。我向你保证,我不会有什么事的,这么多年了,我什么没经历过?"

祁乐半信半疑地上班去了,她吃不下饭,呆呆地躺在沙发上,回想自己短短二十几年的生活,好像从来就没跳出癌症和挖墙脚的泥坑。本以为妈妈死后,她就跟癌症和挖墙脚无缘了,至少在自己患上乳癌之前是这样,哪知道一转眼就掉进了癌症和挖墙脚的坑里。

她期望发生在妈妈身上的奇迹,没有如愿地发生在妈妈身上,却发生在吕小雅的身上。

而帮助吕小雅创造这个奇迹的人,恰好是她自己心爱的男人!

七点刚过,祁乐就发来一张模模糊糊的照片,但能看见病房门上的18字样,好像是一个人推开门,另一个人从走廊上拍的,从门里望进去,有一张病床,床边靠墙的椅子上坐着一个男人,在看手机,虽然看不太清楚男人的面目,但看上去有点年纪了,肯定不是夏总。

祁乐还附言说:"帮你看了,不是夏总。"

她发了个"差点吓死"的表情包过去。

祁乐又发来一条:"这下放心了吧?"

"嗯,放心了,你去忙吧。"

"好的。抱歉啊,让你虚惊一场。"

"没事,谢谢你!"

她心情顿时就好了,吃了晚饭,收拾了碗筷,决定给夏总打个电话,说她今晚没去看电影,在家呢,好让他早点回来。她拿起手机,脑子突然一转,拨了他办公室的号码。

没人接。

她的手开始发抖,往他爸妈那边打了个电话,他妈说他吃过晚饭就走了,可能在回桃花园的路上。

打完电话,她像疯了一样,抓起手提包就往外跑,一路飞奔着来到小区门口,叫了辆的士,气喘吁吁地说:"A市肿瘤医院,要快!"

司机狐疑地看了她几眼,没说什么,把车开动了。

到了肿瘤医院,她直奔姑息治疗科,虽然她一直都是在儿童病房做义工,从来没进过姑息治疗科的大楼,但她知道是哪栋楼。她很快来到三楼,发现这栋楼跟儿童病房那边的结构很像,护士值班室在中间,是一个开放的区域,有个弧形的台子把值班区和走廊断开。

她走到台子前,对护士说:"你好,我是来看18号房间的吕小雅的。"

护士指指登记簿:"登记。"

她拿过登记簿,只看"访客"那一栏,但一个个名字看过去,没看到"夏玄"二字。她往前翻了一页,还是只看"访客"那一栏,也没看到"夏玄"的名字。她又看"病人"那一栏,有的是名字,有的只有几号房几号床。

值班护士见她翻来翻去的,起身制止:"你登记就登记,干吗乱翻啊?"

她正要解释,有人在身后拉了她一把:"你怎么跑这里来了?"

"我——"

祁乐对值班护士说:"这我室友,来找我的。"然后拉起她就走,"来来来,到休息室来,我有话跟你说!"

她被拉到走廊尽头的一个小屋子里,祁乐关上门,厉声说:"你跑这里来干什么?"

"我就想亲眼看一下——是不是他。"

"我不是给你发照片了吗?"

"但是他——没回家,不在公司,也不在他爸妈那边——"

祁乐气呼呼地说:"那你是准备这样子就跑病房里去?"

"我不说话,只从窗口看看。"

"这里是三楼,靠走廊这边又没窗户,你有本事从外面爬墙到窗口去看?"

"那我等在外面,等他出来——"

"你等在走廊里,不怕别人把你当疯子赶走?"

"那我到楼外面去等。"

"这栋楼三个出口,你去哪个出口等?"

她抓瞎了。

祁乐问:"你是铁了心要弄个水落石出?"

"不弄个水落石出我——干什么都不安心。"

祁乐想了想,说:"真的服了你了!早知道是这样就什么都不告诉你了。跟我来吧,我给你搞套护士服穿着,免得被发现。"

她跟着祁乐来到护士更衣室,祁乐从一个筐子里拎出一件护士服:"来,把这个穿上,我去安排一下。"

她估计那衣服是白班护士换下来,放在那里等勤杂人员拿去洗的,但她此刻也顾不得怕脏了,马上穿在身上。

祁乐拿着帽子和口罩回来,递给她:"来,来,戴上,戴上,快点,别让其他人发现。"

她把口罩提得高高的,又把帽子压得低低的,祁乐也跟她一样,都只露了两只眼睛在外边。祁乐还塞了个夹着一沓纸的硬板夹和一支笔在她手里:"拿着,进去了听我报数字就装模作样做记录,什么也不要说,见到他可别惊叫,更别大闹,不然就把我害惨了。"

两人走过一病区，走过护士值班室，来到二病区，走到18号病室前，祁乐再次对她做了个噤声的手势，才轻轻推开门，走进去，装模作样地查看各种仪器的读数，并一一报给她记录。

她迎面看到床上躺着一个人，如果不知道是吕小雅，她肯定会以为是谁的奶奶，瘦骨嶙峋，脸色蜡黄，眼睛深陷，头发稀疏，闭着眼睛，一动不动，只从床边监护仪上的心电图线路知道还活着，因为那根线有起伏，不是一根直直的横线。她瞟了一眼坐在靠墙的椅子上的人，心一下沉到了底，那不是昨夜还跟她同枕共眠的人吗？

她呆若木鸡地站在那里，完全忘记了假装做记录。

祁乐没多逗留，扯着她的袖子把她拉出了病房，一直拉到更衣室才放开，然后关上门，压低嗓子训斥说："你怎么搞的？叫你装作做记录的样子，你怎么呆在那里一动不动？这次肯定暴露目标了！"

她还是呆若木鸡。

祁乐帮她把口罩摘了，帽子取了，护士服脱了，说："走，到夜班护士休息室去躺会。"

她木然地跟着祁乐去了夜班护士休息室，祁乐把她按在一张小床上躺下，叮嘱说："今晚就在这儿睡，别胡思乱想，也别做傻事，不然就把我给坑了，等我明早下班了再送你回家。我现在得去工作了。"

她躺在那张小床上，迷迷糊糊，好像回到了很多年前，她妈妈去世前的那几天。那时，她总是在病房里过夜，她爸说医院不让家属陪夜，叫她回家，但她一定要留在医院，想跟妈妈多待一会。以前妈妈是不让她在医院过夜的,怕耽误她第二天上课。但那几天,妈妈好像知道自己要走了,竟然没有赶她走。

她有时跟妈妈睡在一个床上,有时隔壁床上的人出院了或者去世了,护士就叫她去睡那个床:"你一个人睡个床舒服些,也免得踢到你妈妈。别怕,医院的床,都是死过人的,睡哪张都一样。"

58

蒙眬之中,她听到有人在叫她:"小璲,起来吧。"

她迷迷瞪瞪地从床上坐起来,以为是在妈妈病房陪夜,睡着睡着突然被护士叫醒:"快起来,你这个床睡不成了,有新病人进来,快去你妈床上睡吧。"

她愣了一下,看见了床边的祁乐,才想起自己是在夜班护士休息室里,而天已经大亮了。

祁乐说:"我下班了,我们回家吧。"

"好的。"

"小璲,你没事吧?"

"没事。"

祁乐把她扶下床,整理了一下床铺,然后像扶病人一样架着她往外走。

她竭力挣脱:"乐乐,你干吗这样抓着我?"

"我怕你——想不开,或者——急疯了。"

"怎么会呢?我这不是好好的吗?"

祁乐放松了一点，但仍然挽着她，一起走到停车场，坐进车里，祁乐把车发动了，开出肿瘤医院，提议说："我们先找个地方吃早餐吧。"

"不了，我没刷牙，吃不下。"

"那我们直接回家吧。"

"能送我去桃花园吗？"

"你要回那里？"

"嗯。"

祁乐看了她几眼，担心地说："你要跟他——对质？"

"就是——谈谈。"

"唉，他也——挺不容易的，当初在那种情况下决定跟小雅结婚，说明他还是个重情义的人。他哪里会想到结个婚却让小雅活了这么久呢？这不是把自己给套住了吗？套住了不说，还遇上你这个令他动心的人，你说他能怎么办？就算是柳下惠——也hold不住啊。我说你就——别骂他了。"

"我是个骂人的人吗？"

"嗯，你不是，但你也别骂自己，因为你也没错，你——根本不知道他和小雅的事，不知者不为过。"

"我不会骂自己的，我谁都不会骂。"

祁乐自责地说："都怪我，早就听说了吕小雅的病房婚礼，怎么就没仔细打听一下呢？平时八卦得飞起，偏偏这事我一卦都没卦！如果我早打听到她丈夫叫夏玄，或者看过他们病房婚礼的照片，我肯定早就警告你了，也不会害你做了自己最痛恨的——小三。"

"乐乐，你叫我别骂他，也别骂我自己，但你怎么要骂你自己呢？这事你一点责任都没有,你又不是神仙,怎么可能事先就知道我会跟小雅的丈夫——遇上？"

"也是。咱们都别骂自己了,骂了也没用。说实在的,如果不是你自己特别痛恨出轨男人,特别不愿意做小三,这事其实没什么,就跟我昨天说过的一样,你和夏总是真心相爱,而小雅根本不能尽妻子的义务,干吗还要占着个茅坑不拉屎？"

她无奈地摇摇头："乐乐,咱们能不说——茅坑了吗？"

"嗯,茅坑这个比喻是不大好。我的意思就是——天涯何处无芳草,你这么年轻,颜值这么高,脑子这么灵,手又这么巧,心肠更是好得没话说,还愁找不到男朋友？我帮你留心留心,肯定能找到比他强的人。"

"不用帮我留心了,我有现成的接盘侠。"

"谁呀？"

"我表哥。"

"真的？"

"嗯。"

于是,她讲起表哥的故事,但讲着讲着,突然拿不准以前对祁乐讲过表哥的事没有,她怕重复啰嗦惹人烦,就停住不讲了。但祁乐貌似并没听过表哥的故事,一直催她往下讲,还不停地提问,表哥姓甚名谁,在哪儿读书,等等,可能怕她是编造出来安慰人的,所以她都如实回答了。

听完表哥的故事,祁乐开心地说："这哪里是接盘侠？明明就是——正！主！那什么华强夏玄之类的,都是——陪练！哈哈,到时记得告诉你表哥,我是他的神助攻哦,如果不是我昨天戳穿夏玄的真面目,哪里会有他的戏？"

"嗯,等他回国时让他请你吃饭。"

"他什么时候回国?"

"暑假吧。"

"英国什么时候放暑假?"

"七八月份。"其实她知道表哥暑假要实习,根本不会回国,不过祁乐那么高的热情,她就不浇冷水了。

到了桃花园,她请祁乐上楼,两人漱洗一番,她下了两碗面,一起吃了早餐,祁乐就告辞回家了。

她给夏总发了个微信:"今天中午我们吃哪家?"

他秒回:"你定。"

"就在家里吃吧。"

"行。昨晚的电影好看吗?"

"太好看了!"

"什么片名儿?"

"《见证奇迹》"。

"名字听着挺熟的,讲什么的?"

"讲爱情的,中午吃饭时慢慢讲给你听。"

"好。中午十二点家里见!"

他十二点不到就回来了,她已经做好了午饭,正在客厅沙发上想心思,见他进来就站起身往饭厅走:"时间点正好,快来吃饭。"

他紧走几步追上,从后面搂住她,她不露痕迹地推开,说:"我饿死了,快吃饭吧。"

两人对坐着,默默地吃了一会,他说:"小璿儿,我觉得你心里有事,能告诉我吗?"

她一直埋头吃饭,没敢看他,听到这句话,才抬起头来,不知道是不是心理作用,觉得他看上去很憔悴,便说:"我也觉得你心里有事,能告诉我吗?"

他跟她对视了一会,垂下眼睛:"有个朋友——生病了,昨晚去看了一下,可能情绪受了一点影响——"

"我跟你一样,也是有个朋友生病了,昨晚去看了一下,情绪受了一点影响。"

"你昨晚不是去——看电影了吗?"

"不是,我——撒谎了,其实是去看——病人的。"

"哦,是这样。"

"我昨晚去看了一个——特殊的病人,她身患晚期胰腺癌,医生判定只能活三个月,但她的男朋友对她不离不弃,在病房里跟她举行了婚礼,而她在爱情的滋润下,居然活了一年多。"

他有点吃惊,但很快镇定下来:"你昨晚是穿着护士服去看她的吧?"

"嗯,你怎么知道?"

"从身形上觉得是你。"

"我裹着白大褂,你还能认出是我?"

"没看到你眼睛,不敢肯定。"

她把祁乐告知她这事和她去医院核实的经过都讲了一遍,然后自嘲地说:"早就听说一个人最终会变成他自己讨厌的样子,以前还不相信,现在终于相信了。"

她讲的时候,一直是面带微笑的,不是她想笑,也不是觉得这事有什么好笑的地方,而是无法控制自己面部的肌肉,讲了这一通,只觉得两边的苹果肌都是酸痛的。

他一直定定地看着她，脸上是一种她从来没见过的悲怆，没在他脸上见过，也没在任何人脸上见过，包括她妈住院时她看到过的那么多癌症病人和家属，还有她在儿童病房做义工时看到过的病人和家属，没谁的脸上有这种悲怆的表情。她想用"无语问苍天"来形容，又觉得这词轻飘飘的，而且已经被琼瑶片玷污了，可能还是Everybody hurts更贴切。

他等她说完了，才字斟句酌地说："小璔儿，请你答应我，一定不要把我和你之间发生的事跟你爸和尤护士之间发生的事相提并论。我们跟他们是不同的。"

"有什么不同？"

"绝对不同！因为我并不是小雅的丈夫，我们既没登记，也没同房，只举行了病房婚礼，而所谓病房婚礼，也没有任何——仪式，没有证婚，没有戒指，没有婚誓，没有外人在场，就是她的家人——给我们在病房里拍了个婚纱照而已。"

"那只是从法律的角度来讲，但如果从——感情的角度来讲，我们对小雅的伤害——并不比我爸和尤护士对我妈的伤害小。"

"那也不能怪你，因为你并不知道小雅的事。如果你知道，你是绝对不会跟我——有任何超出同事的关系的。这事全怪我，没有在第一时间把真相告诉你。"

"算了，你别替我开脱了，其实你老早就告诉过我，你已经结婚了。"

"那只是为了不伤害你室友，我应该在一开始就把小雅的事告诉你的。"

"还用告诉吗？你说了已婚我就应该远离你了，但是我却一步步把你——拉进了泥坑。"

他恳求说:"小璆儿,别把我们的爱情称为泥坑好吗?我们是真心相爱的,你没把我拉进泥坑,而是把我带到了——幸福的天堂。"

她承认跟他在一起的这些天,她的确是像生活在天堂一样,但那是建立在小雅的痛苦之上的,当他们在一起浓情蜜意的时候,小雅正躺在病床上,因为联系不上他而痛不欲生。她的心很痛,为小雅痛,为妈妈痛,为很多很多事情痛,过去的事,现在的事,将来的事。

她说:"也许你们没登记没同房,那只是因为——她的身体条件不允许,但你们的感情,肯定是——很深很深的,不然你也不会在她病危之际跟她——举行病房婚礼。"

"不是你想的那样,我跟小雅并不是男女朋友,从来都不是。"

"那你怎么会跟她在病房举行婚礼?"

"因为那是她的临终愿望。"

"她为什么刚好选中你?你在英国,她在中国——"

"我们两家以前住对门,老早就认识。"

"住对门?她是费经理后妈带来的那个妹妹?"

他点点头。

"她以前爱过你吗?"

"我在E市读大学的时候,她给我写过一封信,说她爱我,要做我的女朋友。"

"那你怎么回答?"

"我没回答,因为我那时很忙,也不知道怎么拒绝女孩子。

她没过几天就问我把信要回去了,说她是在跟别人玩真心话大冒险。"

"那你怎么办呢?"

"我就把信寄回给她了。"

"后来呢?"

"后来——就没有后来了,她再也没给我写过那样的信。"

"你那时爱她吗?"

他摇摇头:"她住我对门的时候,还在上小学,我已经上高中了,根本没注意过她。"

"那你怎么会跟她——举行病房婚礼?"

"是她病倒之后,看了很多医生,都说最多能活三个月。她父母问她有些什么愿望想完成,她说她想搞个病房婚礼,尝尝穿婚纱的滋味。他家找了个人来扮演新郎,她不同意,说只想跟我举行病房婚礼。她姐就跟我联系,问我能不能帮这个忙。"

"你同意了?"

"刚开始我以为又是在搞真心话大冒险,所以叫文丽别瞎掺和,但她让她父母都跟我通了话,还把医生诊断发给我看,我才知道这次不是真心话大冒险。"

"所以你就从英国回来了?"

"是的,我存了几个星期的带薪假期,还请了三个月留职停薪假,而那时离医生的诊断又过了几个星期了,所以我的假期时间足够——充裕,事过之后就能回去上班。"

她苦笑了一下说:"但是你没想到爱情的力量是这样的——惊人,居然创造了奇迹。"

"我也不知道是不是——爱情的奇迹,也许只是她自身的奇迹——生命的奇迹。"

"不管是什么奇迹,都有你一份功劳。你——感到自豪吗?"

"说不上自豪。"

"但也不后悔。"

"刚开始时没觉得后悔,因为我也没损失什么,回国还可以陪陪爸妈。但是,后来知道了你的存在——"

"知道了我的存在?"

"是的,我在遇见你之前,就从你的求职资料里知道了你的存在,你的才华和天分,还有你的——美丽,都让我——怦然心动——"

"求职资料里能看到我的——美丽?"

"有照片。"

"那张照片?别提多丑了!"

"不丑,很美,天然去雕饰的美,白璧无瑕的美,尤其是你的眼神——有点——忧郁,但不是——自我怜悯的忧郁——而是——我不知道怎么形容,总之是让我想起那首歌——Everybody hurts——虽然经历过生活的打击但——但仍然是勇敢坚强——乐观向上——从那时起我——我就在盼望着与你见面——"

"但见面后,我却告诉你我有男朋友。"

"是的,我很难过,很遗憾,但是——我还是很感谢你,让我知道世界上的确有令我怦然心动的女神存在——"

她不用往下问,也知道他后面的心路历程了,他一直都是想等到小雅的事处理好了之后再来追她的,但是,她为了演戏给华强看,把他提前推入了眼下这个两难境地。

她叹了口气,问:"小雅是怎么知道——我们的事的?"

他好像被她突如其来的转换话题搞懵了,回过神来才说:"是她姐告诉她的。"

59

她听说是费经理告的状,感到很惊讶:"她怎么会知道我们的事?"

"是我告诉她的。"

"你怎么把我们的事告诉她了?"

"因为她一直都——心存内疚,觉得不该把我卷进小雅的事情里来,特别是当她看出我——对你动了心的时候,她更加内疚,一直劝我放下小雅,大胆地追你,不然她会骂她自己,觉得是她耽误了我追求爱情幸福。"

"那你——你把我们——所有的事都告诉她了?"

"没有,只说我们——在一起了。"

她松了口气,马上又疑惑地问:"但是我们又不是这几天才在一起的,她怎么会——突然想起把我们的事告诉小雅呢?"

"可能是因为我告诉她——我们想——想马上结婚。"

"但是——我并没有马上结婚的意思啊!我还小,跟你——在一起的时间也很短,怎么会——这么快就结婚呢?"

他胆怯地看了她两眼,低下头说:"那就是我误会了,我看你在华强的婚礼上——那么——向往——我以为你——"

"我哪里有向往了?我只不过是想起了我妈而已。"

他抬起头,抱歉地说:"是我自己——想马上跟你结婚,所以就一厢情愿地认为——你也一样。"

"那费经理怎么说？"

"她说为我们感到高兴，还说以后就不用去看小雅了，免得影响我们的生活。"

"她有没有对你说——她要去跟小雅谈？"

"没有，我也是小雅——住院之后才知道——是她告诉小雅的。"

"那她——告诉了小雅些什么？"

"具体说了些什么我就不知道了——"

两人沉默了一会，她说："我想跟费经理谈谈，看她到底是怎么跟小雅说的。"

"这个——重要吗？"

"很重要。"

"她最近没上班，在家休息，我可以陪你去她家找她谈。"

"但是我——想跟她单独谈谈。"

他点点头："没问题，我送你去，在车里等你。"

"你把我送过去就行了，不用等我。"

"那里不容易叫车的，还是我在车里等吧。"

"也行。"

他跟费经理联系了一下，告诉她："她说今天不行，她现在在医院里。"

"她在医院——看小雅？"

"不是，是她自己——好像有流产的征兆，正在看医生——"

"那我们去医院看看她吧。"

"不用,她看门诊,看完了就会回家去,她让你明天去她家谈。"

"那就明天吧。"

第二天,他开车送她去费经理家,到了那个小区,她才明白为什么他说荣华苑不算豪宅了,因为这里的房子更高大上。

他们来到费经理家门前,按了门铃,一个保姆模样的人把他们迎到客厅,然后进屋去通报。

费经理很快就出来了,穿着个睡袍,趿着一双绣花拖鞋,波波头睡得枝枝丫丫的,脸上也没化妆,眉眼一下淡了许多,完全没有了往日的优雅和干练,就是一慵懒的家庭主妇。

保姆推着个轮椅跟了出来,一迭声地叫着:"文丽啊,别乱跑呀,坐轮椅上,坐轮椅上,医生叫你卧床的,你偏不听——"

费经理无奈地一笑,坐在了轮椅上,保姆把椅背放低,让费经理半躺在上面。

两人都很惊讶,齐声问:"你没事吧?"

"没事,就怀了个孕,结果就成了——老弱病残了,不让我下地走路——"

保姆向他们告状说:"医生叫她卧床保胎的,但她不听,这里跑那里跑,结果差点流产!"

费经理说:"陈妈,给客人沏杯茶吧。"

夏总说:"我不喝茶了,你们谈,我到车里去等。"

费经理制止了他:"干吗去车里等啊?就在客房里休息会呗,你这几天肯定没睡好,去睡会吧,不然待会疲劳驾驶,出了事可不得了。"

保姆带夏总去了客房,又端来一杯茶,放到她面前,给费经理的是一杯水。

费经理笑笑说:"我现在可惨了,茶不让喝,咖啡不让喝,碳酸饮料不让喝,只喝果汁和凉白开。"

"胎儿——没事吧?"

"没事。说实话,我信奉适者生存的真理,会流掉的胎儿就是该流掉的,肯定是有什么问题,不适合生存,勉强生下来也肯定是病病歪歪。但冉东和两边的大人都不相信,都坚持要保胎,真没办法。"

"不好意思,这种时候跑来打搅你。"

"没事,正好我一个人在家怪闷的。"

她两眼看着茶杯,把这两天发生的事都告诉了费经理。

费经理说:"小璿,既然你已经知道小雅的事了,我也没什么要隐瞒的了。这事都怪我,不该把夏玄千里迢迢叫回来——满足小雅的——临终愿望。但那时谁也没想到她会——活下来,还活了——这么久。当时去了那么多医院,看了那么多医生,都说她最多能活三个月,我家连墓地都买好了,所以就——想着也就——三个月时间,就让夏玄学个雷锋帮个忙呗。"

"谁也没想到爱情的力量有这么大,可以创造奇迹。"

"我们那时根本没想到爱情上去,因为我们根本不知道小雅这么多年一直爱着他,还以为只是一个——女孩子临死前想找个帅哥拍个婚纱照而已。"

"小雅这么多年一直爱着他?"

"是啊,她说从我们搬到夏家对门就开始了,但是她那时还在读小学,你说谁会想到那上头去呢?而且没住几年,他们家就搬走了,我们家也搬走了,搬到了校外,我爸也离开了大学,应该说就没什么交集了。但有时过年两家还会聚一聚,我只当是我爸跟他爸关系好,所以有些来往,后来才知道都是小雅——挖空心思——通过她妈安排的。"

"我在夏总的影集里看到过你们两家的合影,上面的你——气场真强大。"

"哦,那可能是住对门的时候拍的,因为后来我很少参加这种父母辈组织的聚会,那时叛逆得很,可烦那些老家伙呢。我爸还一直夸小雅,说她就很有礼貌,过年过节知道陪着爸妈。"

"他们也没看出小雅的心思?"

"没有。后来夏玄去外地读书去了,小雅怕他在那边找了女朋友,才大着胆子给他写了表白信,但寄出去后,没在第一时间得到回复,她就后悔了,觉得他不爱她,会笑话她,所以就撒谎说是在玩真心话大冒险——"

"我听他说了这事。"

费经理无奈地笑着说:"你看85后小女生的心思,连我们这些80后都猜不透!家里没一个人知道她的这份心思,后来她还谈过几个男朋友,所以更没人想到夏玄头上去了。"

"她有过男朋友?"

"是啊,都是分分合合的,家里也没当多大回事,只当是不成熟的小男生小女生的把戏,每个人的必经之路。后来她才说那都是因为夏玄,因为有他那个标杆在那里,她谁也看不上眼。而他一天没结婚,没女朋友,就说明她还有希望。"

"她后来就再也没表白过了?"

"没有。她说她要完善自己,创造条件,等到自己配得上他的时候,才会表白,要一举成功,绝不能遭到拒绝,不然她会——去死。"

"怎么完善自己?"

"我也不太清楚,可能就是提高学历,增长知识,整容之类的吧。"

"她整过容?"

"整过,她觉得自己不漂亮,觉得这就是夏玄看不上她的原因,所以她对自己——非常狠,隆鼻子,削下巴,抽脂,健身,节食,都非常——下得了手,不怕吃苦。"

"她没想过去英国找他?"

"想过,她见他留学之后没有回国的打算,而是进了英国的公司,她决定也要去英国留学,她很努力地学英语,学专业课,也花了不少钱读培训班,差不多都办好了的时候,她病倒了。开始我们都以为是她学习太累的缘故,休息一段时间就好了,后来又当糖尿病治,当胃病治,最后才知道是得了胰腺癌,晚期。"

"我看网上说胰腺癌是老人癌,年轻人很少得。"

"是的,胰腺癌平均发病年龄是45岁,三分之二的人发病年龄在65岁以上,而且男性多于女性,可以说,她完全不在这个高危人群中,搞得很多医生都没想到这上头去。"

"她爸是因为胰腺癌去世的吗?"

"不是,她爸是过劳死——"

"也就是说,也没家庭因素,那她怎么会得胰腺癌呢?"

费经理摇摇头:"谁也不知道,可能就是命运吧。就像我妈一样,不抽烟,不做饭,父母没癌症,但她却得了肺癌。"

"小雅那时——不能动手术切掉——癌肿部位吗?"

"晚期胰腺癌都是已经扩散到淋巴了的,癌细胞可以顺着淋巴系统跑遍全身,没办法切,所以胰腺癌患者顶多有20%可以动手术,而且动了手术也没多大用处,放疗化疗也不顶用,死亡率几乎是百分之百,所以后来就转到临终关怀医院去了。那里环境比较好,只要你肯出钱,可以住到单人房间,有自己的洗手间,可以把房间布置得跟自己家里一样,还给陪护家属准备了一个小床。那时夏玄白天在那里陪护,阿姨——就是我后妈——晚上在那里陪护。"

"她后来一直住在那里?"

"没有,在那儿住了两个月左右,就已经超过了医生判定的——死期了,但她并没——走,情况也没恶化,所以我们就商量让夏玄回英国去上班,因为拖久了他的工作就保不住了。"

"他是回了英国之后——又回国来的?"

"不是,他没走成。当时我爸给他把机票都订好了,他也把行李收拾好了,但小雅——突然不能进食了,一下就危险起来,因为临终关怀医院是不给病人施行鼻饲胃管等措施的,入院前就签了合同,他们不治疗癌症,不人为地延长生命,只负责止痛之类,也就是减轻病人临终前的痛苦,所以,如果病人自己不能进食,那就等于——死定了。"

她焦急地问:"为什么不能进食?是不能吞咽了吗?还是她——自己不肯吃?"

"是她自己不肯吃。但当时我们都没想到这一点,我和冉东都觉得她已经活过了医生判定的期限,应该是时辰到了,我爸说要送回肿瘤医院去鼻饲或者插胃管,只有阿姨猜到了小雅的心思,她打电话把夏玄叫去,让他给小雅喂食,她就——

吃了。"

她心里一阵绞痛,想起自己的妈妈,最后的那两天,医院说妈妈活不过今晚了,于是把氧气和输液管都拔掉了,她哭着去找医生,想让他们给插回去,但医生坚决不同意,说这样只会让你妈多受折磨。

但她知道妈妈牵挂她,宁可受苦也不愿意死,于是她不停地给妈妈喂水喝。但妈妈已经陷入半昏迷状态,几乎不会吞咽,她只好一遍遍在妈妈耳边说:"妈妈,求求你了,你把水吞下去吧,不然你会死的!"

妈妈好像能听到她的呼唤,会使出残存的力量,努力吞咽,虽然大部分水都顺着嘴角流下来,但她相信妈妈还是吞了一些下去的。后来用勺子已经喂不进妈妈口中了,她就用干净的纱布蘸了水,挤到妈妈嘴里。

她坚持了两天一夜,最后实在太困了,就趴在妈妈床边睡着了。

等她醒来的时候,妈妈已经离她而去。

60

费经理见她眼含泪水,担心地问:"小璿,怎么啦?是不是我说错了什么?"

她急忙解释:"不是的,是我想起了我妈——"她把刚才想到的情景讲了一下,遗憾地说,"如果我那时没困得睡了过去,而是坚持给她喂水,她就不会当天夜里就——走了。"

费经理开解说:"那不是你的错,你一个十几岁的小孩子,能做到那样,已经超出了你的能力范围,你妈走了,应该是她——时辰到了。"

"但是时辰这事,谁又能说得准呢?连阎王都有打盹的时候,死神也有搞错的可能,我们凡人,更无法知道时辰究竟是——何时。其实在那之前,医生就不止一次地说过我妈没几天好活了,叫我们把她领回家去——等死,免得白花住院费。我爸也几次想让我妈出院,都是我哭着求他,愿意从此不买新衣服不买零食,长大挣了钱全都给他,他才让我妈继续住院。"

"你爸也是——太渣了!"

"但是也说明医生只是按照常规在诊断,顶多说个平均数,误差肯定是有的,不是还有人在停尸房里活过来吗?我甚至听说还有人都被推进火化炉了,又苏醒过来大喊救命的。"

"那些可能都是——民间传说,即使有也只能是——极个别的特例。"

"是特例,但谁能事先就知道哪个是特例哪个不是呢?比如小雅,个个医生都说最多活三个月,如果你们在三个月的时候,就停止给她喂食,那她肯定就走了。但是你们没有放弃,她不是又活了一年多吗?"

两人沉默了一会,她请求说:"费经理,刚才我扯远了,你接着讲吧,前面说到夏总喂饭,小雅就愿意吃了。"

"是的,那之后小雅才把她一直以来暗恋夏玄的事告诉了阿姨,阿姨又告诉了我,叫我去请求夏玄留在国内,继续照顾小雅。但我没同意,也没把小雅的暗恋告诉他,怕他知道后会拿不下情面回英国。后来是阿姨亲自出面,请求他再留一段时间。他答应了,辞掉了英国那边的工作,留在了国内。"

"那小雅就一直住在临终关怀医院?"

"不是。我们送小雅去肿瘤医院复查,医生都很惊讶,因为她的病情虽然很糟糕,但并没有进一步恶化,在临终医院也没进行任何治疗,我们也没给她用过民间偏方,因为根本都找不到能治晚期胰腺癌的偏方,所以她活过了三个月,只能归结于爱情的奇迹。"

"那次肿瘤医院的医生有没有说——还能活多久?"

"医生说他们上次预测了小雅最多活三个月,但事实给了他们一记耳光,所以他们再不预测了,奇迹是没法预测的。后来我们就把她接回家里来住,反正临终关怀医院也不负责治疗,干吗要住那里呢?不光是开销大,还会增加心理负担,就冲这'临终'两个字,听着就不吉利。"

"那夏总一直住在——你们家?"

"没有,他一直住在他父母家,因为他没把小雅的事告诉他父母,怕他们不同意,也怕他们担心。"

"但是如果他不跟小雅住在一个地方,小雅不是会感到——不像夫妻吗?"

"本来就不是夫妻嘛,她自己知道的,并没因为生病就改变对自己的定位,还是暗恋,所以她没对他表白过,还叫她妈别把她暗恋的事告诉他,怕他知道了会拒绝她,那她就没有活下去的勇气了。对她来说,只要他没结婚,没女朋友,经常去看她,她就觉得自己还有希望。"

"她就是为了这个希望在努力活着。"

"是的。阿姨很感激夏玄,提出要把小雅爸爸留下的钱都拿出来给他开家珠宝设计公司,但他没同意,自己在'金辉'找了个工作。但那家公司很小，完全没法让他施展才华，所以当我们公司的那个设计总监辞职创业去了之后，我就向公司推荐了他，而他也通过了考核，被公司招聘为设计总监。"

她见费经理把小雅的故事说得差不多了，便说："费经理，我今天来，是想问问你究竟是怎么对小雅说——我和夏总的事的。"

"我没说什么，因为我知道的很少，我只说夏玄也不小了，老这么单着，他爸妈也挺着急的，听说他现在遇到一个令他动心的女生，两人连名字的发音都一样，又在同一个部门工作，很有缘分。"

"她怎么说？"

"她说为他感到高兴，还说'你叫他不用过来看我了，安安心心跟那个女生好'，哪知道她一下就——走了极端。"

"你告诉她之前，一点没想过她可能会——走极端？"

费经理看了她一会，说："如果我说一点没想过，那就是撒谎了，毕竟她有过——前科。但是我觉得这次跟上次不同，上次他是回去工作，而这次是——有了女友。工作嘛，在哪里都可以找到工作，但女友——是好不容易才遇上的令他动心的人，小雅如果真心爱他，不是应该——放他一条生路吗？"

"也许她停打胰岛素就是在——放他一条生路？"

"这个我也想到了，只是没想到阿姨那么快就发现了，更没想到你的室友刚好在那一层楼上，还把这事捅到了你那里。"

她觉得不可思议："你想到她可能走极端，还去告诉她，那不成了——谋杀吗？"

"你给我安个什么罪名都行，要去报案都可以，但我可以坦诚地告诉你，我真的是——为大家好，不光是为你们，也是为她自己。你肯定知道癌症到了晚期都是很痛的，胰腺癌比乳腺癌更糟糕，不光是痛，还有腹水黄疸，大小便不通等，很多很多的问题。爱情只能从心理上支撑支撑，但止不了痛，治不了病，身体要坏的部分还是在坏，癌症想转移的部位还是会转移。你在医院也看见她了，已经被病痛折磨得不成人形了。那样的生活，根本没有质量，如果换成是我，我肯定早就——自我了结了。"

"但是生活有没有质量，也没个统一的标准。比如你住在这么豪华的别墅里，肯定觉得我住在幸福小区那样的地方是生活没质量。而我看见那些无家可归住桥洞的人，也会觉得他们的生活没质量。但值不值得活下去，不是应该由当事人自己来决定吗？你无权决定我该不该活下去，我也无权决定住桥洞的人该不该活下去。"

费经理对此没有表态。

她接着说："我觉得我们只能尽可能帮助那些生活没质量的人——提高生活质量，如果我们没能力帮助，那我们至少不应该——把他们往死路上推。如果他们自己认为不值得活下去，那是他们自己的事。"

费经理眼圈红了："你说得对，我当时只想着让你们三个人都得到解脱——"

"我也想三个人都得到解脱，但不能以小雅的性命为代价。"

"现在已经到了这个地步，我也无法挽回了。我只希望你别离开夏玄，他是真的很爱你，如果他知道会遇见你，肯定不会答应我的请求来——陪伴小雅。"

"但是人生没有如果啊。"

费经理恳求说:"你要离开他也行,但请你告诉他,你会等着他,让他——有一线希望。"

"但是——你有没有想过这个'等着'的含义?等着他,其实就是等着小雅——死去。那样的等待,于我于他,都是一种——折磨。"

"唉,都怪我,不该把他从英国叫回来——"

"费经理,别自责了。你拯救了一个人的生命,还造就了我跟他的相遇,我们三个人都发自内心地感谢你!"

回家的路上,她把小雅这些年来的暗恋都告诉了夏总,他默默听着,什么也没说。

回到家后,她就开始收拾自己的东西,他也不声不响地帮她收,但脸上都是泪水。

她叫住他:"先别收了,我们——谈谈吧。"

"好的,但先让我提个请求行不行?"

"什么请求?"

"请你不要说——这几个月你——你都是在演戏。"

"演戏"正好是她千辛万苦想到的一个借口,却被他一个请求封了口,顿时不知道说什么好了。

他接着说:"哪怕你真的只是在演戏,也请你不要说出来,不要戳穿我的一场美梦,就让这段日子作为我一生最美的时光,永远留在我的记忆里。"

"但是——"

"你也不用提任何请求,我知道该怎么做。"

"什么该怎么做?"

"我会允许你离开我,我会守在小雅身边照顾她,我还会对她说其实我也是爱她的,如果她要跟我去登记结婚,我会跟她登记;如果她想亲吻拥抱,我会跟她亲吻拥抱。总而言之,就是会尽我最大的努力,让她活下去,活得越久越好。我自己也会——好好地活下去,像你在我身边时一样,努力工作,在我父母面前——开开心心——"

"你的意思是在他们面前——演戏?"

"不是演戏,是实实在在的,做到最好。"

"你不会觉得委屈?"

"不委屈,因为我知道只有这样你才会释怀。"

"就为了让我——释怀?为什么?"

"因为我爱你,我愿意按你希望的那样去做。"

"你怎么知道那些是我希望的?"

他指指胸口:"因为这里跳动的,不仅有我自己的心,也有你的。"

她强忍着泪水,走到一边去收拾东西,他跟过来,在她身后小声说:"小璕儿,其实我——还有一个请求,就是请你让我陪你过春节,我不想让你在那个合家团聚的日子里——孤独地度过——"

她深深吸了一口气,转过身来,微笑着说:"谢谢你的好意,但是——我再也不会一人过春节了,我会跟我的表哥一起过。"

"但是以你的性格,怎么会去打搅你表哥和那个姓宁的女孩?"

"如果他们是男女朋友,我的确不会去打搅。"

"他们不是男女朋友?"

"不是。"

"但上次我们去英国——"

"上次你猜对了,他们只是演戏给我们看。"

"为什么要演戏给我们看?"

"因为表哥早就知道你和小雅的事,他并不认为这有什么,因为你也没跟小雅结婚,但他知道我会介意,所以他没有告诉我。他也了解你的为人,知道你在处理好小雅的事情之前,是不会跟我在一起的,所以他认为我们一直以来都是在演戏给他看,是为了让他彻底放下我,所以他也和宁馨儿演了一场戏,为的是让我彻底放下他。"

"但你上次不是说你表哥不是在演戏吗?"

"上次是因为我还不知道——小雅的事,更不知道他知道小雅的事。"

"你什么时候知道他是在演戏的?"

"就昨天,我从医院回来后,就把小雅的事告诉他了。他才说他早就知道,所以才跟宁馨儿演了那场戏。其实我早该想到的,因为他早就说过,在我跟你举行婚礼之前,他不会接受宁馨儿的爱。"

他呆呆地站了一会,没说什么,继续收拾东西。

两人收拾好东西,放进他的后车厢里,开车来到幸福小区,他叫她空手上去,等他慢慢搬,但她还是提了几个小包上楼。

刚到六楼,她就看见家门开着,还听见一男一女的说话声。她快步走到门口,屋内的两个人都站了起来,一个是祁乐,另一个是表哥。

她放下手中的东西,扑进表哥怀里:"表哥,你——终于来了!"

表哥一手搂在她腰间,一手抚摸着她的长发,温柔而坚定地说:"璿儿,璿儿,我来了,没事了!"

61

她的脸埋在表哥胸前,没有看见夏总此刻的表情,但听见了他和祁乐的对话:

"夏总,下面还有东西吗?我跟你下去搬。"

他的声音有点嘶哑:"不用了,我自己来。"

"我下去帮忙,可以搬快点。"

她等那两人都走了,才从表哥的怀抱里挣脱出来,诧异地问:"表哥,你怎么来了?"

表哥笑嘻嘻地说:"坐飞机来的呀。"

"我知道你是坐飞机来的,我的意思是——你怎么现在来了?不上课吗?"

"研究生的课,又不记考勤,上不上无所谓,再说还可以请假嘛。"

"干吗现在请假跑回国来?"

"你这里出了这么大的事——我能不跑回来吗?"

"出什么大事?"

他朝地上放的行李努努嘴:"喏,都闹分家了,还不是大事?"

"但你是怎么知道我这里——出了事的?"

"你室友告诉我的。"

她完全没想到是祁乐告的密,刚看到表哥的那一刹那,她想到过夏总,甚至想到过费经理,但没想到是祁乐!

她难以置信地摇摇头:"但我室友根本都不认识你,昨天才听我说起你——我也没把你的联系方式告诉她,她怎么一下就——联系上你了?"

"她从我们系里的网页上查到了我的电邮和电话号码——"

"哇,她真是——太神了!难怪我对她讲到你的时候,她打听得那么仔细呢。"

表哥略带责怪地说:"你看你,出了这么大的事都不告诉我一声!如果不是你这个热心快肠的室友,我到现在都还蒙在鼓里,等我知道肯定已经时过境迁,什么忙都帮不上了。"

"原本没准备让你知道的,就是怕你知道了会跑回来。"

"那你不会怪你室友吧?"

"她这么关心我,我感激都来不及,怎么会怪她?只是你这么匆匆忙忙赶回国来,机票一定很贵吧?"

"不贵,现在是淡季,像这种临时买的票,通常会特别便宜,因为已经临近起飞,基本没人会在那个时候去买票。"他问,"你东西多吗?我也下去帮忙搬吧。"

她怕他跟夏总交谈露出破绽,阻止说:"不用,应该不剩什么了。表哥,你——以前知道小雅的事吗?"

"不知道,昨天才听你室友说的。怎么了?"

"没什么,我对夏总说你早就知道他和小雅的事,他好像一点都不惊讶,所以我以为他早就告诉你了。"

"如果他早告诉我,我肯定早就告诉你了,不然岂不是眼睁睁地看着你——掉进泥坑?"

"嗯,我也是这么想的。"她想了想,问,"表舅他们还在你那里吧?"

"嗯,还在。"

"那你跑掉了谁照顾他们?"

"呵呵,我不跑掉的时候也没照顾他们,都是他们在照顾我。"

"但是他们语言不通啊,出门买个菜都不方便,万一身体不舒服,怎么去看医生?"

"我室友和馨儿都可以车他们去。"

"馨儿知道你回国的事吗?"

"知道。"

"她知道你为什么回国吗?"

"不知道。"

"你没告诉她?"

"我谁都没告诉,只说回来参加珠宝饰品展的。"

"嗯,那就好。"

正说着,搬东西的两个人来到门前,祁乐欢快地宣布:"好了,都搬上来了!"

两个男人打了招呼,友好地寒暄了几句,夏总告辞说:"你们在,我要去医院了。"

她说:"你先去,我们待会也会去的。"

他愣了一下:"你们去——干吗?"

"我听乐乐讲了小雅的故事,非常——感兴趣,因为我一直在担心自己会得乳腺癌,而她在抗癌方面创造了奇迹,所以我想——慕名拜访她一下。"

"哦,那——病房见。"

"病房见。"

他走了之后,祁乐马上质问:"你去医院干吗呀?还打我的旗号!"

"不干吗,就是去秀秀我的——正主,还有我的婚戒!"她从包里拿出两枚婚戒,自己戴了一枚,另一枚给表哥戴上。

祁乐恍然大悟:"哦——我明白了!你是想让小雅知道你跟夏总啥事没有,让他们两个和好如初。这个可以有!"

祁乐抱着她的手看戒指:"哇,什么时候把婚戒都买好了?"

"自己做的。"

"这也可以有?"

"你不知道我是搞珠宝设计的?"

"那我结婚的时候也让你给我设计戒指!"

"没问题。"

表哥也伸出手,仔细打量戒指:"大小正好,完全是度身定制,但好像还没完工哦。"

"是没完工,不过外行看不出来。"

祁乐说:"哼,到时闪瞎他们的钛合金狗眼!走,我车你们去医院吧。"

"不用了,你去上班,表哥先睡会,倒倒时差,晚点再去医院。"

表哥说:"我没时差,一直都是中国时间,在那边是白天萎靡不振,晚上精神抖擞,再说飞机飞了十多个小时,我就在上面睡了十多个小时,一点也不困。"然后抱歉地对祁乐说,"我不知道你今晚上夜班,不然就不会同意你去接机了,搞得你没睡好。"

"没事,我晚上在医院可以睡的,我们夜班护士有休息室,大家轮流休息。小璿,既然你表哥说不用倒时差,那我们现在就出发吧,在外面随便吃点什么,然后就去医院。"

于是三个人到外面餐馆随便吃了些东西,就坐祁乐的车去肿瘤医院。

到了医院,祁乐先去打探了一下,回来汇报说:"机会不错,小雅醒着,她妈和夏总都在那儿,他们都知道你要来,在等你呢,我现在领你们去吧。"

祁乐领着他们进了小雅的病房,轻声对小雅说:"小雅,我是夜班护士祁乐,这是我的室友夏璿,她听我讲了你的事,很感兴趣,特意来拜访你的。"

几个人打了招呼,祁乐就告辞出去了。

她和表哥并排站在小雅的病床前,她在靠近床头的那块;夏总站在病床的另一边,也是靠近床头的那块,两个人等于是面对面地站着,只隔着一张病床。小雅妈坐在病房里唯一的一把椅子上。

但小雅听完祁乐的话之后,就一直闭着眼睛。

她很尴尬,问小雅妈:"阿姨,小雅是不是——太累了?"

"不是不是,她眼皮有点——无力,不能老睁着眼,但她在听呢。"

"哦,是这样,"她搬出早就准备好的开场白,"小雅,我叫夏璿,但不是玄妙的玄,而是王字右边一个睿智的睿那个璿,我也在天惠工作,夏总是我的部门主管。"

小雅睁开眼看着她,但只睁开一道缝,她从眼神无法判断出小雅的喜怒哀乐。

她双手挽住表哥的胳膊，特意把左手放在右手上，露出无名指上的婚戒："这位是我的丈夫，邹珺，他是我表舅的儿子，我的表哥，我们是竹马青梅，从小一起长大的。"

表哥微笑着伸出左手，轻抚她的手腕，不经意地就让两枚戒指同时呈现在观众眼前。

接着，她娓娓道来："我读初二的时候，妈妈就患乳腺癌去世了，前后不到一年，对我打击很大。我听说乳腺癌是有家族史的，所以我比一般人更有可能患上乳腺癌，这让我一直生活在担忧之中，特别紧张，特别郁闷，经常会情绪低落，惶惶不可终日。去年我搬到幸福小区，跟祁乐成了室友，她是姑息治疗科护士，听说了我的担忧之后，就给我讲了你的故事。"

小雅终于开口了："我的——故——事？"

"是的，她对我讲了姑息治疗科的三大奇迹，但我对你的奇迹最感兴趣，因为另外两个奇迹，一个是拆迁带来的，另一个是写作带来的，这两者都跟我没有什么关系，我这辈子都不会碰上拆迁，也不会搞写作。但你的是爱情创造的奇迹，跟我有直接的关系，所以我那时就想去拜望你，但乐乐不知道你的住址，所以一直没能如愿。昨天她告诉我，那个创造了奇迹的女孩现在在我们姑息治疗科住院，所以，我就——找来了。"

"她说——我是——爱——情创造——的奇迹？"

"是啊，这里的医生护士都这么说。乐乐说当时所有的医生都说你最多能活——三个月，但是，你的男神未婚夫对你不离不弃，在病房里跟你举行了婚礼，还一直陪伴在你身边，所以你——打破了医生的预言，成功地控制住病情，活得好好的。

医生都不敢再下预言了,因为他们知道奇迹是无法被预言的,他们说你这个都可以进吉尼斯纪录了——"

小雅脸上露出微笑,顿时减龄十岁不止,说话声音也大了许多:"你不用——担心自己,乳腺癌——很——好治的,早期发现——可以治——愈,是所有癌症中的幸福癌。如果你担心自己——可以去查一下你的乳癌——基因——查了可以让——自己——放心。"

"太好了!我马上就要去英国,到了那里就去查。"

"你要去英国?"

"是的,我丈夫在英国留学,最近给我办好了探亲手续,专程回来接我的。"

小雅看着她和表哥,好像在核实真假一样。她立即转到跟小雅同样的方向,斜靠在床头,打开手机,伸到她和小雅都看得见的地方,把昨天就编辑好的一组照片一张一张滑出来,放大给小雅看。

那些全都是她跟表哥的合影,从刚学走路,到穿上婚纱,完全就是一部成长记录,其中有的是实拍,有的是PS,但她都煞有介事地讲给小雅听。小雅的妈妈也走到小雅床头,凑过头来,三个人一起看照片。

看完照片,小雅说:"你真幸福!"

"比不上你啊!"她朝夏总的方向努努嘴,"你这个可是男神级别的!"

小雅把脸转向夏总,他没说话,但微笑着握住了小雅被单下的手。小雅的脸顿时就亮了,瞬间减龄二十岁!

她也从被单下找到小雅的另一只手,轻轻握住:"那我们从现在起就是——癌友了!"

"你不是,我才是。"

"你是正式的,我是后补的。"

"你不会——得——癌症的。"

"做最坏的思想准备,向最好的方向努力!我们互相鼓励,共同抗癌!"

"我活不了你那么久的——"

"你会的,一定会的,你有顽强的生命力,有男神陪伴在你身边,已经创造了奇迹,一定会继续创造奇迹,我们都是见证人!"

跟小雅谈完,互相告了别,她走出病房,感觉浑身无力,快要虚脱了一样。

表哥的手有力地搂在她腰上,带着她往楼梯口走。

夏总从后面追了上来:"我开车送你们回去。"

表哥指指病房的方向:"不了,你还是快回去——陪小雅吧。"

"是她叫我来送你们的。"

"前辈,你真是直男思维啊!她那是在考验你呢,快回去吧,我们出去叫个车就行了。"

他站住了:"那——你们走好!"

"好的,再见!"

"再见!"

接下来都是表哥唱主角,叫车,找酒店,开房,她像个木偶一样跟着表哥,叫走就走,叫停就停,最后走进刚开好的房间里,她扑倒在房中央的大床上,闭上了眼睛。

62

她醒来的时候,房间里还是漆黑的,她不知道身在何方,也不知道此时何时。

她睁着眼躺了一会,才慢慢看清屋子里的摆设,想起这里是酒店房间,而她正蜷缩在表哥的怀里。

她轻轻起床,去了趟洗手间,拉开厚重的窗帘看了一下,发现天还没亮,无人的街道在昏黄的路灯照射下,有一种她从未见识过的空旷与孤寂。她有一种落入时空隧道的感觉,此前的一切,都像是发生在另一个世界,另一个世纪。

她站了好一会,才悄悄回到床边,把表哥的手臂从自己枕头上移开,躺回床上。

表哥轻声问:"璕儿,这么早就醒了?"

"嗯,你也醒了?还是一直没睡?"

"睡了,刚醒。"

"我昨晚——睡得还老实吧?"

"嗯,很老实,就是——哭了两次,我轻轻拍你哄你,对你说'别哭,珺儿哥哥在这里陪着你',你就又睡过去了,跟小时候一样。"

"可是我昨晚并没做——哭的梦。"

"可能做了不记得了吧,不是说只有快醒时做的梦才记得吗?"

"有可能。"

表哥用手支起头,看着她的眼睛说:"璕儿,我们今天就买票去英国吧,你不能再待在这儿了。这里不仅是你的伤心之地,还是——是非之地,你昨天已经说了要去英国,如果小雅发现你没去,那你昨晚在病房演的戏就白演了。"

"但是——"

"你不是一直都想去英国留学的吗?"

"现在我想去美国。"

"为什么?"

"英国——太多的雨了,天总是阴沉沉的,我想到一个有蓝天白云的地方去。"

"英国也有很多蓝天白云的,你那次去,是刚好赶上阴雨天,但并不是每天都那样。"

"我还是想去美国,想去一个——没人认识我的地方,那里也有世界顶尖的珠宝设计学院。"

"但是你去美国,就是孤身一人在那里,我怎么放得下心呢?还是去英国吧,跟我在一起,我可以照顾你。"

"不了。"

"你——不想跟我在一起?"

她没回答。

表哥扳过她的肩膀:"为什么?你一点都不——爱我?"

她轻轻挣脱:"我已经耽误了你这么多年,我不能再——耽误你了。"

"你耽误我什么了?"

"耽误了你的——大好年华。"

"有吗?"

"有。这么多年来,我一直都——抓着你,让你无法过自己的生活。我是一个——很贪的人,记得那一次,你让我跟你去见你的女朋友——就是那个小薇,我一夜都没睡好,第二天起来眼圈都是黑的,因为我不愿意看到你有女朋友,我不愿意你爱上别的女生——"

"那说明你很爱我呀!"

"是很爱,但那是一种——自私的爱,因为我同时也爱着华强,觉得你们两个——都好,我都想要,所以我就做了一个很自私的决定,选择了他,因为我知道如果我选择他,我不会失去你,你仍然会爱着我,会等着我,我就能同时拥有你们两个人的爱。但如果我选择你,我就会失去他,因为他不会等着我,那我就只剩下你一个人的爱了。"

"但是——这有什么呢?哪个小女孩不是这样——贪?你的小心思,我当时就知道,我甚至知道你爱我更多一点,因为你想到我有女朋友,你会吃醋,会心痛,而对华强你就不会这样。我知道你跟华强不会——长久,因为他的家庭,也因为你们不是同一类人,就算结了婚你们也会分开。"

"你那时就料到了,为什么不告诉我呢?"

"那时告诉你没用的,只有经历了,你才会彻底放下华强。"

"所以你就一直——等着我?"

"是啊,如果我等着你不会妨碍你的生活,还会让你高兴,我为什么不等着你呢?那也是为了我自己,因为只有你高兴的时候,我才会高兴;只有你幸福的时候,我才会幸福。"

"但我一直在利用你这一点,总是在你说要去找女朋友的时候,表现得那么不开心,借此把你拴在身边,不让你去追求自己的幸福。我跟小时候一样,吃着自己那盒冰激凌,还霸着你那盒——"

"但是我愿意啊！"

"而我总是把自己那盒整得乱七八糟，全都是稀嗒嗒的——"

表哥急切地说："那你就像小时候一样，把你那盒给我呀！我就是等着吃你那盒稀嗒嗒的冰激凌的。我吃的时候，你那么开心，那么得意，我就——甘之如饴，比吃一盒你没动过的冰激凌高兴十倍百倍！"

"但是我不能再像小时候那么贪了，我已经长大了，知道那样对你不公平，我那不是真正的爱，而是——虚荣。"

"你这不是长大了，而是——想多了，不像小时候那么——真实率性了。"

"人总是要长大的，不能永远都只想着自己，全然不考虑别人的感受。"

"你这就没有考虑我的感受。"

"我考虑了的，我知道你——舍不得让我难过，如果你找女朋友我会难过，你就不会去找。但如果你找女朋友我不难过了，你还是能——走进新生活的。"

"这一点你说得没错，所以当我看到你爱上夏玄的时候，我觉得他是你的真命天子，你不需要我的爱情做你的保护网了。但是——谁能料到他——他还有个小雅呢？我向很多人打听过，但没有任何人知道这件事。"

又是一阵沉默，然后她说："表哥，你尽快回英国去吧，馨儿在等着你。"

"可是我——并不爱她。"

"不是的,你是爱她的,只是你自己还没完全认识到罢了。而她也是爱你的,真心爱你,很深很深,世界上没有谁比她更爱你,你不要伤她的心。"

"她那代人,不是那么容易被伤心的。"

"我也是她那代人,而且跟她一样是女生,我比你更了解她的心思,她真的是——像海的女儿那样——无怨无悔地爱着你。你不要等到失去她之后,才认识到她的可贵。"

表哥郁闷地说:"我不是小雅,你别替我拿主意。"

说到小雅,她担心地问:"表哥,你说我昨天对小雅说的那些话——她——会相信吗?"

"你说的都是真话,她为什么不相信?"

"也不全都是真话。"

"至少都是她想听到的话。放心吧,大奶是最好哄的,就算你不去洗白,她都会自己想出各种理由为自己的丈夫洗白——"

"她不是大奶。"

"对,她不是大奶。如果她是大奶,你就是小三了,那是你最不愿意做的。"

"我不是那个意思,我是说——她跟夏总不是夫妻。"

"不是夫妻?什么意思?"

"就是他俩没登记也没——同房,连男女朋友都不是,就是在病房拍了几张婚纱照而已。"

表哥一翻身坐了起来:"是吗?那怎么你室友说——他们是夫妻,你在无意当中做了小三?如果昨天不是你第一时间扑到我怀里,我就要上去暴打他一顿了!"

"我室友是听她们科里的护士说的,可能护士看见他俩在病房拍婚纱照,就以为是举行正式婚礼。我开始也以为他们是真正的夫妻,但我后来问了夏总,他说不是。"

"你确定他没骗你?"

"没有,因为我也问了费经理。她说小雅一直暗恋夏总,想在临死之前跟他拍个婚纱照,她才叫夏总来帮忙的。"

"费文丽不能撒谎?"

她想了想:"反正她撒谎不撒谎没区别,我和夏总都是会分手的。但我这两天忙着调查情况忙着做照片,没有来得及告诉我室友,哪知道她不声不响地就报告给你了。"

"早知道是这样,我就不会跟你一起去——演那场戏了!"

"我也没计划让你跟我一起去演戏,只打算把照片给小雅看看,但既然你回来了,那就抓你一个差呗,有个实物,肯定更有说服力。"

"我说不去演戏的意思是——我不赞成你那样做,既然他们不是夫妻,夏玄也不爱小雅,你干吗要把他推给小雅呢?"

"因为他是小雅的生命线,小雅的性命就悬在他这根线上,我怎么忍心把那根线——抽走?"

"那你自己呢?"

"我还年轻,有大把的生命,大把的机会。"

"但这样对夏玄是不是太——不公平了?他出于好心跟小雅拍个婚纱照,结果却得到这样的下场,那以后谁还敢做好事?"

"小雅是个——奇迹,而奇迹不是天天都会发生,也不是人人都会碰上的。再说夏总也还年轻,也有大把的生命,大把的机会。"

"那你也不能逼着他去陪着小雅啊。"

"我没有逼他,他一直都是准备陪着小雅走完生命旅程的。可能他同意拍婚纱照的时候,只准备陪三个月。但三个月之后小雅没——走,他就决定一直陪下去了,所以他一直都——没来追我,我们是为了让华强彻底放下我才——演戏的,结果被我——假戏真做了。"

她把演戏的来龙去脉都讲给表哥听了,表哥听得直摇头:"这也可以有?简直是瞎搞!"

"都怪我。"

"不是怪你,而是——心疼你!你帮这个帮那个,为这个着想为那个着想,怎么就不想想你自己呢?"表哥怜爱地摸摸她的头,"那你先去美国吧,我随后也去,最迟毕业后就去。"

"表哥,别这样——"

"别哪样?美国是你一个人的?我不能去?"

"我不是那个意思——"她沉吟片刻,说,"那你等馨儿毕业后一起去美国吧。"

"我等她干什么?95后的小女孩,别说一年后了,一个星期后她在想什么,你都拿不准。"

她孤注一掷地说:"反正我跟夏总约好了——相互等待的。"

"别骗我了,你们两个怎么会约好了相互等待?那不是在等小雅——死去吗?"

她没话说了。

表哥说:"现在不用想那么远,先把眼前的生活过好。不管你走到哪里,也不管你——身边有谁,只要发生了什么事,都要在第一时间告诉我,不能像这次一样,我还得从你室友那里听到消息。记住了吗?"

"记住了。"

"还有,你心情烦闷的时候,想吐槽就找我,我二十四小时待机。记住了没有?"

"记住了。"

"唉,真想弄个 baby monitor,放你房间里,你夜里哭了,我第一时间就能知道。"

"那我到了美国,在房间安个摄像头——"

"那就不必了,我不想窥探你的隐私,我只想你在梦中哭泣的时候,能拍你哄你,让你安然入睡。"

"我不会——在梦里哭泣的。"

"唉,你出去闯闯也好,看看世界,泡泡外国帅哥,不然也是人生一大憾事——"

"我也是这么想的。"

表哥走后,她向公司递交了辞职信,理由是去英国探亲陪读。

她有商旅美签,决定先用那个签证去美国,找个语言学校读着,再慢慢申请珠宝设计方面的研究生。她有外婆留下的钱,还有近一年来表舅为她收上来的房租,再加上她在公司拿到的工资和提成,在美国读几年书完全不成问题。

她先去自己的毕业学校办理成绩单等各种文件,然后回了一趟E市,去看看妈妈住过的房间,把想带的东西带上。还去了一趟C市,在那里的殡仪馆开了一些证明,以便能把妈妈的骨灰盒随身带到美国去。

她没把离境的日子告诉任何人,只有祁乐去送机。

祁乐叮嘱说:"小璿,去了那边,就帮我打听打听,看护士怎么才能去美国,我要去那里跟你做室友!"

"好的,我一定替你打听。你注意休息,别累坏了。"

"我会的,你也一样。"

飞机升上天空,她看着窗外的白云,仿佛是妈妈穿着白裙,在伴随着她,飞向遥远的新世界……